TERÉZIA MORA

Terézia Mora, nata nel 1971 a Sopron, in Ungheria, da una famiglia appartenente alla minoranza etnica tedesca, vive a Berlino dal 1990, ossia dalla caduta della Cortina di ferro. Per il suo lavoro di scrittrice e traduttrice ha ricevuto numerosi e importanti riconoscimenti, fra cui il Premio Ingeborg Bachmann, l'Adelbert von Chamisso Preis, il premio della fondazione Rowohlt per la traduzione di *Harmonia Caelestis* di Péter Esterházy e la borsa di studio dell'Accademia Tedesca di Villa Massimo, a Roma, attestandosi come una delle voci più intense della nuova letteratura tedesca. Il suo romanzo *Tutti i giorni* (2014), per il quale ha ricevuto, tra gli altri, il Premio della Fiera del Libro di Lispia, è stato tradotto in oltre dieci lingue. Nel 2013 ha vinto il German Book Prize per il libro *Das Ungeheuer*. Nel 2018 ha ottenuto il prestigioso Georg Büchner per l'opera completa.

PASSI

TERÉZIA MORA

TUTTI I GIORNI

Traduzione di Margherita Carbonaro

Keller editore

Titolo originale
Alle Tage
Traduzione dal tedesco di Margherita Carbonaro

© 2004 by Luchterhand Verlag,
a division of Verlagsgruppe
Ramdon House GmbH, Germany

IMMAGINI DI COPERTINA E INTERNI
Protasov AN, Martin Bergsma, lightpoet, Marzufello | SHUTTERSTOCK

PROGETTO GRAFICO
KELLER EDITORE

© 2020 Keller editore
via della Roggia, 26
38068 Rovereto (Tn)

t|f 0464 423691
www.kellereditore.it
redazione@kellereditore.it

È proibita la riproduzione anche parziale dell'opera senza il permesso dell'Editore. Per ogni richiesta relativa all'utilizzo della presente traduzione in qualsiasi ambito e forma siete pregati di scrivere a:
redazione@kellereditore.it

PRIMA EDIZIONE, AGOSTO DUEMILAVENTI
ISBN 978-88-99911-65-2

Per ricevere informazioni sulle pubblicazioni presenti e future di questa e altre collane della Keller, sui tour di presentazione dei nostri autori e le promozioni, scrivete una mail a: *newsletter@kellereditore.it* indicando nell'oggetto:
ISCRIZIONE NEWSLETTER

CONTATTI SPECIFICI PER:
LIBRAI: commerciale@kellereditore.it
GIORNALISTI: ufficiostampa@kellereditore.it

Tutti i giorni

Quelle di cui parlo sono storie strappacuore e/o comiche. Cose estreme e stravaganti. Tragedie, farse, autentiche tragedie. Dolore infantile, umano, bestiale. Commozione autentica, sentimentalismo volto in parodia, fede scettica e sincera. Catastrofi, ovviamente. Naturali e d'altro tipo. E soprattutto: miracoli. Quanto a questi, la richiesta è sempre enorme. Compriamo miracoli da ogni parte. Ovverosia ce li prendiamo e basta. Sono là per tutti noi. Non per nulla ci definiamo l'età dei miracoli. Quelli là hanno i loro martiri, e noi abbiamo i miracoli. Lei mi capisce.

I paesi latini sono particolarmente fecondi. Cara vecchia Babilonia. E la Transilvania, naturalmente. I Balcani, eccetera eccetera. Conosce davvero tutte queste lingue? Tutte e dieci?

Uno che assomiglia a un Cristo senza barba non può non essere un bugiardo, vero? O che assomiglia a Rasputin. Meglio Rasputin. Alle sue spalle la chiamerò così, d'accordo? Novità sul fronte Rasputin? E comunque fa lo stesso, disse l'uomo, un redattore, rivolto a Abel Nema, la prima e l'ultima volta che lo vide. Per quanto mi riguarda, menta e/o inventi pure. L'importante è che il risultato sia buono. Mi capisce?

Bene, bene, bene. Molto bene. E poi non c'è nemmeno bisogno di mentire. La vita è piena di casi terribili e di incalcolabili eventi. Lei mi capisce.

0. Adesso
WEEKEND

Uccelli

Definiamo il tempo *adesso*, e il luogo *qui*. Descriviamoli nel modo seguente.

Una città, e di questa città un quartiere orientale. Strade marroni, magazzini vuoti o pieni non si sa bene di cosa e ricoveri umani stracolmi di gente che si susseguono a zig-zag lungo i binari della ferrovia, cozzando contro muraglie di mattoni in strade improvvisamente senza uscita. Un sabato mattina, al principio d'autunno. Non un parco ma soltanto un minuscolo, desolato triangolo di cosiddetta area verde, perché nell'acuminato confluire di due vie era avanzato qualcosa, un angolo vuoto. Raffiche improvvise di vento al mattino presto – è la configurazione frastagliata delle strade, come una dentatura mal curata – scuotono un disco di legno, un'attrezzatura per far giocare i bambini, vecchia o che solamente appare tale, al margine dell'area verde. Accanto, il cerchio di un bidone della spazzatura dondola libero, il bidone invece non c'è. Lì vicino rifiuti isolati sono sparsi fra la sterpaglia che in bruschi brividi di febbre cerca di liberarsene, ma sono soprattutto le foglie a cadere sbatacchiando sul cemento, sulla sabbia, sulle schegge di vetro, sull'erba calpestata. Due donne, e poco dopo un'altra, vanno o ritornano a casa dal lavoro. Qui tagliano un angolo, camminano pestando i piedi sul sentiero che divide in due triangoli il verde. Una delle due, fisico massiccio, passando spinge con due dita il bordo del disco di legno. Il supporto del disco stride, sembra il grido di un uccello, o forse lo è davvero, uno delle centinaia di uccelli che solcano il cielo. Storni. Il disco ruota su sé stesso, traballante.

L'uomo aveva anche lui qualcosa di un uccello, o di un pipistrello e però gigantesco, lì appeso, le ali nere del cappotto fremevano ogni tanto nel vento. All'inizio, dissero in seguito le donne, avevano pensato che qualcuno avesse semplicemente scordato là il cappotto, su quel bastone per sbattere i tappeti o chissà cos'era, una struttura per arrampicarsi. Ma poi videro delle mani pendere al di sotto, mani bianche, le punte delle dita rattratte a sfiorare quasi il terreno.

Un sabato mattina al principio d'autunno tre operaie trovarono su un campo giochi abbandonato, nel quartiere della stazione, il traduttore Abel Nema che oscillava appeso a testa in giù a una struttura per arrampicarsi. I piedi avvolti in nastro adesivo argentato, un lungo impermeabile nero gli nascondeva la testa. Dondolava piano nel vento mattutino.

Altezza: circa… (molto alto). Peso: circa… (molto magro). Braccia, gambe, busto, testa: sottili. Pelle: bianca, capelli: neri, viso: allungato, guance: allungate, occhi: sottili, con un accenno di borse al di sotto, fronte alta, attaccatura dei capelli a forma di cuore, sopracciglio sinistro rivolto verso il basso, sopracciglio destro inarcato verso l'alto – un viso sempre più asimmetrico con il passare degli anni, con una parte destra vigile e una parte sinistra assopita. Un uomo d'aspetto non sgradevole. Ma *bello* è tutt'altra cosa. Una mezza dozzina di ferite nuove oltre a quelle più vecchie, in via di guarigione. Ma a parte questo:

Adesso *qualcosa* è diverso, pensò in seguito sua moglie Mercedes quando fu chiamata in ospedale. Forse è solo che per la prima volta lo vedo dormire.

Non esattamente, disse il medico. L'abbiamo messo in coma artificiale. Fin quando non sapremo in che condizioni è il cervello.

E siccome è oltretutto un caso di violenza – pure a esserne capaci, in una situazione del genere non ci si ficca da soli – anche la polizia fa domande. Quando ha visto per l'ultima volta suo marito?

Mercedes fissa a lungo quel viso.

Stavo quasi per dire: A pensarci bene: non l'ho mai visto. Ma poi disse: È stato... in occasione del divorzio.

Cori

Un sabato, poco più di quattro anni prima, Abel Nema arrivò in ritardo al suo stesso matrimonio. Mercedes indossava un abito nero aderente con un colletto bianco e teneva in mano un mazzo di margherite bianche. Lui arrivò nella tenuta di sempre, i vestiti neri spiegazzati, e con dita tremanti cercò a lungo il proprio documento d'identità, sembrava che non lo trovasse ma poi lo trovò, nella tasca dove aveva frugato all'inizio. Per il divorzio, un lunedì di..., arrivò nuovamente in ritardo, me l'ero immaginato, dopo un po' lo capisci, quando c'era ancora un margine di tempo, un quarto d'ora prima dell'appuntamento, quando Mercedes incontrò la donna che era il loro comune avvocato.

Lo volete davvero? chiese l'avvocatessa quando la ingaggiarono. Lui in ogni caso era arrivato più o meno puntuale ma non disse una parola, si limitò ad annuire a tutto quel che diceva Mercedes. Siete sicuri? chiese poi l'avvocatessa. Forse ognuno dei due dovrebbe... no, disse Mercedes. Non c'è controversia. E in questo modo si risparmiano anche dei soldi.

Era prevedibile che anche quella volta non sarebbe andata liscia, perché sarebbe dovuta andare liscia proprio quella volta? Erano nel corridoio del tribunale, l'avvocatessa parlava,

Mercedes non diceva nulla, tutte e due aspettavano. Fuori si concentrò un'ultima ruggente calura, come se al momento di andarsene l'estate dal capo fiammante spalancasse ancora una volta le fauci e ti investisse del suo soffio, caldo e sdegnoso (associazione di Mercedes), ma lì dentro una corrente gelida soffiava attraverso il lungo corridoio verdognolo.

Mancavano ancora cinque minuti all'appuntamento quando il cellulare dell'avvocatessa squillò e, naturalmente: era lui. Mercedes tese le orecchie per afferrare la sua voce e capire che tono avesse, ma non si sentiva nulla, solo gli echi nei corridoi e l'avvocatessa che diceva mh-aha-capisco-d'accordo.

Aveva chiamato, riferì la donna, per comunicare che era in arrivo, come a dire che c'era davvero un problema. – Perché non mi stupisco? Ogni volta che quell'uomo si mette per strada, ovunque sia, salta fuori un problema. – Stavolta era che doveva prendere un taxi, no, non era quello il problema ma il fatto che non era in grado di pagarlo, purtroppo al momento non aveva praticamente un soldo, doveva pur prenderlo un taxi o non sarebbe arrivato al tribunale, certo non in tempo.

Capisco. Restarono ancora un minuto l'una accanto all'altra nel corridoio, poi l'avvocatessa disse che sarebbe uscita per aspettarlo davanti all'edificio. Mercedes annuì e andò in bagno. Non ne aveva bisogno, ma non poteva nemmeno restarsene lì fuori in corridoio. Si lavò le mani, stette con le dita gocciolanti davanti allo specchio, si guardò.

Voce femminile (canta): Do-o-na no-o-bis pa-a-cem pacem. Doooo-naa no-o-bis paaaa-cem.

Voce maschile (canta insieme a lei): Do-o-na no-o-bis paa-cem pa-cem. Doooo-naa no-o-bis paaaa-cem.

Altre voci (cantano insieme a loro): Do-o-na no-o-bis paa-cem pa-cem. Doooo-naa no-o-bis paaaa-cem.

Tutti: Do-na. No-bis. Pa-a-cem, pa-cem. Doooo-naa noo-bis paaa-cem.

Voce femminile: Do-o-na no-o-bis...

Voce maschile: Do-o-na no-o-bis

Voce femminile (all'unisono): Paa-cem pa-cem.

Voce maschile: Paa-cem pa-cem.

Voce femminile (all'unisono): Doooo-naa no-o-bis.

Altre voci (all'unisono): Do-o-na no-o-bis.

Voce maschile (all'unisono): Paa-cem, pa-cem.

Altre voci: Paa-cem pa-cem.

Voce maschile (all'unisono): Doooo-naa no-o-bis.

Voce femminile (all'unisono): Paaa-a-cem.

Altre voci (all'unisono): Doooo-naa no-o-bis.

Tutti: Paaa-a-cem. (Con un po' di concentrazione ci si riesce.)

In corridoio non si sentiva, solo lì: vicino o lontano un coro provava, o cos'altro sarà mai, una preghiera di pace, ma per quale ragione lunedì a mezzogiorno, pausa pranzo, utilizzano la pausa pranzo del lunedì per cantare *Dona nobis pacem*. Chissà per quanto tempo ancora, e comunque senza mai stancarsi. Pace all'anima nostra, pace all'anima nostra, pace, pace.

Il rossetto scuro è inconsueto. Labbra appuntite a cuore. Perché bisogna truccarsi per il proprio divorzio? Altre donne vanno e vengono, anche loro si guardano nello specchio, labbra ora più chiare o scure, Mercedes le guarda nello specchio, loro guardano o non guardano Mercedes, le donne se ne vanno, Mercedes resta. Pulirsi la bocca con un fazzolettino di carta è rischioso. Il rosso rimane attaccato ai peletti. Bocca allo sciroppo di lampone. Ora si storce verso il basso. Sono meno arrabbiata che triste. Pace, pace, pace.

Maria misericordiosa che affranchi i prigionieri, disse Tatjana a Erik. La nostra amica Mercedes ha sposato una specie di genio o chissà, venuto dalla Transilvania o da qualche altro posto, uno che ha salvato dal fuoco o una faccenda del genere.

In realtà, disse Miriam, la madre di Mercedes, non c'è nulla in lui che non vada. Un uomo gentile, tranquillo, di aspetto gradevole. E al tempo stesso non c'è nulla che vada. Anche se non è possibile definirlo più precisamente. C'è qualcosa di *sospetto* in lui. La sua *maniera* di essere gentile, tranquillo e di gradevole aspetto. Ma forse è così quando si possiedono doti straordinarie.

Che vuol dire: *straordinarie?* E va bene, conosce qualcosa. Un paio di lingue. A quanto pare. Perché in realtà non lo senti quasi mai pronunciare una frase. Sarà forse un sintomo. Ma non certo la causa.

Ha gli stessi problemi di ogni emigrante: gli servono documenti e lingue, disse nei primi tempi il professor Tibor B. a quella che allora era la sua compagna, Mercedes. Quanto alle lingue ha risolto il problema raggiungendo l'assoluta eccellenza, ben dieci volte, roba da non credersi, si è procurato la maggior parte delle sue conoscenze in un laboratorio linguistico, proprio così: ascoltando cassette. Non mi sorprenderebbe scoprire che non ha mai parlato con un solo portoghese o finlandese in carne e ossa. Perciò tutto quello che dice, come posso spiegarmi, è senza *luogo*, terso come non lo si è mai sentito articolare, niente accento, niente tracce di dialetto, niente – parla come uno che non viene da nessuna parte.

Nato con la camicia, disse qualcuno che si chiamava Konstantin. Sei nato con la camicia, gli dico. Allora lui mi guarda come se non avesse capito una parola. Ma non dovrebbe essere appunto la sua specialità? Anche se personalmente penso che la sua vera specialità sia che la gente si interessi di lui, senza che lui faccia niente. Ti preoccupi e poi ti arrabbi perché capisci che mentre lo sommergevi di parole lui per tutto il tempo continuava a osservarti la bocca, come se gli premesse soltanto il modo in cui si formano le fricative. Del resto, del mondo, di tutta la baracca, non gli importa un accidente. Vivere nel mondo, e non viverci. È uno così.

Sempre quell'aria da preziosa viola mammola, un tipo suscettibile, ma non mi inganni, il tuo nome ti tradisce: Nema, il muto, imparentato con lo slavo *nemec*, che oggi sta per tedesco e in passato per ogni lingua non slava, insomma il muto, o per dirla altrimenti: il barbaro. Abel, il barbaro, disse una donna chiamata Kinga e rise. Sei tu.

In parole povere: trouble, disse Tatjana. Lo si vede al primo sguardo a meno di non essere ciechi, a meno di non essere Mercedes. In sostanza, dice lei, è un matrimonio fittizio. Sono parole sue: in sostanza. Un matrimonio fittizio. E con ciò lui avrebbe risolto entrambi i suoi problemi. Congratulazioni. E quanto a lei...

Come potrei mettermi a giudicare gli altri. Possono esserci motivi e dall'esterno – Mercedes storce la bocca, l'interlocutore sorride – dall'*esterno* – e sennò da dove? – spesso non si vedono. A quanto pare perdono così, *semplicemente*, la ragione. Quest'uomo per esempio, Abel Nema, giovane, promettente, *la prima generazione libera! il mondo ai suoi piedi*. Goditelo, per il breve istante in cui dura, perché può passare in fretta. Quasi non hai avuto il tempo di guardarti attorno che qualcosa scoppia ed esplode, diciamo pure: una guerra civile – Ancora non riesco a rendermene conto, praticamente *davanti alla porta di casa! Che cosa* per l'esattezza non capisci? – e allora è finita, cerca almeno di guadagnarci terreno. Dieci anni fa, anzi no, ormai ne sono passati tredici, A.N. dovette lasciare la sua casa, non dev'essere stato facile e comunque da allora tutto è andato in modo piuttosto normale. Quello che si dice normale. Un uomo pluridotato, dieci anni, dieci lingue, imparate e insegnate e anche nella vita privata una persona *di un certo spessore*, con tanto di moglie, figliastro, cittadinanza. Ha trovato la sua nicchia, il suo angolino tranquillo ai margini della festa e poi, poco più di un anno fa, un sabato, anzi no, era già domenica, la summenzionata festa, lui si alza, esce e da allora *praticamente non c'è più*. Si è ritirato in quell'appartamento *assurdo se non ridicolo* (tutti i corsivi sono di Mercedes) con quella vista *formidabile* sulla ferrovia e nient'altro all'infuori di un materasso e una connessione Internet, e non fa *nulla* se non raccogliere storie assurde se non ridicole provenienti da ogni parte del mondo per un *equivoco* agente e per *giornaletti* assurdi se non ridicoli, sette giorni su sette. Cos'altro devo dire.

Do-o-na no-o-bis. A un certo punto hai fissato abbastanza a lungo lo specchio. Sei quello che sei. In punta di piedi, perché? fin davanti alla finestrella. Al di là, un grigio cortile interno con quell'odore tipico dei cortili grigi, automobili parcheggiate dentro, e al di sopra il cielo. Un po' più forte: Do-o-na no-o-bis. Ma non si capisce bene da dove venga. Come se venisse da ogni parte. La finestra ha le inferriate. Qui si esaminano anche casi normali. Casi *criminali*. Non riuscirò a scappare dalla finestra del cesso. Mercedes chiude la finestra. Si continua a sentire il coro.

E poi di nuovo in corridoio, in piedi, c'è altra gente e, fatto che colpisce, tutti guardano dalla stessa parte verso il lungo corridoio verdognolo. Come sul marciapiede di una stazione ferroviaria, le facce in impaziente attesa rivolte al punto dove presto dovrà comparire qualcuno o qualcosa: lui; già si avverte l'aria che camminando sospinge davanti a sé.

Quando poi davvero spuntò, un quarto d'ora di ritardo e non di più, non pareva più così massiccio come si sarebbe potuto supporre dal vento che precedeva il suo incedere. Alto sì ma esile, più che un treno un semaforo, una linea nel paesaggio, se stringi gli occhi vedi il suo contorno assottigliarsi sui lati. Osservato dal davanti sembrava quasi immobile. Star lì, in attesa.

Un sabato, quattro anni prima, Abel Nema arrivò in ritardo al proprio matrimonio. Disse che si era *un po'* perso e sorrise, non saprei dire come. Anche Mercedes sorrise e non chiese perché non gli era venuto in mente di prendere un taxi. E *magari* indossare qualcos'altro. Il sudore luccicante sul colletto aperto sopra l'occhiello sgualcito è l'immagine più nitida che le sia rimasta del suo matrimonio. Quello e l'odore che si sprigionò quando lui, all'improvviso, sospirò – e fu durante il discorso dell'ufficiale di stato civile, una donna, in un punto non meglio precisato visto che comunque non si capiva quasi nulla di quel che lei diceva –; forse si sarebbe potuto accorciare il discorso, disse Mercedes, o addirittura lasciarlo perdere per recuperare tempo, ma la donna si limitava a guardarla con occhi inespressivi, prendeva fiato e andava avanti con la sua tiritera, amore e legge secondo il fondamento dei rapporti di vita borghesi – e io pensavo soltanto: mi sto sposando, mi sposo, e fu proprio allora che lui sospirò. La cassa toracica, le spalle si contrassero sollevandosi e poi si accasciarono di nuovo e in quel momento si levò un fiotto, uno strano miscuglio in cui si confondevano l'odore della giacca nel quale la polvere si era unita alla pioggia, l'odore del detersivo misto al sudore della camicia, e al di sotto la sua pelle, le note di sapone, alcol, caffè e sebo, e qualcosa che assomigliava a gomma e lattice o più precisamente a un condom, con un leggero aroma sintetico di vaniglia, proprio così, Mercedes credette di percepire in lui un odore di preservativo e in più quello di una tastiera di computer che si scioglie nella calura di un solaio, con gli aloni bianchi sulla sporcizia nera là dove le dita toccano i tasti eccetera eccetera, e poi altri odori familiari, ma sono dettagli secondari perché davvero essenziale in quel momento fu qualcosa che la sposa Mercedes non avrebbe saputo definire e che sapeva di sala d'aspetto, panchine di legno, stufe a carbone, rotaie contorte, un sacco di carta spessa gettato fra i cespugli con dentro resti di cemento, sale e cenere su una strada gelata, alberi di sommacco, rubinetti di ottone e polvere di cacao nera come la pece, e soprattutto: cibo ignoto, e così via, qualcosa di sconfinato per cui Mercedes non ha più parole emanava da lui come se lo portasse nelle tasche: l'odore di un paese straniero. Aspirò in lui *estraneità*.

Nulla di troppo sorprendente. Una certa *aura* c'era già in principio, già la prima volta che se l'era visto sulla soglia di casa, un po' ridicolo nel trench nero fuori moda che gli pendeva sulle spalle. Era tutto una diagonale, tesa fra i due angoli opposti dell'intelaiatura della porta. Allora non sapevo ancora come comportarmi. Anni dopo, davanti all'ufficiale di stato civile, quel sospiro la immerse tanto profondamente in pensieri che ritornò in sé solo quando lui, piegando il gomito, le diede un leggero colpetto nel fianco. Lei si volse, non verso di lui ma dietro di sé, verso le file di sedie dove accanto a Tatjana sedeva suo figlio Omar, solo nella sala vuota, cara coppia di sposi, cari ospiti. Gli occhi di Omar scintillarono entrambi, quello un po' più grande di vetro e quello vivo, aveva appena compiuto sette anni. Fece un cenno col capo: dillo. Dillo ora – *Oui, yes, da, da, da, sì, sì, sim, ita est.*

In seguito l'odore ritornò sempre più frequentemente, non si poteva coprire nemmeno con il dopobarba che di tanto in tanto lei spargeva nell'appartamento, e divenne tanto più intenso verso la fine – e allora lei capì che era davvero finita.

E naturalmente fu di nuovo così anche allora, quando da ultimo spuntò. Nonostante il caldo portava il vecchio trench nero che gli sventolava dietro (la corrente?), anche se stavolta non si aggirava alla solita velocità precipitosa, passo lungo, busto piegato in avanti, ma avanzava invece: rigido e lento. Strascicando una gamba. Procedette zoppicante lungo il corridoio, dietro alla svelta avvocatessa. Ricoperto di sudore, ma anche quello era normale. Le novità: l'escoriazione sul mento, l'ematoma sullo zigomo destro, un bernoccolo sull'occipite e l'andatura zoppicante di cui sopra. I capelli spioventi a ciocche, gruppetti di peli ispidi lasciati indietro dalla rasatura frettolosa, qualcosa gli luccicava sul collo e sull'orecchio – nel complesso sembrava uno appena uscito da una rissa di strada. La voce era ancora quella di un tempo, l'unica cosa in lui che sempre contrastava quell'impressione di crescente e generale desolazione. Non ho mai sentito parlare tanto perfettamente la mia lingua madre, che non è la sua, e anche se lui non diceva una sola parola in più dello stretto necessario, in quell'occasione ne disse due:

Ciao. Mercedes.

Mancano dieci minuti, disse l'avvocatessa. Sbrighiamoci.

La grandezza sconosciuta

Proprio quando la sua disperazione era al culmine e dopo ore o forse giorni di sofferenza folle era arrivato finalmente a inginocchiarsi sul linoleum freddo fra la vasca da bagno e la tazza del water e a implorare il suo Dio di perdonarlo per quello che si preparava a fare oltre che di aiutarlo a farlo, alla vigilia cioè del proprio suicidio da lungo tempo programmato lo studioso del caos Halldor Rose, di ritorno da un congresso, scomparve da un aereo in volo. Tre giorni dopo fu visto su un ponte. Inseguiva con gli occhi le nuvole che trascorrevano in un lungo cuneo. Mentre faceva loro segno con la mano, sull'altro lato della via uno psichiatra di nome Adil K. si fermò, dopo un istante di esitazione attraversò la strada e si rivolse al fisico. Halldor R. disse che tre giorni prima era asceso in cielo in carne e ossa ed era stato appena rideposato a terra, su quel ponte.

Quando gli viene chiesto come mai pensava di essere asceso in cielo lui risponde che non lo pensava, ma lo sapeva. Quando gli viene chiesto di quale cielo si trattava, lui risponde: Cosa intende dire, quale cielo?

Quando gli viene chiesto com'erano andate le cose lassù lui risponde che purtroppo non è in grado di dirlo.

Quando gli viene chiesto se sapeva perché mai era asceso in cielo lui risponde: Naturalmente per la sua natura pacifica. Perché lui è l'uomo più pacifico della terra.

Quando gli viene chiesto perché è tornato lui risponde: Per lo stesso motivo. Sono tornato come prova vivente del fatto che l'amore pacifico è il bene supremo che Dio ci ha donato, e ogni azione che lo contrasta è un'offesa alla creazione e con ciò stesso un attentato a Dio.

Quando padre Y.R. gli chiede se Dio non ha detto dell'altro lui risponde: *Detto* non ha detto nulla, Dio non ha bisogno della lingua. Gli ha semplicemente instillato quella certezza nella coscienza.

Quando gli viene chiesto se quello era tutto lui risponde: Sì. O meglio, deve aggiungere poi che per tutto il tempo è stato cosciente, coscientissimo, senza i soliti caotici annebbiamenti del pensiero e del sentire. (Riflette.) Come prima della nascita o dopo la morte. All'incirca. Non c'era stata risposta alle domande, e anzi non c'erano state neppure domande. Né quella cosa imperfetta e frammentaria che è il tempo. Era rimasto sorpreso nell'apprendere che erano passati tre giorni interi. Proprio questo, il fatto che il tempo non avesse il minimo valore, era stato un'esperienza molto particolare per lui in quanto scienziato. Probabilmente doveva ripensare molte cose. Perciò voleva ritornare il più presto possibile al lavoro, se i signori non avevano nulla in contrario.

Che ne sarebbe stato dell'annuncio della pace?

Nemmeno questo sapeva. Due cose aveva capito: la pace e la questione del tempo. Dio ti lascia libero di scegliere a quali questioni vuoi dedicarti nella vita. Lui, come scienziato, aveva deciso appunto di approfondire la questione del tempo. Quanto alla pace, forse padre...

Al che padre Y.R. rispose ---

Il panico non è la condizione di un singolo uomo. Il panico è la condizione di questo mondo. Il tutto moltiplicato per la grandezza sconosciuta P.

In realtà era stato tutto normale *fino a poco prima della fine*. Il weekend precedente il divorzio Abel lo passò come al solito: fondamentalmente a casa. Cominciò verso le quattro del mattino, si connesse in rete, si mise a setacciare le solite fonti alla ricerca delle solite notizie, le copiò e le intitolò così com'erano. Al pomeriggio dormì qualche ora, si svegliò al tramonto e uscì sul balcone per guardarlo.

Quando nell'appartamento di Abel Nema esci dalla porticina che dà sul tetto per affacciarti sulla minuscola gabbia di metallo, nelle giornate ventose l'aria ti schiaccia indietro contro il muro. Come se viaggiassi, come se viaggiassi all'interno di una casa, questa è la sensazione che ti dà il vento ma, ovviamente, tutto rimane al suo posto o viaggia insieme a te, e può solo succedere che magari dopo un po' non lo vedi per via delle lacrime che vengono sospinte verso le tempie. Una via senza uscita, ai margini di una striscia stretta e tortuosa di vecchi spazi industriali a est della stazione. Nella strada di Abel solo un lato è occupato da case. Sull'altro lato c'è un muro di mattoni, al di là di questo diciassette coppie di rotaie e ancora al di là: la città che si stende all'infinito in un paesaggio infinitamente piatto e si dissolve nella foschia diffusa prima di aver toccato il cielo. Un paese aperto a tutto quello che arriva: uomini, animali, umori atmosferici. Qui l'area dei binari è più larga che mai, quei binari che tagliano in maniera diversa la città ma sostanzialmente la dividono in due: la parte occidentale, più elegante, più ricca e ordinata, e l'"isola degli audaci" che si raggiunge dall'uscita est della stazione: un tempo zona di piccole industrie dove furono trasferiti dapprima neuropatici, orfani di madre o di padre riottosi a ogni educazione e anziani, dopo che tutto il resto era ormai scomparso, il macello, la fabbrica di birra, il mulino. Poi, durante una cosiddetta breve età dell'oro, si tentò di trasformarlo in un quartiere residenziale esclusivo per giovani snob prima di abbandonarlo definitivamente ai falliti che non hanno smesso di affluire, come se qualcuno avesse detto: prendetevi l'uscita orientale.

Sabato sera, dopo il lavoro, Abel se ne stava insomma sul balcone. Sotto di lui, al di là del muro di mattoni, i vagoni ferroviari scorrevano su e giù come palline di un abaco. Più tardi, quando ormai era buio, arrivarono sempre più macchine nella via senza uscita e si allinearono lungo il muro fino a prendersi tutto lo spazio. I ritardatari facevano manovra stancamente: si sentiva il rumore della gomma dura che ruotava sulla pavimentazione stradale e misto a quello il crepitare dei tacchi che attraversavano la strada proprio davanti al lampeggiare spaventato dei fari. Il locale all'estremità chiusa della strada si chiama Mulino dei Matti, per cinque giorni alla settimana ci fanno baldoria con una veemenza apparentemente implacabile, feriali e festivi, giorno dopo giorno, le onde delle percussioni come un tuonare improvviso attraverso la strada ogni volta che la porta si apre e si richiude. Poi di nuovo, all'improvviso: silenzio.

Abel rimase un po' sul balcone buio e poi rientrò nell'unica stanza, la cosiddetta stanza assurda, un sottotetto aggiunto in un secondo tempo all'edificio, probabilmente abusivo e che di fatto era venuto fuori soltanto un po' sghembo. Qualcuno aveva cercato di ricavare tutto lo spazio possibile lassù sotto il cielo, ma ne aveva ricavato solo dell'ulteriore spazio senza vita: angoli aguzzi, insenature inutili che facevano da ricettacolo all'oscurità e alla polvere, oggetti in disuso calciati in disparte con una pedata, o forse è la corrente a spostarli, e abbandonati là. Abel raccolse un paio di indumenti neri dagli angoli, li cacciò in uno zaino insieme alle lenzuola ingrigite, scese cinque piani di scale fino alla strada dove fu l'unico a non dirigersi verso il bar ma ad allontanarsene, e dopo un breve slalom fra estranei seminudi e in tiro girò a destra e poi ancora a destra: verso una lavanderia aperta ventiquattr'ore su ventiquattro. Là sedette per qualche ora fissando un oblò. Dentro era tutto nero. Un calzino con un'applicazione grigio chiaro sotto il bordo ricadeva sempre nello stesso punto. Abel sedeva in fondo alla stanza, dove l'acqua del risciacquo si versava in una vasca di cemento nell'angolo e poi defluiva attraverso un tubo di ferro arrugginito. Quando non guardava la massa nera vorticante, osservava il ribollire della schiuma bianca. Poi cominciò ad albeggiare e Abel tornò a casa. Nella via senza uscita nuotò di nuovo contro corrente, l'unico stavolta a non allontanarsi dal bar ma a muoversi in quella direzione. Più tardi il rumore all'esterno calò e lui si mise davanti al computer. Più tardi ancora le campane di due chiese vicine presero a suonare, Abel abbassò le tapparelle alle finestre in modo che la luce dello schermo non si dissolvesse. Più tardi – le quattro cifre nell'angolo inferiore destro dello schermo indicavano un orario di mezzo pomeriggio e accanto a un piccolo globo terrestre in (apparente) rotazione c'era scritto: ZONA SCONOSCIUTA – squillò il telefono.

Ciao mamma.

Il suo nome è Mira. Si sono visti l'ultima volta tredici anni prima, quando lei lo aiutò a fuggire per evitare la chiamata alle armi. Da allora si sentono al telefono una volta al mese, per lo più la domenica pomeriggio.

Ti richiamo.
D'accordo.
Lei riappende. Lui richiama. Le chiede come sta.
Bene, dice lei.
Rimangono in silenzio per un po'. Nella linea si sentono schiocchi e fischi, va avanti così per tutto il tempo, schiocchi e fischi, una cabina pubblica. Lui chiede se ha dovuto aspettare per la cabina.

Lei dice di sì, ma adesso andrà meglio. È iniziato il telegiornale. Tiene lo sguardo puntato su tre televisori nascosti da tende. Anche da voi è già buio?

Non del tutto.

Uno schiocco, un fischio, uno schiocco.

Senti, dice Mira. Deve dirgli qualcosa. O meglio: correggere qualcosa che gli ha già detto una volta.

Negli ultimi tempi lei chiama e corregge delle cose. Mia madre è una bugiarda. Non per abitudine. Solo per fantasia o per solidarietà. Esprime la sua partecipazione emotiva in forma di bugie. Sì, so di cosa parla, anche nella nostra famiglia c'erano ebrei. Non abbiamo mai avuto ebrei in famiglia. Lo so, dice Abel. E nessun pioniere dell'aviazione. Nessun partigiano. Quanto a lei, non è mai stata rinchiusa da un diabolico professore in una camera radioattiva e non ha mai assistito a un attacco di squali. Lo so, dice Abel, lo so.

Stavolta si tratta di un'altra cosa, dice lei. Ha visto Ilia.

Chi?

Il tuo amico Ilia.

Silenzio.

All'inizio lei diceva che la città era rimasta fondamentalmente la stessa. A parte quello che era andato in rovina – l'albergo, la biblioteca, la posta, alcuni negozi – tutto era ancora come un tempo. Tranne la gente. Avevi l'impressione che fosse più di prima ma come se nello spazio di una notte, per un prodigio o per qualche brutto scherzo, l'intera popolazione fosse stata sostituita. In giro soltanto giovani estranei. Vengono dai villaggi. O chissà da dove. Messi ex novo al mondo.

C'era la guerra, dice Abel.

Sì, lo so.

Più tardi lei cominciò a raccontare che vedeva spesso anche dei conoscenti. Di alcuni in realtà si diceva che erano morti o si trovavano in Germania, ma lei li aveva visti. Camminava per strada, in mano un sacchetto di carta, sono sicura che era lui, ma non sta più dove abitava un tempo.

Di Ilia dice di avergli addirittura parlato. In carne e ossa. Era stato lui ad andare da lei, l'aveva cercata a lungo perché nemmeno lei stava più nello stesso posto di prima. Aveva una barba da monaco.

Mh, dice Abel e si sistema sulla sedia. Dice a sua madre che Ilia era stato dichiarato morto un anno fa.

Lo so, dice Mira. È stato un errore.

Pausa.

Be', e poi ha detto qualcos'altro?

Mi ha chiesto come sto. Poi ha chiesto di te. Gli ho detto dove vivi adesso. A quel punto si è messo a ridere e ha detto: Ma pensa che coincidenza. Domani stesso prende l'aereo per venire là dove stai tu. Mi senti? Potrebbe arrivare già domani.

Pronto?

Proprio non ti fa piacere? Lo pensavamo morto e adesso si scopre che è vivo. Non è meraviglioso?

Giudizi di Dio

A volte, diceva Ilia, mi sento tutto pieno di amore e di fervore. Così completamente pieno e pervaso che non sono altro che amore e fervore. Dura qualche minuto. A volte solo qualche secondo. Riemergo e capisco: sono stati appena pochi secondi. Prima di riemergere mi vedo dall'esterno. Mi vedo in estasi e capisco che è una posa. In quel momento, quando capisco che è una posa, passo dal fervore allo scetticismo, cioè dalla fede alla negazione della fede. Quando mi trovo nello scetticismo, e mi succede spesso, mi vedo ridicolo e stupido nel mio passato fervore, con tutti quei rituali assolutamente superstiziosi che gli appartengono e che compio da solo o insieme ad altri. Quando sono nella fede, e anche questo mi accade piuttosto spesso, mi appaio disgustoso e stupido nel mio scetticismo. Sono i miei due stati d'animo. O l'uno o l'altro, a volte anche tutti e due insieme.

Allora, quindici o venti anni prima, vivevano in una cittadina in prossimità di tre confini. Una città con una stazione dove i treni arrivavano e non proseguivano più, in linea d'aria ugualmente distante dalle tre capitali più vicine, un'isola tranquilla e oscura in una zona un tempo paludosa. Clima continentale, terreno fertile, dintorni quel che si dice ameni: colline, campi, boschi, laghetti. Insegnanti, giudici, orologiai di origini contadine costituivano la solita aristocrazia snob di provincia, frequentatori accaniti e sbadiglianti di concerti in abbonamento. Come se ci fosse ancora una parvenza di vita *borghese*, foss'anche così asfittica, accerchiata dalla dittatura, dalla paura atomica, dalla decadenza economica. C'era là un teatro solo per spettacoli in tournée, c'era là un albergo, un ufficio postale, una statua equestre, sentieri per escursioni? Sì. Gotico, rinascimento, barocco, eclettismo, crimini postmoderni? Sì. Templi delle seguenti religioni. Pavimentazione, illuminazione, verde. I genitori di Abel erano insegnanti, lei di un paese vicino, lui orfano venuto dall'estero. Tre stagioni su quattro si passavano a scuola, d'estate Andor Nema caricava la moglie Mira e il figlio Abel su un'auto celeste e poi partivano e girovagavano qua e là, fin dove si arrivava.

Allora lui ascoltava e cantava ad alta voce canzoni di successo. Di tanto in tanto Mira sintonizzava la radio su un canale di musica classica e chiedeva se non potevano fermarsi almeno qualche volta a visitare un monumento. In genere Andor cambiava di nuovo canale già durante l'Allegro e sfrecciava davanti a tutte le chiese e a quasi tutti i musei di storia locale. Barbaro! gridava Mira cercando di sovrastare il rumore della macchina, la musica e la voce del marito che cantava. Sul sedile posteriore Abel non partecipava al litigio dei genitori sulla radio e sull'eredità culturale del passato. Premeva il viso contro il finestrino e guardava il cielo che girava un po' di qua e un po' di là e oltre tutto aveva lo stesso colore della macchina, solo che lassù le nuvole erano bianche o alternativamente nere, quaggiù invece color della ruggine. Altre cose da vedere: gli uccelli e le chiome degli alberi, nudi o coperti di foglie, città intere fatte solo di tetti, camini, antenne. E soprattutto: scie bianche di aerei nell'aria. Molte scie bianche. A quei tempi il cielo era molto popolato. Prima o poi viene il momento in cui devi vomitare.

Adesso basta, diceva Mira a suo figlio. Per favore stattene diritto e guarda davanti a te.

Lui se ne stava più o meno diritto, ma non guardava avanti. Continuava a osservare il mondo al di sopra della fronte, fin quando gli facevano male gli occhi e anche la nausea non migliorava granché.

Guarda qui, diceva Mira. Guardaci. Siamo qui.

Quelli furono in sostanza i primi dodici anni. Cielo, terra. L'ultimo giorno di lezione del tredicesimo anno, otto ore prima dell'inizio delle vacanze estive, Andor Nema si alzò presto e facendo attenzione a non svegliare moglie e figlio uscì di casa e non ritornò mai più.

Mira e Abel viaggiarono tutta l'estate per il paese e gli altri paesi confinanti che si potevano prendere in considerazione. Ho incontrato gente della quale non avevo mai sentito parlare in precedenza. Tranne: Ti amo e Mi dai un bacio? la madre non sapeva dire niente, Abel traduceva, donne straniere gli accarezzavano i capelli lucenti e con la riga. Poi l'estate finì e anche i soldi e di Andor nessuna traccia. Con l'ultima goccia di benzina fecero ritorno in città.

Che sia maledetto! Che non possa trovare un luogo dove stare sulla faccia della terra! Che i frutti gli ammuffiscano fra le mani, arrugginisca il ferro, imputridisca l'acqua, pepite d'oro si mutino in sterco di cavallo, possa lui perdere tutto quello che gli è caro e soffrire la fame, o meglio ancora possa patire il disonore e morire di una malattia che lo avrà deturpato, o meglio ancora non morire mai e vivere in eterno, quel bastardo! Bastardo! Bastardo!

Un tempo c'era sempre quella settimana alla fine dell'estate quando i genitori lavoravano al nuovo orario scolastico e Abel era in vacanza al villaggio, dai genitori di Mira. Una settimana solitaria con le rane nella calura ruggente. Il pollaio, l'insalata già alta. A casa, in controtempo rispetto al forte ticchettio della pendola, il respiro sibilante del nonno e sopra ogni cosa, con ritmo incessante che non s'interrompeva mai, la litania delle imprecazioni della nonna, il suo motore ausiliario, crepitante, di cui aveva evidentemente bisogno per attraversare la vita. Borbottava, si lamentava, malediceva: in sostanza, tutti. Invocava il Signore Iddio, l'unico suo Figlio e la dolce madre di lui, la Vergine immacolata, che le rendessero giustizia e annientassero possibilmente tutti. In seguito il nonno morì, aveva resistito piuttosto a lungo con il suo mezzo polmone e quando poco dopo il padre di Abel, quel bastardo!, scomparve la nonna si distese nella parte rimasta orfana del letto coniugale. Mira non si era proprio immaginata così il *sostegno reciproco*, ma per una volta nella vita ho conosciuto la vigliaccheria. Abel dormiva, come già prima, in un séparé, in realtà un grande armadio a muro in corridoio e ogni sera, attraverso la parete di compensato, ascoltava la nonna inveire contro l'ex genero, che gli strappassero gli occhi, il cuore, fin quando Mira proibì di menzionarlo, *damnatio memoriae*, e da allora andò un po' meglio. L'anno scolastico cominciò e Abel conobbe Ilia.

Il sole picchiava sopra il cortile della scuola, l'appello per l'inizio dell'anno durò *ore*, all'epoca si conosceva ancora la disciplina, tutti in piedi nel campo di palla a mano con le camiciole bianche, simili ad alberi in fiore e poi, come se in una giornata senza vento le radici non resistessero più, cadevano semplicemente al suolo. Uno dopo l'altro andavano a sbattere contro la dura superficie di cemento fatta di molti pezzetti grigio-biancastri, tremolante e luccicante come un'immagine fatata. Abel guardava quei pezzetti oppure il cielo, fino a farsi venire le vertigini.

Tu credi che ci sia qualcosa lassù?

Abel chinò lo sguardo. Il ragazzo di fronte a lui era basso, la testa tonda, scuro. Teneva le mani incrociate dietro la schiena e aveva un'espressione severa.

Cos'è, un esame? La risposta fu meno amichevole di quanto avrebbe potuto essere: E tu?

Il ragazzo basso si strinse nelle spalle. Siccome teneva le mani incrociate l'intero busto oscillò.

Abel pensava a satelliti, astronavi, razzi, bombe, extraterrestri. Sono buoni o cattivi? Ci cadrà la spazzatura sulla testa? Sarà grande come tutta una città o solo come un'automobile?

Cosa?

Satelliti, disse Abel. Ma in genere si vedono soltanto gli aeroplani.

In genere? Il ragazzo basso rise.

Chi sei tu, saccente, presuntuoso...

Si chiamava Ilia, e pensava a Dio. Piccolo malinteso. Rise di nuovo. Questa volta, chiaramente: su di sé.

Come se appena arrivato avesse esaminato l'offerta disponibile, puntando il dito su uno in particolare e dicendo: Tu. E da quel momento in poi il resto non doveva più interessarlo. Abel Nema, scelto in mezzo a quattrocentosessantacinque esseri umani da Ilia Bor. Come la città. E Nema. Più o meno come il Nulla?

No, disse Abel e arrossì. Non come il Nulla. È un nome... aico.

Capito, disse Ilia. I suoi occhi luccicavano.

Sua madre era insegnante di pianoforte, il padre amministratore del teatro che ospitava le compagnie itineranti, gente onesta e operosa, in soggiorno tintinnava per tutto il pomeriggio musica classica viennese, due vie più in là Mira dava ripetizioni fra l'armadio a muro e il divano. Ilia e Abel passavano in strada il tempo tra la fine delle lezioni e il calare del buio. Il gioco si chiamava: giudizi di Dio. L'aveva inventato Ilia.

Il fatto è che mio padre ha trovato Dio eppure non è diventato prete, e ora tocca al suo unico figlio renderlo felice. Per diventare prete, questo è chiaro, la fede non è strettamente necessaria. Ma non è questo il punto. Quello che si chiedeva, disse Ilia, era se sarebbe mai riuscito a diventare un *autentico* credente. Temeva non fosse possibile. Soffriva evidentemente della malattia dello scetticismo, e quando dico soffrire lo intendo davvero: *soffrire*, ma allo stesso modo soffriva della malattia della superstizione. Aveva inventato il gioco come una bestemmia e una supplica al tempo stesso. Dammi un segno.

Uscivano di scuola verso le due del pomeriggio, percorrevano il Vicolo stretto, attraversavano il Mercato del Sale fino al Vicolo degli Ebrei, oltrepassavano la piazza principale e poi la Porta anteriore fino alla Piccola circonvallazione. A ogni incrocio, a ogni diramazione eccetera si fermavano e non proseguivano finché non ricevevano un segno. Per cinque lunghi anni non si stancarono del gioco. Abel andava con l'amico là dove lui pensava di essere inviato, attraverso tutte le strade della città. Abel taceva quasi sempre ed era piuttosto Ilia a parlare: di Dio e di sé e, se capitava, anche del mondo. In tutta la città erano conosciuti come *i dark, gli intellettualoidi e i froci*. Qualcuno volle fargli la posta *per tutto quello*, in un paio si diedero appuntamento in una certa strada ma non spuntò nessuno. E la cosa morì lì.

All'inizio parlavano ancora degli interessi di Abel: astronavi e tecnologia, ma paragonata all'Unica Grande Domanda questa è roba da bambini. Dopo cinque anni però – era l'ultimo anno di scuola insieme prima della maturità, l'ultimo che passavano in città – anche a Ilia erano venute meno le parole. Camminavano l'uno accanto all'altro, praticamente muti. Ancora non so dove. Anche le idee che Abel si faceva del futuro giravano in tondo, un circolo vizioso. O per essere più precisi, non si faceva proprio nessuna idea. Lingue e matematica, il che lascia tutto ancora aperto. Al momento c'erano altre cose. Corpi. Ilia era magro, non particolarmente alto ma nemmeno gracile. A volte, fermi così a un incrocio, si grattava il naso. La montatura degli occhiali traballava, i capelli luccicavano umidi. Aveva belle mani. Era tutto quello che si vedeva di lui.

Viso, mani. Abel che era più alto rattrappiva un po' le spalle quando gli camminava accanto e in confronto alle proporzioni armoniche, interne ed esterne, dell'amico lui si sentiva tagliato con l'accetta. Se lo immaginava come un ecclesiastico accompagnato dalla sua consorte, e non poteva fare a meno di tossire. In quel momento si trovavano a un incrocio vicino alla stazione. Abel tossì.

Quell'ultimo anno era cominciato come i precedenti. Inaugurato da notizie sugli aumenti dei prezzi, seguite da altre nei mesi successivi. All'inizio di aprile ci furono le prime proteste, anche se non lì. Si vociferava, come già da anni, di una crisi latente nel paese, anche se non lì. Il sentimento di identità delle minoranze si ridestava. Ilia e Abel no.

L'incrocio alla stazione era a forma di T. A destra o a sinistra. In sostanza era lo stesso. Tutte e due le direzioni portavano prima o poi a casa. Nel nucleo antico della città le strade ad anello si stringevano l'una sull'altra come bucce di cipolla, per incontrarsi poi nella piazza principale. Per lungo tempo non successe nulla. Calò il buio. Le strade si svuotarono. I cani abbaiavano. (Quell'abbaiare. Proprio di quello si ricorderà sempre. Quel suono raccapricciante, *familiare*.) Poi ci fu di nuovo silenzio e all'improvviso Abel fu sopraffatto da quel desiderio struggente e disse parlando al silenzio:

Ti amo.

Lo so, disse Ilia senza esitare, in tono neutro, come ogni cosa che diceva. E continuò. Lo sapeva, e non voleva accettarlo. A pensarci provava addirittura disgusto fisico. Perciò avrebbe lasciato la città e il paese subito dopo la maturità. Avrebbe studiato all'estero e interrotto ogni contatto con Abel.

Doveva saperlo già da mesi. Bisogna far domanda presto. Da mesi ogni suo impulso era stato una bugia. Quello che diceva, le solite cose, come le diceva, il suono della sua voce, persino la sua maniera di muoversi. Quando si fermava e quando proseguiva. Bugie.

Abel si lasciò cadere all'indietro, contro il muro caldo e scabro. Si appoggiò al muro, avvolto nell'odore tipico dei muri caldi d'estate lungo strade cittadine invase dal traffico, e lo sentì stillare e filtrare, quell'odore di cane. Bisognerebbe saper piangere. Era buio ed erano vicini a un lampione. Abel appoggiato al muro, ma non piangeva, e accanto a lui Ilia, in attesa o forse no, se ne stava semplicemente là e guardava altrove, la testa china di lato. Fariseo, pensò Abel e si accorse che cominciava a odiarlo e che davvero avrebbe dovuto piangere: per quell'odio. Per il fatto che c'era. Lui che fino a quel momento non aveva conosciuto il martirio interiore lo conobbe a quell'angolo di strada. Per quanto riguarda i segni, il raccolto non era forse così ricco, ma certo le esperienze di vita non impoveriscono.

Questo è tutto. Dopodiché è autunno, e Abel scappa. Poco dopo quell'ultima passeggiata scoppiarono conflitti, come se si fosse aspettato soltanto che arrivassero finalmente le vacanze.

Verbale

Resta a casa, mi senti, disse Mira al telefono. Non andartene. Potrebbe spuntare in qualsiasi istante. Forse già domani. Va bene, disse Abel. Lo aspetterò.

Prese la giacca e uscì. E sia perché è la notte prima dell'appuntamento più importante degli ultimi anni, è chiaro però che dopo una *cosa del genere* bisogna andare da qualche parte. Il locale alla fine del vicolo cieco si chiama Mulino dei Matti.

Quale spiegazione può dare alla polizia e ai media il proprietario del night club Mulino dei Matti, Thanos N. (Ma che nome è? Un nome greco. Il contrario di Thanatos), a proposito dei fatti che si sono verificati questa domenica nel suo locale?

Nessuna.

Direbbe allora che è stata una serata assolutamente normale?

Dipende da cosa si intende in questo caso.

Bell'istrione.

La parola d'ordine del weekend era: un'orgia nell'antica Roma.

Orgia.

Già.

Il vero sballo è stato naturalmente sabato sera, ma è proseguito senza pausa fino alla domenica, non abbiamo neppure chiuso il bar anche se la sozzura si accumulava, e con tutta quella ressa non si può far pulizia (Potremmo cancellarlo, per favore?), per questo c'è il lunedì e il martedì, i cosiddetti giorni di riposo, sempre che ci arriviamo.

Per tutto il weekend, insomma, quasi senza interruzione, macchine, tacchi a spillo, casino. I cortili erano pieni quanto il locale, così almeno a giudicare dal rumore perché si riesce a vedere ben poco. Il Mulino dei Matti si trova nel terzo cortile interno di un ex mulino; nel primo cortile filtra ancora un po' di luce dalla strada, ma nel secondo è talmente buio che è come una dark room (Potremmo, per favore…?) e nel terzo cortile l'unica lampada, una lampada rossa sopra la porta, aveva un contatto difettoso. La gente nel terzo cortile balenava rossa e scompariva poi di nuovo nel nero, e quando riappariva la disposizione era ogni volta diversa.

Non si sa quando Abel N. arrivò nel terzo cortile. A un certo punto era là, appoggiato a uno dei pali di ferro che reggevano la tettoia sgangherata sopra l'ingresso, e non faceva nulla. In seguito la porta di acciaio del bar si aprì e ne sprizzarono fuori ancora più luce rossa e calore e, da zero a cento, un fracasso incredibile. Il gigante grasso e con il cranio rasato sulla porta è Thanos, infilato in un paio di pantaloni di pelle attillati, una toga ricavata da un lenzuolo sopra le tette maschili coperte di peli neri. In tutto quel frastuono non si riusciva a capire cosa stesse dicendo.

È una festa a tema, dicevo. O vi travestite o venite nudi, senza jeans.

A quel punto la gente in cortile, senza la minima esitazione, ha cominciato a spogliarsi. Dal secondo cortile arriva un raggio di luce vacillante: un venditore di ciambelle salate sulla sua bicicletta. Scampanellando girava intorno a quelli che saltellavano su una gamba sola: ciambelle?! Alcuni smisero davvero di svestirsi, si comprarono qualcosa da mangiare e restarono in cortile. Altri entrarono ballando nel club, sgusciando sotto l'ascella di Thanos. Prima che la porta si chiudesse davanti ai restanti un lungo braccio peloso si levò, afferrò l'uomo completamente vestito, senza travestimento, accanto al palo di ferro e lo trascinò dentro attraverso l'apertura della porta che si restringeva rapidamente.

Alla fine Thanos era scomparso, cosa che stupisce perché nel club c'era così tanta gente pigiata che si faceva fatica a entrare. All'improvviso (da dove?) Abel si ritrovò in mano un bicchiere, scovò un minimo di spazio sul bordo di una nicchia e si sedette.

Nell'ora in cui l'uomo è solo e/o in compagnia dei suoi spiriti, nella notte fra la domenica e il lunedì Abel Nema, traduttore da dieci lingue, sedeva all'interno di un ex mulino sul bordo di una nicchia sul bordo di una panca. Nel fondo della nicchia, al riparo di una foresta di bicchieri sul tavolo, qualcuno stava scopando. Senatori con le loro maîtresse, soldati, gladiatori, poeti laureati, nobili matrone, ma la maggioranza erano schiavi, nudi eccetto che per i segni luminosi sulla pelle, i quali ballavano o stavano a guardare. C'era una ressa come nella pancia di una nave sovraccarica, e altrettanto baccano. Sul soffitto buio, fra gallerie che si perdevano all'infinito e sembravano piene zeppe di persone, nella luce intermittente lampeggiava un graticcio meccanico dalla funzione sconosciuta, fatto di ruote dentate e funi. Come se tutto fosse appeso a una corda di pianoforte e da un momento all'altro potesse schiantarsi laggiù in mezzo.

Allora o più tardi – in ogni caso il bicchiere di Abel era ancora, o già di nuovo, pieno – un efebo ricciuto entrò in scena, nudo e coperto solo di una polvere dorata dalla testa ai piedi, si chinò, lo guardò intensamente negli occhi e fece cadere nel suo bicchiere una pillolina bianca che prese a vorticare ribollendo nel liquido scuro. Il membro glabro del ragazzo era alla stessa altezza del bicchiere. Abel lo vuotò tutto d'un sorso. Il posteriore luccicante di un cherubino sfumò dietro il fondo del bicchiere. Sopra c'era impresso un numero: 1034. Poi tutto scomparve.

Tunne sa belesi houkutenel smutni filds.
Cosa? domandò l'angelo. Abel l'aveva afferrato per la caviglia. Era stato un bene che fosse passato davanti in quel momento. Una ciocca ricciuta gli era scivolata sull'orecchio dorato. Guardava in giù da una grande altezza. Il tipo farfugliante che non gli mollava la caviglia si limitava a scuotere la testa.
Che gli prende?
I ballerini strapparono via a Thanos la toga, che cadde in faccia a Abel o meglio sulla nuca, visto che la testa era reclina-

ta in avanti. Thanos tirò via la toga, si accovacciò, i pantaloni di pelle emisero una specie di cigolio e lui prese fra le mani la testa pendula. Grandi pupille nere, deliranti, bacche di sambuco in un meridione rossastro. Non morire, l'essenziale è non morire.

Non morirà certo per un po' di sostanza edulcorante.

Cosa...?

Era solo uno scherzo innocente, nulla di più, non so neppure io che cosa gli succede.

Non ti consiglio di far fuori il mio migliore e più fedele cliente.

Intenzionalmente o meno, con le mani tappava le orecchie di Abel. Bene così, pensò Abel e perse conoscenza.

Cosa, sostanza edulcorante? E come spiega il fatto che quasi tutti quelli che, consapevoli o no, hanno preso una di quelle pillole mostravano sintomi di un'ebbrezza psichedelica? Compreso sperdimento della cognizione del tempo e della memoria.

Perdita.

Come dice?

Niente.

Quando Abel aprì gli occhi la volta successiva, non era più seduto sulla panca e nemmeno sul pavimento lì davanti, dove alla fine era scivolato. Era disteso in una stanza sconosciuta. Pareti, pavimento, soffitto, tutto rosso, l'aria calda e satura. Non ricordo di essere mai stato qui prima. Ricordo di non essere mai stato qui prima. Si tastò intorno: le dita affondarono nel velluto fino alla prima falange. Poi avanzò a tentoni verso una porta. Al di là: un corridoio con altre porte. O è molto lungo, o sono io che procedo molto lentamente. Tutt'intorno gemiti, lamenti, martellii e rimescolii, ma non si vedeva nessuno. A un certo punto si impigliò con la punta del piede nel pavimento, inciampò, cadde contro una parete, niente di grave, si afflosciò a terra. Eccolo di nuovo nella posizione iniziale. Non esattamente. Accanto a lui una coppia, uomo e donna, ben visibili. Scopavano. Abel fece mostra di guardarli. L'uomo posò la guancia su quella della donna. Guancia contro guancia anche loro lo guardarono, un corpo bicefalo. Poi Abel si rialzò a fatica. Dietro una porta c'era un minuscolo stanzino dove la gente stava in piedi, come tante scope. O forse era il contrario. Dietro quella successiva: uno specchio. Ritratto dell'artista da teschio. Una corrente improvvisa gli strappò via di mano la porta. Chiusa. Un Cesare obeso e incoronato passò di lì, la toga svolazzante sulla spalla, i pantaloni di pelle cigolanti. Ma scomparve subito dietro una porta (che dava su?), e rimase soltanto l'odore. Lì dentro non faceva più tanto caldo. Il che ti sveglia un po'. E il rumore. Le macchine che pestano e un'infinita scala musicale che sale come un organo nel cielo. È là che devo andare.

Braccia nude procedevano a tastoni lungo i corridoi davanti a lui. Assomigliano alle mie. Guardò dall'alto in basso il proprio corpo e constatò che non solo le braccia erano nude ma anche le spalle, il petto, la pancia. Poco dopo vide che non gli mancavano soltanto giacca e camicia, ma anche scarpe e calze. L'unico capo di abbigliamento rimasto era un paio di pantaloni neri. Fece dietrofront, tornò là dov'era stato sdraiato, là dietro l'angolo, tastò a terra con le mani, forse sono diventato cieco: niente. Probabilmente si era perso perché non c'era nemmeno più la coppia nuda di prima. Ritornò ancora più indietro sui suoi passi, corridoi, porte, stanze, non ritrovava niente, rovistò in mezzo a teste di scope – per un istante pensò che la sua camicia potesse essere là, poi vide che stringeva fra le dita ciuffi di peli grigiastri –, la sporcizia raccolta là gli impiastricciava le dita.

Anche se era penetrato più che mai nel labirinto, il baccano irrefrenabile attorno a lui continuava a crescere. Le macchine gli rimbombavano nella pancia. Fece di nuovo dietrofront, fuori, per cercare Thanos e chiedergli che significa, perché sono mezzo nudo e dove sono finite le ore trascorse?

Doveva essere solo uno scherzo, aveva detto lui.
Lui chi?
L'angelo.
Un tizio nudo travestito da angelo?
Sì.
Uno scherzo.
Sì.
Riscontrato nel sangue delle persone sottoposte a esame del sangue: aspartame. È possibile che la sostanza edulcorante fosse davvero una sostanza edulcorante. Qualcuno l'ha messa nei drink.
E i sintomi?
Loro stessi se li sono provocati. Isteria di massa. Se proprio vuol saperlo. Come la Pentecoste.
Come che cosa?
La Pentecoste.
Ma cosa diavolo sta blaterando?

Pance, braccia, ascelle, rasature, gomiti. Da tutte le direzioni colpi fra le costole. Abel rispondeva picchiando a caso, un bicchiere traboccò e una sorsata di liquido finì su un polpaccio avvolto in una calza a rete, al che il bicchiere come per riflesso rimbalzò e lo colpì sullo zigomo. Si avvitò su sé stesso. Oplà, disse allegramente un tizio calvo e lo afferrò per le ascelle. Oplà, disse e lo ributtò indietro con slancio, come un pesciolino troppo piccolo rituffato nell'acqua. Durante il volo la luce scomparve e lui perse di nuovo l'orientamento, fu gettato qua e là alla cieca fin quando cadde fuori, all'ingresso, alle spalle del padrone del locale. Thanos non si volse neppure a guardare. Aveva altro da fare. L'ingresso era pieno zeppo di gente più o meno nuda. Stavano gridando: ci avevate detto di lasciare i vestiti in cortile. Adesso sono spariti. E oltretutto non ricordavano niente delle ultime tre ore. Un gran bel casino!

Pardon, disse Abel facendosi strada oltre il sudore di Thanos, si spinse attraverso gli altri corpi nudi, la loro pelle si appiccicava alla sua. Bave di lumache. I segni di una ventina di estranei su di me. Pardon. Vide uno degli uomini che stavano gridando più selvaggiamente saltare addosso a Thanos. Balzò su da accovacciato, come un animale, e il filo del tanga gli lampeggiò fra le chiappe.

Quando all'interno di una massa di gente dove si fatica a star dritti scoppia una rissa. Innanzitutto Abel fu risucchiato indietro verso l'ingresso, e poi sputato fuori in cortile. Di nuovo entrò in collisione con qualcuno. Solo un istante separò il tintinnio dal suo passo: prima cadde il bicchiere, poi lui stesso ci finì sopra con il piede destro nudo, dolore, perse l'equilibrio, ma naturalmente ora non c'è più nessuno ad afferrarti, e cadde attraverso la massa fino a toccare il selciato. Batté la testa, restò giù disteso. Là vide i corpi nudi frugare nei mucchi informi di vestiti in cortile.

Si potrebbe dire che era un'esplosione di panico collettivo?

Qualcuno aveva pronunciato la parola "polizia", al che tutti si misero a correre come pazzi per i tre cortili, verso l'esterno. Tacchi a spillo e ticchettanti, caviglie che cedevano. Correvano con il collo ritratto, la stringa del tanga di lui era dorata, quella di lei argentata. Lei avanzava incespicando, il tacco destro strascicante sulla pietra. Trrrrrrr. Quelli dopo erano a piedi nudi, uno aveva due cerchi verdi fosforescenti sulle chiappe. Si allontanarono saltellando. Fuori nel vicolo cieco macchine in partenza, qualcuno si mise a litigare per un taxi e alla fine ci salirono sopra in quattro, manovre e inversioni concitate.

Dopo che un tacco acuminato gli era penetrato nel fianco Abel era strisciato in un angolo buio e tranquillo del terzo cortile, dove nessuno lo vedeva e dove lui stesso non riusciva a vedere dov'era finito. Il tatto gli disse: un sacco di cemento, e accanto a questo un secchio di plastica con il bordo aguzzo. Ritrasse svelto le dita, come un bambino che si è scottato. Quanto fosse brutto il taglio sotto l'alluce lo vide soltanto dopo, adesso era troppo scuro, scivoloso e doloroso. Più tardi accertò che a parte le cose scomparse, soldi e documenti, la chiave dell'appartamento c'era ancora, nella tasca dei pantaloni su cui si era sdraiato, o chissà. In ogni modo voleva dire che non doveva ritornare al club per chiedere a Thanos notizie dei suoi averi. Cosa che probabilmente sarebbe stata comunque insensata. Si rialzò a fatica e zoppicò sanguinante appresso agli altri, perché la polizia faceva sul serio e domani, cioè: stamattina, devo essere altrove.

Pardon. Salendo in macchina una donna l'aveva urtato con i fianchi nudi. Abel rimase addossato al muro di mattoni, l'automobile cominciò una complicata manovra per girare. Dalla strada laterale entrarono macchine della polizia e dovettero frenare bruscamente perché in quel momento passò in volo l'angelo. La parrucca nella mano, i capelli appiccicati alla cute del cranio, scuri e bagnati, portava una camicia troppo grande e nera che gli era scivolata giù dalla spalla e arrivava fin quasi alle ginocchia, e qualcuno (Abel) credette di riconoscerla. Dall'ultima macchina uscì un poliziotto, troppo tardi, desistette subito e l'angelo scomparve nella strada laterale. Restava solo la macchina con la coppia nuda. L'uomo uscì e andò verso i poliziotti con i palmi delle mani sollevati davanti al petto, un ghigno idiota stampato sulla faccia. Senza farsi notare A.N. scivolò lungo il muro, oltre le luci azzurre. Quando aprì la porta di casa e si guardò indietro vide le proprie tracce di cemento e sangue sulla strada: calcagni bianchi, dita rosse.

Per quanto riguarda il recapito temporaneo del presunto angelo, il padrone del locale Thanos non può dir nulla. Ma dovunque tu sia ti troverò e poi ti spaccherò il culo. Per colpa del tuo stupido scherzo mi hanno chiuso la bottega. Perché alcuni avevano davvero solo edulcoranti nei drink, ma gli altri erano zeppi di una dozzina di sostanze diverse che si erano portati da chissà dove, soltanto il dj ne aveva tre.
 Questo è quanto, a proposito del weekend di Abel Nema.

Mercedes

Paragonato a tutto questo, nulla di spettacolare era successo a Mercedes. Negli ultimi tempi tutt'intorno a me è diventato così piacevolmente tranquillo. La settimana prima del divorzio la passò per la maggior parte da sola. Omar era in una colonia estiva e metà della città se n'era partita con lui. C'erano abbastanza posti per parcheggiare. Ascoltò l'estate attraverso la finestra aperta, i rumori del parco vicino. Sembrava che fosse affollato, solo qui, quando si guardava fuori, non c'era in giro nessuno. Mercedes abita in una di quelle strade *carine*, con una fila di alberi su ogni lato. Le foglie luccicavano. Era bello.

Sabato si alzò presto, come sempre. Gli uccelli cinguettavano e fece il solito giro dell'appartamento. La stanza da letto, la stanza di Omar: vuota, o meglio: piena di cose, ma senza di lui. Le cose le aveva sistemate là Mercedes, per Omar *abitare* era qualcosa di indifferente. L'unica cosa che lui stesso aveva aggiunto erano due immagini sopra il letto: l'ecografia a colori di un cervello e l'unico disegno che avesse mai prodotto con l'aiuto di un compasso e di un righello: un quadrato in un cerchio in un quadrato in un cerchio e così via. Quando gli chiedono che cos'è lui risponde: un cerchio in un quadrato in un cerchio in un --- (Omar è un bambino intelligente. Un difetto congenito. Quando gli chiedono dove ha lasciato l'occhio sinistro lui risponde: l'ho dato via in cambio della saggezza.)

Mercedes andò in bagno e come prevedibile lanciò un'occhiata allo specchio. Altezza standard. La sua testa sul margine inferiore, quasi sulla mensola. Due spazzolini da denti, ugualmente consumati, spiccavano nell'immagine: uno rosso, uno verde. Scelse il *proprio*: quello rosso. Mentre si lavava i denti fissò un brufolo che le stava spuntando sulla punta del naso. Lo schiacciò, aprì lo scomparto di *lui* dell'armadietto con lo specchio e disinfettò la ferita con il dopobarba. Quando ebbe finito sostituì il rasoio usa e getta, c'erano ancora abbastanza cerotti e aspirina con le *consuete* tracce d'uso. Anche se ormai non importa più. Richiuse lo sportello, lo specchio tremolò.

Con l'odore di *lui* nel naso attraversò il soggiorno, andò in cucina a preparare il tè e poi tornò di nuovo in soggiorno. Sul cassettone, fra le due statuine di legno – un pensatore africano e due mani chiare dalle lunghe dita – le foto di famiglia: Omar, Omar e sua madre, Omar e il suo patrigno, la foto del matrimonio. Posò la tazza e chiamò il numero di emergenza della colonia di Omar, ma riattaccò subito perché aveva appena finito di comporlo che fuori si sentì un clamore che avrebbe reso vana qualsiasi parola.

Ogni mezzogiorno e ogni domenica e giornata di festa, quasi ininterrottamente – 7.50, 8.15, 9.50, 10.15, 11.05, 12.00, 12.20 eccetera – nel parco e nelle vicinanze non si distinguono le proprie parole per un quarto d'ora ogni volta. Le campane delle due chiese vicino al parco attaccano a suonare. Incomincia la chiesa cattolica a sud, e quella protestante a nord si unisce con circa tre minuti di ritardo. Un clamore, forte. Forte come non dovrebbe succedere in piena città. Così forte che i pensieri ti scappano dalla testa e le cose ti scivolano via dalle dita. Per un quarto d'ora tutti smettono di fare quello che stanno facendo. La gente nel parco, gli studenti di musica, i malati di nervi, i parenti in visita, gli ospiti delle case di cura per anziani, i senzatetto, le mogli, tutti abbassano le mani, rimangono storditi in mezzo al frastuono che si alza fino al cielo. Più tardi, era già pomeriggio e il grande scampanio ormai cessato, Mercedes si fece forza e andò fuori: nel parco, tanto per andare da qualche parte e *perché fa bene*.

Da qualche parte c'è forse una panchina solitaria. Ma panchine solitarie non ce n'erano e quindi camminò e camminò, due volte lungo il sentiero polveroso che costeggiava il bordo del parco. Attorno a lei picnic, partite a pallone, frisbee, il gruppo dei barboni nell'angolo sud che continuava a campeggiare là. Altre persone che passeggiavano o facevano jogging e alcuni cani le passarono accanto. Un gruppo, tutti in magliette simili con vari simboli della pace, sembrava esercitarsi nella corsa. Ora scattavano a correre come se fuggissero, dopodiché riprendevano a trotterellare pacifici. Strascicavano pesantemente i piedi, si sentivano fin da lontano e sollevavano un sacco di polvere. Mercedes strizzò gli occhi. Dopo che l'ebbero ricoperta per la terza volta di polvere e dopo che i cani dei senzatetto l'ebbero annusata per la seconda volta lasciò stare. Davanti a una fontanella, già che c'era, bevve ancora un sorso d'acqua, poi ritornò a casa.

Di nuovo davanti allo specchio constatò che si era scottata, e non se ne preoccupò più. Il resto del pomeriggio lo passò a leggere un manoscritto che doveva correggere fin quando non inciampò in una frase piuttosto lunga il cui significato, com'è giusto che sia, si allargava e dispiegava sempre più di subordinata in subordinata ma poi, poco prima della fine, si ingarbugliava e all'improvviso non si capiva più... Provò a rileggerla un paio di volte, ma il groviglio sembrava spostarsi sempre più a monte e a un certo punto, già poco dopo l'inizio, non era più chiaro di cosa si stesse parlando, non c'era forse una contraddizione?

Quella sera era invitata a casa di amici. Andò a prendere l'amica Tatjana – Sei tutta rossa in faccia. Lo so – e insieme si misero in macchina.

Lui si chiama Erik, un vecchio amico, piccolo editore specializzato in testi di storia contemporanea nonché suo capo, la moglie di lui si chiama Maya, hanno due graziose figliolette e una casa immersa nel verde. Un minuto dopo essere tornati dalle vacanze, lui l'aveva già chiamata al telefono. Come se la chiamasse dal giardino accanto. O meglio, due case più in là. Ti sono mancato?! Mi sei mancata! Senza di te non posso stare! Devi venire qui subito! Oggi ormai non più, ma domani sì! Domani è sabato! Vieni a trovarci nella nostra idilliaca casetta nella verzura estiva già un po' appassita, ma tanto più inebriante! Porta con te il ragazzo!

È in colonia.

Allora porta pure la strega (Tatjana)! Dille che è un invito personale!

Finalmente! esclamò lui. La camicia azzurra si tendeva sulla sua pancia, braccia abbronzate e robuste spuntavano dalle maniche, strinse a sé Mercedes e il viso di lei annegò fra le montagne del suo petto, e quando riaffiorò era più rossa che mai. Maya le sorrise.

Anche volendolo non è possibile raccontare in dettaglio le conversazioni. Una normale festa d'estate. Mercedes prese posto su una sedia isolata di fronte alla porta della terrazza e guardò l'oscurità fuori. Il vento che si era appena levato aveva allontanato le zanzare dal giardino, il che è un bene, nessuno era costretto a soffocare e si potevano tenere aperte due finestre e una porta del terrazzo da cui entrava lo stridio notturno dei grilli, in cambio però le zanzare se ne stavano adesso dentro, sotto il soffitto, zanzare nottambule e indolenti. Ogni tanto una si faceva coraggio o semplicemente si lasciava andare e cadeva giù roteando. Ciak! Tatjana si schiaffeggiò il braccio, con le punte di due dita afferrò un cadavere di zanzara e vi condì il pavimento. Erik si sedette sul bracciolo della poltrona di Mercedes e il suo corpo grosso e caldo debordava sopra quello di lei.

Che cos'hai?

Niente.

Più tardi ritornarono in città e Tatjana si fece lasciare a un bar. Mercedes non ama i bar, e poi il giorno dopo doveva uscire presto. Alla fine non riuscì a prendere sonno fino alle tre, dimenticò di puntare la sveglia e si destò appena appena in tempo la domenica mattina.

La città non è infinita, a un certo punto anche gli ultimi capannoni finiscono e la strada procede a lungo attraverso filari di alberi, campi e sterpaglia fin quando si arriva ai boschi, poco più di un'ora dopo. Mercedes capì quanto fosse distratta quando per l'ennesima volta ebbe la sensazione di svegliarsi in quel preciso istante: all'improvviso era in un altro punto del paesaggio. Poi pensò di aver sbagliato strada e di conseguenza la sbagliò davvero, imboccò troppo presto una diramazione e si imbatté in un edificio fatiscente. Dietro il recinto un'orda di cani feroci saltellava su e giù. Fece marcia indietro e costeggiò uno stagno, poi un poligono di tiro, una pista di go-kart e attrezzi agricoli fin quando la colonna delle altre macchine di genitori, in direzione opposta, le segnalò la strada giusta per la colonia. Omar era l'ultimo, sedeva sui gradini della casetta di tronchi accanto a un ragazzino dall'aria un po' effeminata, figlio di uno degli insegnanti, e con dei lunghi rametti disegnavano delle X e delle O in una griglia tracciata nella polvere dello spiazzo antistante alla colonia. Mercedes si scusò con tutti per il ritardo, nessuno parve farci caso.
Sulla via del ritorno passarono dai nonni perché veniva comodo.

Sei tutta rossa in faccia.
Lo so.
Il giardino era riarso dal sole, la cucina surriscaldata come una serra, Mercedes andò in soggiorno dove la luce non era tanto forte.

Ciao – così Felix Alegre, pseudonimo: Alegria, autore di romanzi polizieschi e nonno di Omar, aveva detto poco prima al nipote. Com'è andata la mattinata? Io la mia non l'ho sprecata e ho inventato una nuova storia per il pirata Om!

Il motivo per cui ho iniziato a scrivere, aveva detto Alegria in un momento precedente e anche allora con tutta probabilità a Omar, è che fin dall'inizio la vita mi è sembrata troppo faticosa. Qualunque cosa o persona incontrassi mi metteva in confusione e mi sottraeva quasi tutto il coraggio di affrontarla. Mi sentivo impotente e furioso. Tutto mi faceva questo effetto, tranne i personaggi che io stesso avevo inventato fin dalla mia prima infanzia. Sono felice e fiero che mi sia riuscito di guardare ormai praticamente tutto quello che ho incontrato come se l'avessi inventato io. Da allora posso amare chiunque.

Ma il successo l'ha avuto soltanto da quando ha inventato il detective pirata Om, guercio e nero, che interrogato su dove sia rimasto il suo occhio ogni volta risponde: L'ho dato via in cambio della saggezza. Nel suo nuovo caso il pirata Om se la vedrà con un politico ultraconservatore, se non addirittura un estremista di destra, che la sera della sua sorprendente elezione a sindaco di una certa cittadina scompare senza lasciare traccia. Per trovarlo il pirata Om deve ripercorrere in tutti i dettagli l'intera campagna elettorale che aveva cercato di rimuovere, guardarsi in video i raccapriccianti discorsi, li conosci, no, quei tizi che fanno appello a tutto quello che c'è di brutto in noi: invidia, avarizia, paura, odio, e nel farlo si autocommuovono al pensiero di quanto loro invece sono buoni. Sarà uno dei casi più estenuanti del P.O. Di capitolo in capitolo dovrà intrattenersi in discussioni politiche con alleati e avversari, e cioè in entrambi i casi – Ciao tesoro!

– Mercedes si limitò a salutare con la mano e prese posto su una sedia a dondolo nell'angolo – con dei potenziali assassini.

E alla fine lui dov'è? Il politico? chiese Omar.

Ancora non lo so. Forse non si chiarirà mai. Capisci? Il tizio non è per nulla importante. Non importa affatto che ci sia un omicidio. Anche se, omicidi politici… Quello che conta…

Com'è andata coi boy-scout? Miriam entrò dalla cucina e depose un tintinnante vassoio con della limonata.

Fa sempre così. Posso essere a metà di una frase. Racconto del mio romanzo che oltretutto, sia detto di sfuggita, ci darà da mangiare e lei arriva e si intromette.

Omar non è soltanto intelligente e bello, ma è anche gentile. Rispose…

Ancora un momento, disse Alegria. A dire il vero non capisco come qualcuno, e sia pure un ragazzino di dieci anni, possa volontariamente inoltrarsi negli abissi dei nostri boschi, e spero d'altronde che come da ogni cosa anche da qui si riesca a tirar fuori una storia o almeno una frase, e allora vai, racconta, disse dopo aver preso in mano blocco e matita.

È capace di essere un tale accentratore. Prende ostentatamente appunti per farmi vedere che è offeso. Come può pensare che lo faccia apposta? Se ogni volta aspettassi una sua pausa moriremmo di sete.

Abbiamo trovato una ragazza morta nel tronco cavo di un albero, disse Omar. Era nuda. Le abbiamo osservato a lungo i genitali.

Ragazza morta, tronco cavo di un albero, genitali, annotò il nonno.

Vedo già, disse Miriam, che con voi è impossibile parlare in modo sensato. Esitò chiedendosi se dovesse sentirsi offesa e lanciò uno sguardo alla figlia. Ma è davvero presente? Seduta nell'angolo più buio della stanza e non si sa dove stia guardando.

Ovviamente non è successo, disse Omar. Ma è stato comunque molto interessante. Flora, fauna, umani. Il grande falò dell'ultima sera è stato cancellato per via del pericolo d'incendio, e quando pensavano che io stessi dormendo alcuni ragazzi mi hanno sollevato la benda sull'occhio e con una torcia elettrica hanno illuminato l'orbita, perché erano curiosi di scoprire se si vedeva il cervello. E questo è successo davvero.

Non me l'avevi raccontato, disse Mercedes. Dai saluti è la prima frase che pronuncia.

Non è facile avere doti fuori dalla norma, disse Omar e scrollò le spalle.

Si potrebbe ambientare una delle prossime storie durante la giovinezza dell'eroe, disse pensosamente Alegria. Alla fine scopriremo, o non scopriremo, che cosa c'è o c'era dietro la benda. E come elemento scatenante i genitali morti. Scatenante per qualcosa.

A proposito, disse Miriam rivolta alla figlia. È morto qualcuno?

???

Perché sei vestita di nero con questo caldo? Stai divorziando, non sei diventata vedova.

Mercedes si alzò di slancio. La sedia a dondolo oscillò cigolando.

Che c'è? (Sorriso dolce di Alegria.)

Domani mi danno un nuovo occhio di vetro, disse Omar.

Al ritorno finiscono pure bloccati in coda, fermi, una corrente di gitanti sulla via di casa, congelata in mezzo alla calura sotto il sole che tramonta – il che peraltro sia detto solamente così, per inciso.

E adesso questo.

Chiedo scusa, disse Mercedes nel corridoio del tribunale, non ho capito. Cos'hai detto?

Radio

Avrebbe potuto chiedere a sua madre dei cani. Se ululavano ancora a quel modo quando il buio calava sulla città, o cosa gli era successo. E invece Abel N. capitò in mezzo a un'orgia, fu drogato, derubato e si ritrovò invischiato in una rissa, si lasciò indietro una scia di sangue fino al suo proprio bagno, che non ha porta, nella stanza c'è solo una parete di gesso e al di là di quella una vasca e un gabinetto, e da qualche parte perse là conoscenza per la seconda volta quella notte.

Quando rinvenne era ancora buio. Sul piede destro aveva una crosta. Riempì la vasca, vi si adagiò, il piede prudentemente posato sul bordo della vasca, sopra di lui un paio di fili per la biancheria, e si riaddormentò. All'improvviso sobbalzò perché vicino a lui qualcuno aveva iniziato a gridare:

Saremo redenti! Entreremo in una nuova era della terra, e sarà un tempo di amore e luce! Tutta l'energia distruttiva dei secoli passati si volgerà al bene! All'era delle guerre succederà un'era della pace! All'uomo sarà data una nuova coscienza, odio, invidia, violenza, oppressione e sfruttamento spariranno dalla terra! Al loro posto subentreranno amore, gioia e felicità!

Clatch! Abel trasalì, un'onda fredda traboccò dalla vasca sul linoleum, il piede ferito cadde in acqua. Lo sollevò di nuovo in fretta. La crosta era rimasta. Riappoggiò il tallone sul bordo.

Le grida in sé non erano niente di inconsueto. *La maledetta radiosveglia.* Non la sua ma quella del vicino, un fisico di nome Rose, e non stava neppure qui ma al di là del muro – il che d'altronde non faceva nessuna differenza. Fra i due appartamenti c'era stato un tempo un passaggio, in seguito chiuso con assi e garza e un armadio di cucina sistemato davanti. Il che non serve a molto. In genere il vicino abbassava almeno il volume dopo qualche secondo. Non stavolta.

Purtroppo, purtroppo, una voce gridò dall'armadio e i due piatti e l'unico bicchiere all'interno tintinnarono striduli, *abbiamo fatto male i calcoli, in questo senso! Gli astrologi hanno dimostrato, con l'aiuto di tabelle affidabili e ben calcolate, che l'ingresso nell'era dell'Acquario promesso dai profeti non avrà luogo fra il Millenovecentocinquanta e il Duemilaecinquanta! Bisognerà aspettare l'età dell'oro per altri trecentosessanta anni!*

Che genere di fine settimana sarebbe stato, per esempio?! Tempo atmosferico e situazione mondiale ti rubano il sonno! La polvere del Sahara provoca irritazioni agli occhi e secca la gola! Secondo una rilevazione sono già stati bevuti di nuovo tanti e tanti litri di tutto il possibile! Stupisce pensare di poter vedere lupi mannari sulle nostre strade quando c'è luna piena? Ma forse, forse era soltanto il vostro vizioso vicino appena uscito da un locale osceno! Una retata della polizia ha spinto nella notte fra domenica e lunedì una ventina e oltre di persone nude dal locale erotico Il Mulino dei Matti sulla strada! Qualcuno aveva messo droga nei drink degli avventori e li aveva poi derubati dei vestiti! Una grave infrazione all'ordine pubblico! Più o meno alla stessa ora ignoti ricoprivano di piume i Cigni bianchi della pace nel Grande parco! Vola, uccello, vola! È passata meno di una settimana da quando l'opera d'arte, la riproduzione di una statua di porcellana raffigurante due cigni e donata a papa Pio

XI, è stata solennemente posta all'estremità nord del parco! Fra le aiuole con vista sull'acqua verde scintillavano pacifici al sole! L'artista performer Igor K. era seduto in prossimità dell'acqua su una sedia da campeggio, i grandi piedi stesi in avanti, e gridava: abbasso!

Suono originale dal vivo: Abbasso le menzogne e il kitsch! La mia indignazione è a) estetica, b) morale e dunque c) di natura politica. La menzogna morale e dunque politica si manifesta attraverso quella estetica e diventa perciò più evidente. Ma anche se nessuno mentisse in senso morale-politico, la menzogna estetica da sola basterebbe già a indignarmi. Sono indignato, disse I.K. Alla fine l'artista tornò nel suo seminterrato e proseguì la performance "fame" che aveva interrotto per la protesta. La documentazione video dimostra: l'artista I.K. non è responsabile dell'oltraggio ai cigni. L'originale della scultura rimane intatto nei Musei Vaticani accanto a una teca con una pianeta del Sedicesimo secolo, tutta trapunta di serafini con sei braccia!

L'acqua del bagno era fredda e sopra si era formata una pellicola di grasso. Ne aveva anche negli occhi e ci volle un po' prima che riuscisse a vederci chiaro. La pellicola di grasso era dorata e per quanto poteva vedere ce l'aveva sull'intero corpo. Come se l'angelo gli avesse trasmesso con tutto il corpo il suo colore, ma io non riesco a ricordarmi di averlo toccato. E invece sì, una volta, alla caviglia. Si guardò le dita: raggrinzite, dorate. Gli venne in mente che doveva levarsela, e poi si chiese perché dovesse preoccuparsene adesso. Nuovo affannoso sciaguattare, nessuna idea di che ore siano, e comunque troppo tardi.

Uscì rabbrividendo dalla vasca, si asciugò frettolosamente. Legato a uno spago sopra la vasca oscillava un frammento di specchio imbrattato e dentro, oltre paillette di gesso, lontani, due occhi imbrattati, sangue in un elegante pallore, rosso e bianco sono i colori del mattino. La radio, come se fosse a cinque centimetri dal suo orecchio.

Cos'altro c'è? Cosa dicono gli ospedali, le stazioni di polizia e i telefoni amici? Sabato un tizio ha comprato una sega a catena, domenica l'ha usata per segarsi via la gamba sotto il ginocchio, mentre la famiglia era in chiesa. L'uomo, disoccupato, voleva speculare sulla sua assicurazione di invalidità. È morto dissanguato nella vasca da bagno. E poi cos'altro? In generale tutto come sempre, direi. Una nave carica di profughi è affondata davanti alla costa, attacco di indiani contro un insediamento, quattordici morti, gli incendi divampano nelle foreste, i livelli dell'acqua salgono, facciamo ritorno agli alberi, il tribunale dell'A. è a corto di testimoni, altre sei aziende finiscono nella Borsa delle azioni al ribasso ma ciononostante iniziamo speranzosi la nuova settimana di lavoro. Il traffico è micidiale. Confermiamo la nostra intenzione di impiegare armi atomiche contro i seguenti Stati. State ascoltando Radio Paradiso, benvenuti allo show dei balordi, gente, benvenuti, benv---

A quel punto Abel era uscito dalla tromba delle scale.

Raccontare tutto questo e possibilmente anche in ordine cronologico sarebbe stato impossibile e superfluo, e quindi disse soltanto a sua moglie che la sera prima era stato fuori e gli avevano rubato la giacca. Con tutto dentro. Documenti, soldi, carta di credito. Gli viene in mente adesso che non l'ha bloccata. Tutto quello che ha in tasca sono un paio di monete, un miracolo essere qui adesso, con l'unica cosa che gli è rimasta come segno della sua buona volontà: il passaporto scaduto.

Come scusi?

L'unico documento che gli è rimasto, con una foto di dieci anni prima. Se può servire.

Dai che non è vero.

Il giudice, una donna, lo guardò. Guardò l'avvocatessa, Mercedes, l'uomo con il trench nero e l'occhio pesto, il passaporto, poi ancora Mercedes, l'avvocatessa. Quello Stato non esiste più. Aprì e richiuse nervosamente il passaporto.

Sì certo, disse l'avvocatessa. Ma in fondo sono valide anche le patenti.

Questo però no. Il giudice lanciò ancora uno sguardo.

Il passaporto era scaduto poco dopo il matrimonio, il pensiero attraversò in quel momento la mente di Mercedes. Macchie rosse sulla faccia.

E comunque, disse il giudice. Non posso far divorziare qualcuno che non esiste neppure.

Questo è il nome originario. Prima del matrimonio. Il certificato di matrimonio, suggerì l'avvocatessa.

Sì, disse il giudice e osservò il certificato. Effettivamente.

Confrontò ancora una volta la foto e l'uomo. La prima volta che lo guardava con attenzione. Fino ad allora: come se la sua presenza non fosse *così* certa. Altezza, colore degli occhi (nel passaporto c'è scritto azzurri, ma il giudice vide che erano violetti). Altri segni particolari: nessuno.

Mh, disse.

Questa volta si tratta solo della dichiarazione di intenti, spiegò l'avvocatessa. Che tutti e due dichiarino di voler divorziare, il resto e la parte decisiva avvengono comunque in seguito…

Io però devo sapere chi è che mi dichiara le sue intenzioni, disse il giudice.

Prendersi qualcuno dalla strada. Cose così succedono. Guardò Mercedes. Bella ragazza, un po' spaventata. Mi spiace per lei. Non si libererà di quest'uomo. Non oggi.

Per prima cosa richiuse di scatto il fascicolo, poi sfilò il pollice dal passaporto e lo restituì al presunto Abel Alegre nato Nema.

Che ci vuoi fare.

Lasciarono insieme l'edificio: Abel, la sua ancora consorte Mercedes e il loro comune avvocato. Rimasero sui gradini davanti all'entrata, mezzogiorno, rumore di traffico, sole, vento, un coro provava *Dona nobis pacem*, ma era soltanto Mercedes a sentirlo. L'avvocatessa era vestita in grigio grafite, gli altri due in nero: un piccolo corteo funebre.

Si possono fare le congratulazioni? chiese Tatjana.

Che ci fate qui? Mercedes guardò Omar. Non erano quelli gli accordi. Che sarebbero stati là all'uscita. Cara coppia di divorziandi, cari ospiti.

Quando Mercedes aveva detto a Omar che avrebbero divorziato lui non l'aveva guardata e aveva detto soltanto: peccato.

Anche adesso non la guardò e si rivolse a Abel: Volevo salutarti. Ma invece che arrivederci gli disse: Ciao, spia.

Come va, pirata?

L'occhio è ormai troppo piccolo. Oggi me ne danno uno nuovo. Da qui andiamo direttamente in clinica. Quando l'orbita oculare cambia dev'essere approntata una nuova protesi. Le protesi di materiale sintetico hanno il vantaggio di non rompersi se cadono. Sono tuttavia più care da fabbricare e richiedono diverse visite dall'oculista.

Capisco, disse Abel.

Pausa. Sole, vento, traffico, tre donne, un bambino, un uomo nero.

E allora? Siete divorziati?

Abel scosse la testa.

Che cosa hai combinato?

Mi sono fatto fregare la mia identità.

Tatjana scoppiò a ridere. Occhiata di Mercedes.

Hai qualcosa sul collo, disse Omar.

Abel si toccò.

Sull'orecchio.

Si sfregò i polpastrelli. Uno scintillio dorato. Mercedes inforcò un paio di occhiali da sole: Andiamo.

Arrivederci, disse Omar e porse la mano a Abel.

Abel prese la mano e aiutandosi con quella avvicinò a sé il ragazzino e lo baciò sulla guancia.

Mi chiami quando si sarà procurato i documenti nuovi, disse l'avvocatessa e salutò con una stretta di mano.

I
Cercatori di Dio
VIAGGI

Finestre rotte

Cosa succede dopo la fine delle cose?

Incomincia! Adesso! Colleghi! La vita vera!

Una festa di maturità o piuttosto un'orgia, tutti gridavano come... (come degli ossessi) fra le spesse pareti di pietra del sotterraneo a volte, oggi un bar sotto la piazza principale, ragazzi in vestiti bianconeri in mezzo al fumo che ristagna, tutt'attorno sul suolo imbiancato a calce rovine di tempi antichi: teste, busti, piedi di pietra. Questa dunque è la solenne fine della nostra... (*dorata*) gioventù. Desolato starsene seduti nei vestiti buoni attorno a massicci tavoli di legno. Molto da dirsi non c'è, e cosa ci si dovrebbe dire, e a chi. La cosa migliore è ubriacarsi direttamente senza tante storie, nel caso tapparsi il naso gonfio di lacrime, in qualche modo si riuscirà a buttarla giù: gialla, rossa, frizzante, ma la migliore è la roba trasparente. Arriva il momento in cui vedi spuntare il coraggio e l'istante giusto per salire in mezzo ai tintinnii sulla rustica tavola e gridare qualcosa sulla vita!

La vita! In piedi, barcollante sul tavolo, grida fra due singhiozzi, una volta è riso e una volta è pianto: vita! Quella vera! Amici! Adesso! Noi! Incuneati fra i nostri padri e i nostri figli. I nostri... Cos'altro volevo dire? Incuneati. Padri. Fa lo stesso! Adesso! Il nuovo! E anche il vecchio! Tutto qui! Noi! Ve lo dico...! Vi amo, ragazzi!

Le gambe inguainate nel nylon di una ragazza sconosciuta scintillavano, e lei disse sospirando: Ti amo!, cingendo con un braccio il collo di Ilia.

Andiamo, disse Ilia al suo vicino.

Il braccio della ragazza scivolò come un peso morto e bianco dietro la schiena di lui e là rimase, floscio.

Innanzitutto percorsero per cinque anni la città – Quante ore? Quanti chilometri? Un giro attorno alla terra? Di più? Di meno? Un giro preciso? – e poi fecero la maturità. Alla tradizionale gozzoviglia finale se ne andarono via piuttosto presto. Proseguirono diritti fin quando non si trovarono davanti all'ufficio postale, lo aggirarono sulla destra e poi si diressero verso la stazione. Erano silenziosi da un pezzo e così la città attorno a loro, anzi no, tutt'altro, c'era un discreto chiasso, lavoro, festa, bisticci, ma sempre da qualche altra parte, almeno una via più in là. Dove si trovavano loro tutto era tranquillo e vuoto. Andarono avanti fino all'ultimo bivio prima della stazione. Era sempre lui, Ilia, l'intercettatore di segni, a indicare la direzione successiva. A quel punto si fermò. Le lancette dell'orologio sopra la stazione rilucevano bianche sullo sfondo del cielo nero. Abel contò le ore. Ancora trentasei. Poi si parte e si passa il resto dell'estate in viaggio attraverso il paese. Dove, non importa. Secondo il principio del giudizio di Dio. Perdiamoci. La proposta era venuta da Abel e Ilia fece segno di sì. Non avevano una macchina e nemmeno una patente, e allora prendiamo il treno.

In realtà avrebbe voluto aspettare di trovarsi in un luogo migliore, una costa, un punto panoramico, qualcosa con un'atmosfera e un significato, ma poi Abel guardò l'orologio sospeso là in alto e non poté fare a meno di pensare al braccio della ragazza, a quel braccio assolutamente insignificante e disse:

Ti amo.

La lancetta dei minuti dell'orologio sopra la stazione avanzò di una tacca.

Lo so, disse Ilia.

In seguito gli porse la mano. Abel si appoggiò al muro, Ilia rimase davanti a lui con la testa china e poi, probabilmente dopo alcuni minuti, tese in avanti il palmo vuoto: Vedi, sono disarmato. E intanto continuava a guardare altrove, di sottecchi. Abel prese a scivolare con la schiena lungo il muro, verso la sporcizia appiccicosa del marciapiede. Be'! disse Ilia e richiuse la mano a pugno prima di ritrarla. Innervosito, sprezzante: Be'! Servì. Abel smise di scivolare, si staccò dal muro e si incamminò.

Passò a sinistra mentre Ilia – come si può immaginare – deve aver preso la direzione opposta, o chissà, forse rimase lì fermo a lungo. Abel non si girò più.

Una pallina da flipper sfiancata e fuori ritmo nei corridoi angusti della città vecchia: lui correva, inciampava, urtava contro i muri. Sempre, ogni volta che succedeva, rimaneva fermo un istante e si guardava attorno. Non per vedere se *lui* lo seguiva. Ilia con la sua insufficienza cardiaca, dispensato dalla ginnastica a scuola, sarebbe stato davvero in grado di correre così in fretta, non importa, non deve farlo, deve ---. Si guardava attorno così, *semplicemente*, per vedere cosa c'era, com'era adesso. Il momento in cui tutto ti diventa estraneo. Fin quando a un certo punto non seppe veramente più dov'era.

Posso essermi perso in strade che ho percorso mille volte? È possibile? Ancora qualche svolta, ascoltò il rumore degli altri, invisibili, che cosa fanno e dove? Sulla piazza principale, forse, ma in quale direzione si trova ora? Dopo un po' ebbe l'impressione di essere nuovamente sulla strada che portava alla stazione. Bene anche così. Ma poi, di nuovo: batticuore: E se *lui* fosse ancora lì?

Quando le strade si fecero sempre più erte capì: come che fosse, era già dietro la stazione, aveva attraversato i binari senza notarlo, ora si stava incamminando su per la montagna. Il marciapiede consisteva ormai solo di gradini, si precipitò verso l'alto come se dovesse affrettarsi, il parapetto di acciaio, là dove c'era, oscillava quando la sua mano mollava la presa. Poi i gradini finirono e non c'erano nemmeno più case, solo il brutto e rozzo asfalto delle strade con il bordo mezzo sgretolato e spigoloso. Conosco questa strada, porta su fino alla piazzola panoramica, meta di decine di escursioni, e però mai nel pieno della notte. Fra gli alberi era buio pesto e in parte si sarebbe potuto tranquillamente tenere gli occhi chiusi, come quando si vaga in sogno. Sapeva che era la strada per la torre, ma adesso sembrava infinita, non riesco a immaginare di poterci mai arrivare. È una di quelle infinite marce nei sogni, in cui al massimo succede che la montagna si fa sempre più erta. Piegò in avanti il busto per bilanciare il pendio. Le punte delle dita toccavano l'asfalto. Camminare così, carponi, si dimostrò una buona idea e continuò a quel modo. La prima cosa davvero strana che ho fatto nella mia vita: camminare carponi attraverso un bosco nel buio più assoluto. Le stelle si riflettevano sulla stoffa luminosa della sua schiena. Solo quando si ritrovò davanti alla torretta panoramica si raddrizzò.

Che cosa successe nei minuti successivi? nelle ore seguenti? questo non si sa bene. Deve aver osservato le luci della città che non aveva mai visto così, perché non era mai stato di notte in cima alla montagna. Guardò la città da quella nuova prospettiva e a parte un dolore folle diffuso in tutto il corpo non provava assolutamente nulla. Una piccola città in prossimità di tre confini, una ferrovia che si ferma lì e non procede oltre, linea d'aria, cani. Sono mai stato felice?

Sì. Fin quando aveva lui. E adesso? Passare quassù il resto della vita? Fare l'eremita della torre panoramica? In mezzo agli scarabocchi delle dichiarazioni d'amore, alle oscenità e ad altre dimostrazioni di esistenza? Guardare in ogni minuto di veglia il labirinto delle strade? Poiché da adesso tutto è qualcosa di residuo e in quanto tale non mi interessa più.

Arrivò una macchina. I passeggeri, una coppia, non lo notarono, avevano fretta. Si misero a scopare. Abel aspettò che i finestrini fossero abbastanza appannati e passò oltre. Più tardi perse la concentrazione e scivolò sul bordo sgretolato della strada. Cadde sul sedere, scivolò sui palmi delle mani e sui talloni, si fermò, rimase seduto ancora un poco, si alzò. Aveva le piante dei piedi e le mani doloranti, nelle escoriazioni si erano infilati minuscoli sassolini insanguinati che si staccavano e cadevano come il terriccio del bosco dalla schiena del vestito man mano che si asciugava, ma non faceva nulla, e Abel scese verso la città.

Quello adesso era tutto?

C'è ancora una cosa. Questa finestra a pianoterra, dietro il teatro, in questa strada senza nome perché non è affatto una strada ma solo un guado in cui non c'è nulla tranne qualche parcheggio per veicoli selezionati, l'entrata degli artisti e la summenzionata finestra vis-à-vis. Il davanzale della finestra era così basso che (prima, a volte) era più facile bussare sul vetro e arrampicarsi direttamente nella stanza anziché svoltare l'angolo e utilizzare l'entrata.

Abel scese dalla collina, attraversò il parco e superò il ponte sopra i binari della ferrovia, e quella era già la sua strada. Passò davanti alla casa dove la madre e la nonna stavano dormendo, si lasciò alle spalle due piazze più piccole adorne ciascuna di una statua, aggirò il teatro e si ritrovò davanti alla finestra. La lampada nuda sopra l'entrata degli artisti gli illuminava la schiena e lui vide sé stesso come una silhouette nel vetro scuro. Dietro non si muoveva nulla. Tutt'attorno martellii, tintinnii, crepitii, urla e grida strepitanti, doveva essere una festa folle o forse soltanto un'allucinazione, perché non c'era nient'altro da vedere. Aspettò un poco, poi sfondò la propria immagine riflessa. Prima il vetro sinistro, poi quello destro. Le schegge grandinarono all'interno, sul letto. Vide il luccichio grigiastro delle lenzuola, ma a parte questo non si mosse nulla. O comunque, non stette ad aspettarlo.

All'inizio due persone si amano con naturalezza, poi ugualmente si odiano, e il passaggio da una condizione all'altra dura tanto poco quanto l'istante che serve a capirlo e – fatto, sì, autenticamente doloroso – non risulta troppo difficile a nessuna delle due parti. Ti amo, ha detto, e io invece no, se n'è andato, ha girovagato, è salito in cima a una montagna e ne è disceso, è caduto, si è rialzato, ha sfondato una finestra, è andato a casa, ha chiuso le ante dell'armadio a muro e si è disteso. Più tardi è sobbalzato perché un attacco al cuore l'ha scaraventato giù dal letto.

Il letto non era affatto un letto ma soltanto un materasso nell'armadio-guardaroba in corridoio. Cadendo picchiò contro la parete di compensato, dev'essere stato uno schianto infernale, si ritrovò con la faccia sul fondo dell'armadio e rimase lì disteso. Premette la fronte bagnata sulla moquette, la polvere crepitò, lui respirava come gli riusciva e non potendo fare altro ascoltava il proprio cuore che batteva, batteva, batteva. Il mio affanno fa tremare il mondo.

Tutto a posto? esclamò Mira dall'esterno, davanti all'armadio.

Lui trattenne l'aria, era comunque più facile. Purtroppo in quel modo il dolore allo sterno aumentò. Concentrati su qualcos'altro, sui rumori là fuori: radio, piatti, una litania lontana, biblica. Evidentemente la nonna è in cucina, vuol dire che è mattino. O è già di nuovo sera.

Abel? Adesso Mira doveva essere vicinissima all'armadio.

Andrà subito meglio, subito, subito...

Forse nel sonno... disse Mira allontanandosi. Con il braccio contro la parete. A poco a poco diventerà davvero troppo grande per starci.

Rimase sdraiato, faccia, sudore, polvere, fin quando il peggio fu passato e poi, in un *momento in cui nessuno osservava*, sgattaiolò in bagno, davanti allo specchio. Aveva battuto lo zigomo – cadendo dal materasso alto dieci centimetri sul fondo dell'armadio (!) – una piccola macchia rossa soltanto, ma chiaramente visibile.

E questo cos'è?

Quando uscì di nuovo dal bagno Mira era dentro l'armadio, il vestito nella mano. Imbrattato da cima a fondo. Che cos'è? Terra? E: Gesù – in quell'istante vide la sua faccia – ma come sei conciato?

Che cosa hai fatto?

Casino in città per tutta la notte. Bevuto, fatto a botte, spaccato bottiglie. (Nonna) Non riusciva a dormire, e non poté fare a meno di ascoltare.

Vetrine, disse Vesna, zia Vesna, la migliore amica della mamma. – Una lesbica! (Nonna) – Occhi intelligenti, un grande naso in un viso abbronzato, la voce profonda e roca: Hanno spaccato delle vetrine.

Chi ha spaccato delle vetrine? (Mira.)

Non cambia mai niente, borbottò la nonna. Sempre più spudorati diventano. Senzadio, rozzi, depravati.

Chi? chiese Mira.

Perché i maturandi dovrebbero fare qualcosa del genere? chiese Vesna.

Non c'è sempre un perché, disse la nonna.

Vesna rise: Questo in ogni caso è vero.

Basta un niente a rovinare la vita, disse Mira.

Parlò rivolta al figlio, quello con la faccia pesta. O quanto meno supponeva che la macchia ci fosse ancora perché da ore ormai non osava più guardare *il mio unico figlio*. Non lo so, c'è qualcosa di diverso. Nel giro, letteralmente, di una notte.

Da parte sua neppure Abel guardava qualcuno in particolare. Erano seduti in un ristorante, mezzogiorno di domenica, come succedeva nelle occasioni particolari, *le tre parche e io*.

Sempre più spudorati, borbottò la nonna. Non capisco come ci si possa divertire a fare cose del genere.

In seguito due poliziotti entrarono nel ristorante, si trattennero a lungo vicino all'entrata, parlarono con il capocameriere, diedero un'occhiata all'interno. Abel guardò fuori verso di loro, ma loro non fecero caso a lui. Poi se ne andarono via.

In seguito, durante il pranzo, come se i camerieri discreti l'avessero portata in giro per le sale sui loro vassoi, filtrò la voce che la notte prima metà della maggiore via commerciale era stata effettivamente distrutta (Per l'amor di Dio non andarci! Finisce pure che ti arrestano. E poi non è un'attrazione per turisti), ma non erano stati i maturandi, o almeno non soltanto, non dall'inizio. Quando erano usciti barcollando dal loro sotterraneo, *la cosa* era già in atto da tempo e ci erano finiti in mezzo, non capivano che cosa succedesse, ridevano soltanto in modo isterico e calpestavano le schegge, nei loro occhi si rifletteva il fuoco crepitante all'interno di un negozio, ma quello poi si spense, il pavimento di plastica bruciava a stento, puzzava solo terribilmente e a quanto pare qualcuno ha sottoscritto di avere ricevuto una certa quantità di polvere esplosiva e detonatori.

E cos'altro ancora? chiese Mira. E: Potremmo parlare magari di qualcos'altro?

Insieme al dessert le donne bevvero del liquore, anche Abel doveva assaggiarlo, prese il bicchierino e se lo versò tutto in gola, era dolce ma non importava. Mira rise timidamente, la nonna fece schioccare la lingua. Vesna rise come in segno di approvazione e anche lei bevve tutto d'un fiato. Ts, ts, disse la nonna.

Mira aprì la borsa dove c'era una busta con i soldi appena ritirati per il pranzo, e un'altra busta che diede a Abel. Grazie, disse lui.

Ti consiglio innanzitutto di aprirla, disse zia Vesna.

Era un biglietto della lotteria automobilistica della classe più bassa.

Oh, disse Abel, che non aveva la patente, grazie.

Rimise il biglietto della lotteria nella busta, posò la busta accanto al piatto, prese la forchettina e continuò a mangiare il dessert.

Mi spiace, disse Mira, di non poterti comprare una macchina.

Dopo quell'estate in cui Andor era scomparso e loro avevano girovagato in macchina in lungo e in largo, inutilmente, Mira aveva venduto l'automobile azzurro cielo. Svendette inoltre e regalò i vestiti di Andor e strappò le sue foto dagli album.

Un figlio cortese adesso direbbe qualcosa, ma Abel non disse niente.

Ehilà, disse Mira, guardaci. Siamo qui.

Un biglietto della lotteria, disse più tardi Vesna. Non saprei cosa potrebbe esserci di meglio per mandare un figlio incontro alla vita. Rischiosa è la vita, piccolo mio. Io al posto tuo gli avrei regalato un mucchietto di *fiches* per il casinò, le chance sarebbero migliori. Potrebbe conoscere un paio di tipacci loschi, il che rivaluterebbe enormemente le sue prospettive. Senza dubbio la malavita prenderà qui in futuro il potere, l'importante è stare dalla parte giusta, io personalmente preferirei avere come figlio un capomafia di successo piuttosto che...

Piuttosto che cosa...?! gridò Mira.

La nonna borbottò maledizioni sottovoce: creatura disgustosa, zingara, linguaccia sacrilega.

È una persona a posto, lei, disse Mira.

Ora tocca a me! disse la nonna. Da un grande fazzoletto da uomo estrasse una scatola. Dentro: le decorazioni del nonno, quelle della guerra e le onorificenze sul lavoro, un'intera scatola di latta piena di latta, e vedendola persino Mira arrossì. Abel posò il biglietto della lotteria sopra le decorazioni, chiuse il coperchio e disse che avrebbe passato il resto dell'estate in viaggio.

Tre visi di donne.
Con chi? Con Ilia?
No.
E allora con chi?
Con nessuno. Da solo.
E Ilia?

E con che mezzo?
In treno.
Ma dove?
Questo ancora non lo sapeva bene. (Bugia.)
Silenzio.

Ora è un uomo adulto, disse Vesna, lo guardò fisso negli occhi al di là dei segni dell'acne e del naso a patata e gli regalò una banconota straniera, di grande valore dalle nostre parti. A qualcosa potrà pur servire.

Canicola

Scomparsi: il sindaco di una piccola località in D. durante i festeggiamenti per la sua rielezione. Halldor Rose, studioso del caos, al ritorno da un congresso. N.N., ex direttore di un coro giovanile che un certo numero di giorni addietro partì da Boca de Inferno, Portogallo, per attraversare a piedi il continente eurasiatico fino alla punta della penisola di Kola. Il giorno dodici giugno, vent'anni fa: il padre di Abel Nema.

Ungherese per metà, l'altra metà ignota, diceva, aveva in sé il sangue *di tutte le minoranze della regione*, un immigrato, uno zingaro, un imitatore di voci e un avventuriero, capace di suonare contemporaneamente due flauti e la balalaica, e chissà cos'altro. Si scoprivano sempre nuove cose su di lui, il che era irritante e impressionante, disse Mira, fin quando vuoi credere a qualcuno tutto questo è impressionante. Di sicuro presto un alcolista, disse la nonna quando vide quanto caffè turco era in grado di bere, ma lui non pensava affatto ad attenersi alle prognosi e rimase un tipo sorprendente fino alla fine.

Eccolo davanti all'edificio, le sei del mattino dell'ultimo giorno prima delle vacanze estive, i raggi del sole gli splendevano dritti incontro lungo la strada che portava alla stazione. Una grossa freccia dorata puntata su di lui, ma con una limpidezza e un calore che pareva fosse almeno mezzogiorno. In realtà doveva essere già piuttosto tardi, pensò Andor Nema, probabilmente non aveva più molto tempo da perdere. Così, o qualcosa del genere. L'ultima cosa che Abel, sdraiato nel suo armadio, percepì di lui fu il rumore dei sette passi che impiegò ad attraversare il corridoio. Uno-due-tre-quattro-cinque-sei-sette. La porta. Piano piano si apre, ancora più piano si chiude. Un'ora e quaranta minuti dopo, quando doveva iniziare la sua prima ora di lezione, Andor non era più in città. Se ne andò così com'era venuto, con le tasche vuote, forse qualche spicciolo, un pacchetto di sigarette, un fazzoletto. Rimasero indietro i suoi vestiti vuoti, un'automobile scassata e una scatola piena di cartoline.

Prima di generare il suo unico figlio Abel, Andor Nema aveva avuto dodici amanti. Una di queste era morta per mano propria, una era ricoverata in un istituto psichiatrico. Con le altre si scambiavano cartoline che lui conservava in una scatola, accanto a vecchie lettere d'amore e fotografie. Mira rideva: Galletto vanitoso.

Tutto quello che so fare l'ho imparato dalle donne, diceva Andor. Questo è il mio collegio insegnanti. Saranno sempre con me.

Mira rideva: Le dodici norne.

Tredici, mia cara, diceva Andor, tredici.

Mira arrossiva.

Non aveva detto la verità. Non prese con sé la scatola. Mira aspettò una settimana, poi saltò in macchina e guidando all'inizio male, non guidava più da molti anni – Abel, come ti senti? Mi viene da vomitare – visitò le dieci donne in questione (escluse cioè le morte e impazzite). Dieci donne rimasero davanti a nove soglie (in un caso erano due sorelle che nel frattempo avevano ripreso a sopportarsi e addirittura abitavano insieme), guardarono fisso il ragazzo e scossero la testa.

L'ultima a cui fecero visita, e in realtà avremmo potuto incominciare direttamente da qui, si chiamava Bora. All'epoca

Abel credeva che fosse un nome maschile, ma fu una donna a presentarsi sulla porta. Il primo amore di Andor era l'unica a vivere sola nello stesso minuscolo monolocale di vent'anni prima, in un edificio tipico della città d'origine di Andor, con ballatoi a ringhiera e odore di gas. Il ragazzo guardò innanzitutto in alto, il quadrato di cielo sopra il cortile interno: vuoto, e poi in basso, verso lo zerbino. Vide la donna soltanto dalla vita in giù: la gonna del vecchio vestito buono della madre («Sei una puttana, mia cara») di seta grezza color ocra, che lei portava come abito da casa. Sui fianchi due passanti di cintura di refe, vuoti, attraverso i quali si poteva vedere dentro l'appartamento (niente, buio), e sotto le sue gambe e i piedi infilati negli zoccoli di legno. Piedi grandi, maschili. Come tutte le altre Bora guardò il ragazzo e come tutte le altre disse di non sapere dove si trovasse Andor. È passato tanto di quel tempo. Deve credermi.

Mira non le credette, ma se ne andò. Prima chiese se poteva andare in bagno.

Prego, disse Bora, e fece segno verso una porticina all'angolo opposto dell'unica stanza.

Come ti chiami? chiese al ragazzo quando rimasero soli.

Lui disse il suo nome.

Grazie, disse Mira. Tornarono alla macchina. Mira si sedette al posto di guida, Abel sul sedile dietro. Là rimasero due giorni. Il culmine dell'estate. Temperature all'ombra: trentacinque gradi, in macchina certamente il doppio, e non un alito di vento attraverso il finestrino aperto, solo la puzza di uomini, animali, macchine che si infiltrava pigramente. Mira era alternativamente del tutto convinta o perplessa. Restarono seduti in macchina e continuarono a tenere d'occhio l'entrata dell'edificio. Invece della toilette di Bora usavano quella di una mescita vicina, in un seminterrato così buio e gelato che i compari avvinazzati erano infreddoliti in pieno agosto. Stavano là e starnutivano. Be'? dicevano al ragazzo timido e magro – be'? dicevano alla bella donna forestiera. Come le sta bene questo sguardo fosco. Entra ed esce con aria altezzosa, senza dire una parola.

Abitano in un'automobile azzurra, raccontò uno dei compari agli altri. Chissà cos'è successo, eppure ha un aspetto così garbato, potresti prenderla per un'insegnante. Come mai vive dentro una macchina? Dev'esserci di mezzo un uomo. Un uomo di qui, che questa donna straniera sta aspettando. Il frutto del loro amore è là sul sedile posteriore. Quando dopo ore al fresco gli uomini risalivano nella calura li colpiva in testa la martellata dell'ebbrezza, e dimenticavano di nuovo la donna nella macchina ma il giorno dopo, nella bella frescura di fonte che odorava di vino tutto tornava come prima, e ricominciavano daccapo. La macchina azzurro cielo in qualche modo li turbava. Bisognerebbe informare da qualche parte della cosa, in modo che venga qualcuno. Ma chi e dove si informa in un caso del genere? In seguito ebbero un'idea. Misero uno a sorvegliare la porta.

Sta arrivando, disse la sentinella e scese inciampando le scale. Tutti si misero in posa, ossia fermi là dove stavano, a mimare i bevitori che loro stessi erano. Mira arrivò, attraversò la stanza, abbassò la maniglia della toilette. Occupato.

Si guardò attorno: un'unica, minuscola stanza, uomini e bicchieri nel buio, immobili e risplendenti come manichini di cera, impietriti in diverse ancorché simili pose del bere, gli occhi puntati su di lei. A quel punto dovette aggiungersi solo un esilissimo squittio irridente, non si sa da dove, perché Mira capisse che era una trappola. Uno scherzo. Ne era certa, e in base a cosa?, che fosse uno scherzo e nient'altro, il che sarebbe stato anche possibile, nulla di più pericoloso eppure per la prima volta quell'estate provò anziché rabbia e decisione: debolezza e paura. Spostò rumorosamente, girandola, una sedia vicina e si sedette. Le figure di cera si animarono immediatamente, si accostarono, i loro occhietti scintillavano gioiosi, parlavano in maniera incomprensibile e spingevano verso di lei i bicchieri e le bottiglie di vino e soda. La bottiglia di soda gorgogliava come se stesse per scoppiare in lacrime.

Sto per scoppiare in lacrime. Bella scena: una donna venuta dal nulla confida a ubriaconi stranieri e senza età tutta la pena inflitta da un amante infedele, e anche se loro non conoscono la sua lingua la capiscono perché è una lingua universale, e anche se non possono aiutarla le diranno almeno la propria opinione e impreceranno come si deve nella loro lingua contro il bastardo, perché persino un'esistenza perduta di beone ha più sensibilità morale di ---

Due caviglie-polpacci-ginocchia di donna passarono davanti al quadrato luminoso dell'entrata, tutto il resto annullato nella luce bianca e accecante. Il ragazzo fuori, in macchina.

Pardon, disse Mira e si alzò. La lingua straniera paralizzò nuovamente gli uomini che la guardarono allontanarsi, muti.

Tornarono indietro in macchina. Una volta fuori città Mira si fermò al bordo della strada e fece pipì dietro un cespuglio. Abel contò le macchine che sfrecciavano loro incontro. Mille, mille e uno.

Una donna di nome Bora

Scomparso, sette anni più tardi, dopo una festa di maturità con annessa passeggiata: Ilia B. Abel aspettò ancora qualche giorno per vedere se succedeva qualcosa, se lui o *qualcuno* si faceva vivo, ma non successe niente. Non si sa se Ilia fosse ancora in città. Alla fine anche Abel se ne andò.

    Prese il treno. Vagabondò in compagnia di sconosciuti per sconosciute province. *Guarda come camminano gli alberi.* Certi villaggi erano come imprigionati fra i cavi. Non aveva quasi più soldi e allora prese i treni più lenti, ma a parte questo dettaglio non perse tempo. Andò direttamente alla stazione giusta.

Era estate, come allora, la stazione immersa in una luce arancione. Sui due piani superiori e in quello interrato la gente sostava, se ne stava accovacciata o distesa in mezzo ai bagagli in attesa di partire, o perché viveva lì. Attenta a non calpestare nessun dormiente e a non buttare all'aria nessun picnic, Bora passò in mezzo, dal mercato coperto seguendo i trolley. Dalle banchine affluivano a getto continuo persone con ancora più valigie e lei doveva cambiare continuamente il passo, una vera e propria migrazione di popoli. In seguito pensò che probabilmente avevano continuato ad aggirarsi a lungo nelle stesse sale, lui da qualche parte fra i trafficoni là dentro perché non era passato molto tempo, la spesa stava ancora nel sacchetto sul tavolo, gli zoccoli di legno che si era sfilata non ancora raffreddati quando avevano suonato alla porta.

    La donna era a piedi nudi sulla soglia, primo piano a destra, porta verde, una piccola targhetta ovale di smalto: numero 3.

    Chi sta cercando?

    Mi chiamo… disse Abel. Sono il figlio di…

    Gesummio, disse lei e inarcò le dita nude dei piedi sulla pietra.

Come prima cosa ci si siede forse al tavolo di cucina, qui, due passi dietro la soglia, aspetta, metto via il sacchetto. Attraverso la porta vetrata un po' di luce naturale entra dal cortile interno e arriva appena al tavolo dove sono seduti, il resto della stanza, una sorta di budello, è immerso nel buio. In fondo in fondo si intravede una tenda bianca da doccia.

Non era stato dietro quella tenda che Andor si era nascosto allora. Era lo stanzino proprio accanto alla toilette che Mira aveva utilizzato. Lui poté sentire urinare sua moglie. Bora andava al lavoro o a fare la spesa e fingeva di non notare la vistosa automobile azzurro cielo, parcheggiata sulla strada qualche casa più in là. Il ragazzo sembrava soffrire il caldo, tutto rannicchiato sul sedile posteriore. Alla fine, erano passati due giorni e loro erano sempre lì, Bora vide la donna che entrava nel seminterrato della birreria mentre il ragazzo era rimasto in macchina, e allora spalancò la porta e disse: Sparisci da casa mia.

Cosa, disse Andor, adesso, subito?

Maledizione, disse Bora.

Quando Andor uscì in strada barcollava e strizzava gli occhi nella calura. Il ragazzo sul sedile posteriore chiuse gli occhi. Mira si sedette su una sedia fredda. Quando si alzò e salì all'aperto la strada era vuota.

Mi dispiace, disse il ragazzo. Di avere chiuso gli occhi.

No, disse Mira, dispiace a me.

Non si sa se Andor abbia visto l'automobile azzurro cielo. La sua schiena nella strada laterale, i suoi pantaloni chiari a zampa d'elefante scintillavano al sole. O forse l'ho sognato. Guarda in avanti, disse Mira a Abel, sennò ti senti male.

Bora sostiene che dev'essere stata questione di secondi. Mi dispiace molto. L'ultima cosa che ha sentito di lui è che insieme a quaranta altri è stato ingaggiato in un cantiere navale in Francia, ma ormai sono passati degli anni e chissà poi se è vero. Lui non capisce nulla di costruzioni navali. Non mi risulta. D'altro canto. Tutto è possibile. Andor, l'orfano con le dodici madri. L'una dopo l'altra e in parte anche contemporaneamente.

Guarda il ragazzo: un diciannovenne di alta statura, un po' più magro, pallido e arruffato del normale. Gli si vedono in faccia le dodici ore di treno appena fatte e, come se non bastasse, ha preso anche quell'odore, l'odore del treno, e non lo abbandonerà mai del tutto. Ha gli stessi occhi del padre che qui, nell'oscurità, sembrano neri, ma Bora sa che in realtà hanno il colore di un cielo infuriato: violetto e grigio. Nei suoi lineamenti insonnoliti traspare la madre, ma il fatto decisivo adesso è già qualcos'altro che lui ignora completamente ma che Bora invece conosce bene. Questo non-c'è-la-parola-adatta, questa *provocazione* che lui irradia e che in ogni persona che incontra suscita una *tensione nervosa*, la spinta coatta a voler avere a che fare con lui, in un modo o nell'altro.

Fin quando lui *era due* questa, chiamiamola così: questa capacità non diventava trascinante. L'*altro* gli faceva da schermo. Forse era anche troppo giovane. Ma ora, disse Vesna dopo il dessert, è un uomo. Già durante il primo viaggio in treno che avevano fatto insieme tutti gli occhi erano puntati su di lui, come a comando. Lui si sforzava di guardare fuori dal finestrino, ma da noi puoi fare quel che ti pare, *leggere* (tanto per fare un esempio), escluso che ti lascino in pace. Persone piacevoli, compagni di viaggio, soprattutto anziani, gli parlavano in tono confidenziale: Chi sei, ragazzo mio, da dove vieni, dove stai andando? E lui, esagerando apposta un po' la sua naturale timidezza, e comunque sempre cortese, scivolava dalla verità alla bugia: Vengo dalla S. Sto andando a trovare dei parenti. Una *zia*.

Ah sì? chiese l'uomo in abiti borghesi. Era già la seconda volta nello stesso treno che lo controllavano. Ormai chiunque nel vagone avrebbe potuto raccontare quella storia. Ah sì? chiese l'uomo in borghese. Come si chiama la zia e dove abita? --- Cosa? Non ha capito la domanda? Saprà certo inventarsi un nome e un indirizzo.

Ora lasci in pace il ragazzo, disse l'anziana signora che gli stava di fronte, dopo la terza volta. Ha appena fatto la maturità, lo conosco, un bravo ragazzo, adesso lasci che vada a trovare la zia.

Il tizio in borghese guardò con attenzione il suo documento e poi guardò lui ancora una volta, come se volesse imprimersi bene nella memoria quel viso. Quando alla fine se ne fu andato, l'anziana signora diede a Abel un pezzo di cioccolata: Come ti chiami, caro ragazzo? ---

Così è andata e così andrà in futuro a tutti: amare o uccidere. Nel caso di Bora è la prima soluzione. Di sicuro c'è da qualche parte una famiglia, dice lei in tono consolante, ma mentre lo dice è già così gelosa che la sua voce si incrina. È *lei* che vuole tenersi il ragazzo, lei, lei, lei. Legarlo a sé all'istante, prendersi cura di lui, aiutarlo, agire per lui… È davvero una pazza.

Abel scuote la testa.

Grazie, non ha voglia di mangiare.

Bere?

Quanto meno fa segno con la testa. Siedono al tavolo di cucina, lui con le spalle alla porta, lei di fronte. Lei beve vino, lui acqua e grappa. Scende la sera. Strano, pensa Bora, solo poco fa era mattino. È sempre a piedi nudi, la goccia di alcol nello stomaco rilascia piccole dosi di calore. Il ragazzo sulla sedia di fronte non si muove. Accendo il boiler per te. Ha fatto segno con la testa, oppure no? Bora si risiede. I rumori della sera.

Vicini, corridoi, scarpe, chiavi. Interruttori della luce, acqua, vasi di fiori, gatti, colombe, un bambino piange, un canto infantile. Una radio mal sintonizzata, suoni di musica popolare, pressoché senza bassi. Il lampione in strada, davanti alla casa, che si accende vibrando. Macchine, sportelli di macchine, imprecazioni, pedoni. Donne, uomini. Il cancello del vicino negozio di alimentari. Un trapano, una finestra che si apre. Uomini su una piazza per parate nelle vicinanze che lanciano ai loro cani anelli di plastica. Fischi sul cemento. Un gruppo di liceali dell'ultimo anno. Corpi, richiami, risate. Più tardi, un'orchestra sta provando. *New World Symphony*. Adagio. Più tardi, televisione. Più tardi, silenzio. Più tardi, ubriachi, poi di nuovo silenzio. Il boiler a gas che si accende e si spegne. Ora puoi spogliarti. L'acqua è calda.

Dopo il lungo silenzio e dopo aver bevuto la lingua le si è impastata: Vado a letto.

Gli prepara un giaciglio con delle coperte di lana là dove c'è spazio, sull'altra sponda del tappeto fra la porta del bagno e la scrivania, e lei invece si distende sul letto. Chiude gli occhi e pensa se debba far finta di dormire quando lui arriverà, o se al contrario debba parlargli, e si chiede se lui immagini che lei ha già sessant'anni. Quasi. La donna che è Bora pensa al sesso con il figlio dell'uomo del quale lei è stata il primo amore e – sia l'alcol o qualcos'altro –: le vengono le lacrime agli occhi. Ma prima che possano spuntarle dalle palpebre, si addormenta.

Sveglia! Sveglia!

La porta che dà sul cortile interno è aperta, la finestra nella stanza pure ma non serve a nulla, non si riesce a far corrente.

Sveglia! Sveglia!

Gli dà qualche energico buffetto sulla faccia. Lui è sempre seduto sulla sedia della cucina, le spalle e la testa rivolte alla parete.

Oh mio Dio! Bora singhiozza, afferra il bollitore dell'acqua sui fornelli e con l'altra mano un giornale, lo sventola, lo fa cadere, prende l'acqua e gli lava la fronte. Oddioddioddio.

L'acqua gli cola sugli occhi. È l'acqua in cui aveva bollito le uova il giorno prima, dentro ci sono sale e aceto, ma forse proprio per questo va bene. Il primo movimento che fa: strizza gli occhi, ed è come se avesse anche levato un gemito. Tutto nella sua faccia ha lo stesso colore: cera.

Sveglia, grida Bora. Devi svegliarti! So che fa male, ma devi svegliarti! Una fuga di gas! Mi senti?

Non si muove. Però respira. Bora tossisce, e il colpo di tosse si trasforma in un singulto, subito soffocato. Lo prende per le ascelle, lo strappa dalla sedia, la sedia cade a terra e il frastuono echeggia nel cortile interno. Deve girarsi insieme a lui per passare tra il tavolo e i fornelli, si impiglia al manico del bollitore, lo scaglia via dal tavolo. Prima di atterrare sul pavimento il bollitore cade sulla coscia di Abel, il resto dell'acqua cola sulla gamba dei pantaloni, un pezzetto di albume si arena sul tessuto scuro.

Il maledetto boiler che aveva acceso per lui e poi dimenticato. Nella notte la fiamma dev'essersi spenta. Quando al mattino lei aveva cercato di aprire gli occhi era stato uno sforzo immenso, la sveglia suonava ormai da tempo, generalmente mi sveglio già prima, e se avesse dimenticato di puntarla forse non si sarebbero svegliati mai più, ma così si costrinse ad aprire le palpebre, dentro al mal di testa furioso, tutto, gli occhi, le orecchie, le mucose del naso come scorticati, la bocca come se fosse rivestita di metallo, e poi le vertigini, praticamente a quattro zampe in cucina e da allora sta cercando di svegliarlo.

Lo trascina sul pavimento di pietra fino alla porta, geme, fa una gran fatica. Non è che qualche passo fino alla soglia, eppure pensavo che non ce l'avrei mai fatta. Le sue dita sono conficcate nelle ascelle di lui, arrivata finalmente alla porta lo distende a terra con attenzione, sostenendo la testa con i palmi delle mani. Ora la soglia è sotto la sua nuca, la testa fuori sul pianerottolo e la si vede dalla porta della vicina, Bora fa segno, là, quella testa distesa là, per favore chiamate subito il pronto soccorso.

E anche quelli del gas? chiede la vicina. Bora scuote la testa.

In questi casi bisogna chiamarli, dice un'altra vicina.

Nel quarto d'ora che passa prima che arrivi il medico del pronto soccorso, chiunque sia in casa sta sui ballatoi e guarda la testa distesa in corridoio, sullo stuoino, accanto al ripiano con i fiori.

Miracolo

Buongiorno, ho ucciso suo figlio.

No.

Oddiooddiooddio, diceva Bora camminando su e giù, in ospedale – parlare con qualcuno, i medici non hanno tempo, una specializzanda con le lentiggini lo esamina coscienziosamente, misura polso e pressione, sembra perplessa, dice parole rassicuranti –, e poi attraverso la città, verso casa, a casa. Rovistando fra le sue cose aveva trovato un numero di telefono con un prefisso straniero e sul retro, fra parentesi: (scuola). Trascrisse il numero spiegazzando il proprio foglietto e camminò su e giù, la traccia della matita sbavava. Telefonare, non telefonare. Alla fine si rese conto che anche se fosse riuscita a informare Mira c'era poco o nulla che lei avrebbe potuto fare. Venire fin là? Come se fosse così semplice, non è più così semplice, negli ultimi due giorni che lui ha passato dormendo l'affluenza alla stazione è raddoppiata, ammesso sia possibile, scoppierà una guerra, o forse c'è già. Ommioddio.

Si sedette sulla stessa sedia in cucina dov'era stata seduta prima, di fronte a lui. Basta che le faccia sapere quando sarà morto. Salve, ho ammazzato suo figlio.

Prime bjen esasa ndeo, dice il ragazzo. *Prime.*
Cosa?
Songo. Nekom kipleimi fatoje. Pleida pjanolö.
Che dice? Lo sente, infermiera?
Tre uomini, ognuno di loro potrebbe essere suo padre, uno addirittura il nonno, raccolti intorno al suo letto. Indossano pigiami, vestaglie e bende. Sono chini su di lui come salici piangenti. L'infermiera separa i rami con il suo corpo, si avvicina, gli tocca la fronte.
Certo è solo la febbre, dice. È straniero.
Pensi di capire quello che lui dice ma poi non lo capisci, dice uno, il più giovane che indossa un accappatoio a strisce. Parole tedesche, russe. Le altre non le capisco. C'è anche qualcosa nella lingua nazionale.
Stanno là, in piedi. In seguito il più anziano, sentendosi stanco, si siede sul letto accanto. Per un po' il ragazzo non parla più così tanto. Poi ricomincia. I tre sono seduti o distesi sui letti e ascoltano. A volte si capisce qualche parola, ma nell'insieme...
Avju mjenemi blest aodmo. Bolestlju. Ai.
È forse la camera mortuaria, questa? chiede il tipo a strisce e guarda con occhi luccicanti gli altri due. Mh? Che intende dire? (Sogghigna.) La conoscono la barzelletta della camera mortuaria?
Gli altri due bisbigliano. Il nonno si tira la coperta sui piedi nudi.
La conosce la barzelletta della camera mortuaria? chiede il tipo a strisce all'infermiera.

L'infermiera non risponde, misura il polso di Abel.

La conoscono tutti la barzelletta della camera mortuaria, dice il terzo uomo.

Non dica sciocchezze, ribatte l'infermiera. Qui non morirà nessuno.

Rimbocca bene la coperta attorno al corpo di Abel. Quasi ce ne fosse bisogno. Quasi lui si muovesse.

Ma che cos'ha?

L'infermiera si stringe nelle spalle.

Abel sospira.

Ha sospirato.

Poi: nient'altro. Dorme.

Tre giorni durante i quali le sue condizioni non si modificarono sostanzialmente. La febbre salì e scese, come le pareva. Ogni tanto lui parlava, ma più all'inizio, verso la fine si fece sempre più silenzioso, si limitava a sospirare e da ultimo, il terzo giorno, si svegliò. Accanto al suo letto c'erano tre uomini di una certa età.

Salve, disse il tipo più giovane con l'accappatoio a strisce, quello che conosce le lingue straniere. Be', sveglio?

Guardate. Dio mio, che occhi ha questo ragazzo.

Capisci quello che dico? chiese il tipo a strisce.

Con un po' di esitazione Abel fece segno di sì. I tre uomini esultarono letteralmente. Capisce! Pronunciarono altre frasi e per ognuna lui fece una faccia come se accogliesse una rivelazione e alla fine annuì ogni volta, quasi a voler mettere il punto conclusivo. Sì, sì, sì, sì.

Non dire nulla, disse Bora, e lo coprì di baci stringendo la sua testa fra i propri seni. Non dire nulla, non dire nulla, non dire nulla.

Lui non disse nulla. Si limitò dapprima ad ascoltare. Negli ultimi anni ha quasi dimenticato la lingua madre di suo padre, a Bora non disse più di tre frasi masticate a fatica e adesso invece interiorizzava subito ogni singola parola, ogni frase che sentiva e anche se non capiva ancora tutto si accorgeva già dove facevano un errore, vedeva davanti a sé i costrutti come diramazioni che sorgevano dalle bocche dei suoi compagni di degenza. Li guardava fisso.

È come se mi osservasse troppo a lungo in un punto, borbottò il nonno rivolto al terzo uomo.

In seguito Abel chiese a Bora se poteva prestargli delle monete o una carta per telefonare all'estero, e lei fu così felice che non notò quasi il cambiamento nella sua grammatica e pronuncia.

Senza sapere cosa le avrebbe detto Abel chiamò Mira.

E lei, quasi senza fiato: Dove sei? L'hai trovato?

Pausa. Il respiro di lei, concitato.

No.

Che vada al diavolo…! Dove sei? Sei da lei? Resta là o vattene altrove, cercalo se puoi, quel figlio di puttana, quando hai bisogno di lui…! ma non tornare qui. (Scoppiò in lacrime:) Mio Dio, i tuoi studi! (Smise di piangere. Poi, con voce concitata:) Sei stato richiamato. Prendono i ragazzi dagli autobus e dai tram. Ascolta, disse Mira, hai da scrivere? Annotati questo.

Gli diede un nome. L'indirizzo e il numero di telefono purtroppo non li aveva. Viveva a B. Bisognava tentare a B.

Un nome estraneo sul retro del biglietto di Bora. L'hai annotato?

Sì, disse Abel.

Silenzio.

Tutto a posto?

Sì, disse Abel.

Lui tese l'orecchio, dalla cornetta sentì provenire una dozzina di altre voci. E insieme a quelle sentiva le voci nel corridoio dell'ospedale e nelle camere, nella stanza della televisione l'apparecchio sintonizzato su un canale in lingua inglese.

Credo che abbia già riappeso, disse dolcemente Bora, gli prese di mano il ricevitore e lo depose. Gli mise il braccio attorno alle spalle e lo ricondusse in camera.

È impossibile capire esattamente cosa successe nel cervello di Abel Nema in quei tre giorni. Nemmeno lui lo ricorda, ne ha solo un'idea. Più o meno come se Qualcuno avesse smosso qua e là le singole parti di un gioco a incastro fino a creare una configurazione completamente nuova. Così qualcosa diede impulso a un'organizzazione, o meglio accadde che dentro l'intelletto di Abel Nema, fino ad allora ugualmente dotato e disinteressato in tutte le materie scolastiche, il labirinto si riorganizzasse da sé a tal punto che tutto quel che finora era stato importante – il brulichio di ricordi e proiezioni, passato e futuro, che intasava i canali e assordava le stanze – si stipò da qualche parte, in ripostigli segreti, e l'intelletto, ormai vuoto, fu pronto ad accogliere un'unica specie di sapere: la lingua.

Questo è il miracolo accaduto a Abel Nema.

Farò incidere una lapide di marmo e d'ora in poi sarò devota, disse Bora e gli impacchettò qualcosa per pranzo.

II
Il visitatore
ISTERIA, LAMENTO

Mensa I. Konstantin

Uscirono insieme dal tribunale, con circospezione, le donne adattandosi senza mostrarlo al ritmo di Abel. (No, non sono arrabbiato, voglio solo lasciarmelo alle spalle.) In corridoio sentirono ancora l'ultima sequenza dello scampanio di mezzogiorno, il quale si interruppe nel preciso istante in cui aprirono la porta che dava sulla strada. Stettero sulle scale, lui con un po' di vertigini in quel chiarore improvvisamente intenso, era passato un bel pezzo da quando aveva mangiato per l'ultima volta, e aveva anche perso sangue, ma poi tutto passò in secondo piano perché, e fu una gioia immeritata, il ragazzo era là. Lui lo avvicinò a sé e lo baciò. Alla fine, siccome era vicino andò o meglio *zoppicò* fino al parco, c'era sangue nella scarpa ma riusciva ancora a camminare.

Un parco così è una buona cosa, sedersi su una panchina, raccogliersi anche solo un momento. I barboni all'estremità sud, quelli che passano qui tutta l'estate: Ci raccogliamo soltanto un momento. Nell'odore del prato martoriato, delle piante sofferenti per l'aridità e la polvere, della fontana spenta, di loro stessi e dei loro cani e del loro cibo che vanno a prendere ogni mezzogiorno alla mensa dei poveri messa in piedi dalla chiesa. A parte questo non si spostano mai. Stanno seduti notte e giorno in un semicerchio di sedili incavati nella pietra, assolutamente simmetrici, sei su ogni lato. In mezzo troneggia un grassone, un ginocchio rivolto a sudovest/ovest, l'altro a sudest/est, come se fosse il capo di questo olimpo cencioso, ai suoi piedi un sole fatto di piastrelle del selciato e al centro una fontanella di acqua potabile. È rotta. L'acqua fluisce fuori gorgogliando. Quello che non lappano via i cani scorre fra i piedi dei padroni. A sinistra, dietro i cespugli, una toilette pubblica, a destra due gabbie di fil di ferro per chi gioca a calcio e una panchina sulla quale non siede mai nessuno e neanche adesso, pausa di mezzogiorno, che il parco è pieno di impiegati. La lavanderia thailandese con il campanello rotto alla porta che squilla costantemente uno jodel è proprio dietro la panchina, un guaito stridulo che nessuno riesce a sopportare a lungo. Abel non ne parve infastidito perché si era appena seduto che già si addormentò.

Guarda, disse Konstantin Tóti, che ne dici?

La giornata per lui era cominciata una schifezza, già al momento del risveglio: *una schifezza*. Qualcosa dentro la testa che intasava tutto. Con l'aiuto di un po' d'acqua, fredda, strofinata sugli occhi e bevuta, tiepida, andò lentamente meglio. E quella fu la colazione. Più tardi pensò che si sarebbe sentito meglio all'aria (fresca), ma non fu così. Gli vennero le vertigini, ed era già lontano da casa e la mensa dei poveri non era ancora aperta. Fra poco svengo. Dovette comprarsi una ciambella salata a un chiosco. Una cosa del genere può rovinarti tutta la giornata. I tuoi pochi ridicoli spiccioli per quella roba di cartone. Conficcarci i denti con avidità e rabbia, staccarne via un morso. Così, attraversare il parco.

All'estremità settentrionale due delinquentelli si emendavano ripulendo la statua impiumata dei cigni della pace. Odore di attaccatutto e solvente, le piume che fluttuavano nell'aria come semi in tarda stagione. Piume da cuscino, oche o anatre, e in mezzo a quelle un paio di bianche penne di pollo e come base: poliestere in abbondanza. Un poliziotto e una poliziotta erano lì a sorvegliare, e così due russi della vicina casa di riposo.

Là da dove vengo io è uno scherzo tipico da studenti.
Sicuramente è stato Uljanov, l'anarchico.
Gli anziani russi risero.
Siete russi? chiese Konstantin con in mano la ciambella.
Bielo, disse l'uno arcigno, l'altro si limitò a guardare con diffidenza, poi se ne andarono continuando a parlare più piano di prima.
Altre persone andavano e venivano, fotografavano i cigni sempre più spelacchiati. Una dog sitter si fermò accanto ai poliziotti. I cani irrequieti in mezzo a quell'odore e alle piume. Quando la poliziotta si chinò per accarezzare uno spaniel la dog sitter sfiorò con la spalla il braccio del poliziotto. Un gesto breve e leggero, come per caso, una piccola perdita di equilibrio, ma non era affatto casuale. Uno dei due ragazzi e il passante K.T. l'hanno visto. Il poliziotto è alto quasi due metri e biondo. Lei a malapena uno e cinquanta, capelli neri. La spalla di lei lo toccò poco sopra il gomito. La collega si rialzò, la ragazza con i cani se ne andò. Konstantin continuò a fissarla a bocca aperta. Poi guardò il poliziotto. Il gigante si accorse che lo stava osservando e ricambiò l'occhiata. Come se mi odiasse. Da qualche parte dietro gli alberi il campanile di una chiesa batté le ore: quattro volte un suono limpido, dodici volte cupo, blick, blick. Quando le campane cominciarono a suonare lo sbirro finalmente desistette. Sollevato e un po' trionfante e poi di nuovo leggermente preoccupato, Konstantin avvolse l'avanzo della ciambella nel tovagliolino troppo piccolo e unto, e se lo cacciò in tasca. Un gesto ridicolo, ma che ci puoi fare? Se ne andò.

Quando arrivò alla mensa stavano già grattando via gli ultimi avanzi dalle pentole. Si era preso tempo, il peggio della fame era passato e poi voleva evitare il momento di maggiore ressa... Per un po' spiò in mezzo ai cespugli, ma da lì non si vedeva niente, e allora andò alla fontanella rotta e allargò bene le gambe in modo che l'acqua non gli finisse sulle scarpe. Un paio di gocce lo bagnarono comunque anche così. Il sole splendeva sul suo maglione verde. Troppo caldo. È perché vivo in un appartamento dove nemmeno le mosche sopravvivono. Quando guardo fuori dalla finestra non riesco a vedere se abbiamo un'ondata di caldo o il gelo. Mentre beveva ispezionò con la coda dell'occhio gli avanzi su un piatto di plastica abbandonato da un vagabondo sul selciato. Spaghetti con salsa rossa e insalata. Il piatto di plastica venne leccato per bene da un cane che si mangiò pure l'insalata. Poco prima della mensa gli vennero incontro altri due uomini. Uno spingeva una bicicletta arrugginita. Ottimo tè verde, dolce, disse all'altro. L'altro fece segno di sì.

Non c'è rimasto più niente, disse la donna della mensa. Un'anima buona dall'espressione austera.

Konstantin guardò dentro una pentola. Resti di spaghetti su un fondo di alluminio.

Sono freddi, disse la donna. Anche la salsa è finita.

Konstantin guardò dentro un'altra pentola. Sui lati c'erano ancora residui di salsa e pure negli angoli in basso.

La tizia austera guardò anche lei il costellarsi delle chiazze, alla fine prese (sospiro) una grossa mestolata di spaghetti e la gettò nella pentola di salsa quasi vuota. Spinse qua e là gli spaghetti con il mestolo, sfregando l'alluminio contro l'alluminio fin quando non furono più o meno uniformemente rossi. Radunarli di nuovo è più difficile. Si schiacciano e si spezzano. Una mestolata di spaghetti rotti.

Dov'è il suo recipiente?

Il mio recipiente?

Il suo piatto, la sua ciotola di latta, il suo barattolo di plastica.

Konstantin allargò le braccia. Niente. In una tasca dei pantaloni il rigonfiamento di un mazzo di chiavi, nell'altra senza dubbio un fazzolettino appallottolato. La ciambella salata. Tutto spiegazzato. Non portare sempre ogni cosa nelle tasche dei pantaloni.

La donna con il (pesante) mestolo nella mano (artritica) si piegò e tirò fuori da sotto il tavolo un piatto di plastica. Un secondo pezzo usa-e-getta, scanalato e frusciante, era attaccato al primo e con quattro dita cercò di tenerlo fermo e di staccare i due piatti con l'unghia del pollice. Nell'altra mano aveva sempre il mestolo.

Mi lasci provare...

Non importa. Scaraventò gli spaghetti nei due piatti. Ecco. Grazie.

Eccole un cucchiaio di plastica e qui, in un bicchierino di plastica, del tè tiepido.

Dio la ricompensi.

Lei lo guardò. Non ci crede a questa mia devozione. La donna riprese ad armeggiare con le pentole. Konstantin stette lì davanti e mangiò. Ogni tanto sollevava il bicchierino dal tavolo e beveva del tè. Buon tè verde, dolce. Una seconda donna e un frate francescano aiutavano la prima donna a rigovernare. Il frate aveva una lunga barba bianca che gli copriva quasi del tutto il viso, ma il corpo e gli occhi erano quelli di un ragazzo. Le donne parlavano, il frate no. Faceva segno col capo o lo scuoteva, a seconda dei casi.

Ha fatto voto di silenzio?

Come, scusi?

Il frate.

No.

Non sapevo che qui ci fosse un convento.

Non c'è nessun convento. Ha finito? Andava bene? Mi dia il piatto.

Konstantin si pulì la bocca.

Lodato sia il Signore.

Nemmeno allora l'uomo dice qualcosa. Sotto la bocca la barba è fessurata, e sul fondo della fessura si vede la ragnatela rossa di una cicatrice. Chi gli ha tagliato la faccia? Konstantin lo guardò negli occhi per vedere se fosse stato un bell'uomo. Prima. Poi se ne dimenticò.

Io, insomma io, accarezzo il pensiero, e mi scusi se la tormento con il mio balbettio intrecciato di condizionali e bugie ma io, Konstantin Tóti, sentirei l'urgente bisogno di ritirarmi per un po' in un monastero, si tratterebbe di un lavoro scientifico e anche di un'esigenza di raccoglimento intimo che mi è necessario, forse potrei arrivare addirittura a farmi frate, sì, sto riflettendo sul serio se farmi frate, l'idea l'ho avuta già una volta da bambino, a undici anni o a dodici, Fulberto ha fatto castrare Abelardo, insomma: ho bisogno di un po' di quiete e di raccoglimento e di rivolgermi a Dio. K.T. sta davanti alla scelta impellente di scomparire nell'illegalità o di scomparire nell'illegalità procurandosi documenti falsi. Ha molta paura di procurarsi documenti falsi, ha commesso un errore e ha detto il suo vero nome, ma doveva dirlo – oppure no? Naturalmente qui non ne parla, non devono pensare che io sia un criminale, non ancora. Potrei immaginare di chiamarmi padre Pierre, o meglio, si sente parlare di certe borse di studio per giovani scienziati e cristiani ---

Mi scusi, disse la tizia austera. Perdoni, Padre. Questo è l'indirizzo sbagliato. Perché non si rivolge...

Però io (Konstantin) piano piano sto diventando impaziente: mi scusi. Parlo con il Padre.

Guardò speranzoso e fremente il Padre. Anche la donna lo guardò. Ci fu una breve pausa.

Hichihiahe, disse dopo un po' il Padre.

Tracciò una croce sul viso sconcertato di Konstantin e se ne andò.

Ora è soddisfatto?

Che cos'ha?

Non ha niente. L'ha sentito o no?

Cosa ha detto?

Che gli dispiace, penso. E anche a me. E adesso per favore se ne vada.

Che cos'ha? Come mai ha quella barba bianca?

Deve sapere tutto?

Come mai è un segreto?

Nessun segreto. La cosa non la riguarda. Stiamo chiudendo adesso.

Non è certo una vergogna...

Ma prego.

Cosa ho fatto di sbagliato?

Lei non disse più nulla e si limitò a sventolare le mani: Fuori, fuori. Lui si allontanò camminando all'indietro.

Mi scusi, come mai dev'essere così scortese? Eh? Adesso non mi parla più nemmeno? Cosa ---

Fuori, davanti alla porta. Alberi scintillano nella tarda estate, bellezza. Konstantin appurò di essere sazio. Ultrasazio. Avrebbe potuto risparmiarsi i soldi della ciambella salata. Il piccolo residuo ungeva lentamente la tasca dei pantaloni.

Subito dopo si ritrovò di nuovo alla fontanella, cento metri più in là e hai di nuovo sete, di nuovo spruzzi sulle scarpe, e poi: Che dire! L'istante dopo era seduto sulla panchina vicino alla lavanderia thailandese, il campanello della porta squillava il suo jodel, accanto a lui sedeva con la testa penzoloni e dormiva: il (quasi) divorziato traduttore Abel Nema. Konstantin Tóti aspettò che si svegliasse e disse:

Aha. Anche tu sei ancora qui.

Mensa II. Tibor

Aveva solo quel nome sul foglietto. In piedi sulla grezza banchina di una stazione color sporcizia, mattino presto, Abel Nema, diciannove anni, appena arrivato, *qui*, teneva in mano un foglietto con un nome sconosciuto. Il foglietto era sgualcito dal tempo e dal tragitto, la grafia pressoché indecifrabile, un po' perché aveva già cominciato a sbiadire, e un po' perché era diventata semplicemente *diversa*.

All'inizio sembrava che non si sarebbe più svegliato, aveva dormito per tre giorni interi e quando finalmente ritornò in sé aveva sintomi di ogni tipo. Tutto cominciò quando nel tragitto dalla toilette alla sua stanza di ospedale si perse e – per quanto tempo? – vagò per i corridoi fino a che Bora lo trovò. Povero ragazzo. Completamente sottosopra. Poi successe che da quando si era risvegliato non dormiva quasi più, una o due ore al giorno, ma forse aveva semplicemente dormito troppo in precedenza. Un altro sintomo era ed è che avrebbe potuto tranquillamente buttare via il foglietto o fare a meno di annotare qualunque cosa, si era impresso subito il nome nella mente e sapeva che non l'avrebbe mai più dimenticato perché da quel momento in poi non poteva più dimenticare nulla di quel che è lingua e memorizzabile. Eppure non si risolse a buttare via il foglietto. La nuova configurazione all'interno del suo cervello e quella delle cose intorno a lui sembrava ancora troppo fragile. Come se bastasse che qualcosa, e sia pure il minimo pezzo di questa nuova struttura, fosse rimosso perché si spezzasse qualcosa che non doveva spezzarsi, che era appena iniziato, buono o cattivo che fosse, chi lo sa, era quel che era possibile.

In piedi sulla banchina, una stagione simile, un tempo simile a ora, il primo vento freddo dell'Est che sa di cenere annunciava l'autunno. Al di là del marciapiede uno scorcio di città: cielo attraversato da fili, alcuni edifici alti, in uno dei quali avrebbe abitato nei quattro anni successivi, là, al decimo piano, ma questo ora naturalmente non lo sapeva ancora. A quel tempo la stazione era meno paradiso del consumo che stazione di carico: poco grigio da sbruffoni e odore di sporcizia. Intonato a tutto questo, non vide scale che dal binario portavano giù ma solo una rampa, una rampa gigantesca, scanalata, fatta per molto più che per quel paio di persone in giro al mattino presto. Mandrie di bovini in Texas. Scese.

Nel sotterraneo seguì le indicazioni attraverso i soliti echi e le solite luci di stazione. A destra e a sinistra numeri e scale, poi un blocco di armadietti per i bagagli color guscio d'uovo, toilette, telefoni. Alla fine arrivò a un piccolo ufficio postale. Chiese un elenco telefonico.

Il nome e un numero. Scriverlo oppure no?

Mi scusi, come faccio a telefonare?

Subito al suo primo giorno, nella prima ora, un qualcuno arcigno incline all'alcolismo e rissoso gli regalò passando qualche monetina. Abel disse gentilmente grazie alla nuca aggrovigliata del benefattore, ma quello era già lontano da un pezzo. Ecco la tua buona azione.

Alla fine si scusò un'altra volta. Gli avevano dato questo nome. Veniva dalla S.

Aha, disse la voce al telefono. Strascicata, lontana. Strappato dal sonno? Ma che ore sono? Presto.
È appena arrivato?
Sì.
Dove?
Alla stazione.
Capisco.

Deve prendere il metrò fino alla tale e talaltra fermata, poi a destra, a sinistra ecc. ecc. Già mentre ascoltava al telefono le istruzioni sul tragitto Abel non capì nulla, e non appena ebbe riappeso anche i casuali scampoli che gli era riuscito di trattenere per qualche istante erano perduti. Questa città ha comunque una delle più chiare reti di trasporti pubblici. Abel fissò a lungo lo schema delle linee. Nel frattempo rampe e scale si erano riempite, all'improvviso c'era un tale chiasso come forse mai prima – *Quelli che vengono dalle province tranquille* – ed erano così tanti che non si riusciva quasi a camminare. Pardon, balbettò. Pardon.

Dove vuole andare? Donna di mezza età, sopracciglia aggrottate.

Abel fece il nome della stazione.

Linea rossa, disse la donna e allontanandosi fece segno in quella direzione.

Grazie, disse Abel non più rivolto a nessuno. Le porte si chiusero. Durante il tragitto tenne lo sguardo incollato sullo schema delle fermate sopra la porta, come se si potesse aiutare il treno a rimanere sulla linea, la rossa, la rossa. Ci volle parecchio tempo, lo zaino al momento sbagliato nel posto sbagliato in mezzo alla calca, si ritrovò sospinto via dalle possibilità di aggrapparsi ma per quanto riguarda la stabilità non faceva una grande differenza: gli altri corpi premevano contro il suo e lo tenevano al loro centro. La gente parlava, i finestrini erano appannati. Ho attraversato la città senza vederne niente di niente. Entrati in un tunnel all'alba e riusciti all'aperto in piena luce del sole, da qualche parte a un'altra estremità.

L'uomo si chiamava Tibor e aveva una cattedra in una delle università cittadine. Quello che Mira aveva avuto a che fare con lui non è chiaro, forse nulla, un appunto sulla scrivania vicina, o il vento le aveva spinto fra i piedi un articolo. Un lontano figlio della nostra città.

Sono Anna, la moglie. Oggi, qui, la prima persona allegra. Voce quasi estatica, parole che terminavano con gridolini esultanti: L'aspettavamo! Lasci il bagaglio in corridoio! La prima porta a sinistra! Lo precedette con passo ondeggiante.

Lo studio di mio marito: come ce lo si immaginerebbe. La variante spartana. Scaffali con libri a tre delle quattro pareti, un tavolo, un altro tavolo a cui prenderanno posto, una finestra e al di là di quella qualcosa di verde. Tibor ha un viso ossuto, una pelle come conciata dal vento, eppure sta seduto a uno di questi tavoli per la maggior parte del tempo. Le palpebre giallastre come tende pronte a calare davanti agli occhi. La voce roca di tabacco e come se uscisse da un sonno profondo. Articola ogni cosa con esitazione. Prossimo al mutismo. Prima di ogni domanda, una pausa.

Pausa.

E allora viene dalla S. Quanti anni ha?

Diciannove.

Pausa. Una sigaretta venne accesa. Unghie gialle, rovinate. Come se facesse un lavoro manuale.

Quando me ne sono andato ero ancora più giovane di lei. Sono quasi cinquant'anni che non torno. Ci si metteva sempre in mezzo *qualcosa*.

A quel punto Tibor sorrise per la prima volta. La domanda successiva non voleva nemmeno farla, ma la fece:

Com'è là adesso?

Abel non voleva scuotere le spalle, e però le scosse.

Capito, disse Tibor. Di nuovo il sorriso.

E qualcos'altro sulla porta. Una ragazza cinquantenne, capelli grigiobiondi, con in mano un vassoio.

Avrà sicuramente fame?!

Abel non lo sapeva bene.

Proviamo con caffè e dolcetti, cinguettò Anna e spinse il vassoio sul tavolo. Tibor aspettò paziente che lei fosse uscita dalla stanza – in punta di piedi, circospezione e grazia, persino la sua schiena delicata sorride – e poi chiese:

Lei è religioso?

Perché proprio questa domanda insieme ai panini al burro?

Abel si guardò attorno ma non vide nulla che potesse aiutarlo. Diede un morso al panino, bevve un sorso della brodaglia nera, deglutì e finalmente disse:

A volte mi sento tutto pieno di amore e di fervore...

Pausa. Tibor sorrise. Le palpebre a tenda si sollevarono e si abbassarono. Scosse appena il capo:

Neanch'io. Non siamo redenti. Cosa c'è poi da cavillare tanto.

Abel si rivoltò nella cavità della bocca il boccone, il più silenziosamente possibile. Aveva già cominciato a sospettarlo, ma adesso era definitivamente certo: qualcosa non andava con il suo senso del gusto. Tutto aveva un sapore come di carta da parati e calce. Il caffè sapeva di acqua calda, e nella zolletta di zucchero che si mise apposta in bocca c'era *qualcosa*, ma rimaneva indefinito, non avrebbe potuto dire che era *dolce*. Tibor scosse l'ultima cenere dalla sigaretta.

Quali erano le sue intenzioni? Qui? Movimento circolare con la cicca.

E di spalle. Si guarda di nuovo attorno. Guarda quello che c'è *qui*. Un sacco di libri. Mira ha svenduto le cose di Andor, tutto fino all'ultimo fazzoletto e anche i libri, alla libreria antiquaria in via San Giorgio, in seguito si sarebbe potuto ricomprarli e nasconderli da Ilia nel cassetto sotto il letto, ma Abel non ricordava più *quali* fossero --- Si potrebbe anche restare qui. Sdraiarsi sul tappeto davanti agli scaffali e leggersi con comodo tutta la biblioteca. Di sicuro avrebbe portato via del tempo. L'uomo che viveva in una biblioteca.

Il sole penetrava attraverso il verde dei vetri, Abel era seduto là con i panini, il burro e il caffè, che cosa succede nella sua testa, sta davvero ascoltando?

In origine, disse infine, *a casa* avrebbe fatto magistero.

Cosa?

Geografia e storia senza un particolare interesse. Ma adesso non era più attuale. Potrei dire tutto e niente sulla Prima guerra mondiale. I giacimenti di materie prime. Piuttosto, forse, qualcosa con le lingue.

Aha. E cosa conosce?

Il panino nella mano del ragazzo tremò, lui lo posò, niente aveva comunque importanza. Si mise a riflettere. Pensò: *Semmel, zsemle, roll, petit pain, bulochka.* Pensò *vaj, Butter, butter, maslo, beurre.* Pensò...

Impossibile sapere con precisione come funzionasse quella nuova dote. Qualcosa culminava, parole, casi, sintagmi, ma spesso vagava di qua e di là fra le lingue, comincio in russo e finisco in francese. Questo non è ancora niente, in quel momento comprese che non poteva dimostrare o esibire nulla, un gran casino, tutto qui. E poi disse:

La lingua materna, la lingua paterna e tre lingue da conferenze internazionali.

Bene, disse Tibor. È già qualcosa.

Löffel, kanál, spoon. Non ho frasi ma solo parole. Tutte le frasi erano in *lui*, io ero solo il pubblico e oggi sono...

Come ha detto che si chiama?

Ilia.

E poi?

Bor. No. Perché no? Farsi passare per lui. Uno sconosciuto al posto di un altro sconosciuto. E poi? --- No, disse, no, mi scusi, ero... Abel. Abel Nema.

E allora? Ed è anche arrabbiato, Abel Nema?

Pausa. Il *vecchio* non smetteva più di sorridere. Il *giovane* se ne stava seduto là. Da qualche parte una mosca ronzava.

E invece non era una mosca ma il campanello di casa. Qualcun altro è arrivato, voci in corridoio, in direzione della porta.

Posso?

Ragazza o piccola donna, grandi occhi neri, capelli corti e neri, peluria luccicante sul mento.

Mercedes. Venga pure avanti. La mia assistente Mercedes.

Abel Nema. Ancora senza una funzione. Le dita unte di burro, non aveva nulla per pulirsi. Se ne stava là impacciato.

Lei lo guardò. Occhi che sembrano gonfi di pianto, ma non lo sono. Sono semplicemente così. Tutti e due molto giovani in questo momento, lei ha ventisei anni, lui diciannove. Per lui questo è il primo giorno e lei una delle sue prime persone qui. Per lei non c'era nessun motivo per fare calcoli del genere, e sorrise cortese, disinteressata.

Sa cosa le dico, fece Tibor. Venga domani in facoltà. Io sarò là e allora discuteremo tutto il resto.

Mercedes si scostò in modo che lui potesse passarle davanti. Arrivederci.

L'altra donna, Anna, non si vedeva più. Da qualche parte scorreva dell'acqua? Abel raccolse il suo bagaglio in corridoio e se ne andò.

Ed eccoci qui di nuovo. Fra adesso e domani c'è una città sconosciuta. La seconda volta viaggiamo sulla ferrovia urbana come vecchi conoscenti. Qui ci starebbero bene un paio di nomi di stazioni, e cioè quando il treno viaggia all'aperto, un qualche nome di strada. Pubblicità, onnipresenti promesse. Cristo è con te! Frequentate i nostri corsi di lingue! Avvocati e interventi odontoiatrici vi aiuteranno a risolvere i vostri problemi! Il prossimo inverno arriverà certamente! Viaggiate prima che sia troppo tardi! Più tardi. Più tardi forse farò un viaggio. Al momento è appena arrivato, un ragazzo con uno zaino, e chissà cosa gli passa per la testa. Una signora anziana con una bocca molto colorata e grande lo guarda interessata.

Lui pensava: *Essezetabikappaaeeffeaccaaajlungao. Essezetabiekappaaeeffeaccaaajlungao.* Oppure: come Abel Nema si impresse nella memoria il percorso rosso del treno veloce allo stesso modo in cui si imprimerà in futuro ogni percorso fatto a piedi o a bordo di qualcosa, non importa cosa, in base alle lettere iniziali di una strada o di una stazione, metodo poco turistico e però pratico: il codice con l'aiuto del quale decifrerò questa città. Con il tempo si liberano poi abbastanza capacità per osservare in maniera consapevole: strade, negozi, macchine, come sono qui gli autobus, il suono delle sirene delle ambulanze, che cosa danno al cinema, stadi, centri commerciali, mercati, carabattole e verdure e naturalmente uomini, *gente* e soprattutto le nuvole di fumo del carbone, un po' di più in certe parti della città e un po' di meno in altre e in mezzo a tutto questo, naturalmente, anche qui: scie bianche di aerei. Osservate da vicino non sono d'altronde bianche ma nere. Chi (quando) me l'ha raccontato?

Più tardi un uomo gli rivolse la parola e gli chiese il biglietto. Abel finse di stentare a comprenderlo. Con le mani e i piedi si intesero e lui lasciò capire che doveva essersi perso mentre cercava il treno, ecco qui il biglietto, andata e ritorno, bisogna fare così, ecco, le mie intenzioni sono onorevoli. E subito si viene ricompensati. Il signore cordiale chiuse un occhio, chiuse veramente un occhio o forse lo strizzò soltanto, quasi posò una mano sul braccio del ragazzo e lui sentì sorprendentemente e con chiarezza l'impulso: amare, non uccidere – per fortuna il treno stava ritornando alla stazione, adesso però scendi davvero.

Ed eccoci qui di nuovo. Da un armadio a muro sono venuto fuori, su una panchina della stazione sono finito. Solo in una città dove non conosci nessuno. L'inverno prossimo arriverà certamente. Qui e là puoi procurarti del carbone. Ma prima in facoltà, per farsi aiutare. Naturalmente ignora dove sia la facoltà. Si è dimenticato di chiederlo ma c'è ancora tempo, fino a domani. Non si sa se quel pomeriggio d'autunno abbia pensato ancora a qualcos'altro, scenari: Che cosa è successo finora, come andranno avanti le cose. Dall'esterno non c'era molto da vedere. Un adolescente su una panchina, un turista arrivato troppo tardi. Lo zaino seduto accanto a lui come una persona.

In seguito gli si avvicinò questo tizio che già da un pezzo girellava accanto alla macchinetta dei biglietti e lo osservava, calzoni pieghettati alla zuava, maglione verde, capelli unti con la riga di lato, occhi cerchiati, e gli disse:

'giorno. Mi chiamo Konstantin. Hai bisogno di un posto dove stare?

Proprio così.

Benvenuto

All'inizio e anche in seguito si è sempre in movimento, senza davvero muoversi dal posto. Con o senza mezzi di trasporto tutto gira in tondo e ritorna nello stesso punto. La mamma ti insegna le scienze e le gite, il papà canta canzoni internazionali di successo. Si accompagna al pianoforte, alla tastiera, e una volta all'armonium. La gamba destra trema seguendo il ritmo, le calze beige si attorcigliano sopra le caviglie. Più tardi piedi, caviglie, polpacci, complessivamente quattro, hanno ancora una parte non da poco, ma poi anche questo incontra una fine brusca se non addirittura violenta, e ci si ritrova in nuovi ambienti.

Cosa vuoi che ti dica, sono tempi *isterici*! Come se il mondo intero giocasse al gioco delle sedie. Panico, pigiapigia, piagnistei, strilli. Cercano il loro posto. O un posto qualunque. Uno spigolo duro per il mezzo culo, pardon. Volontariamente, involontariamente. Dura è ovunque la vita, e soprattutto adesso che non hanno nulla di più urgente da fare che congelare interi contingenti quasi non ci fosse una – come con belle parole si dice – *situazione internazionale*! Non è esattamente piacevole, ognuno di noi ha la sua storia, d'altro canto abbiamo appena vent'anni scarsi e siamo pieni di speranze, come non mai e nemmeno mai più, disse Konstantin mentre zigzagavano attraverso la calca serale.

Non era necessario né possibile dire qualcosa, lui parlava senza interrompersi un istante, faceva il moderatore del favoloso salvataggio *del nostro giovane eroe*, e di tanto in tanto prendeva freneticamente fiato come se nuotasse, e pure i movimenti delle braccia erano quelli.

Noi (boccheggiando, sventolando) possiamo andare a piedi! È subito là dietro! Uno dei colossi color argilla che devi aver visto dal binario all'arrivo. Ci infiliamo qui subito nel primo edificio a venti piani e poi, qui, qui, qui!, la prima scala e poi, nonostante l'agorafobia (qualcos'altro di nuovo...), l'ascensore fino al decimo piano. Di fronte c'è una porta (anche lei) color argilla e Konstantin Tóti, storia dell'antichità, in futuro lo dirà sempre: Konstantintótistoriadellantichità, la apre esclamando Benvenuto! Benvenuto nel nostro modesto pensionato, o come lo chiamo io: nella Bastiglia!

Voilà, il luogo dove non esiste oscurità. O solamente oscurità. È insomma una *faccenda-sì-o-no* (tutti i corsivi sono di Konstantin). Qui si costruiscono edifici, *e addirittura scuole!* con stanze prive di finestre. La futura stanza di Abel ha in realtà una finestra e nello stesso tempo non ce l'ha perché quella che c'è dà su un cortile interno stretto e buio, ma così stretto e buio che non ci puoi riconoscere il minimo particolare. Una finestra sul nulla. Qui viviamo esattamente all'*equatore*, non si vede né quello che c'è nel fondo del pozzo (oscurità) né quello che succede di lato (penombra) né lassù in cielo, a patto di rovesciare la testa all'indietro, perché lassù invece c'è troppa luce. In mezzo vanno su e giù le voci della casa e non si sa da dove e verso dove, sono semplicemente là, *rumori di vita*, spero che tu non sia troppo sensibile ai rumori. Anche se al momento sei più che altro contento di avere sopra la testa un tetto quale che sia, e non quello dell'atrio della stazione. Certo disturba meno se ci si esercita al sax.

Del resto, nel caso della Bastiglia si tratta non di un edificio ma di due, incastrati a vicenda, e ognuno si infiltra negli spazi vuoti dell'altro. Ci si chiede come sia possibile, da fuori sembra un *monumento colossale in onore all'angolo retto*, dentro invece si aprono gli intrecci più inattesi. Al proprio vicino si arriva talvolta solo facendo complicate deviazioni, quando il passaggio non è completamente impedito da porte antincendio o da altro. Sindbad, alias Konstantin, una volta ha provato a viaggiare attraverso questo mondo, ma non so dire se sono davvero riuscito ad arrivare in tutti i piani. Per alcune parti sembra non ci sia nessun passaggio, in alcuni piani c'è un freddo polare perché stanno direttamente nel tunnel del vento – e *lo* si sente anche, non proprio adesso ma in inverno ulula come un lupo – mentre in altri piani c'è un caldo soffocante, come in una serra. Pare che ci sia addirittura una specie di terrazza sul tetto e al di là di un piccolo muro imbiancato aveva visto le punte di un bambù, ma l'abbaino purtroppo era piombato. Per quanto riguarda gli abitanti: venti piani per due di *esistenze normali*. Alcuni piani sono affittati dall'università come dormitori, ma c'è anche molta *gente in borghese*. Konstantin ha già parlato una volta con quasi tutti quelli che ha incontrato in corridoio o in ascensore. A ognuno ha detto dove possono trovarlo, cosa studia, e da parte sua ha scoperto dove c'erano stanze libere, ma purtroppo la maggior parte della gente non è disposta ad accogliere nessuno neanche in caso di bisogno. È fatta così. Benvenuto nel mio mondo. Fa un movimento col braccio come a indicare tutto.

Questo posto qui dove stiamo adesso si chiama, così io, Konstantin, lo chiamo: la *Piazza*. Com'è tradizione: la cosiddetta Stanza Comune dell'appartamento con il pavimento di linoleum beige, dove si incrociano tutte le strade dell'*impero*. Si vedono sei porte: ingresso e uscita, cucina, bagno e le porte delle tre *bare* annesse, dove hanno la loro dimora i *delinquenti*. La Piazza e una delle stanze si affacciano sulla ferrovia, il resto sul suddetto cortile interno. Nella stanza con vista sulla ferrovia abita qualcuno (sospiro) che noi (Konstantin) chiamiamo Pal il Biondo, molto probabilmente un *delatore*, uno scandinavo dalla testa di pesce, bisogna fare attenzione. Per fortuna in questo momento non c'è. La seconda stanza appartiene a Konstantin e la terza, la più piccola e buia, è riservata a un algerino chiamato Abdellatif El-Kantarah o qualcosa del genere, riservata quanto meno in teoria perché in realtà finora non si è mai fatto vedere. L'affidabile Konstantin portava con sé ormai da due mesi la chiave della stanza, qui, nella tasca dei pantaloni, per potergliela eventualmente consegnare, cosa che non era stato in grado di fare finora. E dunque: *Voilà, monsieur*, la sua stanza.

Così Abel conobbe Konstantin T. Sembrava avere un debole per il francese ma a parte questo, in verità, non si capiva poi molto del suo monologo. Nonostante fosse lì già da un anno non parlava particolarmente bene la lingua del paese. Giusto l'essenziale.

Tu fame? Mangiare? Uova, e un po' di questo?

Pancetta con molto grasso. A una punta è infilato un fil di ferro per appenderlo. Viene da casa. Konstantin tagliò solennemente una fetta sottile e tremolante.

E tu? chiese alla fine. Che fai? Da dove vieni, e dove vai? --- Oh santo cielo...! Immagino che significa che resterai a lungo?

Del resto, continuò, è una città *favolosa*. Se ancora non te ne sei accorto lo farai non appena ti sarai riempito la pancia e riposato un po': come se fosse del tutto naturale per te essere qui. Cosa in sé naturale, lo so, e certo nessuno ti preleverebbe con tanta disinvoltura dalla strada e ti porterebbe a casa come se non avesse fatto altro che aspettarti, non tutti sono un Konstantin T. Eppure ti dico: il paese ti sputa fuori, i villaggi ti cacciano via, ma qui puoi restare e fra dieci, vent'anni potrai dire con me: Ti ricordi, allora, quando vivevamo nella *più pulsante metropoli del suo emisfero?* Possiede la maggior parte delle caratteristiche del mondo bianco, est-ovest-nord-sud, e in più un pizzico di Asia e addirittura un po' d'Africa. Religioni! Etnie! Oh, si potrebbe aprire la finestra e sentire sulla pelle l'air famosa di questa città che specialmente d'inverno, che qui per tradizione comincia il dieci di settembre, puoi farci subito conto, ha soprattutto odore di carbone, ma purtroppo le finestre non si possono aprire, un meccanismo di chiusura sconosciuto, e poi è rotto. Rotto apposta, di giovani studenti pieni di speranze che saltano giù dai piani alti non ne abbiamo bisogno. Perché a vedere in faccia le cose, la vita per chi arriva qui con o senza borsa di studio significa poco più che morire di fame. Ancora uova e pancetta? Prendi tutto quello che vuoi. Anche se non è molto. I primi giorni ti compri ancora le cose che ti piacciono: salsicce, pane, latte eccetera. Dopo qualche giorno ti accorgi che in questo modo i soldi bastano per una decina di giorni e non più, e con questo siamo appena alla prima colazione. Puoi impegnarti a far domande, chiedere sussidi, estenuare chiunque, il raffinato riserbo non mi appartiene né posso tanto meno permettermelo – a proposito: Hai dei soldi? No? – in novantanove casi su cento sarà inutile. Siamo semplicemente troppi. Il mio consiglio nel *frattempo*: molta pasta, molto brodo di dado, salsa di pomodoro e cavoli. E nella tale e talaltra *mensa* puoi avere spinaci e un uovo sodo per meno di cinque spiccioli, bene, adesso sai proprio tutto!

Il corpo maschile completa la sua crescita solo a ventun anni, disse Konstantin. Forse sono ancora in pieno sviluppo, per questo ho sempre fame.

In pieno sviluppo gli piacque moltissimo ed esplose in una risata scoppiettante. Lo faceva sempre, anche in seguito, scoppiettava sempre, friggeva tutto *perché si insaporisse*. Sulle piastrelle color argilla come su ogni cosa nella Bastiglia crescevano bollicine di grasso, gli armadi luccicavano. Alla luce che cadeva all'interno, là dov'era possibile. La finestra era coperta a metà da un condizionatore attaccato alla parete esterna, e la parte superiore era per lo più appannata. C'era odore di pancetta rancida e mollica di pane, e della polvere con cui ogni due settimane si tentava di tenere a bada gli scarafaggi. Abel, il suo primo mattino – Pal il Biondo entrò in cucina, lo vide, forse gli fece un cenno con la testa, lui fece un cenno in risposta, Pal prese qualcosa dal frigorifero (latte), se ne andò – vuotò il latte dalla sua scodella e prese dei fiocchi di avena che non appartenevano a *nessuno*, stavano semplicemente nell'armadio, e li mangiò con dell'acqua.

Prendi quello che vuoi!

Grazie, non vuole niente.

Sei vegetariano?

No.

Che succede? Stai facendo penitenza per qualcosa o metti via i soldi per comprarti una macchina sportiva?

Konstantin rise, anche se non così di cuore come la sera prima. Il tipo nuovo è strano, qualunque cosa sia non fa una piega.

Non proprio, amico mio, non proprio.

Essere e avere

I fiocchi di avena senza padrone durarono cinque giorni e Abel non ebbe bisogno d'altro. Dopo aver inizialmente vagato per un intricato edificio universitario – Vuoi che ti ci porti? chiese Konstantin. Non serve, disse Abel. Ti accompagno! esclamò Konstantin. Non serve. Davvero – si ritrovò il giorno seguente nell'ufficio di Tibor.

Ricapitoliamo, disse Tibor. Le è necessario il necessario: un tetto, un posto dove studiare e naturalmente dei soldi. Per motivi oggettivi non può andare alla sua ambasciata. Lei è disertore, non è vero? (Bravo ragazzo.) Rimesso alla mercé di estranei, questo è lei.

Pausa. Lo stridere di un accendino, inspirare affannoso, fumo.

Non è molto quello che posso fare per lei. Anch'io sono qui solo... Scrisse il suo nome con tutti i titoli – la gente è così snob, per fortuna! – su un foglio di carta da lettere intestata. Ecco qui, una raccomandazione. E pure un'altra. È gente che ha soldi. Sia semplicemente sé stesso. Sarebbe meglio se lei fosse religioso, ma non si può avere tutto.

Grazie, disse Abel.

Non c'è di che, disse Tibor e si dedicò ad altro. Il tutto era durato meno di un quarto d'ora.

Nella lettera c'era scritto in sostanza che Abel Nema era un genio. *È nell'interesse di noi tutti sostenere con ogni mezzo una persona dotata di qualità straordinarie come il signor A.N... ecc.* In meno di una settimana Abel aveva raccolto tutto ciò di cui una persona ha bisogno. Tutto a posto, telegrafò al suo vecchio indirizzo. Dal colloquio in ospedale non era più stato in grado di telefonare. Nessuno rispondeva, né a casa né a scuola.

Ho sentito bene? (E come?) Konstantin in cucina. Hai ricevuto una borsa di studio dalla fondazione S...? E perché non mi hai detto che si poteva far domanda? Io ti lascio vivere qui gratis, e tu cosa fai? Perché siete tutti così egoisti?

Non si può far domanda, disse Abel. È un sostegno speciale per individui particolarmente dotati.

Aha, disse Konstantin. Si sedette all'altro lato del tavolo di cucina e guardò mangiare l'*eletto*: elegante, schizzinoso, silenzioso. Konstantin invece aveva l'abitudine di masticare rumorosamente come un'anatra. Se solo l'offrissero anche a lui. Ma a *questo qui* non gli passa nemmeno per la testa. E tu saresti quindi un individuo particolarmente dotato.

Nato con la camicia, gli disse Konstantin. E adesso che programmi hai? Pensi di cercarti una casa?

Pausa. Abel mangiava, e forse stava riflettendo. Sì, probabilmente si sarebbe cercato una casa.

Mh, disse Konstantin. È tutto così caro. Non te lo immagini nemmeno.

Pausa.

I cessi sono sul pianerottolo e d'inverno congelano, sull'asse nero del water si fossilizzano le oscure tracce bianche lasciate dai vicini.

Che cosa, disse alla fine Konstantin, se non che è illegale e pericoloso, si oppone in realtà al fatto che Abel rimanga *per sempre* nella stanza dell'algerino? Visto che ufficialmente lui non c'è non pagherebbe nemmeno un affitto e potrebbe coprire invece la metà del *suo*, cioè di Konstantin, in fondo lui, Konstantin, aveva già corso per costui un rischio non indifferente, Pal dalla testa di pesce e così via, sarebbe solo equo e saremmo per così dire pari. (Lo squadra:) Potresti spacciarti per algerino? Perché no? Che aspetto ha un algerino?

Abel non disse né sì né no, ma rimase.
Konstantin rise di cuore:
Che tempi *erano* quelli!

In seguito, d'altronde, avrebbe visto che – anche stavolta, come tante altre volte – sarebbe rimasto deluso. *Il nostro coinquilino fittizio* non sembrava provare interesse per *nulla*. Né trascinato dall'entusiasmo né avvilito da *tutto questo qui*. Diceva meno di tre parole al giorno, e nessuno (Konstantin) lo vedeva mai in faccia. Non mangiava e non dormiva quasi, in cambio studiava praticamente sempre ma con una veemenza come se – non saprei. Come se non guardasse nemmeno un istante fuori dalla finestra. Come se gli fosse del tutto indifferente che faccia ha il mondo là fuori. Una città e basta. Questo non te lo toglie nessuno, disse Konstantin. Nessuno vede il mondo così. In modo così *formale*.

Un tempo Abel voleva, o chi lo sa, *si disponeva* a diventare professore di geografia, ora l'interno della sua bocca era l'unico paese il cui paesaggio conoscesse fino in fondo. Le labbra, i denti, gli alveoli, il palato, il velopendulo, l'uvula, la lingua, l'apice, il dorso, la radice della lingua, la laringe. Voice onset time, sonore, sorde, aspirazione, distintiva o no. Occlusive, fricative, nasali, laterali, vibranti, dentali. Per quattro anni, niente di meno, tutta un'epoca che sapeva di appartamento di soli uomini, linoleum, luci al neon, si mosse quasi esclusivamente lungo un unico tragitto: dal dormitorio al laboratorio linguistico e indietro. Tre stazioni di ferrovia cittadina, breve percorso a piedi. In questa immagine è sempre buio come se fosse sempre inverno, il che naturalmente non è possibile, in quattro anni deve esserci stata almeno un'estate, non importa, lui indossava sempre gli stessi abiti, lo stesso vestito nero da anziano che qui spiccava più che *là*, qui decisamente si notava. Ostentatamente (?) fuori moda, embè? Se gli venivano lanciati degli sguardi – sì, succedeva, perché a parte i vestiti e il taglio di capelli indefinibile ha un bell'aspetto – lui non li ricambiava. Non andava da nessuna parte dove non fosse proprio necessario, anche in laboratorio ci andava per lo più di notte, quando poteva essere solo. Un unico quadrato di luce fluttuante in un edificio buio.

In maniera prodigiosa a Abel N. è stata data, o imprestata, una qualità, ma comunque dovette lavorare sodo. All'inizio c'è la matematica, la ragnatela delle costruzioni. Come il castello delle fiabe quando apri il libro, da due pagine sorge un bosco di vetro. Ogni albero è una frase, i rami disegnano con il tronco quei particolari angoli, e così i rami più piccoli con quelli più grandi, e in punta risplendono delicati sintagmi. La natura costruisce tutto in base a un modello. Qui la scienza dei frattali aiuta. O il semplice e universale istinto linguistico. Il bosco se ne sta solo, in mortale nitidezza e bellezza, ma muto. All'inizio l'intelletto matematico di Abel non era ancora abbastanza collegato con l'organo della lingua, il che vuol dire: capiva tutto e non sapeva dire nulla, sarebbe stato in grado di fornire a stento una sola prova delle sue capacità o, più profanamente, di superare un solo esame, cosa di cui si ha bisogno se si vogliono mantenere i propri documenti. Il genio segreto. Capisco, disse Tibor che *in realtà* non era affatto là, si era preso un anno sabbatico per scrivere un libro, e comunque lo era abbastanza per vergare con la sua bella ed elegante grafia il proprio nome su un altro foglio di carta da lettere intestata. Se nonostante tutto dovesse avere problemi, si rivolga alla mia assistente. Se la ricorda, Mercedes? Lui se la ricordava, ma la cosa ora, qui, non aveva nessuna importanza. E ricevette anche la chiave del laboratorio linguistico.

Questo rende l'intera faccenda ancora un po' più inverosimile, per non dire inquietante, si diceva nel dipartimento di lingue straniere. Impara suono su suono, analizza schemi di frequenza, impara i codici della trascrizione fonetica e si dipinge di nero la lingua per confrontare le impronte. Alla lunga il tutto sa di punizione. Come aver mangiato inchiostro o detersivo. Il *labor* che sta nel laboratorio diventa evidente, prima viene la tecnica, l'uomo è secondario. Come se nottetempo vi allevasse il suo homunculus, solo che questo qui è tutto e soltanto lingua, il clone perfetto di una lingua fra glottide e labbra. È forse vita, questa, per un uomo?

Ma cos'è, chiese Konstantin a Pal che in quel momento passava nella Piazza. Pal ricambiò lo sguardo e proseguì chiudendosi la porta alle spalle. Pure quello è un bel candidato. Per tutta la notte una luce azzurra brilla sotto la sua porta, lui non stacca gli occhi dallo schermo del computer (o per meglio dire *gli* schermi, visto che ne ha tre), al mattino dorme, al pomeriggio frequenta presumibilmente delle lezioni, la sera torna a casa e poi il tutto ricomincia daccapo. Divido il mio alloggio con le persone più noiose e annoiate del mondo. Senza il corsetto rigido dei loro rituali non sarebbero probabilmente neppure in grado di produrre la minima parvenza di umanità, disse Konstantin rivolto al vetro della finestra al quale sempre si rivolgeva quando non aveva un interlocutore diretto. Se ne stava davanti alla finestra che non si poteva aprire, la faccia alla ferrovia, e *si lamentava* (corsivo: Pal) per *ore* intere – su tutto di tutto. Passato, presente, futuro. *Questo secolo che ci ha portati fin qui!* Il suo respiro produceva un piccolo cerchio di nebbia sul vetro e là dentro lui parlava, il suo microfono. State ascoltando Radio Konstantin. Politica, notizie varie, previsioni del tempo. Trovati esseri umani vissuti cinquemila anni fa, la torre pendente di P. pende sempre di più, l'essere vivente più grande al mondo è un fungo pesante cento tonnellate, dichiarata la tregua, fondata una repubblica, erette barricate, durante un matrimonio assassinati il prete e il portabandiera, scoperta una stella, riconosciuto Stato indipendente (congratulazioni!), presi in ostaggio, ponte esploso, 427 anni di storia, scomparsi nei flutti ghiacciati e verdeturchini del... La porta di Pal si aprì: potresti chiudere magari per un minuto il becco, grazie! e la sbatté per richiuderla. Mostro di plastica, mormorò K.

Lui una cosa del genere non la fa. È gentile e tranquillo, i suoi passi sul linoleum non si sentono quasi, sulla sua faccia né tristezza né rabbia né consenso. Questo te lo riconosco, disse Konstantin. Come fai a non ascoltare nessuna notizia e a non chiedermi nemmeno di aggiornarle ogni ora? *Non può* non interessarti quello che succede a casa e all'estero. Non hai detto che non hai ritrovato tua madre per un anno intero? Come sta?

Sto bene, disse Mira la prima volta che tornarono a parlarsi. Grandinava, fuori dalla cabina c'erano tre uomini piegati nel vento, dal mercato coperto turbinavano foglietti pubblicitari, verdure o politica, a quanto pare la destra è forte da questo lato della ferrovia.

Non abbiamo più la nostra casa, disse Mira. Adesso abito da Vesna. Una stanza sola al pianterreno ma va bene così, siamo solo in due. La nonna è morta. Offesa e arrabbiata com'era vissuta. Era così offesa e così arrabbiata che ha smesso di pregare e addirittura di imprecare, ha stretto le labbra, si è distesa e...

Oh, disse Abel.

Manda i miei migliori saluti a tua madre! Deve sapere chi sono io (Konstantin), nel caso ti succeda qualcosa!

Anche se era più probabile che si verificasse il contrario. Mentre a Abel e a Pal non capitava praticamente nulla e non sembravano per questo infelici – in realtà non si sa proprio *cosa* siano! – Konstantin era implicato sempre in qualche faccenda.

Venne inseguito da alcuni tizi che facevano il gioco delle tre carte lungo l'intera via commerciale, due chilometri, non sapevo nemmeno di essere in grado di camminare tanto a lungo, dopo che sulla piazza della stazione aveva tenuto un discorso ai passanti invitandoli a non cadere nel tranello. Per giorni e giorni vagolò tremebondo per la Piazza. Hanno detto che sanno dove abito. Che mi ammazzano dentro le mie quattro mura. Parlò a lungo del sangue che si sarebbe impastato dappertutto sulle pareti. In seguito fu punto da una vespa nel proprio bagno, e durante tutto un inverno le sue tonsille erano così infiammate che per settimane e mesi non articolò suono. Sistema immunitario indebolito, conseguenza di un'alimentazione non abbastanza varia e dello stress, e oltre a questo non sopportava le correnti e l'aria condizionata. Praticamente ho sempre la febbre. Guance arrossate, occhi lustri, il respiro caldo di pus e penicillina. Capsule rossonere, se le portava dietro nella tasca dei pantaloni ed esagerava il dosaggio. Quando alla fine smise, l'intero corpo si ricoprì di pustole purulente per settimane. In modo lento, ma di sicuro mi sto trasformando in un mostro. Che cosa ho fatto? Chi mi ha lanciato contro una maledizione? Perché tu (Abel) non ti ammali mai? In seguito fu primavera e lui osò di nuovo avventurarsi per strada. In un chiosco di roba da mangiare si impegolò subito in una discussione, al che il tipo che era più vicino gli assestò un calcio sul malleolo, senza ribattere una sola parola. La punta della scarpa scivolò nell'infossamento sotto l'osso. Konstantin stramazzò con un grido e si ritrovò alla stessa altezza dei rifiuti sparsi tutt'attorno al chiosco. Levati dai coglioni, dissero dei cafoni sopra di lui. Dover fuggire zoppicando. In seguito picchiò lui stesso una ragazza quando si accorse che lei aveva un pene. Vomitò e nella zona commerciale strappò i manifesti pubblicitari di una rivista con un uomo nudo in copertina. Litigò con una donna che non conosceva investendola di insulti in mezzo al frastuono della caffetteria, diceva che in tutte le culture la benedizione viene dall'alto, il dio sole feconda la dea terra e non viceversa, raccontò che avrebbe pubblicato un annuncio: cerco fanciulla diciottenne, illibata, della mia terra natia. Non ho ricchezze da offrire, solo il mio cuore sincero e fedele.

Fa' attenzione! gridò dietro a Abel. Di recente, l'hai sentito?, un tizio è stato accoltellato nella metropolitana perché aveva un paio di occhiali di *sinistra*, per fortuna adesso è inverno, cappotto e maglione, la lama è penetrata solo di un centimetro al di sopra dei reni, ma questa è l'atmosfera, tempi isterici, davvero isterici!

Mh, disse Abel e aveva già infilato la porta.

Come se predicassi a una tazza del cesso, disse Konstantin alla finestra. Esattamente così.

Questi furono i primi anni.

Salotto
Intermezzo

In tutto quel periodo Abel, per quanto ne sapesse Konstantin, non si fece vedere in nessun altro ambiente al di fuori di quelli appena descritti. A volte, uscito dal laboratorio, se ne andava a vedere i più svariati film in versione originale, per fare esercizio, a volte si comprava qualcosa da mangiare o da bere in un chiosco lungo la strada: facendo segno con il dito.

Una volta, ancora piuttosto all'inizio, visitò in malafede un circolo studentesco di preghiera che Konstantin gli aveva consigliato.

Ci sono anche circoli di preghiera, disse Konstantin. Sei cattolico o ortodosso?

Né l'uno né l'altro. Non ci andrò in nessun caso. Ma poi ci andò ed è solo un breve episodio, lungo quanto uno sguardo gettato in una catacomba, in questo caso: una ex copisteria. Dentro c'erano solo pochi oranti, forse una dozzina. Vide che *lui* non c'era. Una questione di secondi. Pardon, disse e se ne andò.

Un'altra volta fu lui a trascinare con sé Konstantin. Una cena presso i suoi *sponsor*. Konstantin era quanto mai commosso. S. sarà lì... personalmente presente?

Abel non raccolse. È solo gente della fondazione.

Membri della commissione che elargisce le borse?

È possibile.

Grazie, disse Konstantin. Sei un vero amico.

La padrona di casa si chiama Magda, una *connazionale*, porta una crocchia grigia e fuma ininterrottamente. Suo marito è un indigeno amichevole e benestante, lei ha avuto il suo bel colpo di fortuna, lui si interessa moltissimo alla cultura di lei.

Adesso vedi com'è anche possibile vivere qui! Quelli come noi non ci vengono mai in questa parte della città! Le stanze, la luce, il parquet, gli stucchi, gli ante... Mi correggo: intérieurs!

L'ospite di un ospite, Konstantin, annusa letteralmente tutto. Dipinti, dorature, fregiature! Oh, piantiamo una tenda sulle sponde dei ricchi! Et voilà: un buffet!

Finalmente trova qualcosa da mangiare e per un po' regna il silenzio. Abel si cerca un angolo tranquillo.

Ma chi abbiamo qui? Sangue fresco!

Non è così che chiamerei mio figlio: *sangue fresco*…

Risate. La maggior parte degli ospiti ha la stessa età del padrone di casa, *partiti insieme*, si conoscono a memoria, a parte i misteri mai scoperti. Qualcosa di nuovo è sempre…

Quanto a lungo si resta giovani! Vent'anni? Al massimo. Ma qual è esattamente il tuo nome, ragazzo? Abel, ma che bello. Proprio oggi non ci sono ragazze. Lasciatelo mangiare, intanto. È un tale *fuscello*…

(Questo l'hanno capito in pochi. Solo qualche risatina sommessa.)

Giovani studenti invitati una volta alla settimana per pranzo, una vecchia e bella tradizione.

Una volta al *mese*.

A parlare adesso era stata Aida, l'unica figlia del padrone di casa, occasionalmente autrice di trasmissioni radiofoniche, quando le tendenze maniaco-depressive glielo consentono. Nel frattempo, ora, è tornata a vivere con i genitori. Le medicine la gonfiano anche se un po' rotonda lo è sempre stata, una ragazzina sempre così triste, dice la sua graziosa mamma, per lei la vita è un tormento. Il litio le dà quel tremore alle mani. Il vantaggio delle catastrofi famigliari e storiche è che avvicinano. Il che può essere un bene e un male. Mangiare a sazietà una volta al mese, nemmeno quella è una cosa da sottovalutare.

Oh, il penoso calore nel grembo di una *comunità*! Così pensa Aida e osserva il tipo nuovo. Il sangue fresco. Se finora ha detto tre parole è già tanto. Timido o arrogante? (Tutt'e due?) Si è portato dietro un altro per dar meno nell'occhio. Ma lo sa quanto è bello?

La povera, malata Aida. Non riesce a staccare lo sguardo da lui. Gli occhi le sprizzano fuori dalle orbite. Se un ragazzo così bello potesse amare la povera, malata, grassa Aida, questo sicuramente la salverebbe, oh, oh, come vorrei sfornargliene uno tutto per lei! Questo qui è ancora un bambino! Il cibo sembra rubargli tutta la concentrazione. Aida sorride. Io non mangio praticamente nulla, eppure non calo di peso. Cosa succederebbe se smettessi del tutto? Forse si scoprirebbe che sono immortale?

Abel non riesce a catturare a lungo l'attenzione degli uomini. Hanno fretta di entrare nella fase successiva di un discorso che va avanti ormai da quarant'anni, *i vecchi partigiani*, rimasto sospeso in un'accademia estiva, a un certo punto degli anni Sessanta, e da allora...

H. non ha ricevuto il visto e solo quando la conferenza era già iniziata, lei non si è data per vinta... una perfetta cosmopolita, cinque lingue, l'ho incontrata una volta... era il ventuno ottobre del Millenovecento... Il ventitré. Il ventuno lei non c'era ancora... là al balcone, di sotto passano sfilando e all'improvviso tutti fanno...

Stringe il pugno. Qualcuno ride, chi ha meno di cinquant'anni non capisce perché. Le signore conoscono le storie e preferiscono dedicarsi ai nuovi ospiti.

E lei? Konstantin. Anche lei un borsista? Ah, l'accompagnatore di... Storia dell'antichità? Ma che materia interes... E cosa in particolare? Le migrazioni dei popoli?

Uno o due? (Esclamazione proveniente dal gruppo degli uomini.)

La preistoria delle migrazioni dei popoli può essere studiata con l'aiuto del batterio dello stomaco Helicobacter pylori...

Oh, le fa male la mano? Si è tagliato ieri mentre armeggiava con un coltello elettrico?

(Lei hai esperienza in questo senso? chiese un uomo, anche lui uno straniero.

Sì, sì, disse Konstantin.

Non è stato là neppure mezz'ora, e naturalmente niente soldi.

Fuori, fuori, fuori, disse l'uomo, porta fuori il tuo sangue, una cosa così non ci serve.

Forse non la muoverò mai più. Forse rimarrò per tutta la vita uno storpio. Non so nemmeno se posso venire a mangiare insieme agli altri, *così*. Avrebbero dovuto denunciarlo. Impiega lavoratori in nero e li butta sanguinanti sulla strada. Con nient'altro che un tovagliolo. Credo che cominci già a puzzare.)

Lui non vuole andare in ospedale.

E chi lo vuole?

Per fortuna c'è là il buon dottor F. Faccia vedere un po'. Il buon dottor F. che conosce la storia dei batteri dello stomaco ha curato generazioni di persone e spesso anche gratis. Quando è nata mia figlia il vescovo è venuto per il battesimo e io ho apparecchiato il tavolino da campeggio per quattro. Il quarto piatto era per il buon dottore, lui era il padrino e ci conoscevamo già allora. Adesso purtroppo è in pensione, ma per sicurezza si porta sempre dietro una piccola borsa con l'essenziale. Soprattutto per disinfettare. Venga qui, giovanotto, qui in questa stanza tranquilla, e faccia vedere che cos'ha. Una bella ferita pulita, senza contare l'eventuale sporcizia che può trovarsi su un coltello del genere, microscopici frammenti di salsiccia. Carne su carne, è la cosa peggiore, avvelena il sangue, ma in questo caso basta sicuramente una spruzzatina di iodio.

Mi porterò per tutto il resto della vita una macchia color sangue rappreso al centro del palmo della mano? guardate le mie stigmate!

Il tuo compagno è ferito, non è qui e adesso tutti gli occhi sono puntati su di te. Abel, racconta Magda, parla cinque lingue. O nel frattempo sono diventate sei? Ho come l'impressione che ogni settimana se ne aggiunga una.

Sì, ce la caviamo bene! Ma non è affatto talento. Pura costrizione.

Posso immaginare che il mercato sia piuttosto pieno, inevitabilmente.

Non lo è sempre?

Dal momento che sono immortale, pensa Aida, i quindici anni di differenza non fanno nulla, e poi ho il passaporto giusto, e sempre che i nervi continuino a reggere dimenticherai il mio corpo e imparerai ad apprezzare la mia intelligenza e la mia sensibilità.

È stato Tibor B. a mandarcelo.

Anche lui non si è più visto da tempo.

La sua seconda moglie è ballerina e coreografa, una donna piccola e bella.

Lui è ebreo.

Non è vero. Solo il padre. In quel caso non vale.

In certe occasioni può contare ogni singola goccia di sangue che si è smarrita in un ramo secondario della famiglia quattordici generazioni prima.

Una goccia di sangue si aggira per il mondo!

Dice alla salsiccia di fegato il sanguinaccio...

Potremmo per piacere smetterla di parlare di sangue, mi sento subito male!

Bevi un goccio di grappa, Aidica.

Non può. Le medicine.

Qui tutti non possono fare a meno di tacere un istante.

Ti odio, mamma.

Adesso ti rivolgi nuovamente a *lui*:

Come ha conosciuto Tibor?

Non lo conosceva affatto. Aveva solo il suo nome su un pezzo di carta.

Oh...

Il nome di ognuno di noi potrebbe stare su un pezzo di carta!

Un tempo Magda era una specie di punto di riferimento *ufficiale*, la madre di tutti gli emigranti, oggi non sarebbe più possibile. Sono semplicemente troppi.

Qualcuno ha nascosto una volta due dozzine di ebrei in casa sua. Una donna.

Nel corso della mia vita ho sicuramente sparpagliato per il mondo centinaia di biglietti da visita. Chissà dove sono oggi.

Il caro dottore è pure lui un santo. Che Dio ti benedica e ti doni lunga vita.

L'interessato sorride tristemente. Anche la sua mano ha preso a tremare.

Konstantin, lo iodio rilucente attraverso la fasciatura, ascolta *tutto questo* con gli occhi che gli scintillano. Si siede in modo da essere in contatto sia con i partigiani sia con le signore, e cerca addirittura di prendere parte alla discussione, come se fosse necessario o possibile, un giovane uomo interessato. L'altro: non si sa. Oltre a lui ci sono due persone che fondamentalmente stanno zitte: Aida e un cinquantenne imponente e un po' molliccio, riccioli grigi, guance femminili, bocca piccola e vanitosa. Un ex attore, star della sua cittadina di provincia, strillava come un vitello e agitava il pugno, allora essere gay non era ancora tanto chic, gli avevano consigliato di sposarsi ma lui rifiutò, *in realtà* un atteggiamento lodevole. Oggi pensa di poter scrivere, libriccini graziosi con storielle della vecchia patria.

Le storielle sono una nobile arte, amore mio. Il suo nome è Simon. Lui osserva per prima cosa tutti, *una sorgente inesau-*

ribile e d'altro canto, naturalmente, osserva il nostro bello e giovane eroe.

Hihihihi, pensa Aida. Hihihi.

In seguito gli occhi le si riempiono di lacrime e se ne va nella sua stanza senza congedarsi con la solita cortesia, poverina, e il posto accanto a Abel resta vuoto. L'uomo chiamato Simon si sposta.

Pausa. Poi, piano, in tono confidenziale, la voce quasi cantilenante vicinissima al suo orecchio:

Qual è il suo nome?

Poco dopo se ne va e Abel va via insieme a lui. Oh, il vecchio libertino! Konstantin, che conosce le buone maniere, si offre anche lui di andare.

Non è necessario, dice Abel. Anche questa volta stava andando al laboratorio linguistico. Oh, quando all'energia giovanile si associa lo zelo e gli occhi che sbirciano in modo strano esprimono d'un tratto apprezzamento! E lei, caro amico, rimanga ancora un po'. Konstantin con la mano fasciata tornò dignitosamente al suo posto.

La volta successiva fu espressamente invitato. Ci andò da solo. Ridacchiò: Hanno sentito la tua mancanza! Almeno due giovanissime signore erano lì apposta per te!

In seguito non fu più tanto divertente. Come mai il bel giovanotto non viene più? È in missione segreta, disse in tono cupo Konstantin. Non credo che tornerà.

Le giovanissime signore storsero la bocca.

E vestite oltretutto come baby prostitute. Molto onestamente te lo devo dire, disse in seguito Konstantin a Abel: conoscere *tutto questo* da vicino significa anche conoscere il ribrezzo, non so se capisci cosa intendo. *Autentica* solidarietà?

Fece segno di no con la mano. E non ho neanche ricevuto un sussidio. Tutto sommato io (Konstantin) intitolerei l'intermezzo *L'istruttiva perdita di un'illusione*.

Transito

Il bello di una *gioventù movimentata*, disse un giorno Konstantin rivolto al vetro della finestra, è che ora non può succederci più praticamente nulla. Non può succederci più nulla, mormorò alla nebbia. Ciò significa, disse dopo una breve pausa, che può succederci di *tutto*. Succede di tutto. Succederà di tutto. Naturalmente. Quel che può succedere, succede. Non è questo il punto. Il punto è che mentre le cose in sostanza più futili possono minacciarci nella nostra esistenza, quelle sostanzialmente più spaventose non possono quasi più scuoterci nell'anima.

Si guardò attorno. La Piazza era vuota a parte un sofà rivestito di un tessuto dalla fantasia orribile, finito lì da chissà dove, c'era già quando il primo di loro era entrato nell'appartamento. *Come Dio*, disse Konstantin e rise, ma arrossendo tutto. Dio sofà. Un *lettosofà*! Di sotto la porta di Pal baluginava la solita luce azzurra, e non si sentiva nulla. Abel era certamente fuori.

Così vanno le cose, disse Konstantin in tono eloquente al sofà.

Più tardi Pal uscì dalla sua stanza, vide che nel punto in cui il respiro di Konstantin aveva sfiorato il vetro si era formato un evidente alone opaco. Il che sarebbe ancora andato ma stavolta, dopo mormorii di ore e ore nel soggiorno tanto che ti passa persino la voglia di andare a pisciare, Pal trovò per di più l'impronta di una fronte unta e di un naso sul vetro. Esclamando *Disgusting!* – imprecava volentieri in inglese – sparì nella sua stanza. Ma presto capì che non avrebbe sopportato il pensiero di quella macchia unta e quindi – imprecando di nuovo – ritornò di là e la ripulì. Non fu facile, la sporcizia era ostinata, strofinò a lungo con il dito spandendo di qua e di là la macchia, poi vide che in sostanza l'intera finestra era *imbrattata*, dopodiché in un accesso di rabbia lustrò per bene tutto il vetro e, persino!, la cornice. Gocce di sudore gli imperlavano la fronte.

Oho, disse Konstantin tornando a casa. Che vista!

Dopo che le sue *speranze di una buona sistemazione* erano state deluse, Konstantin tornò a dedicarsi alla sua autentica *missione*. Da bambino volevo diventare missionario. Perché non lo sono diventato? Non è ancora troppo tardi, dissero un interprete di musica sacra lituano, un poeta albanese, una coppia polacco-slovena in viaggio di nozze, un'ex prostituta ungherese, una studentessa andalusa e la sua amica. Di due delle ultime tre summenzionate Konstantin era innamorato. In seguito imprecò accanto alla finestra, soprattutto all'indirizzo dell'ex prostituta. Proprio lei! E così via dicendo. Tartari, ceceni, irlandesi, baschi. Nei mesi successivi l'andirivieni sulla Piazza non si interruppe praticamente mai. Con la stessa energia con cui Abel e Pal si davano da fare nei loro rispettivi territori, Konstantin trascurava lo studio a vantaggio delle sue lamentazioni da un lato e delle sue *spedizioni* dall'altro. Quando non parlava o mangiava era in giro per la città. Già che c'era, tanto valeva conoscerla. In realtà si aggirava quasi esclusivamente alla stazione e negli immediati dintorni perché il suo autentico scopo era quello di trovare gente a cui offrire un tetto. Alloggiava i suoi ospiti sul sofà chiamato Dio e offriva loro di cuore il poco che aveva. Se c'è qualcosa di cui *noi* siamo certi è l'enorme importanza di una rete di contatti. Qui, in questo libriccino, scriveva gli indirizzi di tutti i suoi ospiti. Dovunque io vada, sarò accolto volentieri. Gli abkazi, lapponi, estoni, corsi e ciprioti annuivano. Forse, disse Konstantin, questa si rivelerà un giorno la mia vera vocazione: l'uomo che arriva in visita.

Seduto a gambe incrociate su Dio, discuteva per nottate intere insieme a loro della situazione internazionale. Un'autentica epidemia di fondazioni di nuovi Stati, non fraintendetemi, sono pieno di comprensione associata a tutto quel che vi pertiene, migrazioni di popoli, il mio campo specifico peraltro, sorprende poco che l'ostilità verso gli stranieri sia qui e altrove un grande tema, nuovi uomini-leoni straziano a morte i piccoli dei loro predecessori, le nostre mascelle non sono abbastanza forti per farlo ma ---

Basta! esclamava Pal il biondo ogni due settimane quando ormai da giorni e giorni! non riusciva a passare perché sempre! c'era là qualcuno. Bloccano la televisione!, intasano il cesso!, cucinano i loro cibi puzzolenti!, scopano rumorosamente sul sofà e guaiscono! Per nottate intere! Qualcuno ha con sé addirittura degli strumenti! Pentole per il riso! Giocattoli manovrati a distanza! E tutto questo lo utilizzano pure. Un giorno tornerò a casa e al centro della stanza! troverò un bel falò ardente! Basta! disse, mi senti? basta con questa maledetta! stazione di transito nel mio appartamento!

Ma hai anche un televisore nella tua stanza, protestava Konstantin. In piedi sulla Piazza, sulla moquette color sabbia del deserto, le braccia roteanti come un mulino a vento, dirigeva un'invisibile ora di punta, le correnti o rivoli del transito, sentieri umani, orde animali, colonne di automobili, lui quasi scompariva dietro la polvere sollevata nell'aria. I riccioli di Abel svolazzavano quando, diretto alla porta e poi al laboratorio linguistico, lo evitava.

Pal il biondo fece notare a Konstantin le parole "a terzi", "affidare" e "proibito" inscritte nel regolamento condominiale. La prossima volta che incontro qui qualcuno della corrente di transito mondiale... Qui c'è gente che vuole anche lavorare, maledizione!

Dal momento che io stesso sono in una situazione *cosiddetta precaria*, disse Konstantin a Abel, certo sarebbe più saggio seguire Pal o il regolamento condominiale e non raccattare più nessuno, ma questo equivarrebbe (con tono teatrale e a voce alta, in modo che si senta in tutte le stanze) a soffocare la mia *elementare umanità*!

Non si sa quanto Pal sapesse di Abel, questo non lo disse mai. Fin quando uno tiene a bada la bocca, per me fa lo stesso. Nella vita quotidiana non si incontravano quasi. (Al mattino presto in cucina, una volta. Si scontrarono sulla porta. Pardon, disse Abel con voce rauca dopo essersi esercitato tutta la notte, al che Pal lo guardò sorpreso e come affascinato. Pardon, disse Abel e sgusciò via dalla cornice della porta. Questo fu tutto.) In tutta sincerità considero lui (Pal), capace di ogni cosa, disse Konstantin, ma proprio non poteva farne a meno. Continuò ad alloggiare gente. Se con le sue rudimentali conoscenze linguistiche e nella sua *frastornante* cattiva grammatica e pronuncia – dopo anni non si notava ancora nessun miglioramento – non ne cavava nulla, bussava alla porta di Abel. C'era lì qualcuno di cui non parlava la lingua, che cos'è, polacco?

No.

Tre trigemini cechi, anzi no: due cugini e un amico, tutti sbiaditi alla stessa maniera: jeans, capelli biondi. Konstantin li aveva trovati nella metropolitana, completamente disorientati.

Abel non conosce né il polacco né il ceco.

Non fare finta, disse Konstantin alludendo alla fratellanza panslava.

Che vada pure a farsi fottere, l'idea del panslavismo. Guarda, quando è il caso posso pure avere delle idee. Ma era stato solo un breve momento. Subito dopo il cervello di Abel aveva ripreso a funzionare *normalmente* e cominciò a capire singole parole, sintagmi e poi frasi intere. Sì, è così. A volte ci vuole un po', ma con il tempo sono in grado di comprendere chiunque *in qualche modo*. L'avventura, tradusse a Konstantin. L'avventura aveva portato fin lì i tre. Al di fuori della loro lingua madre non parlavano nulla, le uniche parole straniere erano nomi di gruppi musicali che Konstantin e Abel non conoscevano. In seguito Konstantin li insultò parecchio. Era stato un grande sbaglio. L'avventura, bah! Si sono fatti fuori tutta la pancetta e le uova e hanno bevuto il latte fin quasi all'ultimo sorso. Questo gli sottrasse in qualche misura il gusto *dell'intera faccenda*, e tutto ritornò un po' più tranquillo.

Poi vennero le vacanze di fine anno e finirono coinvolti in qualcosa che avrebbe messo fine una volta per tutte *al grande mercato* (Pal).

Eka

Per quanto tempo stai via? chiese Konstantin a Pal che partiva per le vacanze con un bagaglio incredibile.

La cosa non ti riguarda, disse Pal.

Il quarto Natale che festeggiamo insieme, lontani dai nostri cari, disse solennemente Konstantin a Abel. Quest'ultimo non vide motivo per interrompere il lavoro. A quel punto padroneggiava sette lingue alla perfezione e *si esercitava* in altre tre.

Cos'è il limite? chiese Konstantin. Il cielo stellato? Mi domando a cosa gli serve tutto ciò visto che non parla con nessuno.

Sulla piazza antistante alla stazione si dispiegava il solito Natale, senza neve e ventoso, e negli intrecci della Bastiglia fischiava e rombava giorno e notte. Konstantin stava alla finestra e osservava il cosiddetto viavai e Abel che, senza mai cambiare ritmo, faceva lo slalom fra la gente e le borse di plastica. Una ghirlanda strappata gli volò incontro dal mercatino di Natale ma lui fu più veloce, lo mancò di un centimetro e Konstantin sospirò.

Quando il mattino presto del giorno successivo o di quello ancora dopo, Pal in ogni caso aveva appena messo piede fuori dalla porta, Abel tornò a casa ed entrò nella cucina comune vide là una sconosciuta Madonna nera con un enorme bambino in braccio. In un pentolino sui fornelli c'era una pappa calda, e lei la stava assaggiando con un cucchiaio di legno. Per un istante pensò di aver sbagliato appartamento. Era possibile?

Chiedo scusa, disse Abel.

La Madonna fece cadere il cucchiaio. La pappa restò incollata alle sue labbra. Gesùcristoincielo, disse nella sua lingua e fissò l'uomo sulla porta. Tutto in lui era nero: i capelli, i vestiti, l'intera bocca. Lingua, denti. Adesso sono venuti a prenderci.

Chiedo scusa, ripeté ancora una volta Abel e portò la mano davanti alla caverna nera. Rimasero così: lui che si copriva la bocca, lei con la pappa sulle labbra, il bambino che cercava di afferrarla. Qualcosa si chiuse con forza, i denti della madre sbatterono.

Chiedo scusa, mormorò Abel e uscì dalla cucina camminando all'indietro. Si pulì a lungo i denti. Una schiuma grigia colò lungo il lavandino bisunto fra peli residui di barba. Dopodiché i denti luccicarono azzurrognoli entro piccoli calici neri.

Si chiamava Maria. Dopo che ebbe superato il primo spavento si mise a sorridere cordialmente. Il bambino guardava fra l'indifferente e l'ostile.

In realtà, disse Konstantin, non si chiama Maria ma Eka. Solo nel passaporto c'era scritto Maria. O meglio, nel passaporto della sorella c'era scritto Maria. Era il passaporto della sorella.

Eka annuì e ripeté quello che era appena stato detto. Abel memorizzò la parola georgiana per "sorella". Quanto a lei, non aveva un passaporto. Ma ci assomigliamo, no?

No. In più ci sono gli otto anni di differenza e il fatto che la Eka lì presente, nonostante fosse ventenne, aveva l'aspetto di una tredicenne. Occhi tondi, trecce fino ai fianchi, avevi la sensazione che il neonato fosse grande quasi la metà di lei. Non era stato Konstantin a trovarla ma lei a venire da sé, qualcuno le aveva dato l'indirizzo. E lui, con orgoglio: ormai sono conosciuto.

Eka sta cercando il suo uomo, spiegò Konstantin. Lui non ha ancora visto il bambino. Lei gli ha lasciato un messaggio da qualcuno: ti aspetto nel tale e tal posto. L'uomo si chiama Vachtang. Abiteranno lì nella Piazza fin quando lui non si farà vivo.

Mh, disse Abel e andò nella sua stanza a dormire.

È un po'… Konstantin arricciò il naso in tono di scusa e agitò la mano in aria davanti a Eka, hai capito. Ma non dovete aver paura. A un primo sguardo può far paura, ma *in realtà* è innocuo.

Eka sorrise. Capiva appena qualche mezza parola se non nulla, ma non le importava granché.

Eka e il bambino rimasero diversi giorni nella Piazza. Konstantin non attraversava mai la stanza senza giocare con il bambino. Aveva una grande testa quadrata e una peluria scura la copriva a metà. Konstantin gli cantava canzoncine di Natale. Il neonato taceva con le labbra arricciate. Eka lavava a mano le sue cose, andava a passeggio con lui, faceva la spesa, cucinava. Konstantin era pieno di lodi, Abel non aveva la minima fame.

Konstantin, in tono teatrale: E tutto questo inflitto al popolo più ospitale della terra! Poi, con voce più sommessa: se Abel, indipendentemente da ciò, voleva partecipare agli acquisti. Non era giusto che solamente lui e Eka... Tu sei quello con il sussidio per i dotati.

Abel gli diede quello che aveva in quel momento, poi per un po' fu tutto tranquillo. Eka ornò la Piazza per l'arrivo di Vachtang. Konstantin l'aiutò a raccogliere decorazioni senza padrone al mercatino di Natale. Mentre lui si chinava lei infilava sorridendo candele, frutta secca e giocattoli di legno nelle tasche del suo grande cappotto. Si provò uno scialle rosso, se lo gettò elegantemente sulle spalle, Konstantin annuì e sorrise come ad approvare, Eka sorrise e annuì in risposta, poi continuò a camminare. Ma non hai pag... Ecco qui, disse Eka. Tirò fuori i suoi tesori nella Piazza. Questo è per te: frutta secca e un altro scialle. Konstantin era rimasto di sasso. A dire la verità sono piuttosto sconvolto. Oh, disse sorridendo Eka, adesso ho dimenticato i pannolini. Pannolini, e puntò un dito per far capire. Subito, disse Konstantin e si precipitò, non hai bisogno di farmelo vedere.

Konstantin, Eka e il bambino festeggiarono anche il Natale senza Vachtang, del quale non si avevano ancora notizie, e senza Abel che non venne a casa neppure lui, proprio adesso che avrei avuto bisogno di te. Konstantin passò metà della serata a preoccuparsi sempre di più per lui. Recitava così bene che lui stesso alla fine credette a) di preoccuparsi e b) che potesse essere successo davvero qualcosa a Abel. Forse l'hanno ammazzato. Forse sta qui vicino, ai piedi della Bastiglia, in mezzo all'oscurità, e lo troveranno solo quando raccoglieranno gli alberi di Natale ormai secchi e scaraventati giù dalle finestre. Sorridendo Eka gli diede il coltello più grande di cui disponeva la casa per tagliare l'arrosto, anche stavolta la carne l'aveva *procurata* lei e Konstantin dimenticò lo scenario appena immaginato.

Quando alla fine Abel ritornò a casa Konstantin gli fece la posta all'entrata e lo trascinò in cucina.

In un sussurro: Dov'eri, ovvero: non importa, devo dirti qualcosa, mangia, l'abbiamo messo da parte per *lui* ma finirà per andare a male.

Quello che Konstantin aveva da dire era che probabilmente questo Vachtang non sarebbe venuto perché doveva nascondersi o era già in *prigione*. Lui, Konstantin, poteva ben capire che Abel adesso fosse arrabbiato con lui per avergli portato a casa una *storia* del genere, faccende di droga; di recente, mentre andava a comprare i pannolini qualcuno gli era venuto incontro comportandosi come se sapesse tutto, sogghignando con aria perfida e soddisfatta. Pensavo che fossero solo voci maligne, però adesso sarebbe forse il momento di rifletterci *insieme*. E se per esempio, chiese Konstantin con lo sguardo fisso sugli avanzi, ma perché non mangi?, e se Vachtang non venisse *affatto*?

Al che il *nostro genio* non seppe dire altro che non aveva fame, era stanco. Andò nella sua stanza e chiuse la porta.

All'inizio io (Konstantin) avrei avuto voglia di mollargli un ceffone, brutto stronzo egoista e arrogante, non ci si comporta così, se fossimo sposati adesso divorzierei... ohilà, pensò Konstantin.

Nei giorni seguenti Konstantin tenne la *faccenda* sotto osservazione. Accompagnò dappertutto Eka e il bambino, fece con loro tutto quel che si può fare senza soldi. Andarono a passeggio nel parco gelido. Eka si appropriò con un sorriso di una porzione extra di marroni. Che bella famigliola, disse la venditrice. Ohilà, pensò Konstantin.

Sposare Eka, crescere il bambino di Eka, avere un figlio, fare tutto per lei, mangiare il cibo di Eka, consolare Eka... Ho ventiquattro anni, ho visto qualcosa del mondo anche se indirettamente, media e resoconti personali, quel che sia, sono pronto a mettere su famiglia. A quanto pare lei ha anche smesso di rubare, sotto il sofà c'erano ancora due regali impacchettati, uno per Vachtang e uno per Abel, non aveva avuto ancora occasione di darglielo. Konstantin avrebbe voluto sapere cosa pensava Eka di Abel, ma lei non capì la domanda. Non posso farci nulla, disse Konstantin mentre passeggiavano nel parco, ma mi è venuta questa idea: non gli manca niente tranne... non conosceva la parola e la coniò dal nulla: *umanità*. Non so se si possa dire così. Un uomo senza umanità, capisci? Eka non capì né questo né quel che Konstantin avrebbe voluto dire davvero, sorrideva soltanto e camminava.

La notte successiva Abel sollevò la testa meno di tre quarti d'ora da quando aveva cominciato gli esercizi nel laboratorio linguistico, e cioè poco dopo l'inizio. Sette più tre fa dieci, pensò. Sette più tre fa dieci. Sette più tre, in tutte le sue lingue, una per una, e poi di nuovo daccapo. Dieci. Si tolse le cuffie e si alzò. Si sentì assalire dalle vertigini. Barcollò lungo il corridoio. Al suo passaggio le luci lampeggiavano tutt'a un tratto davanti a lui. Ogni volta trasaliva come se non se lo aspettasse, come se non fosse sempre così. Abbagliato tese la mano verso la parete e a tastoni si diresse verso la toilette. Qui non c'erano sensori e non cercò nemmeno l'interruttore. Si richiuse alle spalle la porta, premette la fronte e i palmi delle mani contro le piastrelle fredde, rimase lì in piedi al buio. Era vicino alla porta e se qualcuno fosse venuto forse non l'avrebbe notato. Una persona dietro la porta aperta. Non sapeva più da quanto tempo fosse lì. A un certo punto batticuore, malessere, sudore e sensibilità alla luce scomparvero, la decima lingua era ormai a punto, ancora un'altra e mi verrà da vomitare. Si lavò mani e faccia e uscì.

Al sorgere del sole non prese il primo treno in mezzo agli operai insonnoliti, stavolta andò a piedi, camminando sempre lungo i binari e anche così arrivò a casa ore prima del solito. Nella Piazza era buio pesto e c'era odore di fumo profumato. Forse avevano di nuovo cucinato e acceso le candele. Abel, che insieme al gusto aveva perso anche buona parte dell'olfatto, lo percepì appena vagamente. Non accese la luce per non svegliare il neonato. Come non dichiarò in seguito, attraversando la Piazza urtò con lo stinco contro il divano letto aperto. Qualcosa nel buio si mosse, corpi in improvviso tumulto, poi Eka, come se avesse sussurrato qualcosa, poi tutto ritornò tranquillo.

In seguito qualcuno accese con un forte clic la luce nella sua stanza e tirò le tende. Al di là era buio, ancora o di nuovo buio. L'odore di pelle di un'uniforme riempì la stanza, così penetrante che persino *lui* poté avvertirlo.

Ci hanno costretti a stenderci a terra, il naso nella sporcizia, uomini, donne, bambini, le mani incrociate dietro la testa. Ci sono passati sopra, hanno buttato all'aria le nostre cose. Ci hanno sollevati bruscamente per le braccia e noi siamo rimasti lì in pigiama, ci hanno presi con loro così com'eravamo, o ci hanno fatto infilare dei vestiti e hanno premuto in giù le nostre teste mentre salivamo nella macchina. Non hanno detto dove ci portavano, i nostri occhi erano bendati, si sono messi a girare qua e là per farci perdere l'orientamento, ci hanno fatti inginocchiare nella sabbia con la faccia a terra in quella landa desolata, come se volessero giustiziarci. Alla fine ci hanno abbandonati là nelle nostre mutande bagnate ---

Non proprio così, ma tutti quelli che si trovavano nell'appartamento: Konstantin, Abel, Eka, il neonato e un uomo che Abel non aveva ancora mai visto furono portati a un commissariato di polizia. O meglio, Abel vide soltanto Eka e lo sconosciuto per un breve istante, dalla testa in giù, quella era la sua visuale. Di Konstantin e del neonato sentiva soltanto le voci che in maniera diversa si opponevano a quel trattamento, prima di scomparire in un'altra automobile. Per anni fu l'ultima immagine che Abel Nema colse di Konstantin Tóti.

Domande

E allora dove andate, ragazzi?

Da nessuna parte.

Da nessuna parte? È possibile? Non si è sempre diretti da qualche parte? Al massimo può essere che non si sa dove sia questa qualche parte. O no?

Due uomini, l'età dei nostri padri, si appoggiavano ogni pomeriggio al chiosco sulla piazza principale, vicino al municipio, con vista sulla Colonna della Peste, sulla torre dei pompieri e sulla prima pizzeria della città. Bevevano tè con vino in bicchieri di plastica e lo mescolavano servendosi di bastoncini di plastica, con qualunque tempo. Non si sa da quanto osservassero Ilia e Abel, mentre anche loro li notarono sotto la pioggia battente. Quando uscivano dal portone della scuola stava già tuonando. Gli altri correvano sempre più veloci di loro, si appiattivano contro i muri delle case, si radunavano ai passi carrai, solo quei due continuavano a camminare come se nulla fosse. La tenda sotto cui stavano gli uomini era bucherellata e ci gocciolava attraverso, dritto sulla manica di uno che però non si muoveva quasi, spostava appena il gomito e il bicchiere di plastica. Così si guardavano, attraverso la pioggia: due investigatori in borghese, due liceali di passaggio.

In un momento così, si diventa all'improvviso visibili. Da allora gli uomini stavano là ogni volta che loro passavano per la piazza, davanti al chiosco, e cioè quasi ogni giorno, e li osservavano. Una volta uno aveva la mano fasciata, si stava ungendo le labbra, teneva attentamente lo stick con la mano fasciata e guardava verso di loro con le palpebre inferiori cascanti, la benda era sporca, le labbra luccicavano. Il giorno dopo c'erano solo i bicchieri di plastica, degli uomini neanche l'ombra. Tutti e due lo notarono, ma non dissero nulla. Non ne parlarono mai. Una volta arrivati sulla piazza principale c'era solo un possibile tragitto: sotto la torre dei pompieri, attraverso un passaggio maleodorante e oscuro fino alla circonvallazione. Trattenere il fiato, immergersi.

Gli investigatori stavano sull'altro lato, sotto una chiave di ferro alta quanto un uomo, inchiodata alle mura cittadine.

E allora dove andate, ragazzi?

Da nessuna parte.

Da nessuna parte? È possibile? Non si è sempre diretti da qualche parte?

Pausa. Loro strizzavano gli occhi. C'era molta luce.

Al massimo può essere che non si sa dove sia questa qualche parte.

Pausa.

O no?
Pausa.
Sì, disse Ilia alla fine. È vero.

E stava per proseguire ma l'uomo con le palpebre cascanti, la mano fasciata e le labbra unte gli si parò davanti. L'altro era dietro di lui e non diceva mai nulla.

Così da quel giorno succedeva regolarmente. Dove andate, ragazzi?

A volte loro rispondevano qualcosa, a volte no. Gli uomini controllavano sempre i documenti. Guarda un po' quanto sono sporchi e sgualciti, una vera schifezza, ma bei patrioti ---

Una notte che Abel Nema, anni dopo, altra città, uscì dal laboratorio linguistico per tornare a casa, mancò poco che un uomo invisibile non lo uccidesse nella Piazza immersa nella tenebra più profonda. Nessun altro l'avrebbe sentito, ma lui udì la presenza del metallo nella stanza, la presenza di pelle e metallo, di qualcosa o qualcuno *pronto ad afferrarlo*. Per fortuna c'era Eka, che sussurrò "il coinquilino". In seguito lui non ne fece parola. Non disse praticamente nulla.

NomeindirizzodatadinascitaluogodocumenticosafaquistudentecosastudialinguecomehaiconosciutoVachtangilnerochevuoldirenonsaichisiaciprendiperfessi?

Mi spiace, disse Abel. Non capisco.

Il suo *compare* accanto, Kostantintótistoriadellantichità, in cambio parlava di più. Si accalorava. Stavo dormendo in pace quando siete venuti voi e mi avete preso e adesso volete sapere da *me*: come? Chiedo spiegazioni! Sono un cittadino incensurato! In realtà se la faceva sotto dalla paura. Attaccò quasi subito con la solita lagna, studente povero eccetera eccetera, il labbro inferiore tremava, umido.

Eka cercò di scagionare i suoi ospiti. Solo due simpatici ragazzi che hanno accolto me e il mio bambino. Ma poi tutto si incagliò perché lei continuava a sostenere di essere Maria, una bugia assolutamente palese, e allora perché riguardo al resto ecc. ecc. Dopo che si fu arrivati più volte a quel punto ed era ormai passato un giorno, chiesero a Abel e Konstantin se loro due, evidentemente solo due ingenui idioti, potevano nominare un garante.

Quando la telefonata lo raggiunse Tibor B. era in compagnia di buoni amici, anzi no, era seduto nello studio accanto, aveva ancora qualcosa di improrogabile da fare, anzi no: aveva appena perso il piacere di stare in compagnia, come ogni altro piacere. La crisi dei cinquant'anni. O una depressione in attesa fin dall'inizio. Sempre in seconda fila. Se ne sta là, aspetta paziente e quando la guardi lei ammicca discretamente.

Il tutto cominciò quando Tibor, dopo una pausa di quasi venticinque anni, riprese a soffrire della propria bruttezza. Si disprezzava per questo. Era un uomo intelligente, una testa fina e faceva colpo sulle donne. Si innamoravano di lui. Facevano di tutto per lui. E cosa vuoi allora? Si prese un anno sabbatico. Voglio scrivere e quindi scriverò un libro. L'anno passò, il libro non era pronto, ma non era questo il motivo per continuare a farsi vedere solamente in modo sporadico all'università. Gli era semplicemente passata la voglia. I suoi studenti non lo interessavano più, e a dire il vero faceva fatica a distinguerli l'uno dall'altro. Il che non è propriamente lodevole e d'altro canto non potevano licenziarlo, e si venne a sapere che la sua seconda moglie, Anna, era recidiva (il seno), e quindi non lo disturbarono più del necessario. Anna si aggirava sorridente e saltellante nelle stanze comuni, inutile rendersi le cose più difficili di quanto non siano. Ma lui era così sopraffatto dalla propria stessa paura per la morte di lei che non lasciava quasi più lo studio. La sua dottoranda Mercedes veniva quasi ogni giorno, gli portava la posta, faceva ricerche per lui, si occupava dei suoi studenti e lo sostituiva nel limite del possibile. Aveva ventisei anni, ragazza madre di un bambino di due anni che aveva un tumore all'occhio destro, ed era innamorata di lui, il compagno di studi di suo padre. Gli dedicava ogni minuto libero. Il bambino era affidato per la maggior parte del tempo ai genitori di lei. Tibor non amava i bambini. Gli davano ai nervi. Tutto gli dava ai nervi. Quando gli chiedevano aiuto lui aiutava, per esempio questo tal giovanotto di belle speranze – o chissà – Abel N., il quale arriva qui e pensa che per il fatto di venire dalla stessa città da cui un tempo siamo stati costretti ad andarcene... non importa, non parliamone più. E però dev'essere pieno di speranze e come potrebbe non esserlo, vista l'età, la situazione, aiutarlo è il minimo e quindi lo aiutò, ma la grandezza sconosciuta D è strettamente imparentata con la grandezza sconosciuta P in quanto rende impossibile provare un interesse autentico per la vita e il dolore degli altri. Anche questo Tibor lo sapeva e anche perciò si disprezzava. Una persona perbene avrebbe chiesto se il ragazzo avesse già un posto dove stare. Una persona perbene gli avrebbe offerto una delle sue due stanze degli ospiti. Un uomo capace di amore si sarebbe affezionato a lui e da quel momento in poi l'avrebbe trattato come un figlio... *Scenari*. Non si può aiutare *tutti*, pensò e ritornò al lavoro.

Qualcosa del genere pensava anche Anna. Sapeva tutto di lui, di sé, della giovane donna e pensava che non si può aiutare tutti. *Per quel breve lasso di tempo* si concentrò su un paio di cose che faceva volentieri. Una volta al mese invitava gente, un *jour fixe*. Vecchi amici fra cui i genitori di Mercedes – che del resto venivano solo di rado; Miriam detestava Tibor, e a dire il vero non soltanto da quando il suo nipotino non era il benvenuto, e Alegria non vedeva perché dovesse andare da solo ecc. ecc. –, i colleghi più sopportabili, un paio di ex studenti prediletti. Una volta al mese anche il padrone di casa può fare uno sforzo ed essere presente qualche ora, discutere e addirittura conversare come una persona normale. C'era chi non si accorgeva di nulla. Parlavano come si fa normalmente, di questo e di quello. Dopo la morte di Anna, Mercedes si trasferì in casa di Tibor e si accollò i suoi doveri. Nel frattempo il bambino aveva compiuto sei anni, era intelligente e bello come il sole, la star segreta di quegli incontri, e Tibor si scoprì a osservarlo e ascoltarlo con piacere. A un certo punto capì addirittura che lo ammirava e gli era grato. Il fatto di riuscire a provare gratitudine lo rese quasi felice. Stava meglio. Finì il libro e ne cominciò uno nuovo. Dall'arrivo di Abel erano passati quattro anni.

In quel momento erano insomma riuniti, il giro fisso degli amici e qualcuno, un ex collega, che recentemente era sopravvissuto a un viaggio in Albania. Un poeta albanese gli aveva parlato a lungo della bellezza della patria, o di patria e bellezza. Parlare della bellezza di una patria disperata era il dovere di un poeta a cui mancava un dente su due. Bellezza malgrado la disperazione, disperazione malgrado la bellezza. La carne, raccontò il viaggiatore, non si riesce a identificarla. Intendo dire: di quale animale.

I giapponesi, raccontò uno degli ex studenti, il suo nome è Erik e ha appena fondato una casa editrice, uno che è sempre *maledettamente informato su tutto*, i giapponesi hanno scoperto un enzima, disse, grazie al quale si può ricomporre insieme la carne già spezzettata. Ha l'aspetto di carne normale. Tranne il fatto che è impossibile dire di quale parte e di quale animale si tratti.

L'uomo che aveva visitato l'Albania scosse leggermente il capo: è coriacea e non ha un buon odore.

Il poeta sdentato aveva letto una poesia nella sua lingua madre. Io non ci ho capito una parola. Ma a quel punto eravamo parecchio ubriachi. Siamo scoppiati a piangere insieme.

Oh, disse Omar. Perché?

Al nonno sfuggì una risatina. L'uomo che era stato in Albania e che si chiama Zoltán, ma questo non ha importanza, li guardò turbato, prima l'uno e poi l'altro.

Ti prego, sussurrò Miriam al marito (da quando al bambino era concesso di star là anche lei talvolta si univa), ti prego, fai uno sforzo.

Perché? Non ho fatto niente.

Miriam dondolò il capo: Fino a mezzanotte dobbiamo comunque rimanere.

Perché?

A quel punto suonò il telefono in corridoio.

Subito, disse Mercedes e andò nella stanza accanto a chiamare Tibor.

Capisco, disse Tibor nella cornetta.

Aahh! dissero gli ospiti in salotto. Ecco finalmente il padrone di casa!

Sì, disse Tibor. Mi dispiace. Devo andare.

Cosa? disse Mercedes. Adesso? La notte di Capodanno?

Sì, disse Tibor. Doveva liberare qualcuno dal carcere, torno immediatamente o forse l'anno prossimo, di preciso non si sa. Uno dei suoi studenti si era impelagato in qualcosa, una storia di droga o permessi di soggiorno, e dato che non aveva famiglia aveva fatto il nome di Tibor B. come referenza. Non aspettatemi.

E adesso che faccio? domandò Mercedes alla madre.

Normalmente che avresti fatto?
Offerto stuzzichini?
E va bene, disse Miriam. Ti aiuto.
Chi è? chiese Omar. Chi è l'arrestato?
Non lo so, disse Mercedes. Non lo conosco.

Non ci rendiamo conto, disse Zoltán, di quanto fosse più facile ai nostri tempi. Lui stesso aveva ricevuto una borsa di studio dallo Stato con la quale poteva sfamare una donna straniera e il figlio di lei. Al giorno d'oggi gli studenti sono costretti a spacciare droga se vogliono sopravvivere. Ogni sera si fanno un mezzo litro di brodo liofilizzato e ci buttano dentro una gran quantità di pasta all'uovo da due soldi fin quando il liquido è tutto assorbito.

Posso utilizzarlo? (Alegria)

Zoltán lo osservò sconcertato.

Vedi, non dipende da me. È semplicemente il suo sguardo.

Normalmente ci vogliono quaranta minuti per andare in centro ma stavolta, a causa dell'intenso traffico serale, Tibor impiegò un'ora e dieci minuti con la macchina per arrivare al posto di polizia. Più venti minuti per cercare parcheggio. Voleva mettersi davanti all'edificio, il posto c'era ma il poliziotto alla porta scosse la testa e quando T.B. gli lanciò uno sguardo interrogativo e cospiratore per vedere se non fosse possibile entrare e uscire un istante, carico e scarico, quello agitò l'indice infilato nel guanto e fece segno: circolare. Cosa che provocò in Tibor un accesso d'ira come non gli capitava mai, in nessuna situazione, soltanto quando era in macchina e aveva a che fare con un'uniforme. Qualche tempo prima questo fatto lo aveva portato alla decisione di non guidare mai più. Mercedes prendeva il volante quando era necessario, ma oggi non era possibile. Imprecando Tibor fece il giro dell'isolato. E si cullò sempre più nell'idea che doveva liberare il *proprio* figlio dalle grinfie di un potere statale criminale, e che ogni minuto era prezioso.

Oltre alle formalità che dovette espletare fu costretto ad attendere ancora niente di meno che due ore. Ogni mezz'ora usciva a fumare. In totale, quattro volte. Ogni boccata aumenta il mio sentimento di umiliazione. Si accese la quarta sigaretta e la buttò via subito dopo, ritornò dentro a passo di marcia e diede spettacolo come in un film. Inveiva contro i poliziotti. Credevano di avere ogni diritto ecc. ecc.? Con chi pensavano di avere a che fare ecc. ecc.?

Si calmi, professore, dissero i poliziotti senza lasciarsi impressionare. Da noi non ci si può comportare così.

Tibor smise di inveire e cominciò invece a misurare su e giù a passi vigorosi la sala d'attesa.

Piantala con le stronzate e siediti!

Lui gettò uno sguardo in quella direzione. Un cafone lardoso. Continuò a camminare.

Ti ho detto di sederti! Mi stai tirando scemo!

Ma il nanerottolo non voleva starlo a sentire e il ciccione capì chiaramente che avrebbe perso la pazienza se la cosa fosse andata avanti, l'unica soluzione era dargli un sacco di legnate. Stava puntando le mani sulle ginocchia per sollevarsi dalla sedia quando il professore venne chiamato e (quasi) tutti furono in salvo.

Poiché nessuno degli influenti personaggi che l'altro rompicoglioni (Konstantin) aveva nominato come suoi intercessori era reperibile, chiesero al professor B. se conosceva anche lui. Tibor scosse la testa con impazienza. Volete rilasciare adesso il mio studente o no?!

Tutto a posto?

Sì, disse Abel.

Non dissero altro.

Se poco prima Tibor si era sentito animato dalla sollecitudine per lo studente straniero, adesso che *tutto era passato* e sedevano in macchina anche quella si era dissipata. In fin dei conti non so niente di lui. Tibor si avvicinò con la macchina il più possibile alla Bastiglia e lo fece scendere.

Grazie, disse Abel.

Non c'è di che, disse Tibor e si allontanò.

Nell'appartamento erano ritornati il rumore stridente e la striscia azzurrognola sotto la porta di Pal il biondo. Se lui era là doveva aver sentito la porta d'ingresso, ma non si mosse. Come se tutto non fosse stato rivoltato e rimescolato, ogni singolo oggetto comprese le cose da mangiare, anche le sue, come se non fossero stati sollevati i bordi della moquette nella stanza comune, come se tutti i pezzi del divano non si ammonticchiassero fino al soffitto con in mezzo gli ultimi due pacchetti natalizi lacerati.

Aveva detto che ci avrebbe traditi, disse in seguito Konstantin a qualcuno, e l'ha fatto.

Non era partito per le vacanze? chiese l'interlocutrice di Konstantin. Di fatto non era lì.

Konstantin: adesso hanno tutto. Le mie impronte digitali, il mio nome. Sanno che esisto e che sono qui. E devo continuare ad abitare con *lui*. Prova a immaginartelo.

Per quanto riguarda Abel: andò nella sua stanza, radunò i suoi sparsi averi, abbandonò la Bastiglia e non vi fece mai più ritorno.

III
Anarchia Kingania
FOLKLORE

Nel bosco

Nemmeno a pensarci di prendere un taxi, e andò a piedi. Nei venti minuti che gli erano serviti per fare i bagagli le strade e il tempo erano completamente cambiati. La nebbia aveva invaso le strade, non si vedeva quasi nulla, in cambio si sentiva *tutto* e come se tutto fosse ugualmente vicino, un traffico micidiale: macchine, autobus, treni, tram – ci sono da qualche parte dei binari? – e addirittura qualcosa che produceva un suono simile alla sirena di una nave. Sopra, e in mezzo: fischi di razzi, salve e boati come se fosse in corso una battaglia, gli spiriti in preda alla paura. Quanto agli uomini non si sa, se ne andavano in giro vestiti in modo strano, allegri oppure no, gli spuntavano davanti sempre più all'improvviso e lo urtavano, si impigliavano nel suo zaino quando lui si fermava, un angolo sì e uno no, per confrontare i nomi delle strade con la cartina.

In seguito le strade furono praticamente vuote e così silenziose che si sentivano echeggiare i propri passi, e lui poté infatti sentirli, e così quelli delle altre persone, una per una. Erano poche e cercavano di allontanarsi dai suoi echi, rasente ai muri. Maniche e borse si portavano dietro strisce bianche.

In seguito cercò a tentoni la strada attraverso una tromba di scale, qui era di nuovo buio pesto, freddo e silenzioso e da qualche parte all'interno, ben percepibile, il contrario: rumore, calore, chiarore. Le pareti di cemento sotto le sue dita, come se vibrassero.

Aveva dimenticato di contare i gradini, pensava che dovesse esserci ancora un altro piano quando all'improvviso una porta si aprì sbattendo, *zing*, ferro su cemento. Ne uscì uno sconosciuto che andò da destra a sinistra e scomparve dietro una porta più piccola, di fronte. La prima porta rimase aperta.

Si poteva tagliare il fumo col coltello, visibilità pari a quella fuori, solo che lì dentro faceva caldo. Sembrava pieno di gente, pance contro pance, un bosco nebbioso fatto di corpi. Abel esitò davanti alla fessura della porta, c'è ancora un po' di posto?, o sarebbe stato l'ultima goccia in una vasca stracolma e il tutto sarebbe semplicemente traboccato non appena avesse infilato un piede... A quel punto ricomparve il tipo di prima, alle sue spalle scrosciava dell'acqua, l'uomo non proferì suono e senza rallentare andò questa volta da sinistra a destra spingendo Abel davanti a sé.

Il bosco era fitto, il viandante urtava con il suo fagotto contro i tronchi, pardon, pardon, a loro non gliene importava nulla, come se lui non ci fosse affatto, e parlavano soltanto e parlavano. --- *questo soprattutto mi irrita una generazione intera quasi depredata noi siamo i nuovi tedeschi stigmatizzati per i prossimi cento anni sempre che basti e dico che questa è una vera ricchezza e anche se è terribile sapere che si poteva morire di appendicite o di parto podalico questa fottuta ignoranza dal loro punto di vista ben pasciuto tutto era ed è una bugia così spudorata è questo che mi fa incazzare più di tutto e quando chiedo se anche loro hanno avuto incubi mi guardano come se fossi pazzo ma in realtà era la situazione si comportano come se chiunque potesse diventare ricco ma io nella mia vita ormai ricco non lo divento più e questo può essere molto umiliante se non puoi permetterti la tua salsiccia perché è questo che conta la salsiccia o grlgrlgrl* --- Una donna con un elmo di cartone dorato fendeva la folla con una bottiglia in mano, la inclinava come una lancia e versava alcol in beccucci di uccellini spalancati: grlgrl, lingua trasformata in gorgoglio.

A un certo punto si arrestò, rialzò un po' sulla fronte l'elmo di cartone sudacchiato per vederci meglio, vedere chi, *lui*, e investirlo di slancio:

Kurva, Abelardo, dove sei stato tanto a lungo?

Partii da solo, bighellonai con sconosciuti attraverso province sconosciute. In seguito diventammo così tanti che non potevano più contarci. Il riscaldamento pompava a tutto vapore, i finestrini aperti a metà, da sotto veniva il caldo, da sopra il freddo, il treno strepitava, il riscaldamento strepitava, il vento ululava, tutto ululava, l'intero treno era un unico ululio, le locomotive e la gente, si faceva festa, si litigava, si piangeva o si gridava, ormai soltanto così: KURVÁK, DATEMI QUALCOSA DA BERE! Tutto appiccicaticcio di alcol, si poteva camminare sul soffitto come mosche, le dita facevano piccoli schiocchi quando si procedeva a tastoni al di sopra delle teste fino alle cosiddette toilette dove non c'era acqua, in tutto il treno non c'era una sola goccia d'acqua, tutto in movimento, di qui e di là, dalla coda fino alla testa del treno e di nuovo indietro, *kurvák*, datemi qualcosa! Da qualche parte in mezzo c'era il vagone ristorante, là dove il fumo si addensava più spesso che mai, ma non c'era nulla al di fuori di una macchina per il caffè surriscaldata, che vuoi fare senza acqua. Vomitare bile in un cesso senza acqua nello stesso momento in cui due treni, uno dei quali è il tuo, passano stridendo e vibrando l'uno accanto all'altro a uno scambio e Abel Nema, maturando e futuro disertore, batté la fronte contro il coperchio del cesso sollevato. La fronte produsse uno schiocco quando la staccò dal coperchio.

E adesso bevi, disse la donna là fuori davanti alla porta, ancora senza elmo, allora, dopo che partendo dal bernoccolo ebbe cosparso di grappa la sua fronte.

Lui disse gentilmente grazie e che non beveva.

No-n-be-e-vi? Hai qualche problema? Devi averci un problema. Fumi? Nemmeno? Rifiuti tutto? E come andiamo con il sesso? Anche quello lo rifiuti?

La donna rise. Nessuno dei suoi denti toccava il proprio vicino. Labbra color lampone sotto grosse narici pelose, in cambio zigomi magnifici, occhi, fronte e in cima un groviglio di riccioli scuri che non avevano mai conosciuto il pettine. Non smetteva di ridere.

Che cosa sei, un seminarista? Eccolo lì che guarda e basta. Che occhi! Il cielo prima della tempesta! O conosci qualcuno che commercia in lenti a contatto violette?

Lui se ne stava con i piedi incastrati fra grossi bagagli, lei con le spalle rivolte al passaggio che portava al vagone ristorante, dietro di lei la gente andava e veniva. Lo spazio vuoto fra le carrozze era coperto da due lastre di ferro che crepitavano ogni volta che ci si passava sopra. Ogni minuto si formava una nuova coda. Da queste parti la gente diventa assolutamente isterica non appena sale su un treno. Chiedo scusa. La donna gli si avvicinò, la bottiglia nella sua mano premette contro la pancia di lui. Sentì dolore alla pancia. Come se il mio cuore saltasse dal trampolino, giù incontro al mio stomaco. Lei si avvicinò ancora di più, gemendo, le cosce tonde nei jeans sbiaditi premevano contro quelle di lui. Lui era già appiccicato alla porta del cesso, ormai non c'è più via d'uscita, dovevano restare là, pressati nell'angolo. Lei si appoggiò a lui e rise. Un pennacchio alcolico si levò.

Se fossi rimasto nel tuo convento, Abelardo, adesso vivresti più comodo.

Lei continuò a girare attorno al tema e all'immagine del seminarista fin quando lui, non sgarbato ma solamente *saturo*, le disse che preferiva non parlare di religione, se possibile.

A quel punto si creò un po' di spazio e lei poté scostarsi, scrutarlo.

Guardaguarda, il piccolo pagano. Selvaggio arde il fuoco dei suoi occhi sotto lo scuro ponte delle sopracciglia.

Lui non è più in grado di ribattere nulla. Un diciottenne. Diciannove.

Nome?

Abel... No, davvero, è così.

Lei si versò qualche goccia di grappa sulle dita e, ma cosa fa?, asperse lo sconcertato ragazzo. Io ti battezzo solennemente con il nome di Abel Dallasterpaglia, nel nome del Padre, del Figlio e dello Spirito Santo!

Battezzato con la grappa in un treno sovraffollato. Strinse gli occhi. Lei gli asciugò una goccia sulla punta del naso.

A proposito: io sono Kinga. Che significa: la guerriera. Oggi, e cioè in questo preciso momento, da un minuto esatto è il mio onomastico e ho perso i miei amici, tre musicisti, da qualche parte qui sul treno, quindi mi resti solo tu per brindare alla mia salute. Alla mia salute! Vorrei vederti bere! Questo è un uomo!

Più tardi, nemmeno a metà del tragitto, lui scese per cercare una donna chiamata Bora. Kinga lo salutò con la mano dal finestrino del treno: ci vediamo dopo la guerra alle sei!

In seguito lui le chiese se si ricordava quali fossero state allora le ultime parole che gli aveva rivolto.

Parlo molto, quando la giornata è lunga.

Carico di borse da viaggio Abel avanzava barcollando insieme a lei. Un'iguana di plastica che lei portava sulla scollatura gli premeva contro il petto, dalla bocca di plastica rossa un liquido trasparente gli sprizzava sul colletto. Lei rideva, lo leccava, la lingua larga e scura scivolava sul suo collo. In seguito avrebbe avuto una sensazione appiccicosa. Ogni volta che muoveva la testa.

Lei sobbalzò, gli portò la bottiglia alla bocca: dove sei stato così a lungo? Qui, bevi! E intanto lo trascinava ma ormai dietro di sé, facendosi strada a spintoni in mezzo alla gente, grlgrl, il collo della bottiglia sbatteva contro lo smalto dei denti. Come può essere così pieno, praticamente non vedi dove sei, da qualche parte finestre cieche come se fossero state dipinte di nero, ma è solo la notte e le esalazioni di tutta questa folla. In cucina c'era un tizio chiamato Janda, una faccia come se non avesse dormito per tre giorni, la sigaretta penzolante a un angolo della bocca, stava mescolando qualcosa in una pentola e dall'alto ci faceva nevicare dentro una polvere rossa. Un po' della polvere volò negli occhi, nel naso e nella bocca dei nuovi arrivati. Kinga tossì.

Sono arrivati solo stamattina! (Tossisce.) Senza dormire da tre giorni, alla fine hanno suonato per un matrimonio, alcol a fiumi, carne, bevande, *vere* spezie! Anche oggi potrebbero suonare e guadagnare dei soldi, ma non lo fanno perché la notte di Capodanno appartiene al Café Anarchia, e cioè: a me!

Ciao, disse Abel.

'sera, disse Janda. La sigaretta vacillò, un po' di cenere cadde nella pentola e lui la mescolò al resto.

Gesummio! strillò Kinga che solo in quel momento vide la bocca di Abel. Che cos'hai?! Assomigli a Dracula! Che cos'hanno i tuoi denti?

Dimenticato del tutto che anche oggi i denti erano neri, neri per tutto il tempo.

Cos'è successo, qui, sciacqua un po'!

Quasi si fosse accorta solo adesso che lui sta lì con armi e bagagli.

Come mai hai con te le tue cose?

Posso restare un paio di giorni?

Perché? Che cos'è quello? Prese i palmi delle sue mani e li girò verso l'alto. Polpastrelli neri. Che cosa hai combinato?

Niente. Trattamento a scopo di identificazione.

A quel punto lo guardarono tutti, cioè le tre persone vicine a lui. Janda aveva ancora del peperoncino negli occhi e li strizzò.

Come?

Una svista.

E come mai i denti? Ti hanno fatto bere dell'inchiostro?

No, è un procedimento della fonologia.

Pausa.

Eddài, non vorrai farti strappare di bocca ogni parola!

Lui non riesce a raccontare altro. La storia degli ultimi due giorni nel suo riassunto. Per tutto il tempo non era riuscito a scoprire di cosa si trattava. E poi ho lasciato là il mio coinquilino per potermene andare via indisturbato. Ma questo non lo racconta.

Porci, disse Kinga.

Janda, faccia da poker, assaggiò, batté il cucchiaio sulla pentola ed esclamò: Al trogolo!

Kinga avrebbe continuato a far domande ma un'ondata di sconosciuti glielo impedì. Accorrono alla pentola come se stessero per morire di fame. Abel fu trascinato via, trovò l'angolo tranquillo di un materasso, si sedette. Erano giornate eccitanti, *il resto me lo guarderò da qui*. Kinga arrivò nuotando e con una carezza gli scostò i riccioli dal viso: Tutto a posto?

Sì.

In seguito Janda e altri due cominciarono a suonare, la gente tutta pigiata ballava saltellando sul posto. In seguito qualcuno aprì l'abbaino e tutti quelli che non erano troppo ubriachi per farlo si arrampicarono fuori sulla scaletta di ferro arrugginita fino a un tetto incatramato, non del tutto confortevole. Abel lo conosceva da giornate precedenti e più calde, e rimase seduto. Attraverso l'abbaino aperto fluiva verso l'interno come una *cascata* di aria fredda, lui sedeva direttamente in mezzo alla corrente, a quanto pare non lo disturbava. Fermo da ore nella stessa posizione, la schiena appoggiata all'angolo, escluso che potesse essere comodo ma: come una statua, disse una donna che lo osservò per un po' perché lo trovava bello. Una statua di *legno* nera e bianca, un po' raccapricciante e al tempo stesso... Irradia qualcosa di inspiegabile, una distanza e... è forza o debolezza? Verrebbe voglia di stenderglisi accanto, e quando se non ora, ubriachi nella notte di Capodanno, ma al tempo stesso si ha paura di avvicinarsi. Kinga non aveva questo problema. Si precipitò sul tetto, poi di nuovo sotto, gli si gettò addosso, lo coprì di baci, si strofinò a lui e poi balzò di nuovo in piedi per gridare che voleva musica o alcol. In seguito erano più o meno tutti ubriachi, soffiavano con occhi vitrei nelle loro trombette di cartone fin quando cominciò a far così male che per contrasto bisognava gridare con la bocca spalancata per non restare assordati: AAAAAAAAAAAAA-AAAAAAAAAAAAAAAAAAAAAAAAAAAAAAAAAA-AAAAAAAAAAAAAAAA!!!

Quella fu l'ultima notte dell'anno 199x. Abel Nema nell'angolo accanto alla finestra chiuse gli occhi.

La madrina

Ma che tipo è quello lì, chiese Janda. Era diffidente.

Si erano rincontrati a un anno, o poco più, di distanza, dopo che lui era sceso dal treno, un caso oppure no. Chissà com'era arrivato in questo oggetto di cultura-e-gastronomia vicino all'università, forse una dritta di Radio Konstantin, forse cercava soltanto una toilette. Stava lì timido, non è il suo *ambiente*, nel piccolo spazio esposto alla corrente davanti all'entrata e osservava il solito tumulto: tavoli, sedie, gente, a sinistra un bancone e addirittura, in fondo alla stanza, una pedana bassa e polverosa, sopra la pedana strumenti e, in mezzo al tutto, uomini. Avrebbe dovuto passarci attraverso. Adesso si decide, subito si gira e si muove, quando all'improvviso:

KURVÁK, DATEMI QUALCOSA DA BERE!

Non disse una parola ma rimase lì dov'era, a metà strada, aria trasognata, questo sì che ci piace! Un gomito puntato volutamente là dove fa più male, fra la milza e la cassa toracica, appartenente a un qualcuno che si intende di anatomia. *Qualcuno* si trova in condizioni di vita o forse ha soltanto un carattere che da giorni lo mette alla ricerca di una rissa, questi sono... i tempi e lui ha riconosciuto in quest'uomo, Abel Nema, il candidato migliore per la cosa. Inutile, questo imbecille non si accorge di niente. Se ne sta lì come uno stupido e guarda la vecchia dai capelli arruffati che fa scivolare un vassoio con quattro bicchieri pieni di birra su un tavolo vicino e si risolleva lentamente. Ancora non è chiaro se lei l'ha riconosciuto o no, l'uomo alle spalle di Abel può ancora sperare. Ehi! diede un altro spintone. Sei sordo o cosa? Ma a quel punto lei prese la rincorsa, lo investì, le braccia buttate attorno al collo, le gambe a stringergli i fianchi, l'osso pubico contro quello di lui, si girarono per non cadere, via dall'uomo alle spalle di Abel che fece un segno con la mano senza che nessuno lo notasse, e passò oltre. Abel sventolava con le mani nell'abbraccio, e dove cacciarle sennò, parti del corpo, per fortuna lei scattò via subito.

Così che posso vederti meglio!
Quasi immutato, sempre quell'aspetto da seminarista timido. Gli stessi vestiti, solo i capelli di un anno più lunghi gli incorniciavano il viso come a una ragazzina, e quant'è sottile, mio Dio! Il vento ti porta via! Ma non hai un cattivo odore! Lei sapeva di fumo, alcol e di qualcos'altro ancora. Forse come un treno, diciamo, sapeva di nascosto come un treno.
Pareva ieri. L'altro ieri. Buoni conoscenti. Un'insegnante elementare della B. sedette una volta con me per dodici ore fra bagagli informi e mi raccontò tutta la sua vita, a partire da Mio nonno era un anarchico, un giorno scriverò un racconto su di lui e chiamerò un bar con il suo nome, mi parlò di ermeneutica poetica (lui aveva appena fatto la maturità e, anche se fino a un certo punto, poteva starle dietro. Sei un ragazzo intelligente oltre che bello e bravo, tua madre è certamente orgogliosa di te. Lei strizzò gli occhi. Che età mi daresti? E pure silenzioso e cortese...) fino agli ultimi *casini* con un amante violento, dopo una faccenda del genere bisogna andarsene altrove, si capisce. Partita per un viaggio estivo e poi rimasta qui, proprio come te. Santo cielo, rivederti ancora, come sta il mio figlioccio?
Be', nel frattempo è successo di tutto, doti prodigiose, fortuna, fra l'altro, compresi gli effetti collaterali. Non dirlo. Di' soltanto:
Grazie, bene. E tu?
Potrei lamentarmi a lungo e bestemmiare ancora di più.
Lei rise. Cominciò poi a pizzicarlo dappertutto, le guance, il fianco, il pene. I pizzicotti gli lasciarono un formicolio addosso per tutta la serata. Il giorno dopo gli faceva male anche la schiena, ma aveva dimenticato come mai.
Kinga era arrivata con i musicisti, con gli uomini che si aggiravano guardinghi in mezzo agli strumenti. Fra le assi del pal-

coscenico si può sbirciare. I ragazzi del treno, alla fine li aveva poi incontrati? Non che mi ricordi. Ti presento gli altri! Lei lo trascinava attraverso la ressa, un grande zaino attraverso una metropolitana piena, qui era tutto più rilassato.

Questi sono Janda, Andre e Kontra, percussioni, cembalo e chitarra e, come già dice il nome: contrabbasso, e questo qui è Abel Dallasterpaglia, il mio figlioccio. Sì sì, è così, il mio figlioccio! Siate carini con il mio figlioccio!

Così Abel aveva rincontrato Kinga.

Janda faccia-di-volpe, l'amichevole e tarchiato Andre con la fronte quadrata e l'alto, taciturno Kontra suonavano, Kinga ballava e Abel rimase seduto tutta la sera nel *guardaroba degli artisti*, id est: un divano mezzo sfondato con i vestiti dei musicisti che in quel momento non servivano – e anche qui, di nuovo: l'odore, quell'esalazione maschile, pelle e dopobarba –, palco imperiale, un po' in disparte dagli altri.

Come mai stai seduto nello spazio dei musicisti? esclamò Konstantin (E *tu* da dove spunti all'improvviso?) Non ci sono più posti a sedere! Gli *uomini* fregano le sedie alle *donne*! Ti rendi conto? C'è ancora posto qui? Non fare sempre lo stronzo, Konstantin si strinse a lui, non puoi scivolare un po' in là?

Mi dispiace, disse Abel. Dall'altra parte lo premeva un sax. È uno strumento.

Konstantin beveva il suo Prato Verde e parlava. Di quel genere di musica: ululati di lupi in folk rimescolato attraverso la ruota del jazz, la solita roba. Fin quando Kinga tornò dopo aver ballato:

Fate posto alla regina e allora cosa c'è alzarsi ragazzi ora ci siamo!

Konstantin guardò fisso il drago dai capelli crespi – Chi era? La mia madrina. La tua *cosa?* –, ammiccò, bevve senza una parola e *mediamente* in fretta il suo cocktail e andò *a prendersene un altro*. Al banco gli riuscì di attaccare discorso con una donna, e non tornò più. Kinga si buttò sul posto ormai vuoto e atterrò sulla mano di Abel. Il suo sedere era duro, la mano scrocchiò. Un formicolio fino alla piega del gomito. Si volse verso di lui e mise un ginocchio sulla sua coscia, anche quello era duro e pure la coscia adesso gli formicolava.

E allora? gridò lei. Ancora vergine? Anch'io. Trentuno agosto. Rise, si terse il liquido bagnato nella fossetta sopra il labbro superiore.

Tutto in lei è chiassoso. Quando parla, e anche quello che in altri quasi non si sentirebbe: una lattina di birra che si apre, un tovagliolino che cade. In lei: chiassoso.

Abelardo sorrise in silenzio.

Bene, bene. Un sorriso eloquente che non diceva nulla. Sei un tipo assolutamente depravato!

Gli prese la testa fra le mani, i pollici premevano sulle tempie.

Che tipo triste, triste che sei...

Lo schiaffeggiò con entrambe le mani. E gridò:

Perché sei sempre così triste, eh?

Non sono triste.

E allora cosa?

Alzata di spalle.

Nemmeno tu sai cosa?

Pausa e poi, a bassa voce, lui:

E tu?

E io cosa?

Cosa sei tu?

Cosa sono io?

Triste? Allegra?

Lei lo fissò: Be', tu che ne dici?

Rise e poi si fece seria, raddrizzò la schiena, spalla contro spalla. Rimase seduta così accanto a lui per un po', dondolando il piede al ritmo della musica. La stanza era scomparsa da tempo dietro il sudore, la polvere e il rumore, come se non fossero mai scesi dal treno, come se fosse sempre lo stesso treno strepitante, puzzolente, e lei non poté fare a meno di gridare:

Quando avevo la tua età di adesso, Janda era il mio uomo. Eggià, e ancora oggi continuo a vivere di lui. Più o meno. Più o meno viviamo del più e del meno. (Rise.) E tu? Riesci a cavartela?

Sì.

Documenti?

Per motivi di studio.

Studi?

Sì.

Cosa?

Lingue.

Quali?

Fece il nome di quattro.

Guardaguarda. E soldi?

Sì.

Cosa fai per averne?

Niente di particolare. È una borsa di studio.

Da chi?

Fece il nome della fondazione.

Aha! Sussidio ai dotati, è così? E quanto ti danno?

Novecento.

Come? Al mese?

Sì.

Mh, disse lei. Si buttò all'indietro sul divano e lo colpì di nuovo con la spalla, di nuovo una rincorsa di formiche fin giù nelle dita. Tenne le braccia incrociate, guardò verso la pista da ballo o quanto meno in quella direzione. Attraverso la gente che ballava Abel colse adesso lo sguardo di Janda. Ricambiò l'occhiata. E così rimasero. Kinga canticchiava sottovoce, canticchiava, canticchiava.

Alla fine della serata gli chiese se poteva prestarle un centocinquanta. Se potevano andare subito al bancomat. Là avanti all'angolo ce n'è uno. I musicisti aspettarono in disparte, lei lo proteggeva dagli sguardi stringendosi tutta alla sua schiena. Era pesante, aveva appeso il pollice a uno dei passanti della sua cintura, speriamo che i pantaloni non si strappino.

Grazie. Mollò la pressione sui pantaloni che ritornarono su, gli diede un bacio umido sulla guancia, vicino alla bocca. Grazie, piccolo mio.

Era per metà armena, la madre la chiamava puttanella e la obbligava a mangiarsi il suo stesso vomito. Nel pensionato dove volontariamente andò a vivere erano quattordici in una stanza, i soldi bastavano appena per il cotone, in realtà erano pianticelle di cotone che pungevano, fresche dai campi, e quando camminavi ti si sprigionava dalle gambe un leggero crepitio. A dodici anni raccoglieva bottiglie e cicche, dicono che il fumo freni il sangue, e poi rallenta la crescita, eppure mi sono venute queste qui. La chiamavano Madame l'Artista, il che da noi non è una lode più di quanto non lo sia l'altro appellativo, capisci, non me ne fotteva nulla, nessuno era capace di bere, attaccare briga e recitare poesie come Kinga. Il suo primo amante faceva il postino, nella vita civile il poeta, la cosa che ricordo meglio di lui è la cenere grigia sulla placca di metallo davanti alla sua stufa, la guardavo mentre lui mi stava dietro. Gli anni Settanta non erano una brutta epoca, anche se la pillola ti faceva vomitare tutti i giorni, e persino il mio ginecologo mi chiamava puttana. D'altro canto il mare era blu cielo e avevamo il migliore passaporto del mondo. Essì, cari miei, allora eravamo ancora qualcuno! Lei voleva diventare scrittrice, e invece sono diventata musa, non è vero tesoro mio, non è quello che sono?

Chiaro, disse Janda, cos'altro sennò?

Si conoscono dagli anni della scuola, una storia piena di passione, baci e botte, mentre le altre tre ragazze nella stanza facevano finta di dormire. Lei aveva delle grane con un tipo, lui ce le aveva con la legge e in generale erano piuttosto stufi marci, ma non doveva essere niente di più che un viaggio estivo, viaggiare per farsi passare il malumore, e invece guarda adesso.

La cosa essenziale, disse Kinga, è non andare in un centro. Quando arrivi in un centro, sei finito. Restare indipendenti, a qualsiasi costo. Il suo appartamento era la sala prove messa gentilmente a disposizione dei musicisti pressoché per nulla. Era a forma di L. Si dormiva in prevalenza nella gamba più corta, in quella più lunga si faceva tutto il resto. Sulla parte anteriore c'era una cucina, un rubinetto che serviva a tutto, il water era sulle scale. Kinga vide ogni cosa e decise di rimanere lì. Adesso vanno di gran moda i nuovi Stati, perché proprio io non dovrei averne uno. Con la presente dichiaro solennemente, in onore di mio nonno Gabriel, l'indipendenza di Anarchia Kingania. Abbasso i despoti, i condottieri di eserciti, gli schiavisti e i media! Viva l'uomo libero, l'edonismo e l'evasione fiscale!

Rise, tutti sorrisero tranne Janda a cui non si addice. Sempre quel grugno scettico.

Kinga puntò il dito verso il suo viso: ogni popolo dà il suo contributo alla cultura mondiale. Da noi questo è, vedi illustrazione, il pessimismo depressivo.

Oh, disse Janda. Pensavo fossero la paranoia e il furore. In realtà questa qui è una dittatura basata sul culto della personalità, disse. La chiamava *la marescialla* ed era più o meno l'unico che a volte ribatteva.

Chiudi il becco! disse Kinga.

Non è vero insomma che nei primi quattro anni Abel non aveva avuto contatti con nessuno. Dopo che si furono ritrovati la incontrò addirittura regolarmente. A volte lei chiedeva soldi, a volte no.

Siate carini con il mio piccolo, diceva agli altri. Siate gentili con il mio figlioccio! Alla fin fine è lui che ci mantiene!

E ridacchiava. In realtà vivevano di tutto quel che capitava, degli ingaggi dei musicisti e dei guadagni di lei. Pulizie e baby-sitting. A casa farei la maestra, la bracciante della nazione, i miei pomeriggi non sarebbero molto diversi da adesso. Il corpo è oggi l'unico mio capitale, diceva sempre. Depredata della mia lingua madre continuo ad avere un ruolo come cavallo da tiro e oggetto sessuale. Dopo Janda era stata con Kontra e poi con Andre, poi di nuovo con Janda, in seguito con un giovane clarinettista che non faceva parte del gruppo, e così via, infiniti e per lo più giovani amanti i cui nomi non avevano più importanza. All'inizio i musicisti pensavano che anche *lui* fosse uno di loro, chissà dove l'aveva pescato – in treno, allora, quando ci eravamo persi – ma a quanto pare stavolta è diverso. Puoi star tranquillo, disse Kinga a Janda. Potrei farmelo se solo lo volessi. Se non me lo faccio vuol dire che non lo voglio. Non ci credo, disse Janda. Non si sa a quale parte dell'affermazione si riferisse. Fatto sta che a parte *lei* non lo si vede né con donne né in compagnia di uomini. Sono perfettamente tranquillo, disse Janda e non pensò affatto a essere carino con il piccolo.

Che cos'hai?
Niente.
Non scambi con lui nemmeno una parola. Non gli parlate mai.
Cosa dovrei dirgli?
Che ne so. Da dove vieni? Hai ancora l'appendice? Fai collezione di qualcosa?
Se fa *collezione* di qualcosa?
Sai cosa intendo dire.
No, disse Janda. Non ne ho la minima idea. Da dove viene lo so. E la sua appendice non mi interessa.
Pausa. Poi, sottovoce:
Cosa vuoi da lui?
Tu cosa pensi? Niente.
E lui cosa vuole?
Cosa deve volere? Tu cosa vuoi?
Voglio, e con le dita prese a contare: suonare ogni singolo giorno della mia vita, per me e per gli altri, e guadagnarci dei soldi, conquistarmi la fama, non perdere i miei amici, amare una donna, essere amato da una donna, voglio tenerezza, premure, sesso buono e regolare, cibo gustoso e nutriente – a quel punto aveva esaurito le prime dieci dita, e ricominciò daccapo –, buone cose da bere, e alla fine un giorno vorrei trovare un posto che non mi è né troppo estraneo né troppo familiare dove potermi stabilire in pace con tutte le cose che ho appena elencato, e vivere fino a morire senza dolore e in compagnia, non troppo all'improvviso in modo che possa congedarmi, ma nemmeno troppo lentamente in modo che non diventi un peso per noi tutti, questo voglio.
Vedi, è lo stesso che vuole anche lui.
Janda si strinse nelle spalle. Naturalmente. Chiunque. Il che non ci avvicina. Non lo sopportiamo e basta.

Sei geloso, disse Kinga.

Ts, disse Janda.

Kinga si mise a ballargli intorno: Sei geloso, sei geloso!

Non è adatto a stare con noi, tutto qui.

Lo disse sottovoce ma lei, in escandescenze, comunque lo sentì e si interruppe. Con la fronte aggrottata e la voce profonda:

Lo decido io chi è adatto a stare con noi, capito?!

Dopo il gelo

La notte di Capodanno Kinga sognò il gelo. Tutto in città era fatto di ghiaccio, soltanto loro cinque erano là, tutti gli altri se n'erano andati e Kinga gridava: al mare! Il mattino di Capodanno bisogna andare al mare! Il bambino non è mai stato fuori città! Sei una scema, disse Janda. È tutto ghiaccio. Ma partirono ugualmente. Il vetro anteriore era un prisma di gelo, e attraverso il gelo scrutavano la strada davanti a loro. Erano gli unici in giro, tutto vuoto e bianco, andavano a passo d'uomo e il terreno sotto le ruote scricchiolava. Viaggiavano con il minibus che i ragazzi usavano di solito in tournée, caldo e freddo al tempo stesso, dai finestrini entrava un'aria tagliente e però c'era odore di muffa, più la puzza del riscaldamento al massimo. I fiori di ghiaccio ai finestrini non si scioglievano, non si vedeva niente tranne il piccolo tunnel davanti. Non vedremo mai il mare, disse Andre. Diventeremo ciechi prima. Kontra grattava pazientemente i fiori di ghiaccio dal finestrino con l'unghia del pollice. Quitch, quitch, croc, croc. Non so come ma avevo la sensazione che fosse sbagliato, non era una cosa da farsi. Grattare un *buco* nel *tutto*. È proprio questa la nostra forma, disse Janda. Bevve caffè nero corretto con vodka da un thermos. Lasciatemi guidare! gridò Kinga. Ma guidi già tutto il tempo! In effetti. Allora va bene, allora non c'è più nulla che potrà impedircelo! Kinga rise. Un secondo dopo arrancavano anche loro scricchiolando attraverso la sabbia gelata. Guardate, guardate! esclamò Kinga. Lo vedete? Lo vedete? Onde ghiacciate! Onde ghiacciate! Si accorse che gridava ogni cosa due volte, e rise. Ma rideva anche di gioia. Hai mai visto una cosa del genere, bambino? gridò rivolta a Abel e lo avvicinò a sé. E come, disse Andre. Se non ha mai lasciato la città. Poi rimasero là tutti e cinque tenendosi a braccetto: Janda, Kinga, Abel, Andre, Kontra, in questa successione. Sulla spiaggia non c'era nessuno oltre a loro. Osservarono il mare ghiacciato. Vi amo, voleva dire ancora Kinga, ma poi si svegliò.

Aprì gli occhi e guardò verso la finestra, al di là era davvero tutto bianco, allora è possibile, io piegata sulle ginocchia, la finestra spalancata, a tremare di paura, gioia, freddo, proprio come quando ci si è appena svegliati. Ma poi vide che era soltanto nebbia, il terreno sotto era scuro e umido, un leggero odore di polvere da sparo e poi la puzza della festa che scivolava fuori accanto a lei, a destra e a sinistra, e allora ho capito: È stato solo un sogno.

Lo raccontò in cucina ai musicisti. C'era in più un nuovo odore: caffè un po' troppo tostato. Abel aprì gli occhi. La finestra sotto la quale Kinga aveva dormito, arrotolata ai suoi piedi, era aperta. La nebbia fluiva dentro, strisciava sul pavimento dove la spazzatura si era raccolta come in riva al mare, cibarie mescolate a cenere, cose varie, carta. *Come se fosse caduta una bomba.* Solo ora che la massa se n'era andata si riusciva finalmente a vedere. L'arredamento a Kingania consisteva essenzialmente in materassi, scatoloni e valigie ripiene di tutto quello che serve o non serve alla vita: vestiti, libri, strumenti musicali, pentole. Fra i contenitori c'erano residui morenici di cianfrusaglie sparse, dal mestolo di alluminio all'ammazzamosche, anche se non c'era una sola mosca.

Mioddio, che porcile! Kinga, allegra, calpestava l'immondizia come se fosse stata neve fresca, un barattolo per conserve pieno di banconote e monete nella mano. È soltanto giusto e onesto che i non pochi ospiti che se ne portavano dietro degli altri assolutamente sconosciuti, e che però si comportavano come se fossero a casa loro, partecipassero ai costi delle bevande. Viviamo tutti ai margini del niente. Il minuscolo guadagno che ti rimane alla fine! Non dire che gestisco un bar illegale!

Buongiorno, piccolo mio!

Un bacio che aveva l'odore di una lunga notte. Lei si sedette accanto a lui sul materasso, incrociò le gambe, scosse fuori i soldi dal contenitore e cominciò a contarli. Kontra e Janda facevano pulizia, Janda prese la chiave del cesso e uscì. Il *bambino* rimase lì dov'era.

In sostanza, si potrebbe dire, non era successo nulla di grave. Meno di trentasei ore nella caserma di polizia. Ma poi, poco prima che lo rilasciassero, Tibor stava aspettando ormai da parecchio tempo, un tipo dall'aspetto paterno si sedette accanto a Abel, o come diavolo ti chiami. Un quarantenne smilzo, e però: un tipo paterno. Gli si sedette davanti, la lampada da scrivania emanava dall'alto un sensibile calore e una luce diffusa, da destra verso il basso come in un dipinto sacro, metà dell'uomo era illuminata e anche il modo in cui teneva le mani raccolte sul tavolo era un po' stile Fratelli preghiamo. E poi il tono, riservato e rispettoso, pieno di rispetto per qualcosa che non era nella stanza o per qualcosa di più alto che da noi si chiama Legge e Ordine. Così incominciò a parlare, più o meno come segue:

Sei giovane, *figlio mio*, e sei solo. La vita che all'inizio si presentava come un facile miraggio si è rivelata dura. Gli Stati che vi tenevano stretti con il pugno di ferro vi hanno sputato fuori nel mondo. E adesso vagate in tutte le direzioni della terra, come i semi del tarassaco (sic!), e non si sa, disse l'uomo all'altra sponda del tavolo, dove finirà per atterrare il seme. Qualcuno forse nella terra grassa, qualcuno magari in un mucchio di sterco di cane, in un canaletto di scolo, o chissà. Si entra in contatto con gente con cui un tempo, in *circostanze normali*, non si sarebbe mai entrati in contatto. La questione è: come può il singolo individuo che tale è diventato in seguito alle circostanze, come può resistere, restare insomma sulla giusta carreggiata e cioè quella che a un certo punto porta da A a B, là dove tutti vogliamo arrivare. Tutti vogliamo andare da A a B, raggiungere un traguardo, e tu forse non immagini quanto sia appunto delicata la tua età. Il destino sorprende in fretta chi è solo, e tu solo lo sei, questo già lo sappiamo, sei solo come non si potrebbe esserlo di più, il tuo professore che al telefono ha chiesto: Chi?, lui è il tuo parente più prossimo. Spesso si sottovaluta il significato di una comunità e gli uomini che appartengono a una comunità si rivelano tante volte più utili alla collettività che non gli individualisti. Naturalmente bisogna vedere di quale comunità si tratta. Insomma, per farla breve, ci si chiede cosa si debba fare con uno così dotato di simili doti – come dice l'emerito signor professore – Be', potrebbe essere proprio la sua genialità a renderlo sospetto ai vostri occhi! –, cosa fare con questo Abel Nema che sembra un ragazzo ragionevole della cui innocenza siamo sempre stati convinti, o almeno abbastanza presto, abbiamo aspettato solo che fosse lui stesso a dirlo. Essere lo Stato-padre è un lavoro difficile, non si tratta di punire, si tratta di trasmettere valori, di indurre a riflettere, e lui sperava che questa volta gli fosse riuscito un poco. Adesso andiamocene da bravi a casa e riflettiamo su quello che vogliamo fare del nostro destino. Doti fuori dell'ordinario sono un enorme privilegio che non si può utilizzare solo per sé stessi, senza considerare il fatto che tutto il talento del mondo non porta a nulla se non si hanno i documenti in regola, per esempio.

Pausa. Il *genio* non era stato propriamente loquace per tutto quel tempo, ma adesso il silenzio era tale che si potevano sentire i singoli respiri nella stanza. E una specie di lamento piagnucolante attraverso la parete. Va avanti così da ore. Il tipo paterno sospirò. Sappiamo dove possiamo trovarla, disse e lo lasciò andare.

In sostanza, sì, c'è di peggio. E a ogni modo per Abel non fu più possibile rimanere alla Bastiglia o scambiare con Konstantin anche solo una parola. Non può farci nulla, nonostante tutto. Da un'ora all'altra quella che era stata la sua vita fino a quel momento si era allontanata di un mondo intero. Doveva guardarsi attorno e cercare comunque qualcosa di nuovo. Da quando era appurato che padroneggiava anche la decima lingua aveva ripreso a sentirsi un po' sperso. A parte la certezza che non c'era motivo per raccontare la benché minima cosa su chicchessia, voi porci.

Ma davvero, disse Kinga mentre facevano colazione con gli avanzi. Non conosci un cane. Tranne noi. E chi se ne frega di noi?

Volevano mettergli paura, disse Kontra e leccò il bordo della cartina della sigaretta. Una vessazione, e nient'altro.

Attenzione, disse Janda. Lavora da tempo per loro.

Testa di cazzo, disse Kinga.

A quel punto restarono un po' in silenzio.

Davvero, disse Kinga. Come puoi essere una simile testa di cazzo?

Era uno scherzo, disse Andre. Uno scherzo. Fatemi il piacere e non cominciate l'anno nuovo con una lite.

Kinga borbottò qualcosa, si avvicinò al bambino, lo accarezzò sul viso, lo baciò. Povero piccolo mio! E intanto teneva sott'occhio Janda che faceva finta di osservare concentrato il caffè che saliva nella caffettiera nuova. Kontra si accese una canna.

Adesso che dopo quattro anni di sparatorie hanno firmato finalmente un trattato di pace forse ci rimandano indietro davvero. Ci avete mai pensato? chiese Kinga.

Kontra le passò la canna: ecco. Le cannabacee cancellano ricordi e sentimenti spiacevoli.

La cicca bagnata di saliva vagò da Andre e Janda fino a Abel. Le loro mani non si toccarono. Lo sguardo di Janda restò fisso.

In seguito i musicisti se ne andarono, Kinga posò la testa sulla coscia di Abel, una testa dura su una coscia ugualmente dura, era scomodo, poi cambiò posizione e la appoggiò sul suo grembo e si addormentò. Per un po' lui rimase seduto così, sotto di lei, alla fine depose cautamente la sua testa su un cuscino e andò in cucina a mettere un po' d'acqua sui fornelli.

In seguito lei si svegliò, oppure no, già prima, la svegliò il rumore dell'acqua che bolliva ma fece finta di dormire ancora. Aspettò che lui si accovacciasse nudo nella vasca di plastica azzurra, non si lavava da tre giorni, immerso fino alle caviglie nell'acqua. Kinga si alzò e gli si accostò, lo aiutò a versarsi l'acqua sulla testa, gli lavò la schiena. Alzati, disse. Lui se ne stava gocciolante al freddo, lei lo lavò con uno strofinaccio, lo sfregò, gli ordinò di tornare a letto, gli portò del tè caldo e un po' troppo amaro. Piccolo mio. Puoi restare fin quando vuoi.

Grazie, disse Abel.

Rimase per tutto il resto dell'inverno.

Nell'enclave

Viviamo qui in un'enclave, disse Kinga. Che cosa se ne deduce? Se ne deduce per prima cosa che tutto è *adesso*. Previsioni riguardo al futuro si possono fare, certo, ma non sono niente di più che oracoli fatti con i chicchi di caffè. Oggi mi sono sfuggiti esattamente quattro chicchi di caffè dal macinino. Se ne può dedurre qualcosa sulla mia giornata oppure no? O prendiamo per esempio gli uccelli. Quanti e quali specie sono volati davanti alla mia finestra mentre cercavo di svegliarmi?

D'altro canto se ne deduceva l'assenza di un comfort a cui fino ad allora si era stati abituati. Dopo la Bastiglia, perfettamente automatizzata, qui bisognava aspettarsi temporanei blackout elettrici, o l'acqua diventava all'improvviso marrone come caffè. La cucina riscaldava fino a un metro di distanza, e quello era il riscaldamento. C'era anche una vecchia stufa di ferro tutta piena di carta, ma non era attaccata a nessuna canna fumaria. Kinga la riempiva delle sue carte, *lettere d'amore a vuoto*, e dentro rimaneva sempre ancora spazio. Guardate, il Buco Nero Magico nel centro del mio universo. Per l'emergenza c'era poi la preistorica stufetta elettrica che strepitando spargeva puzzo di polvere bruciata, ma se si voleva farla andare bisognava spegnere tutti gli altri attrezzi elettrici: frigorifero, lampadina ecc. Per fortuna era un inverno mite, nemmeno una traccia del ghiaccio apparso in sogno. Normalmente Kinga si sarebbe trasferita da uno dei musicisti, loro avevano appartamenti con riscaldamento di vario tipo, ma senza che fosse esplicitato era chiaro che per il *bambino* non c'era posto e quindi Kinga rimase, ostinata, ci riscalderemo a vicenda, non è vero, piccolo mio?

Tutto sommato non si faceva una brutta vita a Kingania. Le prime settimane dell'anno nuovo passarono tranquille. Quello che sembrava caos era in realtà una successione di giornate identiche. Quando doveva andare a fare le pulizie Kinga usciva presto, dopodiché badava ai bambini di gente *abbastanza folle* (Janda) da affidarglieli. Fino al pomeriggio Abel era solo. Fosse stato per lui non avrebbe mai più lasciato la gamba corta della L. In letargo. O quanto meno: letargia. Un angolo pieno di materassi che emanava sempre più forte l'odore dei corpi, accanto alla finestra attraverso la quale si guarda oppure no, una caverna, di cos'altro ha bisogno l'uomo? Da bambino ho vissuto dentro un armadio. Più tardi nel corso del giorno arrivavano i musicisti. Quello che veniva più spesso, sempre per primo, era Kontra, il più giovane, bravo studente di musica. Per alcune ore si esercitava al contrabbasso con spartiti di musica classica e moderna. Abel sedeva nell'angolo e lo ascoltava. Non si parlavano. A parte i saluti i musicisti non scambiavano con lui una sola parola. Provavano e interrompevano le prove per cucinare, fumare, bere o guardare alla televisione sport o notizie (piccolo apparecchio in bianco e nero e un filo bagnato). Sui fornelli rantolava incessantemente la caffettiera, il vin brûlé borbottava, i vapori riempivano l'intera stanza e le scale. Poi Kinga ritornava a casa e si sedevano in circolo a mangiare. *In rapporto alle nostre condizioni* spendevano molto per il cibo, buon cibo, questo è l'essenziale. In seguito, la sera, l'essenziale era il bere. La valuta ufficiale a Kingania era la slivo, insomma, si beveva in quantità indescrivibili. Ognuno di loro reggeva l'alcol al punto che bisognava mettercela tutta per riuscire a ubriacarsi. Tranne Kontra che beveva solo per aumentare l'effetto dell'erba e Abel che praticamente non si ubriacava mai. Il ragazzo è fra l'altro un miracolo medico. Kinga posò un orecchio sul suo petto, ascoltò. Tutto a posto, disse agli altri. È un essere umano.

Alla fine di gennaio Andre festeggiava il compleanno, e iniziò un nuovo andirivieni. Come se la gente non fosse mai tornata a casa dopo la festa, o solo per poco, solo per ripresentarsi la sera dopo, facce sconosciute o conosciute appena grazie alla ripetizione, ma ce n'erano anche sempre di nuove. Notevole, quanta gente si incontra con il tempo. Abbiamo una certa fama, mio caro, disse orgogliosa Kinga. Prove aperte, salotto, chiamalo come ti pare. Alla fin fine non facciamo altro se non quello che abbiamo sempre fatto, o almeno negli ultimi dieci anni. Anche gli anni Ottanta non erano male, per quanto in generale tutto si fosse incupito un po', può darsi che questo dipenda dallo scantinato dove abitavamo, o meglio dove io, Kinga, vivevo allora. Era una piccola città e a un certo punto era successo che *tutti* si ritrovavano da lei e parlavano di politica, da noi tutto è politica, e criticavano a volte da destra e a volte da sinistra. Per tutto il tempo non si parlava d'altro, e allora come mai non era possibile vivere *là*, e ora? Pensa, allora credevamo che il problema principale fosse che le nazionalità erano oppresse, e guarda cosa succede adesso.

Non è la gente comune, disse Andre. La faccenda è partita dall'accademia, lo sanno tutti.

Stronzate, disse Janda. Te lo dico in quanto uomo del popolo.

È diverso, disse Andre. Tu non hai agito per motivi politici.

Ah! sospirò Kontra. I bei vecchi tempi, quando ancora si finiva in disgrazia per motivi personali.

Janda rise sbuffando.

Kinga a Kontra: Anche tu, figlio mio? Un cinico?

È una domanda? (Janda)

L'essere umano non è buono! gridò in seguito, quando avevano bevuto di più. Devi capirlo una buona volta!

Andre si limitò a scuotere la grossa testa.

Quanto a Abel: non disse mai una parola. Osservava come tutt'intorno a lui si ubriacavano a poco a poco o sballavano. L'ebbrezza degli uomini era silenziosa, a parte la fisarmonica che in quei casi Andre voleva suonare a tutti i costi. In Kinga l'ebbrezza intensificava al massimo gli sbalzi di umore che già in genere non erano faccenda da poco.

A volte era malinconica, a volte materna, guarda che cosa ho rubato per te!, un'arancia, devo sbucciartela? Quando era ubriaca cominciava semplicemente a molestare chiunque. Tagliava i panni addosso a donne completamente sconosciute, vista solo un istante ma mi è bastato. Vado ai grandi magazzini, salgo le scale mobili, reparto femminile, e là c'è una puttana laccata che distribuisce pubblicità a tutti tranne che: a me. Una così non compra in ogni caso. Guarda solo come se fosse dentro a un museo. Io almeno in un museo ci sono stata, troia profumata, pensa che la sua merda non puzzi. Oh, devo studiare queste quaranta nuove posizioni erotiche, mettermi in dieta, fare un viaggio attorno al mondo? O piuttosto devo fare un figlio per non trovarmi così infinitamente noiosa?

Mi piacerebbe avere un bambino, disse Janda, cosa che corrispondeva al vero, e così portò il conflitto dalla strada dentro le pareti domestiche.

Kinga: *Tu* e un bambino? Povero mostriciattolo.

A quel punto ci fu una breve pausa, poi attaccò di nuovo. Intessendo speculazioni. Naturalmente il marmocchio lo vuole da una bionda senza problemi, più è scema meglio è, il che non fa male a nessuno, basta un quoziente di intelligenza da demente per essere la regina dei nostri cuori!

Potresti piantarla di dire scemenze? Io (Janda) te ne sarei molto grato.

E tu, cosa avresti tu da offrire? Guardati, non sei nemmeno in grado di badare a te stesso! Soltanto te aspettavamo!

Janda: Te lo dico in grande amicizia: chiudi il becco una volta tanto! Piantatela. Tutti e due. (Andre, la voce della ragione.)

Dopodiché lei a volte smetteva, si accovacciava nella vasca di plastica azzurra e si radeva là dove riusciva a farlo.

Ecco, disse alla fine. Ecco!

E rivolta a Abel: Sono bella?

Sì, disse il timido ex studente. (Il tuo labbro superiore è come una grattugia, ma ti adoro.)

Lei rise lusingata e gli buttò le braccia al collo: Lo vuoi da me un figlio?

Lascia in pace la creaturina. (Janda.)

Kinga rise e mormorò sul collo del bambino, come se tubasse: crrr, crrr, crr.

Oppure non smetteva e prima o poi la cosa finiva in grandi urla, Janda non voleva ma qui da noi il temperamento è tutto. Stronzo! Troia! Piantatela! A volte si riconciliavano prima che Janda se ne andasse, a volte no. Usciva con le bandiere al vento, sbattendo la porta. Il giorno dopo ritornava e non faceva parola di nulla.

Ma la cosa cruciale erano le notti.

Per quanto fosse tardi e loro fossero stanchi, i musicisti non rimanevano mai a dormire a Kingania. Se passassimo la notte insieme ci ammazzeremmo *regolarmente* di botte. Però non mi piace dormire sola. Ma adesso, disse K., ci sei tu qui.

Lei si annidava nell'ascella di lui, lo accarezzava, passava la mano sul suo corpo e si posava sul petto la mano di lui: che sensazione dà? Giocava con i suoi capelli, esplorava la sua pelle, contava i suoi nei (nove sul braccio destro, cinque sul sinistro). Per ore. Quelle erano le notti migliori. Altrimenti, dopo serate passate in silenzio, si rannicchiava sul suo materasso, si dondolava e mormorava fra sé e sé. Poi, nel pieno della notte, strisciava da lui. A volte raccontava i suoi sogni. Incubi e bei sogni, ma per lo più non si capiva niente. Piagnucolava soltanto, frignava, piangeva, lottava con l'altro corpo accanto, se lo tirava addosso, si rotolava insieme a lui. Con chiunque altro andava a finire che prima si faceva sesso e poi si diventava brutali, adesso lasciami stare, lasciami dormire, non mi lasci mai dormire! Lui grida, lei piange rannicchiata, due corpi nudi. Ma *il bambino* è diverso, lui non la scopa e non la scaccia nemmeno. Sono io la donna che conosce meglio il tuo corpo? Sì. Baciami! disse lei la prima volta, allora nel treno, e gli spinse in bocca la lingua. Lo assaporò: mh, non male. Lui le lasciò fare ogni cosa, lottò paziente con lei, si sentivano crocchiare le sue ossa. Adesso capisco perché è piena di macchie blu. Dopo un paio di notti anche lui le aveva, come se l'avesse contagiato con un'eruzione cutanea. Una volta gli fece un succhiotto sul collo. Non fu facile, non ne aveva l'aspetto, ma lui ha una pelle robusta e dovette concentrarsi ben bene fin quando non comparve una macchiolina rossa. Lui chiuse il colletto per coprirla, ma altrimenti non pareva disturbarlo. Quando si muoveva la macchia a volte si accendeva un istante. Piccolo bastardo, Kinga gli sussurrò, vicinissimo al viso. Cominciava a far buio, lei lo accarezzò. Mi ami, piccolo bastardo? Alla fine si addormentò, e russava. Quando si svegliò era allegra e chiassosa come sempre. Spalancò la finestra:

Sento odore di pioppi bagnati, oh, come sono felice!

Da dove, per dove

Dopo aver osservato e ascoltato tutto questo per alcune settimane, per Abel arrivò il momento di cercarsi una nuova occupazione. Da quando non studiava più aveva tempo per dedicarsi ad attività senza scopo, semplicemente per passare il tempo e non essere *là*. Può essere un vantaggio non aver bisogno di dormire, o non molto, e però c'era *qualcosa* di troppo. Ho fatto un'overdose di Kinga, diceva di tanto in tanto Janda. Ho bisogno di un po' d'aria. Abel aspettava l'ora delle prove con Kontra – non diceva niente, ma evidentemente gli piaceva – dopodiché usciva.

Da dove vieni, dove vai, d'inverno, e sia pure un inverno mite, il che vuol dire *qui* in sostanza pioggerellina permanente, se per un motivo o per l'altro non puoi restartene a casa? In passato si tratteneva al di fuori di spazi chiusi solo per il tempo strettamente necessario. Avrebbe potuto vivere ugualmente bene in un villaggio o su una striminzita isola, non faceva mai più di due o tre percorsi. Posso vedere uno per uno i tuoi organi, tanto sei pallido! (Kinga) Adesso cominciò a camminare per la città.

Le mani nelle tasche del trench, il collo ritratto – indossa una sciarpa? Pare di no, la pioggerella gli entra nei capelli, scende giù per la fronte –, a lunghi passi e con il busto chino, come se affrontasse un forte vento. Camminava seguendo il suo arbitrio, oppure si cercava qualcuno da seguire. Quest'ultima possibilità era legata a qualcosa che già da anni, concretamente, gli dava da pensare, fin da quando aveva lasciato la stanza della morte. Il fatto è che se non mi concentro intensamente, e a volte anche se lo faccio, e non importa quanto spesso ho percorso una strada: mi perdo. E quando nonostante i frequenti esercizi la cosa in sostanza non era migliorata, si rassegnò ad avere per la maggior parte del tempo solo una pallida idea di dove si trovava in quel momento. Si orientava in base ad alcuni elementi significativi: il parco, la stazione, la clinica neurologica, un campanile o un altro. La maggior parte degli angoli aveva un aspetto come se fosse capitato lì per la prima volta. Vagare attraverso un déjà-vu permanente. D'altro canto in una strada già percorsa cento volte sembrava ci fosse qualcosa di sbagliato appena prima di quella che doveva essere l'ultima e definitiva svolta. Come se i punti cardinali ti fossero ruotati attorno. Per fortuna, oppure no, c'erano limiti fisici (i suoi) a quel vagare. In sostanza si aggirava per tre quartieri limitrofi a est della ferrovia, fin dove è possibile farcela da soli. C'erano giorni più freddi di altri. Christophoros S., ex mugnaio, oggi meglio conosciuto come il grasso Zeus del parco, conosce in questi casi buoni posti nelle officine fatiscenti vicino alla stazione. Unirsi a lui per un accogliente focherello? Dopo, forse. Prima ci sono ancora le sale d'attesa (quelle certamente no), i locali (troppo cari, alla lunga) e le biblioteche e, per amor di varietà: le giornate a ingresso libero nei musei. (Mia madre ha sempre attribuito grande valore alla cultura di contro alla barbarie. Dopo che ebbe venduto la macchina Mira prese il treno per andare con il figlio in una delle tre capitali più vicine. Prima dell'ultimo treno che li riportava a casa avevano otto ore durante le quali attraversarono così tanti musei e chiese che di più non era possibile. Se non fossi un bambino tanto gentile mi fermerei adesso a questo angolo di strada, mi toglierei i sandali e le calze e controllerei se ho delle macchie blu sulle piante dei piedi, come suppongo. Per chi pensi che io faccia tutto questo?!?) Durante l'*inverno del vuoto*, quando nonostante settimane di intenso starsene seduto sul materasso e riflettere Abel non riusciva a farsi venire un'idea di come sarebbe andato avanti adesso che non poteva più studiare – Se per caso vuoi scaricare merci alla stazione o distribuire i giornali Andre può procurarti un posto. Grazie, disse Abel, ci penserò – lesse più libri e guardò più opere d'arte che mai in precedenza o dopo. Tranne l'artista e una ragazza che ci scriveva sopra la sua tesi di laurea fu l'unico ad ascoltarsi fino all'ultima le storie, senza tralasciarne nessuna, di un'installazione che comprendeva quarantadue talking heads. In una sala con un'installazione si può sedere comodi, le cuffie ciondolano dolcemente, la temperatura è costante, l'aria ventilata, tutto questo attutisce l'odore di una vita in anarchia, così spicchiamo di meno. A volte arriva una guardiana, tira le tende, butta dentro un'occhiata. Un mucchio di vestiti neri nell'angolo. Bambini cinesi di campagna imparano a giocare a ping-pong e sperano in una vita migliore.

Per alcune settimane non successe niente di straordinario, l'arte è qualcosa di così normale. In seguito si viene a sapere di un incidente:

Un signore anziano e austero, una specie di ispettore, piccolo e tondo, cosa poteva essergli passato per la testa? Dieci minuti prima dell'orario di chiusura attraversò le sale battendo le mani: Signori! Tra poco si chiude! ... Ma accidenti! Che cosa fa quello là? Dorme? Sta dormendo qui dentro!

Avrebbero dovuto perquisirlo. Pensò il piccoletto anziano, anche se è assurdo, nessuno degli oggetti qui dentro è tanto piccolo, e comunque si precipitò di nuovo nella sala per controllare *qualcosa*. Quarantadue cuffie nere dondolavano appese al soffitto bianco, esitante ne afferrò una, ascoltò. Come se quello lì avesse potuto rubare qualcosa ascoltando. Quando andrà in pensione e terrà un discorso, menzionerà il caso, l'uomo che è venuto qui per dormire. Allegria.

Se la cosa fosse successa a Kinga, inimmaginabile. *Signorsì, mein Führer!* O meglio: mi senta bene, brutto nano, fascista, brutto nano fascista, stronzo di un burocrate, porco sciovinista, come ti permetti di parlare così, fallo con tua moglie, ma io sono una signora, e poi fila via, fila più veloce che puoi, una denuncia sarebbe più che fatale. E poi a distanza, dal territorio sicuro dell'autonoma Anarchia avrebbe agitato ancora a lungo il pugno contro di lui, avrebbe riso e pianto. Lui, Abel, rimase lì muto e semplicemente non andò più al museo. Questo fu il giorno dell'inizio ufficiale della primavera, a quel punto aveva comunque già visto tutto quello che al momento attuale si poteva vedere, e la sua decisione era imminente. La prese probabilmente poche ore dopo, nella stanza dei computer dell'università dove quel giorno lo videro seduto davanti a un aggeggio fino a mezzanotte. Cosa esattamente fece non si può sapere, in ogni caso non toccò quasi la tastiera, rimase soltanto seduto là e fissò lo schermo come se volesse abbronzarsi la faccia.

In seguito gli bruciarono gli occhi e andò a casa. A Kingania tutto era silenzioso e buio. Gli ospiti se n'erano andati, l'inquilina dormiva.

Oppure no, spiava dietro la porta: haaaaaaaaaa! Be', te la sei fatta addosso? Rideva ma non era allegra, e si interruppe subito. Ti sta bene, porco. In quale figa ti stai rotolando da un

Batté di nuovo le mani, come un marziale maestro d'asilo: Ehi tu! Sveglia! Questo mi sta dormendo qui dentro! Non si può dormire qui dentro! È un museo, non l'ostello dei poveri della stazione! Non si è mai vista una cosa del genere!

Non è ben chiaro se il tizio in nero nella sala dell'installazione stesse davvero dormendo. Sedeva con la schiena dritta su uno sgabello davanti agli schermi, le mani sulle ginocchia, gli occhi chiusi, le cuffie sulle orecchie, forse non aveva semplicemente sentito il vecchio. Due guardiane più giovani sullo sfondo, curiose. In quel momento lui aprì gli occhi, non come qualcuno che si è appena svegliato ma piuttosto come una bambola, un mostro appena ridestato, clap, e gli occhi si aprirono.

Mi sente? Si chiude!

Il vecchio che adesso era in piena vista sventagliava con i palmi delle mani che prima si erano uniti schioccando. Faceva movimenti bruschi all'altezza del collo, poi lasciò scattare velocemente in avanti gli avambracci come se stesse dirigendo un veicolo: Adesso fuori! Su! Su!

Il tizio depose le cuffie, si alzò e all'improvviso era molto più alto, il vecchio fece un passo indietro impaurito anche se era abbondantemente fuori tiro. Non disse più niente, si limitò a sventagliare e a dirigere muto.

Abel guardò verso di lui, o forse no, e uscì. Non appena ebbe lasciato la sala il piccoletto si precipitò verso la galleria, di là poteva guardarlo dall'alto in basso, vederlo scendere le scale, attraversare l'atrio dove si trovava la cassa, avvicinarsi alla porta girevole. Adesso il vecchio aveva ritrovato anche la voce.

Che gente! Viene qui per dormire! Ne ha proprio l'aspetto! Ma qui non siamo al circo! Viene qui in giornata gratis e dorme! Questi vagab...

Il resto non si sentì. Abel aveva messo piede in strada.

sacco di tempo?! Che cosa ti credi? E se mi fossi preoccupata per te? E se avessi avuto bisogno di te? Come puoi essere un egoista del genere!

Mi dispiace.

Ah, adesso non mentire in modo così spudorato! Non ti dispiace affatto! Che stai facendo?

Lui pensò: Mi metto giù sdraiato.

Oh certo, che domanda scema, abbiamo alle spalle una notte faticosa e abbiamo bisogno di un bel sonno ristoratore. Non ti importerà nulla se non ti faccio compagnia. Sono troppa agitata per dormire. Prima troppo agitata per la preoccupazione e adesso...

Furibonda perché al piccolo bastardo non è successo nulla, si è dato alla pazza gioia e noi qui siamo soltanto l'albergo!

Ero nella stanza dei computer. Lavoro.

A questo punto è pronta a star zitta. Aspetta con interesse ulteriori informazioni. Aveva deciso di scrivere una tesi di dottorato in linguistica comparata, disse Abel.

Ah, disse Kinga e si piegò sulle ginocchia accanto a lui. Come sono orgogliosa! Il mio piccolo diventa dottore! Gli afferrò la testa, lo baciò sulla riga dei capelli. Sono così contenta...

Così si entra in nuovi

Ambienti

Eccola di nuovo! disse Tibor. Ci eravamo già preoccupati. Tutto a posto? La stanno cercando tutti. (Il *che* non è proprio vero.)

Quando la notte del primo dell'anno Tibor tornò di malumore a casa trovò tutti gli ospiti che continuavano ad attendere pazienti. Oh, siete ancora qui.

Dov'è lui, dov'è?

Chi?

Il corriere della droga. Perché non se l'era portato dietro?

Non è un... Non si era mai parlato di portarlo lì. Perché mai avrei dovuto portarlo? Perché mai dovrei portarlo la prossima volta, anche se d'altro canto è indifferente. Sì, sì, disse Tibor agli ospiti (su di giri e in parte alcolizzati mentre lui, al contrario: cupo, sobrio, silenzioso), per quanto mi riguarda posso anche invitarlo, la curiosità generale lo richiede e in più la decenza, alla fin fine qualcuno deve pur occuparsi di *questi ragazzi*. Ma adesso: sono un uomo anziano, stanco, chiacchierate ancora un po' e poi sparite e tornate fra un mese o quando la nuova signora della casa vi invita. Nel frattempo l'avrete sicuramente dimenticato.

Pochi giorni dopo spuntò all'istituto un uomo di nome Konstantin e piantò un gran casino, avevano fatto sparire il suo coinquilino. Avevano preso le sue cose dall'appartamento e --- Un thriller fantasioso ed eloquente. Catturano la gente per la strada e la portano chissà dove. Un bel caso per teorici della congiura e organizzazioni per la difesa dei diritti umani. Prenderò in prestito dei soldi e farò stampare volantini.

Va bene, disse Tibor. Non si preoccupi. Ho raccolto il suo amico alla stazione di polizia la notte di Capodanno.

Konstantin strizzò gli occhi. La notte di Capodanno?

Sì.

Pausa. Nuova strizzata d'occhi.

E adesso dov'è?

Questo non lo so, disse Tibor. L'ho lasciato davanti a casa.

E adesso dov'è?

Questo non lo so, ripeté Tibor.

E ancora tre volte, sempre la stessa solfa. Dove? Non lo so. Ma dove? Si guardano negli occhi ammiccando.

Ora, mesi dopo, finalmente lui telefonò.
Eccola di nuovo. Il suo coinquilino la sta cercando dappertutto.
Sì, disse Abel, era andato via di casa.
Nuova domanda se tutto era a posto.
Sì.
Pausa.
Sì, mh, m-mh, disse Tibor. Cosa posso fare per lei?... Capisco... Senta, perché... Perché non passa di qui, diciamo lunedì prossimo. Ci saranno altre persone, una specie di *jour fixe*, spero che questo non la disturbi.
Grazie, disse Abel.
Tibor annuì nonostante fosse al telefono, e riappese. Pur essendo seduto alla fine si sentì le ginocchia un po' molli. Qualcosa di inspiegabile succede ogni volta che ho a che fare con questa persona. In seguito il professor B. riuscì a identificare due componenti del suo intricato sentimento. Erano: vergogna e nostalgia. Perché proprio queste?

A.N. arriva il lunedì successivo.
Chi? Ah, certo, disse Mercedes.
A dire il vero non si ricordava affatto. La prima e finora unica volta si erano ritrovati l'uno di fronte all'altra quattro anni prima, il suo primo giorno, a occhio e croce un paio d'ore dopo che aveva passato la frontiera. Causa burro non si erano stretti la mano, buongiorno, arrivederci, tutto lì. Alla fine si erano visti, sempre che fosse successo, solo da lontano. Se dovesse avere problemi si rivolga a Mercedes, ma lui non ebbe

problemi o quanto meno non si rivolse a lei. Lei sentì parlare un po' di lui, quello che si diceva in facoltà, le tasche del cappotto piene di minuscoli dizionari, uno che si perde sempre nei corridoi, ma il tutto non la interessava particolarmente. E dunque adesso se ne stava sulla porta.

Inverosimilmente alto e magro, una spallina imbottita del trench nero gli pendeva a mezz'asta e in generale sembrava che tutto gli fosse stato gettato addosso, persino le mani bianche penzolavano indifferenti fuori dalle maniche troppo corte, così come in seguito, *adesso* – un penzolare assolutamente identico. Lei gli diede la mano. Benvenuto, io sono Mercedes. Non appena le punte delle dita si toccarono – le suole di gomma sullo stuoino – sprizzò una scintilla inaspettatamente rumorosa e visibile. Oppardon. Lui ritrasse in fretta la mano e rimase lì come prima, così intimidito, pareva, da non poter fare un passo avanti senza aiuto. Forse fu quella sua apparente inermità a conquistarla con anni di ritardo, ma di colpo. Lui aveva in sé qualcosa di commovente. E qualcosa di (un po') ridicolo. Mercedes sorrise incoraggiante. Tibor aveva ancora un po' da lavorare, disse, ma lui poteva raggiungere subito gli altri. Nel *sarong*.

Oppardon. Rise e si portò una mano alla bocca. Così dice sempre mio figlio. Voglio dire il... Ah, sei tu, Omar, vieni. Questo è Omar, mio figlio.

Altezza: 1,30 m, costituzione: esile, colore della pelle: caffelatte, forma della testa: a uovo. Allora Omar aveva sei anni e tutto in lui – tranne una piccola imperfezione nell'ambra dell'iride destra, quella artificiale – era nel più perfetto equilibrio.

Buonasera, disse. Mi chiamo Omar. Ho soltanto un occhio. (Pausa. Guardò serio il suo interlocutore.) L'altro l'ho dato via in cambio della saggezza.

Abel non mostrò sorpresa né compassione, anche la sua goffaggine era scomparsa. La sua voce suonò diversa da come ci si sarebbe aspettati dopo l'ultimo rauco *opp...*, era piena, virile, calda:

La maggior parte della gente non sarebbe tanto coraggiosa, disse.

Il bambino lo guardò – come? sorpreso? colpito? mi succede spesso, uno sguardo del genere – poi sorrise.

Omar, disse Mercedes, questo è Abel. Uno studente di Tibor. Conosce dieci lingue.

Il bambino smise di ridere: Come mai?

Be', disse Abel. Nove mi sembravano poche, undici un po' troppe.

Al che Omar annuì, gli prese la mano e lo portò via dal *sarong*. Come se fosse arrivato apposta, si fosse guardato in giro e avesse fatto segno a uno con il dito. Abel Nema, scelto da Omar Alegre. Il nome proprio è arabo e significa: soluzione, mezzo, espediente.

Lo guidò come attraverso un museo. Questo lo conosciamo già. Solo che *là* nessuno ti tiene per mano. Quando è stata l'ultima volta che lui, io, siamo stati così a lungo a contatto con qualcuno? Lo siamo mai stati? Davanti ad alcuni oggetti, opere d'arte o cose di uso quotidiano, il bambino si fermava e li spiegava, la loro storia e funzione, o attirava l'attenzione su un particolare dettaglio. Questo vaso cinese apparteneva a Anna, la moglie di Tibor, è morta. Purtroppo il suo valore, cioè quello del vaso, è diminuito perché manca il suo gemello, come a dire che in realtà questo non è un vaso ma una mezza coppia di vasi. Lo trovo interessante, disse Omar. Due vasi perfettamente uguali rappresentano un valore maggiore di uno o tre vasi. Anche questo sarebbe infatti possibile. Tre perfettamente uguali. E cosa succederebbe se uno dei tre si rompesse? Gli altri due varrebbero di meno? Pausa. Il ragazzo, mano nella mano, lo guardò con aria interrogativa.

Credo che questa domanda, disse Abel, sia il massimo che si può dire al proposito.

Omar annuì. Procedettero. È *quasi* la cosa più strana che mi sia successa finora. D'altro canto c'è dentro anche un che di *inspiegabilmente* buono. A poco a poco i palmi delle mani intrecciate cominciarono a sudare ed era difficile seguire i brevi passi del bambino senza inciampare, eppure non si staccarono.

La casa appartiene a Tibor, proseguì Omar. Mercedes, cioè mia madre, era una sua studentessa e poi la sua assistente. In seguito ha lasciato il posto all'università in modo che potessimo trasferirci qui. Oggi insegna in una scuola. Questa qui è una parte della biblioteca. La maggior parte dei libri è nella stanza di Tibor, gli servono per lavorare e adesso non possiamo entrarci. E qualcuno è anche nel *sarong*. I pezzi di rappresentanza.

Quanti anni potrà avere?

Ho sei anni, disse Omar, come se avesse sentito. Ho saltato la prima classe con un permesso speciale. Questa è la stanza di Mercedes. Faccia attenzione a quello che forse non si sarebbe aspettato di trovare, il casco da moto rosso sul mobile giallo limone. Accanto, appese al muro: scarpette a punta rosa, misura trentacinque. Se voglio riuscire a provarle devo fare in fretta, fra un paio di mesi mi andranno troppo piccole. Un bambino nero in scarpette a punta rosa. Osserva come il tizio nuovo reagisce di fronte a quella immagine. Abel sorride. Non troppo, non troppo poco, nella misura giusta.

Le altre sono foto di famiglia, per lo più io o lei quando era più giovane. In mezzo: terrecotte messicane, statue di legno africane, tessuti indiani. È Mercedes a collezionare questa roba. E questa è la mia stanza. Un'altra maschera africana. Mio padre era un principe del G. È sparito prima che io nascessi. E comunque la maschera non viene da lui. L'ha comprata Mercedes.

E adesso, disse Omar quando furono seduti sul letto, di' qualcosa.

Njeredko acordeo si jesli nach mortom, disse Abel. *Od kuin alang allmond vi slavno ashol.*

Aha, disse Omar. Vorrei imparare il russo. Conosci anche quello?

Be', adesso sa tutto? Bella donna non più giovane sulla porta del *sarong*. Sono Miriam, la nonna. La nonna di Omar, aggiunse, perché sembrava che lui non avesse capito.

E questo è mio nonno. Omar fece segno verso la versione maschile della padrona di casa: un uomo in filigrana su una poltrona a fiorami. Scrive gialli. Il suo nome d'arte è Alegria. Ha inventato un personaggio che mi assomiglia. È il pirata Om. Come il pirata e come la sillaba sacra, capisci? I miei nonni sono vecchi amici di Tibor. Conosceva mia madre già da bambina. Alla sinistra del nonno c'è Tatjana, la più vecchia amica di mia madre, dicono che è molto bella e cinica, ha i capelli come Biancaneve e incrocia le gambe bianche e sottili così e così. E il tipo alto, il *mezzo ciccione* là, quello che parla a voce alta è (come in un sospiro) ---

Erik, disse Tibor, improvvisamente alle loro spalle. Questo è Abel. Scrive una tesi di dottorato nell'ambito della grammatica universale.

… … … disse Erik. Cosa non si sa, Omar infatti aveva appena lasciato la mano di Abel ed era andato da qualche parte, dove non lo si vedeva più. Il palmo della mano di Abel era rimasto umido. Il suo interlocutore, Erik, fece alcuni nomi, evidentemente di autori da lui pubblicati ma con suo rincrescimento Abel non ne conosceva nessuno. E tu parli davvero tutte queste lingue? Tutte e dieci?

Abel annuì e all'improvviso si ritrovò circondato, era al centro, un grappolo di persone attorno a lui che gli chiedevano di tutto, da dove viene, io sono stato recentemente in Albania. Lui rispondeva a monosillabi. Mh... Credo... Non so.

Che c'è? (Erik a Tibor.) Non sa parlare?

E ci hai fatto caso? Dopo una decina di minuti, più o meno? chiese Tatjana. La prima volta che hai preso fiato.

Fece un sorriso accattivante e cambiò la posizione delle gambe. Erik storse la bocca.

Abel si guardò attorno in cerca del bambino. Era dall'altro lato della stanza e stava dicendo a sua madre: Vorrei studiare il russo. Abel mi insegnerà il russo. Ogni giovedì.

Va bene, disse Mercedes e sorrise amichevolmente a Abel attraverso la stanza.

Così Abel Nema conobbe il suo futuro figliastro, Omar.

La Zecca

Quando ritornò a Kingania era tutto buio. La porta chiusa, in tutta la casa un silenzio di tomba. Quella notte c'era stata un'altra festa, possibile che stessero ancora dormendo.

Non dormivano. Abel sentiva attraverso il cemento e l'acciaio che erano svegli, anche se piuttosto silenziosi. Bussò. Per un po' non successe nulla, poi, come se Kinga avesse detto: Vai a vedere, forse è il bambino. Poco dopo Janda aprì la porta.

'giorno, disse Abel.

Janda lasciò la porta aperta senza dire una parola.

Kinga: Sei tu? Grazieaddio. O meglio: ma che gente mi manda alle calcagna?

Come si è detto avevano avuto di nuovo un open house, Abel era andato via prima che cominciassero a spuntare gli ospiti. Un invito da parte del suo professore. Aha, disse Kinga, se è così. Vacci. Era offesa o semplicemente di cattivo umore. Una serata, si sa com'è, in cui niente sembra voler prendere una forma o una direzione. Ore di irritazione e noia, non sai cosa sarebbe meglio, continuare oppure smettere, oggi tutto mi dà semplicemente ai nervi. I musicisti suonacchiavano con indifferenza qualcosa sui loro strumenti, in qualche modo non ne veniva fuori nulla. E gli ospiti sembravano davvero solo degli sconosciuti. Non conoscono le usanze, il barattolo dei soldi praticamente vuoto, e in cambio bevevano di più e più avidamente del solito. E poi mi lasciano qui con tutta la spazzatura. Kinga andò in cucina a sciacquare *ostentatamente* i bicchieri. Sciacquava i bicchieri e all'improvviso le si parò accanto quel tizio. Uno dei nuovi ma come se l'avessi già visto, i capelli con la riga di lato. Era arrivato fra i primi, tu (Abel) eri appena uscito dalla porta, suppergiù una mezz'ora. Lei lo aveva ribattezzato fra sé la Zecca. Un brontolone e scroccone, viene qui per riempirsi la pancia, sempre un bicchiere e un panino imburrato in mano e gli occhi che vagano senza sosta di qua e di là, scannerizza l'ambiente come se dovesse imprimersi in mente tutto. E poi si crede chissà quale originale, ti si piazza davanti e dice biascicando:
Anarchia Kingania. E cos'è? Il regno dei balordi? rise, e gli si vedeva il pane nella bocca. O uno spaccio di droga?
Proprio così, disse Kinga e lo piantò lì, anche se non aveva ancora finito. Coglione.

Janda alzò la testa quando lei gli passò accanto friggendo, vide che non era nulla di grave, riabbassò l'orecchio sul manico della chitarra e continuò a strimpellare per sé. Più tardi si decisero a suonare sul serio. C'erano anche due ragazze sconosciute, due tipette in microminigonne quando fuori era sottozero, rimasero sedute tutto il tempo una accanto all'altra, studentesse delle superiori, sicuramente, quella noia appestata di fumo per loro è qualcosa di grandioso. Non staccavano gli occhi dai musicisti, confabulavano.

Be', e voi due fringuelline? Guardateveli bene! Ognuno di loro me lo sono fatto almeno quattro volte. (Queste ultime parole ovviamente non le disse.) Ancora qualcosa da bere, ragazzine?

Kinga, sanguinaria e soave, con la bottiglia di grappa in mano. Andre scosse la testa sorridendo: Lasciale stare.

Lei le lasciò stare, si sedette. La Zecca era rimasta nel frattempo in cucina, mangiava pane fin tanto che ce n'era. Quando non ce ne fu più ritornò nella stanza, si sedette accanto alle ragazze e cominciò a sommergerle di chiacchiere, un fiume ininterrotto, blablablabla. A Andre e Kontra no, ma a Janda queste cose scocciano. Si guardò attorno. Chi è che continua là a blaterare?

Ssssssssh. Kinga si chinò e sussurrò nell'orecchio della Zecca: Ehi tu. Anche una pausa è musica.

Lui si interruppe a metà di una parola, la fissò a bocca aperta, le micromini ridacchiavano. Kinga strizzò l'occhio alle ragazze. Più tardi andò in bagno e quando ritornò la Zecca era appoggiata accanto alla porta. Ehi tu, disse lui. (Mi stai facendo il verso?) Ci siamo già incontrati.

Aha?

Lei tirò dritto, lui le andò dietro. Camminava pestando forte i piedi, Janda guardò verso di lui.

Sì, disse la Zecca. Anni fa, tu e il club.

Aha.

Credo che abbiamo un conoscente in comune. Un mezzo ungherese. Nema, Abel.

Mh.

Un tipo alto che si veste sempre di nero.

Vestito di nero, ah sì?

Kinga si guardò attorno. Le micromini erano bianche a rombi grigi. Ma altrimenti... decisione fulminea: far finta che il nome per intero non le dicesse niente. Ma nel frattempo pensavo: Chi cazzo è questo? Non guardarlo in faccia. Kinga si voltò, lui la seguì.

È scomparso, piagnucolò qualcuno alle sue spalle. Mi ha piantato in asso, già pensavo che l'avessero rapito, sono cose che succedono, la gente sparisce per strada, ci hanno arrestati, eravamo assolutamente innocenti, ci hanno separati e interrogati e da allora...

Mi dispiace, disse Kinga. Non so di cosa stai parlando. Scusa tanto.

Lo piantò lì, ma continuava a osservarlo. Non soltanto come quando vuoi evitare lo sguardo di qualcuno e quello ti fissa.

Che c'è? chiese Janda.

Niente. Un rompicoglioni.

Poi qualcosa la distrasse un istante, un breve riprendersi dalla fatica di osservare con la coda dell'occhio e all'improvviso la voce del tizio, stridula: Questa è la sua borsa! Riconosco la sua...

Sssst! I musicisti hanno ripreso a suonare.

Ma ormai era impossibile trattenere la Zecca:

Perché fate così? Perché siete così? Che razza di gente siete! In fondo non vi ho fatto nulla, sono gentile con tutti, aiuto tutti, mi do pensiero e mi preoccupo, sono una persona solidale e compassionevole, una brava persona, una brava persona, e voi, e voi...

Fu più o meno a quel punto che Kinga prese slancio, afferrò la Zecca per le spalle e attraversò di corsa la stanza con lui come fosse un ariete, diretta alla porta che, caso vuole, in quel momento era aperta tanto che senza indugio poté spingerlo fuori sul pianerottolo, anzi no, poté spedirlo via con un gran bel calcio nel culo. Il tizio era così sconcertato che continuò per un po' a parlare e solo quando si ritrovò col naso sulla porta prese a frignare: Heeeeeeee! Kinga sollevò il ginocchio, lo calciò fuori, richiuse dietro di lui la porta sprangandola dall'interno. Rideva.

Qualcuno scoppiò a ridere con lei, altri ancora non avevano capito cos'era successo. I musicisti la guardavano con aria interrogativa, lei fece un cenno liquidatorio con la mano. Ma a dire il vero ho avuto una brutta sensazione per tutto il tempo.

Qualche minuto dopo le micromini decisero di andarsene. Non osavano quasi rivolgere la parola a Kinga ma poi lo fecero, molto gentilmente: poteva per favore aprire la porta. Kinga nel frattempo, per quanto possa suonare incredibile, aveva dimenticato la Zecca. Come se io l'avessi eliminato dalla faccia della terra. Le micromini se ne andarono e poi ritornarono.

Sta piangendo, dissero.

Chi?

Il tizio di prima. Sta seduto sul pianerottolo e piange.

Embè, cocche mie belle?

Le micromini se ne stavano là imbarazzate, poi quella più sveglia si strinse nelle spalle, e se ne andarono per la seconda volta.

Con permesso. Cautamente oltrepassarono con gli stivaletti alti l'uomo che ansimava forte.

Kinga sporse la testa fuori sul pianerottolo. In effetti. Un po' mi faceva pena, d'altro canto... Chiuse piano la porta.

Poco dopo delle grida risuonarono nel cortile. Che cos'è, all'inizio non riuscirono nemmeno a capire da dove venisse esattamente. Poi qualcuno aprì la finestra e fu chiaro. La Zecca. Stava là sotto in cortile e strillava, fuori di sé, e si sentiva soltanto riecheggiare:

Vi denuncerò tutti! Per spaccio illegale di alcol!

Kinga rideva, ma era nervosa. Non osava guardare il barattolo dei soldi che d'altro canto era quasi vuoto.

Sentitemi bene! Vi denuncerò tutti! (Piagnucolando, ma persino questo si sente bene, il cortile è come un pozzo:) Brutti porci.

Janda si alzò, si diresse alla porta come andasse semplicemente in bagno, ma non prese la chiave.

Cos'hai in mente di fare?

Senza rispondere, uscì.

Ve ne pentirete! (Grida giù in cortile.)

Alla fine: silenzio.

Sotto era buio e non si vedeva niente, spensero le luci in modo che anche loro non potessero essere visti e si misero alla finestra, in ascolto: niente. Poi, rumore di passi e come se qualcuno parlasse, e ancora un po' dopo Janda ritornò.

Cos'è successo?

Niente, dice Janda.

Cos'hai...

Niente! Quando sono sceso se n'era già andato.

Quando tutti furono usciti Kinga fu presa da un nuovo accesso di tremore.

Adesso datti una calmata, disse Janda. Non succederà niente.

Quel mentecatto ci tradirà davvero? chiese *adesso* Kinga a Abel. Ma chi era? Lo conosci davvero?

Non credo, disse Abel. Che li avrebbe traditi. Probabilmente no.

Che stai facendo?

Raccoglieva le sue cose.

Perché raccogli le tue cose?

Aveva trovato un nuovo alloggio.

Cosa?

Una nuova stanza.

Quando?

Poco fa. Mentre tornava a casa.

Come? Semplicemente così?

Che ne dici. Sei rimasta (Kinga) senza parole. Si può fare *una cosa del genere*? Andarsene adesso? Kinga guardò i musicisti come in cerca d'aiuto. Kontra si strinse nelle spalle. Gli altri due non reagirono affatto.

Mi dispiace, disse Abel. Ma aveva promesso al nuovo padrone di casa di tornare entro un'ora.

Baciò Kinga sulla guancia e le diede qualche banconota ripiegata. La mia parte dell'affitto. Lei guardò i soldi, per un attimo sembrò che volesse farli cadere a terra, li tenne in equilibrio sui palmi delle mani aperte ma poi se li infilò in tasca. A quel punto lui era già fuori dalla porta.

IV
Carne
AVVENTURE

Carlo

Adducendo il motivo che aveva molta strada da fare fino a casa aveva lasciato la compagnia relativamente presto.

A giovedì, dissero Omar e sua madre.

A giovedì, disse lui.

A lunedì fra quattro settimane! esclamarono gli ospiti.

Aspetti, disse Tibor, andò nella stanza accanto e senza aver mai visto una sola riga del lavoro di Abel e senza neppure battere ciglio scrisse una nuova raccomandazione, questa volta per una borsa di dottorato, è *nell'interesse di noi tutti ecc.*, con cui i tre anni successivi erano assicurati. Grazie, prego, non c'è di che.

Quando finalmente uscì in strada, il marciapiede era coperto di brina. Passi scricchiolanti e le nuvolette bianche del suo respiro. Un'animuccia, ogni volta. Osservarne il breve volo ti cattura. Sentiva un po' di malessere, non si sa bene come mai, non aveva bevuto nulla di particolare, solo qualcosa di superalcolico e un po' d'acqua. Per questo, o magari anche no, decise di fare a piedi tutti i (quindici? venti? Non saprei esattamente calcolarli) chilometri fino *a casa*.

Voleva soltanto vedere che cosa succede, se poteva farcela. Può darsi che un paio di volte si sia anche perso, o forse no, in una grande città come questa si può girare in sostanza per giornate intere. Avrebbe potuto prendere le strade più grandi, seguire le indicazioni per la stazione, il suo costante punto di orientamento, ma questo non lo vuole davvero nessuno, e quindi rimase nelle strade più piccole e si mantenne parallelo a quelle grandi, seguendo il proprio orecchio. A volte perdeva la pista, il che era inevitabile ma poi la ritrovava, quella o un'altra. In totale andò avanti cinque ore fin quando arrivò in una zona che appariva familiare. Non gli era sembrato un tempo così lungo, in definitiva, come essersi appena *svegliato* e ritrovarsi: *là*. Una drogheria, un negozio di cianfrusaglie kitsch, un tabaccaio, un Nail Studio, un'agenzia di viaggi, un fioraio. Presi singolarmente erano tutti sconosciuti, ma nel complesso… Due birrerie, abbigliamento, casalinghi, fiori, drogheria, cartoleria. In un paio di negozi stavano consegnando della merce: pittoreschi pezzi di carne dondolavano sopra il marciapiede. L'uomo a passeggio in quell'ora mattutina avrebbe potuto infilarsi fra due mezze carcasse di maiale accanto al portello aperto del veicolo, ma per motivi ignoti si fermò e si mise a guardare. Il proprietario della macelleria, un tizio giovane con una gran barba e una pancia molliccia, uscì più volte dal negozio e ogni volta gli lanciò un'occhiata. Quelli che trasportavano la carne indossavano grembiuli di plastica e anche loro guardavano verso di lui. Poi il furgone partì, il macellaio si fermò accanto a Abel.

Da dove viene?

Lui fece il nome del quartiere.

E sta nevicando là, adesso?

???

È tutto bianco, lei.

Abel si toccò i capelli. Ruvidi di brina. Anche sulle sopracciglia. Il giovane con i capelli bianchi. Perciò tutti lo osservavano a quel modo. Forse era per questo.

Il macellaio si chiamava Carlo e lottava contro la bancarotta. La scomparsa della classe operaia porta con sé il declino dei macellai. Pane e salsiccia è tutto. Bisogna riuscire a far quadrare i conti. Lei non conosce per caso qualcuno che sta cercando una stanza?

Una stanza, un bagno. Una poltrona letto che però non ne aveva l'aria, nell'angolo un frigorifero ronzante e sopra una caffettiera, in uno scaffale si nasconde un fornello. Le pareti avevano odore di carne affumicata, accanto si sentiva il rumore della macchina per le salsicce. E si sentiva anche il telefono che in origine stava qui e adesso proprio al di là della parete in corridoio. Quando Carlo telefonava si sentiva mormorare. In casi urgenti si prendono anche messaggi per il subinquilino. Poco dopo arrivava una delle lavoranti, tutte donne, in grembiule bianco e rosso, bussava a seconda del carattere in modo lieve o energico e riferiva quel che c'era da riferire. Il più delle volte mandavano l'apprendista che si chiamava Ida, invaghita di lui dal primo fino all'ultimo giorno, e non osava nemmeno guardarlo, rossa in faccia ancora più del gulasch che doveva tagliare. A volte, con sollievo e dolore di Ida, veniva il macellaio in persona, grembiule, stivali di gomma, e rimaneva lì per un po'. Di tanto in tanto doveva passare del tempo in ufficio. In realtà non avrebbe potuto dare in affitto la stanza come abitazione, perciò non c'era neppure il campanello. In caso qualcuno le chiedesse, disse la mattina presto del loro primo incontro: Lei ha solo in prestito l'ufficio. Abel annuì, tornò a Kingania e prese le sue cose.

A cosa sta lavorando? domandò Carlo gettando uno sguardo al portatile antidiluviano che Abel aveva comprato a un certo punto fra la notte al laboratorio linguistico e la visita da Tibor. A parte quello non aveva molte cose. Due o tre libri.

Uno studio di linguistica comparata, rispose Abel alla domanda del suo padrone di casa.

Aha, disse il macellaio.

Quanto a lui, si interessava a ben poco all'infuori della carne. Di qualunque cosa parlasse lo faceva sempre dal punto di vista del suo campo, la carne. Lei non è vegetariano, vero? Lavorava a prototipi di salsicce assolutamente inediti, marinava e arrostiva carne e la offriva gentilmente allo straniero perché l'assaggiasse, forse sarebbe piaciuto alla sua gente. *La sua gente* erano *gli stranieri per fortuna numerosi* che ultimamente si trovano qui, Carlo li apprezza molto perché si lamentano poco, anzi in generale non si lamentano affatto e non per l'odore di salsiccia che invade le scale, mangiano volentieri carne e Carlo, *per parte sua*, sarebbe felice di dar loro la carne che loro sono felici di mangiare. Qui ha fatto qualche esperimento con carne trita e spezie piccanti, così come se la ricordava da quel chiosco dove l'aveva assaggiata di recente. Come *la* trova? *La* – era sempre la carne.

Abel Nema toccò i pezzi di carne con la sua famosa lingua che conosceva dieci lingue. Divenne subito insensibile.

Troppo piccante?

A dire il vero, disse Abel Nema, non ho praticamente il senso del gusto.

Il macellaio si limitò a guardare.

Questa è la verità, disse Abel. Percepisco solo sapori molto intensi. Quindi non è troppo piccante.

Il che spiegherebbe perché il tizio qui assomiglia a uno scovolino da pipa. D'altro canto Carlo non gli credeva del tutto.

È sempre stato così?

Non ricordo. Non ci ho mai fatto caso in passato.

Dopodiché non c'era molto altro da dire. Lui comunque *la* lasciava lì, disse Carlo. È e rimane un fornitore di proteine.

Allora Abel N. aveva ventisei anni e viveva per la prima volta veramente da solo. Con la macchina delle salsicce, Carlo, Ida e gli altri con gli stivali di gomma al di là della parete, ma comunque sia da solo. All'inverno piovigginoso seguì una primavera insolitamente calda che trascorse in sostanza nel tentativo di riorganizzarsi una vita quotidiana. Fece domanda e ottenne una borsa di dottorato e si fece raccomandare presso una mezza dozzina di famiglie come insegnante di lingue per i bambini.

A questo proposito occorre registrare un certo subbuglio. Per un breve periodo fu oggetto di una *vera e propria ossessione* (Mercedes, retrospettivamente), iniziata da un'ignota madre di due bambine. Non hai notato niente? eppure c'è qualcosa, c'è qualcosa in lui! Quello sguardo, quel silenzio, le mani, il modo in cui le muove quando spiega qualcosa, mani bianche e delicate, e poi come ci sa fare con i bambini, apparentemente non fa nulla, siedono e parlano, ogni tanto scrivono qualcosa. Non è troppo indulgente né severo. Quanto meno finché dura la lezione. Prima e dopo, quando deve parlare con i genitori e soprattutto con le madri è di nuovo così goffo come se fosse un adolescente anche lui, alla fin fine non dice nulla, si congeda con un lieve inchino, non è ridicolo che *tutto* questo mi metta addosso un'eccitazione quasi (in tono di voce sussurrato) *erotica*?

Mercedes si limitò a stringersi nelle spalle. Anche se in questo caso, disse con buone doti di osservazione, due persone si sono senza dubbio incontrate. Omar è certo un bambino gentile, ma finora un vero senso di fiducia non l'aveva sviluppato che per tre persone in tutto, strettamente imparentate. E adesso per lui. L'ha preso per mano, l'ha portato in giro per la casa e alla fine ha detto, lui che a meno di sei anni legge e scrive correntemente: Voglio imparare il russo.

Il russo, davvero?

Sì, Abel mi ha detto qualcosa in russo e mi piace.

Che cosa ti ha detto in russo?

Questo non lo so, il russo ancora non lo conosco.

Gli adulti lì intorno, la mamma, la nonna, risero, i due *uomini* rimasero seri. Perché no, disse Mercedes.

Quello che da allora avevano esattamente fatto Mercedes non era in grado di dirlo, era impegnata in altro (Tibor), al massimo apriva la porta all'insegnante e lo pagava una volta al mese. All'inizio, en passant, gettava ogni tanto uno sguardo nella stanza di Omar durante la lezione. Non c'era nulla di particolare da vedere. Se facevano progressi, se lui davvero *conosceva* quello che diceva, era impossibile controllarlo. Nell'ambiente di Tibor c'erano alcuni che parlavano più o meno la lingua, ma Omar non vedeva motivo per mostrare loro le sue cognizioni.

Ma perché, dicevano i conoscenti passando di nuovo alla lingua del paese, perché vuoi imparare una lingua se non per intrattenerti con gli altri?

Ma io mi intrattengo già adesso, diceva Omar.

Al che i conoscenti desistevano confusi. Parlare con questo bambino è come ---

In fin dei conti quello che suscitava qui non era eccitazione, bensì il contrario. Tibor, per esempio, si fermò una volta davanti alla porta leggermente aperta, li vide seduti al di là e pensò ah, se il ragazzo, il più grande dei due che di nome faceva Abel, in futuro fosse *sempre* qui, e chissà come mai l'idea adesso è così *tranquillizzante*.

Aha, disse Kinga quando settimane dopo che se n'era andato di casa Abel finalmente la cercò. Immaginavo che le cose ti andassero bene. Anche noi stiamo bene, grazie per averlo chiesto. Nel frattempo riusciamo di nuovo a dormire.

(All'inizio sembrava essersi calmata, ma la sera dopo la partenza del bambino uscì in escandescenze, singhiozzava, tremava, supplicava i musicisti di non lasciarla sola, aveva paura ma al tempo stesso si rifiutava di abbandonare Kingania, rannicchiata in un angolo fin quando Janda cominciò a sbraitare: Smettila e guardati adesso, ti stai rotolando nella spazzatura!)

Mi fa piacere, disse il bambino.

Segnale di libero.

Poi per un pezzo non successe molto. Il solito passaggio fra un'installazione e un'altra. Qualcosa si preparava in silenzio. In seguito conobbe un ragazzo. Ha detto di chiamarsi Danko. Mi è caduto in grembo come una mela matura.

Giochi

A dire il vero erano già mezze marce, le avevano raccolte fra i rifiuti dietro il mercato coperto. Tanto per cambiare era troppo tardi e quando lui girò l'angolo gli altri lo stavano già aspettando e cominciarono a lanciargli addosso le mele. Lui sghignazzò e proseguì, schivandole a destra e a sinistra, ma non hai braccia abbastanza. Le mele a volte erano dure e facevano male, a volte molli, e allora esplodevano: una poltiglia puzzolente. Merda! gridò Danko. Smettetela! Ma gli altri prendevano la mira e lanciavano, seri e concentrati, non bisogna sprecare munizioni. Danko bestemmiava, si voltava, tutto inutile, e quando si girò una mela lo colpì, la più marcia di tutte, sul coccige. Una pappa marroncina che deflagrò. Adesso finalmente ridevano, ma nel momento in cui fece per voltarsi verso di loro sghignazzando, bel numero, brutti stronzi, quelli ripresero a lanciare. Tu oggi qui non ci vieni. Ma adesso me n'è passata la voglia, definitivamente. Girò i tacchi e se ne andò. Fino al prossimo albero un po' grande, là, al riparo, si accovacciò, il dorso appoggiato al tronco. Offeso a morte.

Erano in sette, un caso, ma funzionava bene. Di più non saremo mai. Stavano insieme senza uno scopo preciso, erano una banda e basta. Marinavano la scuola, si trascinavano in giro per le strade, prendevano dai negozi quello che volevano o che gli serviva. Non ricordo di aver *mai* comprato qualcosa. Le lattine delle bibite le schiacciavano, calciandole alla maniera classica sull'asfalto, fumavano come turchi e quasi ogni pomeriggio giocavano a calcio sul campetto recintato all'estremità sud del parco. O quello che loro chiamavano così. Christophoros S., senzatetto, che dalla nicchia dov'era seduto poteva vedere bene ogni cosa, l'avrebbe definito piuttosto un pestaggio di massa. Giocavano impiegando tutto il corpo, schiantandosi selvaggiamente contro lo steccato di recinzione, avvinghiati gli uni agli altri, una danza di laocoonti. Gemevano e bestemmiavano in una lingua ignota ai signori (e alle signore, cosa non tanto frequente a riscontrarsi) senza fissa dimora. Al tipo vestito di nero sulla panchina fra il semicerchio dei barboni e il campetto: nota in ogni parola.

A un certo punto nel corso della primavera Abel, probabilmente grazie alla mediazione di qualcuno dei conoscenti di Tibor, aveva trovato un altro lavoro. Interprete simultaneo, sia pure solo avventizio, in un vicino centro congressi, con recapito telefonico nella macelleria per i casi di emergenza.

Lei è una vergogna! gridò l'irlandese.

Lei è una vergogna, disse la donnina con i capelli alla paggetto nella cabina accanto.

Lei è una vergogna! gridò di rimando il serbo.

Lei è una vergogna, disse Abel nel microfono.

La donnina gli sorrise attraverso il vetro.

Dopo il lavoro Abel proseguì le passeggiate cominciate in inverno. I suoi spostamenti pomeridiani erano come al solito arbitrari, ma accanto al parco ci passava relativamente spesso, soltanto perché era così centrale. Una volta arrivato si sedette sulla panchina davanti alla lavanderia, dove in genere non si sedeva nessuno. Il campanello rotto del negozio dietro la sua nuca non pareva disturbarlo. Aveva l'aria di dormire. Più tardi si levarono grida folli, una raffica di maledizioni all'indirizzo di tutti i suoi antenati e discendenti, e si svegliò, o chissà, forse decise soltanto di non tenere più il mento abbassato sul petto. Guardò verso le porte di fil di ferro del campetto di calcio.

Non si può dunque affermare che *li avesse osservati già da un pezzo*. Innanzitutto, veniva troppo irregolarmente, e in secondo luogo uno sguardo lanciato a quel modo non significa nulla. Con il chiasso che facevano era semplicemente *impossibile non ascoltare*. Rimaneva lì per un po', poi se ne andava. In generale nessuno si era accorto di lui, tranne Christophoros S. che vede tutto ma non dice mai nulla a nessuno. E comunque nessuno della banda l'aveva notato fino al giorno delle mele e anche adesso, pur essendo seduti/accovacciati praticamente spalla a spalla, tronco d'albero, panchina, per un bel pezzo il ragazzo non fece caso a lui. Lo interessava solo quel che succedeva sul campetto, e se qualcuno veniva lì a raccontarlo. Ma arrivavano soltanto le mele lanciate in aria. Ogni volta che la sua testa sbucava fuori da dietro l'albero, sirrrrrrrr, paff. Oggi: no.

Non è per il dolore che piango, ma perché non capisco. Cosa ho fatto? Perché si comportano tutti come dei pazzi?

Una mela rimbalzò contro l'albero e rotolò ai piedi di Abel. Tutti e due guardarono innanzitutto la mela spiaccicata, poi si guardarono, poi il ragazzo distolse rapidamente gli occhi. Si spazzolò via i residui di mela, fin dove riusciva a vedere e ad arrivare con la mano. Era gonfia. Questa è un'altra cosa, disse più tardi.

Pazzi, mormorò. Sono circondato da pazzi. Mio padre è la madre di tutti i pazzi. Forse dovrei andare in manicomio. Forse là dentro c'è qualcuno di normale.

Le ultime parole pensò di averle solo pensate, ma evidentemente doveva averle pronunciate ad alta voce perché all'improvviso il tizio sulla panchina disse: Il guardiano del manicomio saluta tutti esclamando "Libertà!"

Il ragazzo (Danko. Il suo nome è...) smise di pulirsi i residui di mela. Lanciò un'occhiata di traverso in direzione della panchina.

Cosa?

Il tizio sogghignò.

Che cosa sogghigni?

Non sogghigna affatto. È la sua faccia.

Danko guardò la faccia, poi si volse di nuovo verso la porta di fil di ferro. Nel frattempo gli altri avevano formato le squadre e cominciavano a giocare come se nulla fosse. Rigirò di nuovo la testa.

Come mai saluta dicendo libertà?

In omaggio alla Rivoluzione francese.

???

Perché anche lui è un pazzo.

Adesso finalmente sogghigna. Prima peluria nera sopra il labbro.

Da dove vieni? chiese il tizio.

In che senso?

Pelle scura, accento. Osservò un po' il semicerchio dei barboni. La fontanella rotta gorgogliava, i cani giocavano, il campanello della porta squillava il suo jodel.

Lasciano correre in giro i loro luridi cani, borbottò. Forse hanno la rabbia.

Pausa.

Siamo Rom, disse poi.

I tuoi amici ci stanno guardando, disse Abel.

Davvero? Il ragazzo sogghignò e rimase accovacciato.

E adesso cosa fanno? Cosa fanno?

Continuano a giocare, si fermano, ci guardano, chiacchierano, camminano, riferì la spia.

E adesso?

Niente. Non si vedono più. Come ti chiami?

Non risponde. Se ne va.

Quello fu il primo incontro con Danko.

Che tipo è?

Lo aspettavano dietro il primo angolo, là in blocco tutti insieme, davanti Kosma che era il capo, un corpo animalesco, uno che a quanto pare già scopa. Che tipo è, chiese Kosma.

Danko fece un sogghigno misterioso.

Kosma gli buttò in faccia la palla. Quella rimbalzò e atterrò di nuovo nelle sue mani: Non sogghignare, faccia di culo!

Anche se erano finiti insieme per caso – *la marmaglia appunto si ritrova* – doveva pur esserci un certo grado di organizzazione perché una banda senza le sue leggi, questo lo sanno tutti, non vale un cazzo, disse Kosma. Per la maggior parte del tempo erano bambini, facevano giochini idioti ma a volte lui perdeva le staffe e urlava contro di loro *per ore e ore*: Tu rifiuto della società, tu, ti ridurrò flambé le unghie dei piedi, ti triturerò il cazzo e te lo caccerò in bocca, ti infilerò la testa nel cesso fino a farti mangiare il tuo vomito, tu *feccia*, tu aborto di natura! Erano assaliti dai brividi e amavano quelle tirate. Era stato il suo inimitabile talento nelle minacce a fare di Kosma il capo.

Danko si sentiva prudere il naso. Non toccarlo.

Non ne ho idea. Un tipo, e basta. Sta là seduto sulla panchina.

Un pervertito. O un agente. Guarda come se ne va in giro vestito.

Il solito brusio confuso: agente, pervertito eccetera. Sta là seduto sulla panchina e ci guarda. Danko (chissà perché?) arrossì.

Stronzate, disse Kosma. E poi: e chi se ne frega di quella checca. A te invece sì che te ne frega. (Non dirlo.)

Kosma si chiedeva a chi gliene potesse fregare qualcosa del marchettaro sulla panchina, ma la verità era che (chissà perché?) era rimasto impresso nella mente di tutti. Non ne parlavano, ma la volta successiva che lo videro là seduto, sulla stessa panchina, Kosma interruppe il gioco, andò alla recinzione e guardò verso di lui. Il tizio sulla panchina fece finta di dormire, ma *ognuno* sapeva che era solo una messinscena.

Eccolo di nuovo.

Danko, che intuiva qualcosa, si concentrò nel far roteare la palla fra i bordi interni dei piedi, non era particolarmente abile e non era affatto un bravo giocatore, per poco non cadde, la palla sfuggì verso la recinzione, *zing*! Kosma vi mise sopra un piede, adesso basta.

Tu però gli hai parlato. Che cosa vi siete detti? Danko onestamente non lo sa più. Niente. Non mentire, faccia di culo, vi ho visti bene!

Kosma fece rotolare la palla sotto il piede e poi la fece scivolare sopra le dita, la tenne un po' in equilibrio e la calciò via, quasi fosse stato il tizio stesso. Quello lì mi ha rotto i coglioni!

Alla fine ripresero a giocare buttandosi contro la recinzione ecc., gridavano e ridevano a squarciagola. Danko era quello che rideva più forte. Quello delle mele era stato solo uno scherzo, capisci? Prima o poi viene il turno di tutti. Con la coda dell'occhio lo osservarono per vedere se anche lui li guardasse. Giocavano *per lui*. Poi si appoggiarono alla recinzione metallica, trafelati, fumando come turchi e senza più guardare verso la panchina. Quando il tizio si alzò in piedi e se ne andò, Kosma non si mosse. Teneva delicatamente la cicca fra il pollice e l'indice, la fontanella gorgogliava, gli alberi stormivano, in lontananza una sirena continuò a ululare per un minuto circa. Poi Kosma buttò via la cicca e anche lui si allontanò. Ce ne andiamo dove ci va di andare. Se ci va di seguire il tizio, allora lo seguiamo. Che comunque continua a far finta di non averci notato. Il suo passo sostenuto dimostra in ogni caso il contrario. Prova a fare come se semplicemente bighellonassi con i tuoi compari, mentre già senti salirti dentro le fitte.

Non conoscevano il suo nome e spintonandosi e ridendo come al solito si misero a suonare a caso un paio dei campanelli all'ingresso dell'edificio dentro cui era scomparso. All'inizio non rispose nessuno, poi una donna: Sì? Spintoni, risate, poi Kosma fende la folla e va al microfono, chiede se là vive un tipo così e così, ma a quel punto la donna non era più all'altro capo. Il cicalino ronzò, spinsero la porta ed entrarono.

Girovagarono attorno ai bidoni della spazzatura, buttando un occhio per vedere se c'era qualcosa, le facce premute contro le grate delle finestre buie al pianterreno: sembrava che all'interno ci fossero delle macchine. Guardarono anche dentro la finestra dell'ufficio, ma non lo videro e lui non vide loro, in quel momento era andato in bagno, dopodiché venne fuori

Carlo dalla macelleria: Ehi! Cosa state combinando? Loro gli fecero un gestaccio e corsero via.

Non c'è nessun motivo di preoccuparsi, disse Carlo a Abel. Solo un paio di ragazzetti idioti. Hanno scritto qualcosa di illeggibile sulla sporcizia unta dei vetri. Vaffanculo, lesse Abel. In seguito non videro più il tizio seduto sulla panchina.

Cagna in calore, disse Kosma. Meglio così.

Sera di una lunga giornata. Abel

Che cosa gli (a Abel) è passato per la testa. Iniziare un discorso, raccontare storie afferrate chissà dove a proposito di un qualche manicomio, e poi: Come ti chiami? Forse non gli è passato per la testa proprio nulla. Negli ultimi tempi si era fermato a parlare tanto spesso con dei bambini, e funzionava benissimo.

Posso fargli qualunque domanda basta che sia in una lingua straniera, disse Omar in confidenza a suo nonno.

Qualunque, davvero?

Qualsiasi cosa mi salti in mente.

E lui, risponde?

Per quanto sono in grado di giudicare io…

Mh, disse Alegria. (Un po' geloso in realtà lo sono.)

Ma *questa cosa qui*, dove vuole andare a parare? All'inizio, e non puoi spiegartelo, è quasi piacevole, gli insulti, il gioco brutale. Poi comincia a farsi molesta, ti inseguono fino a casa, scrivono vaffanculo sulla polvere unticcia dei vetri della macelleria. Sembra uno così normale, disse Mercedes anni dopo, per questo ci vuole un po' di tempo per accorgersi che in realtà lui attrae come un magnete tutte le cose strane, ridicole e tristi. Una volta che il tuo destino comincia a sbandare ne porti il segno, disse Kinga. Lui si limitava a sorridere come se non ci credesse. Stavolta in realtà si accorse lui stesso che qualcosa si stava preparando, e cercò di schivarlo.

Cosa per niente facile. Se a tutti i costi vuoi non arrivare in un certo luogo, in questo caso: il parco, allora naturalmente ci finisci sempre. Cancellare uno dei punti fondamentali della vita per lui significa non potersi muovere più in libertà, e a quel punto tutto va storto. Incazzature e fraintendimenti si accumulano.

Una donna si accorse una volta che lui la stava pedinando. Com'era andata finora la sua giornata, abbigliamento da ufficio, tornava ticchettando dal lavoro, veloce, poi invece più piano, la distanza restava. Allora le venne paura o rabbia e si rivolse a un poliziotto che proprio al momento giusto stava uscendo da una panetteria.

Lei sta seguendo questa signora? chiese il poliziotto a Abel N.

Sì. (Non dirlo. Di' quel che fra l'altro non è una bugia:) Mi sono soltanto perso.

Si è cosa?

Perso.

E per questo segue la signora? Mi fa vedere un documento? Guarda il documento, non è più in servizio, sarebbe bello poter controllare adesso che cos'ha sulla coscienza il tizio. In situazioni innocenti come questa vengono fuori a volte le cose più incredibili. Ma poi lo lasciò andare. Si compri una pianta della città. Sissignore, disse A.N.

In seguito, un altro giorno, fu controllato addirittura tre volte. Le prime due senza un evidente motivo. Cercavano qualcuno, non era lui. La terza volta aveva bevuto qualcosa in una birreria all'aperto. Era la prima giornata dell'anno in cui si potevano mettere in strada i tavolini. Lui stava per andarsene quando un tizio con i capelli bianchi e stopposi e la dentiera sbatacchiante apparve e cominciò a cantare (= a gracchiare), ma in una maniera tale per cui non si capiva se non volesse soltanto far arrabbiare la gente. Per il fatto che stanno seduti qua. Se ne vada, disse la cameriera che reggeva un vassoio pieno di bicchieri.

Tu! ruggì il tizio malmesso puntandole contro il dito. Sii maledetta per sempre! Non avrai mai felicità nella vita! Non avrai mai figli! Mi senti, non avrai mai figli!

La cameriera rise, si volse e fece cadere i bicchieri dal vassoio. Bicchieri e bevande schizzarono in aria, una scheggia si conficcò nel polpaccio di una signora. Lei balzò in piedi, rovesciò a terra il tavolo, un bicchiere di birra cadde in grembo al suo accompagnatore che balzò in piedi pure lui, perse l'equilibrio, spazzò via dal tavolo vicino le monete che Abel vi aveva appena deposto e lo colpì in faccia con il gomito.

Hahahahaha, disse il tizio malmesso e con le dita fece segno verso la schiena della cameriera che se ne stava in una pozzanghera di schegge, indicò la donna e il suo accompagnatore e Abel. Non rideva, ma *diceva*: Hahahahahahaha!

Abel si teneva il naso. Tutto a posto? chiese l'accompagnatore della donna. Abel annuì e se ne andò in fretta, prima che arrivasse la polizia. Una volta sulla strada principale fece un cenno a un taxi, ma quello non si fermò. A quel punto, per la prima volta, non poté fare a meno di ridere. Hahaha. Arrivarono due macchine della polizia, una proseguì, l'altra si fermò, gli controllarono i documenti. Che cosa si è fatto in faccia? Abel rise. Cosa c'è da ridere? Per poco non gli fecero un controllo antidroga, ma all'ultimo momento riuscì a dominarsi.

Ormai fuori vista, gli vennero immediatamente le vertigini. Con mano scivolante si afferrò al muro di una casa, qualcuno, un passante, lo guardò: ubriaco, o chissà; lui però riuscì ancora una volta a dominarsi, andò avanti. In seguito lo videro al Mulino dei Matti.

Come un bambino che si è scottato, e però si era così disperatamente incasinato che non gli restava altro da fare. Si scelse una coppietta gay e la seguì per alcune strade. I due lo notarono, ogni tanto si voltavano a guardarlo ma non sembravano particolarmente impressionati. Erano già arrivati al secondo cortile dell'ex mulino quando Abel si accorse che quella non era più una strada. Si fermò. Gli altri due continuarono a dirigersi imperterriti verso una porta, si girarono, impazienti: E allora, che c'è? Lui aprì svelto la porta e insieme ai due gli riuscì di entrare nel locale che essendo ancora relativamente presto era quasi vuoto.

Benvenuti, disse un ciccione di mezza età. Io sono il boss. Mi chiamo Thanos. Cosa bevi?

Più tardi osservò un ragazzo, un corpo come i rami di un salice piangente che si attorcigliava flessuosamente attorno a una pertica, giallognolo e liscio. Nelle immediate vicinanze due coppie, due donne, due uomini, facevano l'amore, o fingevano di farlo. Al Mulino dei Matti è tutto per lo più soltanto show, giocano a simulare atti erotici. La maggior parte dei corpi è più grande d'età di quello del nostro eroe, e un paio sono più giovani. I ragazzi sono in maggioranza professionisti, anche se al Mulino dei Matti è vietato, e allora fanno finta di essere studenti di liceo scivolati giù dalle finestre in piena notte, devono prendere il primo metrò al mattino per ritornare là fuori dove ci sono le case con i giardini. Abel, che in seguito chiameranno davvero la *spia*, è l'unico abbottonato fino al colletto. Siede e guarda. Chi l'avrebbe pensato. Che proprio un locale del genere sarebbe diventato il posto più accogliente. Rimase fino all'alba.

Alla fine si presentò al centro congressi con il naso gonfio, per la prima volta visibilmente sfatto. Ma guarda, pensò la donna con i capelli a caschetto, si chiama Ann. A-Ann-Ann, aveva spiegato facendo lo spelling in un'occasione precedente. Si incontrarono, com'era spesso successo, in cortile. Lei fumava, lui beveva una cioccolata della macchinetta. Per lei era la terza pausa, per lui la prima.

Pensavo che lei non si stancasse mai, disse Ann. Ma ogni tanto dovrà pur stancarsi, mi sono detta. O gli verrà pure fame o sete.

Lui sollevò il bicchierino di plastica e sorrise. Lei sbirciò la sua mano. Bianca, ossuta. È comunque molto magro. Forse la cioccolata è l'unica cosa che ingerisce durante tutta la giornata? Più o meno? In fondo qui non si guadagna poi così male. Deve mantenere una famiglia? Non porta anello. All'improvviso, chissà come mai, poiché in generale è un tipo materno – potrebbe essere davvero sua madre, anche se per un pelo – e vorrebbe occuparsi in particolare di *lui*, le venne l'idea di invitarlo a casa. Per una zuppa. Deve mangiare qualcosa. Una bella e sana zuppa.

In seguito, mentre salivano insieme sempre in silenzio le scale per ritornare alle cabine, Ann ebbe una fantasia erotica, loro sulla sedia della cucina. Si salutarono con un sorriso e un cenno della testa.

Avrebbe potuto chiederglielo tranquillamente, lui non avrebbe detto di no, almeno alla zuppa. Se fosse andato subito con lei, fra gli altri vantaggi che rimarranno ignoti ci sarebbe stato almeno quello che non avrebbe forse più incontrato il ragazzo, Danko. Un piatto di zuppa, un'avventura violenta, queste sono le opzioni al momento attuale.

Ann però non chiese nulla e quindi lui non poté rispondere. Gli formicolavano le piante dei piedi, era in giro da due giorni e stavolta voleva ritornare davvero dritto a casa. Lungo la strada si comprò un libro in un negozio di antiquariato e lo infilò nella tasca del cappotto. Era un po' troppo grosso e spuntava fuori. A casa, e poi sfogliarlo.

Fino alla clinica psichiatrica tutto andò davvero come doveva andare. Ma già all'isolato successivo, all'improvviso non tornava più. Qualcuno deve prima o poi spiegarmelo. Quel che poi fece in seguito non migliorò le cose. Si inoltrò sempre più nella sera e in un quartiere che non aveva mai frequentato. Non per quanto mi ricordi.

La vecchia eleganza di movimento è scomparsa e così la velocità, costantemente in piedi ormai da due giorni ed è già di nuovo sera. Inciampava goffo attraverso suoni di radio, fracasso di trapani, odori di cani, benzina e cibo e – forse la stanchezza? – tutto gli sembrava ostile. Gente che ti fissa o ti ignora. I due uomini là sulla porta.

Sbagliò a girare ancora un paio di volte e alla fine si fermò a un piccolo incrocio grigio che puzzava di piscio, e non si mosse.

Ehi! disse Danko. Che ci fai qui?

Sera di una lunga giornata. Danko

Già da tre giorni non erano più andati a scuola, e a questo punto non vale nemmeno più la pena per il resto della settimana – Che ci vado a fare, non capisco una sola parola per tutta la mattinata –, ma ci sono sempre quelli il cui mestiere è darsi importanza. Quando tornò a casa quella sera c'erano un uomo e una donna che stavano tormentando il vecchio, per quale motivo non mandava suo figlio a scuola.

Che devo fare? chiedeva piagnucolando il vecchio e si torceva le mani, cosa devo fare di te? Eh? Non appena Danko varcò la porta lo prese per l'orecchio e lo scosse come se fosse un manico: Cosa devo fare di te?

Va bene, dissero l'uomo e la donna, lo lasciasse pure, ma lui non lo lasciò e continuava a scuoterlo: Eh, cosa devo fare, cosa, cosa?

Alla fine i due se ne andarono e il vecchio lo mollò, gli diede solo un altro ceffone, quasi en passant. A dire il vero la cosa non lo interessava. L'orecchio bruciava come se fosse stato grande il doppio, Danko ci si appoggiò sopra, la testa affondata nel cuscino così che nella notte si sgonfiasse.

Il mattino dopo la banda si ritrovò come al solito nel parco. Due uomini stavano tenendo la testa di un terzo sotto la fontanella dove l'acqua ristagnava da settimane. L'uomo aveva capelli color grano che gli si attorcigliavano attorno alla testa in ricciolini rigidi, e diceva di fare dei test per uno shampoo. Si rivolgeva alle donne nel parco e chiedeva se poteva lavare loro i capelli. In una borsa di pelle aveva quattro litri di acqua tiepida in due bottiglie di plastica e due shampoo di due marche diverse, prodotti esclusivi del suo negozio, a quanto diceva. Uno si chiamava Limone. All'inizio dobbiamo pettinare i capelli per vedere se l'arrossamento è uniforme. Solo se l'arrossamento è uniforme si può eseguire il test con successo. Si infrattava con le donne in mezzo ai cespugli, le pettinava, lavava i capelli. In avanti o all'indietro. Per lo più in avanti, in modo che l'acqua non gocciolasse nel colletto. Non macchiava mai i vestiti. Alla fine frizionava a lungo i capelli e li pettinava fin quando erano asciutti, per mettere la cliente nella condizione in cui l'aveva trovata. Trovata, carino, dicevano le donne e ridacchiavano. Lui si complimentava per i loro capelli e la loro intelligenza. Era sicuro che le attendeva un futuro fantastico. Lei crede? chiedevano le donne di mezza età. Quelle giovani annuivano, come se fosse ovvio.

Ora l'uomo spuntò fuori tenuto a braccetto da due giovanotti muscolosi. Agganciati a lui a destra e a sinistra, erano di fretta, i suoi capelli d'angelo ondeggiavano. Poi gli immersero a lungo la testa nell'acqua verde. Casomai vedesse laggiù delle monete doveva raccattarle con i denti, dissero i due. Poi facciamo fifty-fifty. Presero i flaconi di shampoo dalla borsa e vuotarono il contenuto nell'acqua. Per tutto il giorno ci fu odore di limone. La vasca sembrava un grosso piatto di dessert, schiuma di limone e in mezzo patacche verdi: alghe che si erano staccate dai bordi. Alla fine anche il tizio sembrava la statua di una fontana, alghe e schiuma appiccicate ai capelli, gli occhi serrati, la bocca spalancata. Una donna con una carrozzina e un'altra con diversi cani al guinzaglio protestarono e strillarono che l'uomo non stava facendo nulla di male e avrebbero chiamato la polizia. Siamo noi la polizia, dissero i giovanotti, si pulirono le mani sui jeans e se ne andarono. Le donne piluccarono via le alghe dai capelli del tizio, glieli sciacquarono con un po' di acqua pulita delle sue bottiglie e li asciugarono con il suo asciugamano. Lui sedeva basito al bordo della fontana, si lasciò ripulire e quando nella bocca gli finivano abbastanza residui di shampoo li sputava fuori.

Vaffanculo, disse Kosma. Se ne stavano là con le facce premute dietro la rete metallica. Vai a farti fottere, disse Kosma. Sono davvero ammirato. Rise. Hanno inzuppato il pervertito nella salsa! Poi si fece serio: Tutti questi balordi e stupratori di bambini.

Quando fu mezzogiorno andarono, come a volte facevano per divertirsi, alla mensa dei barboni. I barboni veri li schivavano sgusciando via, com'è giusto. Puah! disse Kosma e sputò il tè verde. Che orribile piscio di maiali!

Alla fine andarono in una sala giochi. Il padre, lo zio o il fratello di Kosma aveva vinto là il giorno prima, aveva elargito una manciata di monete e con quelle giocarono alle macchinette, soprattutto Kosma, naturalmente, fin quando non ebbero dilapidato tutto. A quel punto il proprietario li buttò fuori. Giocate o sparite. Kosma divenne paonazzo. Quello lì non ce lo dimentichiamo. Prima o poi arriva il suo turno. Tutti questi balordi e barboni e segaioli del cazzo. Ti caccerò del piombo dentro il tuo grasso culo, pezzo di merda, ti sventro le narici, mi scopo tua figlia in tutti i suoi buchi ---! A questo punto, ormai bestemmiava da quasi mezz'ora, il suo umore cambiò all'improvviso. D'un tratto aveva fretta, voleva sbarazzarsi di loro, disse che doveva andare, o meglio, levatevi di torno, ho ancora qualcosa da fare, ed era già scomparso.

Non era poi così tardi, si sarebbe potuto fare ancora qualcosa, ma senza Kosma agli altri non veniva in mente nulla. Stronzi, devo essere sempre io che penso a tutto. Girellarono ancora per un po' in formazione sciolta per la strada, in un campo giochi provarono gli attrezzi destinati ai bambini piccoli, ma col passare del tempo uno dopo l'altro si eclissarono, e alla fine ti accorgi di essere rimasto solo. In tutta sincerità, non è poi il peggio.

Dopo la tirata nella sala giochi Danko aveva un po' di mal di testa, e aggrottò la fronte. Non gli veniva in mente nulla di concreto da fare, si cacciò i pugni in tasca e girovagò per i dintorni. Calò il buio. In una sala da biliardo un tizio con un braccio solo e la stecca infilata sotto l'ascella spazzava un tavolo dopo l'altro e i suoi compagni facevano il tifo per lui. Danko restò a guardare per un po' attraverso la porta aperta. Un giocatore di biliardo con un braccio solo, niente male.

Dopo che si fu allontanato dalla porta, in direzione del fottuto incrocio, si ritrovò davanti il tipo nero del parco. Non c'era dubbio che fosse proprio lui.

Mi sta fissando o cosa? Per un po' resiste, poi dice: Ehi!
Non a voce molto alta e comunque c'è di mezzo l'incrocio, e però ci si sarebbe aspettati almeno che quello reagisse. Se ne sta là come una statua.
Ehi! Che ci fai qui?
Alla fine l'altro lo guarda. Ma come se non l'avesse mai visto.
Sono io. Danko.
Questo il tizio non lo sa. Non sono stati ancora presentati. Avrei dovuto tenere il becco chiuso. Che me ne frega. Lasciar perdere, e raccontare agli altri:
E vaffanculo, sapete cosa, il tizio del parco mi segue. Se ne sta all'incrocio, mi fissa. Con l'aria di uno che va soltanto in giro, ma in realtà... Perché finora non l'ha visto un cazzo di nessuno, qui? Solamente quando ci arrivo io da solo?
Adesso il tizio ha messo finalmente a fuoco. Si guarda intorno, viene avanti cauto come se da un momento all'altro potesse spuntare dal nulla qualcosa e investirlo in mezzo all'incrocio.
'giorno.
Perché deve cominciare a batterti (Danko) il cuore? Cosa si deve dire? Ormai non è più un giorno, soltanto una sera.
Vivi qui da queste parti?
Danko fa segno di sì.
Potrebbe dirgli come si arriva alla stazione?
??? Qui non c'è nessuna stazione.

Alla stazione centrale.
Stazione *centrale?*
Adesso ci guardiamo come due scemi.
O al parco, dice il tipo. Va bene anche il parco.
(Stazione o parco, fa lo stesso?) Non lo so, dice il ragazzo. (Bugia, vuole solo pronunciare la frase per cui Kosma sarebbe orgoglioso di lui:) Ma per il manicomio si va di là.
Sogghigna. Tiene le mani in tasca e fa segno con il mento nella direzione verso la quale lui stesso sta andando. Alle spalle del tipo che adesso sogghigna pure lui.
Grazie, dice. Va bene anche il manicomio.
La voce più incredibile del mondo. Roba da brividi lungo la schiena. Adesso si incammina.
No, si volta di nuovo. Chiede se il ragazzo Danko non ha voglia di accompagnarlo per un pezzo. Solo fin quando è sicuro di non perdersi più.
Ti sei *perso?*
Danko ride di cuore. Grida, nello spazio aereo del suo quartiere, rivolto verso un pubblico invisibile, qui, dappertutto, nelle gallerie buie come nel parterre: Si è perso! Ma che razza di balordo sei?
Adesso il tipo fa una faccia come se non avesse capito. Si stringe nelle spalle, se ne va.
Merda, e adesso come ti senti? Il ragazzo si guarda intorno. All'angolo di fronte al bar del biliardo. Non succede molto in giro. Ora di cena. Odore di cotolette. Come un leggero sfrigolio che si diffonde dappertutto.
Sa il diavolo cos'è. Danko si incammina dietro al tipo. Lo raggiunge, gli procede accanto. Tiene gli occhi bassi, non sa che faccia stia facendo l'altro. Dire, non dice niente. Quando uno cammina ci si accorge meglio dell'odore che emana.

Questo qui sa di parrucchiere. E poi alcol, cacao e plexiglas, ma quest'ultima cosa il ragazzo Danko non avrebbe saputo nominarla. Il tipo porta nella tasca del cappotto qualcosa di quadrato e chiaro. Un libro senza sovraccoperta, solo la copertina di tela. A dire il vero fa troppo caldo per il cappotto. Io il cappotto non lo porto mai. Non ne possiedo nemmeno uno. Preferisci l'inverno o l'estate? Preferisco l'estate. Allora andiamo al mare. Sei mai stato al mare?

Si avvicinano a un incrocio, il tipo rallenta. Danko con le mani nelle tasche solleva la coscia per muovere ostentatamente un passo nella direzione giusta. Il tipo lo segue. Quando sono di nuovo sul rettilineo, chiede:

Come ti chiami?

Danko, dice Danko rivolto ai propri piedi.

Quanti anni hai?

(Che ti importa?) Quattordici. (Bugia.) E tu?

Abel.

Come?

Questo è il suo nome. Abel.

Che razza di nome è?

Ebraico.

Come se non l'avesse capito. Come se avesse un disturbo alle orecchie, il ragazzo deve chiedere più volte o forse il tipo non conosce le parole.

Mi chiamo Abel e ho sei anni e mezzo.

???

Sì, dice il tipo, è nato un ventinove di febbraio. Finora ho avuto sei compleanni, il prossimo fra due.

Finora non c'è stato un solo scolaro che non si sia divertito. Sono più vecchio di te! Il ragazzo qui continua a non capire. Può essere che non sa niente di anni bisestili?

Il ventinove febbraio, spiega Abel, e ora usa per aiutarsi anche le mani, c'è solo ogni quattro anni. Quando l'anno è bisestile.

Mh. Danko lancia di nascosto uno sguardo di lato. Verso *l'altro lato*, non nella direzione in cui *lui* è diretto. Niente. Pausa. C'è qualcosa di strano. Il tizio parla e si muove in maniera diversa rispetto a come si è mai visto (Danko) finora. Come se fossero elettrici, ognuno dei suoi movimenti provoca una reazione fisica diretta nella persona che gli sta di fronte. Un colpetto con il pugno nel fianco.

Fino all'angolo successivo tacciono di nuovo. A questo punto il ragazzo fa ancora un passo avanti e di nuovo si riconciliano. Dopo qualche balbettio… ehm… cosa… chiede a Abel cosa fa.

Interprete simultaneo.

???

Tradurre da una lingua in un'altra.

Da quale?

Abel le elenca. La lingua madre che hanno in comune la tralascia. Così sono nove.

Mh, dice il ragazzo. E il cinese? Conosci anche quello?

No.

Io conosco la lingua del paese e la mia lingua madre.

Tutte e due, bisogna dirlo, non molto bene. Si orienta lungo le parole principali. Ah, questa la conosco. Ho sentito qualcosa di simile una volta. Basta davvero poco all'uomo per raccapezzarsi. Abel ha degli studenti che hanno metà dei suoi anni e il doppio del suo lessico. Per non parlare poi di Omar. (Immaginarseli insieme in una stanza. Di cosa parlerebbero?)

Camminano in silenzio. Su un terreno come tanti altri all'angolo fra due strade c'è un concessionario di macchine usate. Non appena si avvicinano l'illuminazione automatica si accende. Per un istante sono avvolti da una luce fin troppo abbagliante. Bandierine su fili brillano metalliche. Il ragazzo, all'improvviso eccitatissimo, appende due dita alle maglie del recinto e guarda avidamente cosa c'è da vedere al di là. Il tizio è andato avanti e adesso si ferma, aspetta.

Hai una macchina?
No.
Cosa?
No.
Avevamo una...
Aha.
Quando avrò i soldi mi compro quella là.

Il tizio non si avvicina per guardare *quella là*. Il ragazzo stacca le dita dal recinto, e le disserra.

E ci andrò in giro.
M-mh.
Sei mai stato al mare?
M-mh.
Cosa?
Sì.
È la cosa più grande che c'è, dice il ragazzo. Voglio comprarmi una casa laggiù. In cima a una roccia.
Mh.

Pausa. Un altro tema di conversazione è morto. Lentamente il tizio si impazientisce, vorrebbe andare più veloce ma il ragazzo adesso è altrove, cammina trasognato, si ferma a guardare ogni singola vetrina. Quella la voglio, e anche quella. Adesso il tizio è sempre tre passi avanti.

Ehi! esclama il ragazzo. Non di là!

Ha svoltato senza di lui. Naturalmente sbagliando. Il ragazzo arriva di corsa, ride. Ma non sai proprio niente! Non sai niente, non hai niente, non sei niente, o no? Là avanti, là, gli alberi, vedi?

Danko ride. Cos'è che l'ha reso tanto felice? Sono vicini a un lampione, il profilo nero del ragazzo si illumina. Labbra da nubiano. I peluzzi sotto il naso. Abel tende verso di lui una mano bianca.

Grazie, dice. Per avermi accompagnato.

Il pugno del ragazzo si è incastrato nella tasca dei pantaloni, aprirlo, la soluzione non gli viene in mente e poi non è sicuro che sarebbe la cosa giusta, ha un breve fremito, poi resta lì dov'era. Percepisce le dita, le sue stesse dita, calde e appiccicose. Sa anche che odore hanno. Borbotta qualcosa. Il tizio certo non ha capito ma fa un segno con la testa, ritrae con espressione amichevole la mano, fa due passi indietro prima di girarsi. Poi non si volta più.

Danko si gira di scatto sui talloni, neppure lui sa come mai, ma adesso deve soltanto correre. Corre.

Notte

Il giovane Danko non era l'unica persona irritata quel giorno. Anche se nell'ultima ora, da quando camminavano insieme, la stanchezza e il malumore si erano dileguati lui (ognuno di loro) avrebbe potuto continuare a vagare così fino al mattino. Il che è singolare. Cosa vogliono infatti l'uno dall'altro? Si capisce a stento cosa l'altro dice. E poi il contesto. Schifoso. Da un lato. Dall'altro lato, bello.

Quando Abel arrivò a casa e aprì il portone era come se si aspettasse di trovarci dietro qualcosa. Ma dietro non c'era niente, solo il buio. Accese la luce, attraversò l'androne, aprì la porta che dava sul cortile, di nuovo si aspettò di vedere qualcosa e di nuovo non c'era nulla, solo l'odore di salsiccia e le sagome scure dei bidoni della spazzatura. Aprì la porta dell'ufficio, buio, poi luce, gettò via il cappotto insieme al libro. In seguito, prima di uscire un'altra volta, estrasse il libro dalla tasca e lo buttò da qualche parte, su uno scaffale. In quel frattempo rimase una buona mezz'ora sotto la doccia, faceva freddo e si sentiva la puzza della tazza del water lì accanto. In seguito, in una nicchia rossa con il terzo bicchiere in mano, andò meglio. Dimenticò il ragazzo, o fece finta di averlo dimenticato.

Quando poi giorni dopo, giorni che passò per la maggior parte al Mulino dei Matti, Abel tornò a casa se lo ritrovò davanti alla porta. All'inizio non lo notò affatto, davanti all'ingresso era buio pesto, frugò alla ricerca della chiave e dove diavolo è la serratura, quando all'improvviso urtò contro qualcosa di morbido. Quella sensazione di brivido: come urtare contro un mucchio di carne. Un cadavere (sotto spirito).

Ssssss, provenne dall'oscurità.

Che cos'è?

Alla fine riuscì a infilare la chiave nella toppa, la porta si aprì, tastò la parete dell'ingresso e trovò l'interruttore. Il ragazzo si illuminò nella luce improvvisa.

Sei tu. Che ci fai qui?

Ssss, disse Danko tenendosi il piede calpestato.

Il giorno era cominciato come sempre, si erano messi in cammino con la palla sotto il braccio ma poi non andarono al campetto, presero invece un autobus e andarono al mare. L'autobus però non andava fino al mare e si fermò chissà dove lungo una strada provinciale. Al margine di un fossato, un palo vuoto attorno al quale erano avvolti i resti di un manifesto sbiancato, dentro al fossato pietre e cardi, di fronte una cabina di relais. Non un filo d'ombra. Capolinea, disse il guidatore, chiesero allora quando arrivava quello dopo, e lui disse che a chi non pagava il biglietto non dava nessuna informazione. Vai a farti fottere, tu e tua madre, stronzo maledetto, ti faccio saltare i denti e te li caccio in gola come a una fottuta oca! gridò Kosma e si diresse verso l'autobus che per fortuna era già ripartito. Rimase la strada deserta, la calura e la marcia a piedi. Starsene qui attorno o proseguire? Tornare indietro senza aver visto il mare non se ne parla. Per un po' calciarono la palla, poi se la portarono sotto il braccio. All'inizio chiacchieravano ancora, chi ha idea di dove potrebbe essere il mare. Poi quasi si separarono perché qualcuno aveva calciato lontano la palla nella landa deserta e bisognava riprenderla, e all'improvviso nessuno ne aveva più la forza. E il mare di merda, dov'è adesso? Poi non dissero più nulla, tenevano soltanto lo sguardo chino puntato sui soffioni mosci sotto i loro piedi, seguivano i talloni polverosi del capofila, così si risparmia energia.

Era già pomeriggio quando finalmente trovarono il mare. L'acqua era immobile. Fino al largo solo una poltiglia marrone, puzza, spazzatura portata a riva, una schiuma giallastra tremolante. Pozze calde dai bordi acuminati sul fondo. Sguazzarono attorno per un po', giocarono a tuffarsi a volo radente, fecero schiamazzi e baccano a più non posso per nascondere la delusione. Infangati dalla testa ai piedi e assetati sedettero sulla sabbia e guardarono là dove avrebbe dovuto esserci l'acqua. Poi l'acqua ritornò e insieme arrivarono altre persone: famigliole con bimbe bionde in costumi da bagno rosa. Si erano portate da bere e da mangiare e continuavano a osservare i ragazzini zingari che stavano seduti là e guardavano per tutto il tempo. Uno fu abbastanza coraggioso da avvicinarsi e chiedere dell'acqua. La donna gli porse la bottiglia mezza piena, senza una parola. Naturalmente a quel punto arrivarono anche gli altri, bevvero uno dopo l'altro, ognuno un po' più a lungo di quello prima perché ognuno riteneva che quello prima avesse bevuto troppo a lungo. Quando ebbero finito il giro volevano cominciare daccapo ma la donna disse adesso basta, e si riprese la bottiglia sporca di fanghiglia. Comunque era già quasi vuota. Non hanno neppure ringraziato, se ne sono andati e basta, schiamazzando e correndo, qualcuno in mutande, qualcuno completamente vestito verso l'acqua che saliva, e alla fine fu tutto come se l'erano immaginato.

Il ritorno non fu affatto complicato, per fortuna c'era un altro autista ma anche quello fissava con sguardo da assassino attraverso lo specchietto retrovisore il sedile da cinque laggiù in fondo dov'erano seduti, le ginocchia tremanti e le bocche spalancate. Danko era l'unico che non parlava, non gridava e non aveva le ginocchia tremanti. Sedeva accanto al finestrino e guardò fuori fin quando ci fu qualcosa da vedere. Che c'è di tanto male nell'andare al mare?

Che c'è di tanto male nell'andare una volta al mare, pensava Danko nell'autobus diretto verso casa, mentre fuori il sole tramontava. Che c'è di sbagliato nel voler essere là dove si sta bene? Perché hanno detto che siamo collaborazionisti, per il fatto che siamo rom, e per poterci scacciare via, perché mio padre *mi* odia per questo tanto da guardarmi con quegli occhi che me li sogno anche la notte, perché deve scaraventarmi contro tutte le pareti della nostra cucina fino a farmi saltare le ossa?

(Checosahaifatto?! Eh?! Che significa, eh?! Che significa? Eh??!! Botte sulle spalle: Cosa, cosa, cosa? Sberle. Che significa? Cosa???!!! A spintoni lo sbatte qua e là nell'unica stanza.

Piccola carogna! Cosa?! Ma che culo è quello?! Eh?! Con chi te ne vai in giro?! Non mentire, fottuto bastardo... vi ha visti! Il nome non si capisce, Danko deve proteggersi la testa e in più singhiozza. Tutto gli si appiccica addosso. I colpi si abbattono a raffica sulle braccia sollevate. Checosahaifatto?!, Checosahaifatto?!, Che cosa avete fatto? Fai vedere! Cerca di sfilargli la felpa, la testa rimane impigliata, non importa, lo scaraventa di qua e di là per vederlo da tutte le parti ma non c'è nulla, soltanto pelle, lo tira per i pantaloni: fai vedere un po', piccolo marchettaro! Che cosa avete fatto, cosa, cosa, cosa...?! Puoi gridare come se fossi sullo spiedo, girare su te stesso, non serve a niente, presto sarai nudo, la felpa attorno al collo, i pantaloni calati alle caviglie, se mi diventi una checca ti ammazzo, piccolo maiale. Esce e va a pisciare, Danko rimane sdraiato, altri cinque in piedi sulla porta della cucina osservano. Il tutto come conclusione di *quella* lunga giornata.)

Stavolta, pensò Danko quando l'autobus entrò in città, mi ammazzerà *definitivamente*. Ha già ammazzato uno. Sta sotto il cemento nel porcile. Il porcile è rimasto in un altro paese. Ma io lo so. È una questione di vita o di morte.

L'autobus andò direttamente alla stazione, la stessa stazione degli autobus ma un altro marciapiede, nessuno diceva niente, chi è stato a rovinare il tutto. Erano contenti e svuotati come succedeva di rado, persino Kosma. Dalla stazione degli autobus ritornarono al campetto perché era stato il punto di partenza, e si ritorna al punto di partenza per sapere cosa si deve fare adesso. Il campetto era buio e deserto, rimasero là per un po', uno fece rimbalzare un paio di volte la palla, si sentivano distintamente i tonfi anche se tutt'intorno c'era chiasso come al sabato sera: locali, traffico. E da qui le cose diventano semplici: se ne andarono tutti a casa tranne Danko.

Continuò soltanto a camminare avanti, girellava guardando ogni cosa, il sabato sera. Un locale dopo l'altro, i tavoli allineati fitti, le gambe delle sedie incastrate, il marciapiede pieno fin quasi alle macchine parcheggiate, restava solo un esile sentiero, impossibile star fermi in piedi, si poteva soltanto camminare, tacchi alti e ticchettanti davanti e dietro. Le mani in tasca, Danko osservava la gente, uomini e donne. Quelli dal canto loro guardavano il ragazzino zingaro, chissà, forse è un borseggiatore. Al di là di un vetro qualcuno cucinava alla fiamma qualcosa, carne o qualcosa di dolce. Mi scusi, disse un uomo, lo afferrò per le spalle e praticamente lo spostò di lato. Non startene qui in mezzo ai piedi. Lì accanto due giovani russe in costume tradizionale cominciarono a cantare, quello gli piacque abbastanza, cantavano bene, *Kalinka*, l'aveva già sentita da qualche parte. Un cameriere stava levando la crosta di sale da un pesce. Un grumo di sale rotolò proprio davanti ai piedi di Danko. Lo afferrò dal marciapiede e se lo mise in bocca. Sapore di sale e sporcizia. Sono felice. Sono felice e non so che ore sono. Nel momento in cui gli passò per la mente: Non so che ore sono, fu costretto a proseguire fin quando non se ne dimenticò di nuovo. Girovagò – quanto passa lento il tempo quando vuoi soltanto trascorrerlo – fin quando si ritrovò di nuovo svogliato accanto al campetto. I vagabondi lì accanto si stavano accampando per la notte. Si poteva dormire su una panchina o sul prato, sdraiarmi sul prato l'ho già fatto un sacco di volte. Ma in qualche modo il tutto non gli piaceva, lentamente tutto incominciò a non piacergli, il bruciore nell'esofago, e cosa fare adesso, dove andare. Bevve dell'acqua alla fontanella, i vagabondi e i loro cani lo osservavano. Anche lui li guardò, non mi piacciono i cani, non mi piacciono i barboni, si pulì la bocca, scosse via l'acqua dal dorso delle mani e si incamminò con piglio deciso. Far vedere a quelli là che sapeva dove stava andando.

A un certo punto si ritrovò davanti alla macelleria e dato che non sapeva dove suonare si sedette davanti alla porta nell'angolo, là dove si raccolgono la sporcizia e le penne dei piccioni, guardò le stelle, ascoltò quel che c'era da ascoltare. A un certo punto si addormentò.

Che ci fai qui? chiese il tizio, senza aspettare una risposta. Come se non gli importasse, come se sapesse già tutto. Lo precedette fin dentro l'ufficio.

Hai sete? Vuoi bere qualcosa?

Danko ha davvero sete, e anche un po' di fame. Hai della Coca-Cola? Purtroppo no. Acqua del rubinetto. Danko beve, in piedi sotto il lampadario che pende dal soffitto, le macchie di calcare del bicchiere lampeggiano. Il tizio sta davanti a lui e lo guarda con attenzione. Finito? Gli prende il bicchiere e lo mette via.

Non posso tornare a casa, dice il ragazzo. Posso stare qui a dormire?

Adesso si guarda finalmente attorno: un tavolo, una sedia, una poltrona. Una caffettiera, una teiera tutta marroncina. Forse c'è una bustina di tè appiccicata dentro. A parte questo, niente. Tu vivi così? Per quale motivo Danko pensava che il tizio fosse ricco? Niente televisore, niente stereo, nemmeno un quadro. Un computer portatile sul tavolo, almeno quello.

Dove ti pare. Sul pavimento.

Puoi prenderti il letto, disse il tizio. Posso?

Danko è davanti alla poltrona e adesso si scosta di un passo. Questo allora è il letto. Un lettuccio stretto per un ospite a sorpresa. Purtroppo solo un set di lenzuola, usate, non importa, altre non ce ne sono. (E tu?)

Il ragazzo resta lì dov'è, sotto il lampadario. La sua nuca è il punto più chiaro in tutta la stanza. Abel si mette al computer.

Che fai?

Lavoro.

Scrive qualcosa.

Scrivi?

Sì.

Cosa? Gialli?

No. Una tesi.

Mh.

Danko osserva la poltrona. Come poltrona è grande e comoda. Si siede cautamente sul bordo.

E quello cos'è?

Il tizio guarda.

Whisky.

Me ne dai un bicchiere?

Il tizio si alza, prende la bottiglia quasi vuota dallo scaffale, ne versa un po', due dita. Adesso è vicino come prima, e aspetta. Danko preme le cosce, beve. Sapore affumicato, forte, non male. Abel riprende il bicchiere, va alla porta, spegne la luce, ritorna.

Buonanotte.

Si siede di nuovo davanti al computer, ogni tanto batte qualcosa sui tasti ma per lo più si limita a guardare lo schermo. Danko scivola indietro sulla poltrona, la coperta sotto di lui. Ha ancora addosso le scarpe. Sulle suole c'è appiccicato catrame, sabbia, cardi. Più tardi si sdraia per davvero, non sa che farsene delle mani e le incrocia sul petto, e guarda verso il soffitto. Una macchia di umido.

Per un po' c'è silenzio. Solo il ronzio del computer. Il ragazzo sulla poltrona letto si muove appena. Un fruscio. A un certo punto inizia a parlare.

Una volta mi ha tenuto rinchiuso in cantina per cinque giorni, disse Danko. Sono arrivato a casa, dall'ingresso sul retro, lui era al buio in cucina, non ha detto una parola e mi ha soltanto preso e scaraventato contro il muro, e si è sentito un crepitare come quando si mescolano i dadi nel bicchierino. Così forte che per un momento Danko aveva pensato di essere diventato sordo. Poi fu spinto di nuovo fuori dalla porta attraverso la quale era entrato, oltre il cortile, fino alla porta della cantina e poi giù in fondo agli scalini, in un angolo, un altro spintone, e la porta si era richiusa. Lui era rimasto sdraiato sul pavimento umido. Faceva freddo, ma il dolore riscalda. In testa ancora quel crepitare, a lungo, più tardi però smise e restò solo un leggero fischio che dura fino a oggi.

Pausa. Il ragazzo si mette ad ascoltare. Lontano, però c'è.

In seguito cambiò cautamente posizione, controllò se la costola dolorante si fosse conficcata nel polmone, ma non lo era. Passò il tempo pensando a tutto il possibile. Non è affatto semplice. Andò alla ricerca di ricordi nella memoria, ma non c'era molto. Il giorno in cui aveva fumato la sua prima sigaretta. Ne conserva una foto. Il villaggio non si vede direttamente ma è riflesso nel laghetto, alberi, un paio di frontoni di legno sghembi, a destra sul davanti una figura mezza nuda sta pescando e sul bordo sinistro della foto, un po' sfuocato, con fare orgoglioso: lui, la cicca in bocca. Per il resto del tempo pensò a dei veicoli. Quando ero piccolo un carretto con un asino era il massimo che si potesse possedere, pensò. Più tardi un motorino, una moto, una Mercedes, un'auto sportiva, ritornare, abbassare il finestrino, fare segno. A chi? A chiunque stia là. (Cioè a nessuno. Non c'è nessuno là.) Oggi avrebbe pensato agli aeroplani. Eventualmente navi. Nascondersi fra i container. Nello zaino, l'occorrente per sopravvivere e acqua. Con sessantacinque gradi sotto zero scrivere una lettera ai grandi del mondo. Oppure non scriverla. Vadano a farsi fottere, i grandi del mondo.

Il giorno dopo la porta si aprì e la sagoma del padre posò senza una parola un vassoio sul gradino più in alto. Un piatto fondo e dentro i resti dei piatti degli altri, innaffiati di minestra per avere un po' di liquido. È *il suo modo di fare*. Non c'è niente di male nel mare. Non è questo. Mi ucciderà, perché ne è capace.

Quello stesso giorno, più tardi, strisciò cautamente su per i gradini. Bevve un po' del liquido, non tutto, in modo che non sembrasse che aveva mangiato qualcosa. Il brodo era salato e i pezzetti di grasso solidificati gli rimasero attaccati ai denti. Inumidirli con la lingua, adesso è tutto unto, l'intera bocca è unta, berci sopra ancora un po' di liquido, ormai è quasi finito. Strisciare giù per i gradini è più difficile.

Il terzo giorno appartenne all'odore delle proprie feci e alla disperazione, il quarto giorno si dominò e fece dei piani. Tendere un fil di ferro davanti alla porta, lui cade spappolandosi il mento, ma questo non mi basta, prendere un mattone, anche se fa male con la costola rotta, e spaccargli tutti quanti i denti, il naso di merda, gli zigomi di merda, le orbite, la fronte, tutto, tutto il maledetto cervello farlo sprizzare fuori dal maledetto cranio ---!!!

All'inizio il ragazzo parlava male, in seguito non se ne curò più e prese quel che gli affiorava all'istante sulla lingua, e così tutto andò effettivamente meglio. Quanto è strano. A dire il vero non avrei voglia di parlare. Non avrei voglia di raccontare, vorrei uccidere e poi star zitto, questo vorrei! Abel alla scrivania non si muoveva. Alle sue spalle un piagnucolio, un ruggire, un sibilare fin quando non rimase che una pappa sanguinolenta, una pappa sanguinolenta avvolta in vestiti, passata e filtrata dentro la terra della cantina, orrenda o per meglio dire: feconda vittima. All'alba il peggio era passato e le parole non zampillavano più ma ormai farfugliavano soltanto sature di sangue e alla fine, nel bel mezzo di una frase, il ragazzo si addormentò. Abel rimase per qualche minuto ad ascoltare il suo respiro prima di voltarsi a guardarlo, o a guardare quel che era rimasto di lui.

Per essere poi completamente sopraffatto: da quella *bellezza*. Quant'è luminosa la sua pelle, la fronte, le guance, le palpebre, le labbra, secche quando era arrivato, adesso turgide e umide. Uno dei visi più belli che io abbia mai visto.

Si chinò su di lui. Il respiro che alitava dal naso non aveva un buon odore.

Giorno

Era già quasi chiaro quando Danko si addormentò per lottare nella restante parte di quella breve notte contro un sogno. Sognò un grande viso sospeso su di lui, soltanto un viso. All'inizio era come una maschera mostruosa del gioco che avevano giocato all'inferno, nello stesso tempo assomigliava però anche a qualcun altro, soprattutto le linee fra le narici e gli angoli della bocca, mentre gli occhi e la fronte sembravano appartenere ancora a qualcun altro, e il tutto andava avanti così. I lineamenti del mostro si fondevano con quelli del capo, del Padre-di-tutti-i-pazzi e dell'Uomo Nero, anzi no, era piuttosto come se lottassero gli uni contro gli altri per ore e ore, e nessuno riusciva ad avere il sopravvento. A volte il tutto aveva un aspetto così spaventoso che temeva di morire, a volte era quasi bello anche se il sangue gli usciva dagli occhi e scorreva fino agli angoli della bocca. Lottarono per tutta la notte fin quando l'onda ascendente di un orgasmo scaraventò Danko fuori dal sonno.

Hhhhhhh! Sobbalzò, sventolò le mani, boccheggiò come un pesce fuor d'acqua fin quando non fu passato.
  Il tizio non era più là, il computer aveva smesso di ronzare, nessun rumore, domenica, la macelleria accanto era deserta. Danko si divincolò fuori dal suo troppo morbido nido.
  Non appena si mosse sentì fame. Quando è stata l'ultima volta che ho mangiato? Aveva così tanta fame che tutto ridiventò buio, anche se teneva gli occhi aperti. Il freddo umido del sotterraneo contro il caldo pungente del malessere. Sentiva il sale bruciargli ovunque, negli occhi, nello stomaco. Devo mangiare subito qualcosa, altrimenti vomito sulla poltrona. Colpa tua se mi lasci qui solo. Adesso mi viene anche la diarrea, dov'è il maledetto cesso?
  Andò tutto curvo fino alla porta d'ingresso, anche se sapeva che *là* non poteva essere. Fuori in cortile, verso i bidoni della spazzatura. Ma la porta è serrata. Una nuova ondata di malessere lo afferrò, *rinchiuso dentro*, sudore su tutto il corpo, si piegò e pesantemente si trascinò avanti. Poi gli venne in mente: il tizio non c'è, il momento è buono per guardarsi un po' attorno. Di colpo si sentì meglio.
  Molto non c'è, un paio di armadi accostati al muro. In uno trovò una scatola di fette biscottate, si mise a masticare. Altrimenti: niente. Un barattolo di caffè vuoto. No. Ci sono den-

tro dei soldi. Per sicurezza prese una banconota, il resto dei soldi delle lezioni dell'ultimo mese lo infilò di nuovo nel barattolo che rimise nell'armadio. Accanto c'era un libro con una copertina di tela chiara e ruvida. Che se ne ricordasse oppure no, all'inizio non voleva ma poi si mise a sfogliarlo.

Un volume illustrato. Foto vecchie o virate in color seppia per farle apparire tali. Paesaggi greci artificiali, cieli da studio fotografico, colonne di cartapesta, volpi imbalsamate, anfore scheggiate. E in mezzo a tutto questo, un sandalo o un flauto nella mano: una collezione di nudi. Ragazzi. Bambini. Alcuni portano mutande bianche fuori moda o perizomi, ma la maggior parte è nuda. I peni maturi come incollati sui corpi sottili e olivastri. Epperò...! Danko ricacciò nell'armadio il libro che urtò contro il fondo. Allungò la mano e lo tirò verso di sé. Anche se nessuno sa più com'era messo prima.

Finalmente vide anche la porta nell'angolo, dipinta con vernice a olio verdolina. Eccolo: lavandino, water e, schiacciata dietro di traverso, addirittura una doccia. L'acqua salata nella pancia pizzicava, Danko sudava sull'asse verdognola del cesso. A un certo punto tutto è diventato rivoltante. Un libro pieno solo di cazzi.

Quando uscì il tizio era ritornato. Il ragazzo non si era lavato le mani, come si poteva sentire, e adesso teneva i pugni stretti infilati nelle tasche dei pantaloni. Abel aveva preso qualcosa da mangiare, quello che si poteva trovare così in fretta e furia, pane, latte, carote (*surreali* a colazione, dice Omar e ride). Non mi piacciono le carote. E allora non mangiarle. Un armadio per documenti si rivelò un frigorifero, Abel tirò fuori qualcosa avvolto nella carta. Salsicce. Lui disse di avere già mangiato.

Il ragazzo mangia come un porco, con la bocca aperta, e si vede bene la lingua grande e rosa al lavoro. Respira attraverso quello che mangia, biascica e gorgoglia come se lo facesse apposta, oppure è solo avidità. Le dita tremano quando spezza ogni tanto qualcosa. Unghie con gli orli neri, i capelli appiccicaticci, i vestiti tutti chiazzati di tracce bianche di sale, sul collo strisce di sporcizia e graffi e così sui piedi, nelle gambe dei pantaloni rivoltate sabbia, frammenti di conchiglie, semi vischiosi.

Abel accese il computer. Essere una schiena, cliccare qua e là – Cosa stai facendo? Lavoro – per non doverlo vedere e sentire. Ma naturalmente si sentiva, eccome. Oggi come ieri: un fragore.

A un certo punto anche quello cessò. Finito?

Il ragazzo annuì, soffocò un rutto, pezzettini piccanti di salsiccia in latte e acqua salata.

E adesso?

Quando vuoi ti accompagno a casa, disse Abel.

Il ragazzo non si mosse. I pugni in tasca, la testa rivolta a terra. Cosa vuole?

Io adesso resto qui, sotto questo lampadario, questo è il mio posto. A dire il vero non voglio affatto restare, ammetto che non ci avevo ben pensato – Tutto a posto? chiese Abel e si avvicinò –, in realtà sei un'unica e sola delusione, d'altro canto...

Danko?

Sembrava che il ragazzo fosse lì lì per scoppiare in lacrime. Sfiorarlo per conforto potrebbe essere d'aiuto. Prendiamo il braccio. Chi mai ho (io, Abel) toccato (così) l'ultima volta? Al primo, minimo contatto il ragazzo si abbandonò, come falciato giù, e la sua fronte atterrò sulle spalle di Abel, le lacrime gli intrisero la camicia. Cosa posso dire, sorreggerlo, forse accarezzargli la schiena. Un minuto o suppergiù. Poi il ragazzo si rialzò. In punta di piedi era quasi come lui, le nostre labbra alla stessa altezza. Labbra su labbra, il suo respiro, si riposò un istante e poi con nuovo, esitante slancio spinse in fuori la lingua. Abel la sentì: umida e fresca e per un breve momento, forse soltanto immaginario, la assaporò addirittura: pioppi, il laghetto del villaggio, fumo, sabbia, frammenti di conchiglie, il ghiacciolo al limone da due soldi che si erano comprati e divisi a una stazione di servizio, acqua salata, carote, salsicce e pane secco --- Arretrò di un passo. Il ragazzo non aveva ancora completamente richiuso le labbra. Nella fossetta fra il labbro superiore e il naso luccicava qualcosa.

Mi dispiace, disse Abel. Così non va.

Pezzo di merda! Danko soffia, spalanca la porta e la richiude sbattendola, attenzione o ti ritrovi la trave davanti alla fronte!, assalta furioso i bidoni della spazzatura dove gli scarti della carne marciscono, si butta nell'androne, in strada. L'aria soffocante quasi lo atterra, in un giorno come questo sono tanti a crepare d'infarto. In quello stesso istante anche le campane attaccano a suonare, è domenica, Danko barcolla ma va sempre avanti, il filo elettrico del computer (vendetta o abitudine?) a strascico dietro di lui.

Il sudore brucia, fitte nel fianco. Il cibo, piuttosto schifoso, se ne sta a pezzetti da qualche parte dentro di lui, non tanto nello stomaco ma come se l'avesse mangiato in qualche altro annesso, come se slittasse su e giù sotto la pelle. Pressione di pezzetti frantumati nelle budella. Alla fine dovrò fermarmi a cacare. Stringe con più forza il computer che gli sta scivolando, adesso la spina batte contro il polpaccio e fa male, lo rende ancora più furente di quanto già non sia. Avrebbe dovuto prendere *tutti* i soldi dal barattolo. Si guarda intorno: dietro di lui, venti metri forse di marciapiede rovente e poi il tizio. Storce affaticato la faccia idiota e gli corre dietro.

Di fronte appare una strada a sei corsie, un'isola nel mezzo, bisogna premere due volte il bottone del semaforo. Danko non lo preme, cammina attraverso un piccolo interstizio fra le macchine. Sull'altra sponda lo scampanio finalmente tace. Il vento ondeggia in basse raffiche fra le case e porta rumori che non si lasciano localizzare: un martello, un brano musicale, odori estranei, spezie, fetore, come se venisse da molto lontano. Sbattere di pentole da una finestra aperta. La cucina della clinica psichiatrica. Sul muro del giardino qualcuno ha scritto in gessetto LABIRINTO DEI FOLLI, sui due lati del portone. Portone del LABIRINTO DEI FOLLI. È socchiuso. Sulla cabina del guardiano un'insegna: BENVENUTI. Le facce della gente alle fermate degli autobus vicino a prigioni e cliniche psichiatriche. Il ragazzo fa lo slalom fra la gente. Questa è già l'estremità sud del parco, il campetto non sarebbe più molto lontano, forse gli altri sono là e invece no, cambia direzione e cammina fuori dal parco superando i chioschi. C'è gente dappertutto. Domenica schifosa, schifosi passanti della domenica. Vecchi e giovani, negri, barboni e musi gialli. Donne che oscillano i fianchi nelle gonne come code di autobus allungati, i mariti che vengono avanti a piedi piatti due passi dietro di loro, le mani cacciate in tasca, i bambini con le calze fino alle ginocchia che camminano avanti o tenuti a bada per mano. Potrebbero andare tutti a farsi fottere, uno per uno. Lui cammina in mezzo alla gente, spintona gli anziani, le donne, i bambini più piccoli. Gli uomini e quelli più grandi no, potrebbero prenderlo a botte. Ci pensa, e poi di nuovo: rabbia. Adesso in questo preciso istante odia ogni essere vivente sulla terra. Questa città. Kosma e le altre teste di cazzo. Tutti gli umani in ogni singolo luogo. E perché proprio l'antro striminzito di quel tizio da dove è stato cacciato via come un cane, eh sì, come un cane, perché mai è proprio quello l'unico posto dove vorrebbe essere: un mistero. Là e nel villaggio con i pioppi.

Si volta. Il tizio è sempre dietro di lui. Chiedere aiuto a qualcuno. Allo sbirro là. Quell'uomo mi segue. Non chiedere mai niente a uno sbirro.

Mentre si gira calpesta una mela candita che qualcuno ha lasciato cadere a terra, mezza smangiata, si storce la caviglia, glassa di zucchero sulla scarpa, fa mulinare le braccia. Qualcuno, un uomo, lo spinge via: Devi proprio salirmi sopra i piedi, non li hai i tuoi per starci sopra? Ma guarda che faccia cattiva sa fare il piccoletto! Be'?, che c'è?

Per via dell'*imprevisto* Abel l'ha quasi raggiunto. Si vedono chiaramente, una faccia vede l'altra. Sono in mezzo alla strada, tutt'attorno una domenica nel parco, il ragazzo tiene un computer sotto il braccio. Scappa via di nuovo.

Ehi! grida il poliziotto. Quello era un semaforo rosso! Si fermi!

Danko non si ferma, corre come un indiavolato, si fa largo con il braccio libero, il gomito come un'arma acuminata. E Abel? Fa quello che non ha mai fatto finora: guizza via a destra e a sinistra schivando il poliziotto. Che cosa mi ha preso, quando mai ho corso così, mai prima d'ora. Danko si volta a guardare, scuote la testa, si mette a correre ancora più veloce. Passanti, ostacoli. Presto lo avrà sicuramente seminato, la distanza aumenta a ogni passo ma Abel non può fermarsi. Ormai non si tratta più del computer, anche se si tratta ancora di quello, ma quel che più conta è questa corsa assurda e infantile. Non tiene più gli occhi fissi sulle spalle del ragazzo, adesso guarda in ogni direzione, vuole vedere il mondo in corsa, il cielo, è quasi sul punto di scoppiare a ridere forte quando qualcosa gli finisce fra le gambe, un filo o chissà, una mano gli fruscia accanto ma lui non riesce ad afferrarla, cade sull'asfalto lurido e duro attraverso un groviglio di corpi di bassa statura.

Prigioniero in un branco di cani. Giù disteso, sopra di lui la mischia degli animali: balzi, pance, testicoli, guaiti. Il loro odore. Stare sotto i cani. Le vibrazioni dell'asfalto fra i denti. Ha battuto la testa. Chiudiamo gli occhi, un istante solo.
 Tutto a posto?
 La voce della dog sitter, la sua faccia preoccupata che si insinua fra i corpi dei cani. Dietro di lei si apre un pezzetto di cielo, un piccolo aeroplano vola basso e rumoroso. Lei gli porge una mano, lo aiuta a rimettersi seduto. I cani lo annusano, la dog sitter tira i guinzagli: Adesso basta! Qui!
 I passanti si sono fermati. E anche un poliziotto. Con voce severa:
 Tutto a posto?
 Sì, dice la dog sitter. Qui!
 Per fortuna è un altro poliziotto.
 Perché correva a quel modo? Il ragazzo le ha rubato qualcosa? Qualcuno l'ha visto portarsi dietro qualcosa.
 Sì, gli ha rubato qualcosa!
 Riesce a stare in piedi? Sanguina?
 Sì. No. Dimenandosi si libera dai guinzagli.
 Visto che non c'è sangue la maggior parte dei passanti se ne va. In questo momento il polmone fa più male. Si rassetta i vestiti. Sotto sguardi severi. E allora, qualcuno vuol vedere forse i miei documenti? Vuole sporgere denuncia?

Abel scuote la testa. Anche quella fa un po' male. Si scusa con la dog sitter.

Ma si immagini. Lei riordina i guinzagli e se ne va.

Allora, dice il poliziotto. Faccia attenzione a dove mette i piedi quando corre. Piuttosto eviti di correre. Camminare lentamente, OK?

Il paziente ride per far intendere: Capito, d'accordo, tutto OK.

Si guarda attorno. Strada sconosciuta. La scruta da cima a fondo. Strada sconosciuta. Il poliziotto lancia un'occhiata dall'angolo. Torna sui suoi passi.

Tutto a posto?

Sì, dice Abel.

È solo che non so dove sono. Andiamo avanti e basta. Senza dar nell'occhio mescoliamoci alla folla incolore. Tiene la testa un po' storta come se fosse immerso in pensieri profondi. O come se avesse la nuca rigida. Impacciato. Come se si passasse la mano fra i capelli – tastando di nascosto il bernoccolo.

Uomini dell'età giusta

Quando ritornò a casa la porta dell'ufficio della macelleria era chiusa, e lui non aveva la chiave.

Era aperta e te l'ho chiusa, disse Carlo.

Grazie, disse Abel.

È una fortuna che sono passato a guardare.

Sì.

Tutto in ordine?

Abel guardò la scrivania. Il computer non c'era più.

Sì sì, certo, disse. Grazie.

In seguito, il giorno dopo, andò al campetto. Era deserto. Non quello stesso giorno ma solo quello successivo si costrinse a tornare nel quartiere, cercò l'incrocio dove si erano incontrati allora, ma naturalmente quando vuoi qualcosa a tutti i costi non la trovi. Sempre il solito bar all'angolo, e dappertutto giocano a biliardo. Andò in due negozi di roba usata. Gli lanciarono occhiate che passavano dal sospettoso all'ostile. Il computer non c'era. Entrare in uno o più locali, gironzolare un po', spargere la voce che c'è qualcuno che sta cercando il suo computer. E come mai, cosa c'è dentro? C'è dentro qualcosa di importante? Meglio dire di sì o di no?

Ma non fa nulla. A un certo punto si mise soltanto a vagare a caso. Osservò alcuni uomini apparentemente dell'età giusta. Chi potrebbe essere il padre del ragazzo, come pensi di poterlo riconoscere, e se lo riconosci a quel punto che fai? In seguito guardò più che altro a terra, il marciapiede lurido da non crederci, feci (cane, uomo, uccello) e in mezzo un preservativo, forse buttato giù da una finestra? e alla fine, ormai al tramonto, in un angolo in mezzo a piume di piccione: un hard disk. Occhieggiava verdeargenteo. A quel punto capì: Puoi mollare. Mollò e ritornò alla macelleria.

Qualche giorno dopo bussarono alla porta. Tre volte, brevemente, così bussava sempre Carlo. Forse bussano tutti così. Senza riflettere più di tanto abbassò la maniglia. La porta lo colpì con violenza. Fecero pressione con il peso di tutti quanti insieme, quasi fossero un corpo solo, ed entrarono per poi sciamare verso tutti gli angoli della stanza, senza una parola, fulminei, come se l'avessero fatto già centinaia di volte, un commando speciale, e si misero a rovesciare e a buttare all'aria ogni singolo oggetto.

Il tizio non disse una parola, rimase là a guardare come quell'orda di mezzi bambini nebulizzava il contenuto del suo appartamento. Strappavano via le pagine dai libri e laceravano a metà le camicie, tiravano via coi denti i bottoni dalla federa del cuscino per poi squarciarla con il coltello e sventrare naturalmente anche il cuscino stesso: pezzetti di gommapiuma giallastra schizzarono in aria. Riversarono a terra l'intero contenuto del frigorifero, la carne sul linoleum e in mezzo a tutto questo vetri in frantumi, quel che c'era dentro spalmato sul pavimento. Scivolavano su una poltiglia di marmellata e burro, come se l'angolo cucina fosse una pista di pattinaggio e i pezzi di carne dischi da hockey. Come se giocassero. Facevano scoppiare bolle di sapone dal detersivo. Quest'angolo a pianterreno del cortile interno è da adesso il nostro luna park. Il tutto durò forse dieci minuti. Quando ebbero finito, quando tutto fu fracassato, frantumato e tagliuzzato si ricomposero in un unico blocco. Attraverso la porta aperta penetrava l'eterno odore di salsiccia del cortile.

E adesso, disse uno, senza più fiato. E adesso: tocca a te. Dov'è lui?

Abel lancia solo un'occhiata. Cercavano forse qualcuno nei suoi armadi e fra le sue cibarie, l'hanno cercato senza trovarlo?

Sai benissimo chi intendiamo, brutta checca!

Là piantati come un drago a sette teste. No, sei. Lentamente comincio a capire. Sai benissimo chi. La corrente d'aria smuoveva le carte sparpagliate. Qualcosa nell'appartamento scricchiolava e schioccava. Qualcosa di accartocciato che si dispiegava, qualcosa di versato da cui sfuggiva ancora una bolla d'aria. Davvero: dov'è?

Si buttarono giù sulla pancia, sbirciarono nei lucernari delle cantine, premettero le orecchie contro il marciapiede, forse si sente qualcosa.

Si sente! esclamò uno, il suo nome è Atom. Erano distesi là con le guance nella sporcizia, tutti concentrati in ascolto perché Atom sosteneva di sentire qualcosa sotto terra.
Sono solo le macchine.
No, disse Atom, voci.
Ascoltarono.
Imbecilli, disse Kosma. Voci sotto il marciapiede?
Forse l'ha ammazzato. Suo padre. Ha già ammazzato qualcuno una volta.
Kosma dondolò scettico la testa.
Se qualcuno l'ha ammazzato…

Non volevo proprio ma poi, anziché dire la verità: Non lo so, non lo so nemmeno io dove potrebbe essere Danko, Abel si limitò a stringersi nelle spalle.
Kosma avvampò e cominciò a gridare. Checca maledetta! gridò. Devo squartarti? Eh? Dobbiamo squartarti, brutta checca? Porco perverso, spia, assassino! Spaccargli il culo. Strappargli via a morsi i coglioni. Bah! Kosma sputò. O meglio, fece come se volesse sputare. Ma non venne fuori nulla.
Abel non capiva perché ma non poté trattenersi, incapace di dominarsi mentre l'altro continuava a gridare, e scoppiò a ridere.
Il tizio non ha la testa a posto. Ride come un idiota. Kosma avvertì che il corpo di drago dietro di lui cominciava a sgretolarsi. Per il fatto che il tizio sta ridendo. Abel smise di ridere, sorrise soltanto e poi:
Mi dispiace, disse nella lingua madre comune della banda. Non so dov'è.
Lo fissarono. Qualcuno credette di avere un'allucinazione, ma non Kosma. Andò verso il tizio, si piantò vicinissimo a lui, come gli era stato vicino quell'altro, allora, le mani non dentro

le tasche ma per il resto allo stesso modo, le loro labbra quasi si sfioravano. Da questo momento in poi: tutto nel massimo silenzio. Kosma non disse più una sola parola, alzò soltanto il pugno e lo colpì alla bocca dello stomaco. Abel si piegò su sé stesso e si accasciò sul pavimento. La banda faceva cerchio attorno a lui e lo prendeva a calci, tutti allo stesso modo con le punte delle scarpe, nessuno più degli altri, siamo una macchina equa e leale.

Ehi! gridò Carlo sulla porta, ehi! Che succede? Cosa state facendo?! Via, levatevi di torno! Agitava le braccia come se scacciasse delle cornacchie, e comunque con una mannaia in mano. Sparite! Agitava la mannaia ma naturalmente non fece nulla, la banda lo spinse di lato senza lasciarsi impressionare e corse via. Per ultimo Kosma, quasi con indolenza. Si piegò solo un'ultima volta verso Abel:

Stronzo, sibilò. Sappiamo dove abiti. Mi senti? Sappiamo dove abiti.

Andati via, poi, come se fosse stato un sogno ma non lo era, io non sogno mai. Carlo con la mannaia sulla porta osservava quella devastazione.

La cosa migliore è che me ne vada, disse Abel.

Il macellaio non riuscì nemmeno a far cenno con la testa.

V
Road Movie
INCOMPIUTO

All'americana

Una banda di zingari bambini è entrata nel tuo appartamento, ti ha derubato e preso a botte? E come mai? chiese Kinga. Cosa c'entri tu con loro? Che storia sporca ci sta dietro? O si sono infilati così, semplicemente, direttamente dalla strada...? È mai possibile?

Forse nel weekend bisognerebbe fare il giro dei mercatini, disse Kinga più tardi. E di certi negozi. Ci trovi un mucchio di merce rubata. Mettere un annuncio: Riscattasi computer. Da noi è diventata una cosa normale. Le gente si ricompra le sue stesse automobili rubate.

E adesso perché mi guardi? Non ce l'ho più il negozio di merci ricettate. Ora faccio il musicista, lo sai. (Janda)

Non ti stavo affatto guardando. E poi guardo quel che mi pare.

Abel si limitò a fare un segno con la mano. Aveva già provato di tutto.

Povero tesoro. Povero, povero tesoro, fece lei e lo sbaciucchiò. Tutto sparito. Tutto, tutto.

E che intenzioni hai adesso? Il compassionevole Andre.

Lui ha con sé le sue cose. Voleva chiedere se poteva lasciarne una parte a Kingania.

Come mai?

Da quando era arrivato qui, quanti anni sono passati ormai?, sette o già otto?, non aveva ancora mai lasciato la città. Adesso pensa che sarebbe meglio andarsene altrove.

Dove?

Alzata di spalle.

Aha, disse Kinga. M-mh.

E comunque per quanto mi riguarda, disse Kinga, non sono quasi mai di buon umore. E ormai da settimane! Se tu ti facessi sentire ogni tanto, lo sapresti. Ho trovato un lavoro per l'estate. Che razza di lavoro? Maestra, addirittura! Educazione musicale in una colonia estiva. Comincia a ballare attorno al tavolo di cucina: *Ringe, ringe, raja!* Janda non riesce a mandarlo giù, naturalmente. Non perché adesso manchi un autista per la tournée, questo non fa nulla, tre persone possono darsi tranquillamente il cambio al volante. Gli sta sulle palle che io abbia qualcosa di mio. Evidentemente non è permesso. (Io ho detto solo di frenare un po' la gioia... Ma non importa, e Janda sventola appena la mano. Lei:) Un po' come se tornassi a fare il mio lavoro! Capisci, si sedette in grembo a Abel e lo strozzò allegramente, capisci, presto riprenderò a fare il mio lavoro! Gli strinse fra le due mani le guance schiacciandole verso il naso e gli schioccò un bacio umido sulle labbra protese.

Quello era successo a cena, tutti seduti in circolo, Janda aveva messo troppo peperoncino negli spaghetti e, per spegnerlo, ecco qui: vino di ribes, produzione casalinga (In quale giardino l'abbiamo raccolto? Scordato), pizzicava e aveva un tasso alcolico astronomico. Perfino Kinga dovette schiarirsi la gola.

In realtà, h-chrm, il bambino potrebbe anche venire con voi. Vi serve comunque un altro autista. Tu sai guidare, no?

Abel scosse la testa.

Janda: Basta così.

Kinga: Embè, tutto si può imparare! Con ciò si dichiara disponibile a insegnare al bambino a guidare, prima di andarsene.

Non se ne parla nemmeno, disse Janda. Noi non ci facciamo scarrozzare da uno che è senza patente e ha imparato a guidare da *te*.

Potrebbe prendere la patente di Kontra! Guardatevi, potreste essere cugini! E per *quelli là*, poi, siamo tutti uguali! (Rise.) Per sicurezza si dovrebbero imparare a memoria le rispettive storie di famiglia.

A che pro, disse Kontra. Comunque qui non le conosce nessuno.

In seguito. Stradina di campagna, esterno, giorno, sole ardente. Andre e Kontra. Più folle di così non si può, disse Andre.

E invece sì, pensò Kontra.

Janda si era rifiutato di venire – È la cosa più demenziale che... –, erano soli sul bordo della strada e guardavano il pullman pieno di turisti che sgroppava su e giù per le buche. A destra e a manca il vento sollevava granelli di polvere dai campi. Andre strizzò gli occhi.

Andre: Eravamo così già da prima? Non me lo ricordo. Io suonavo la chitarra nei ricoveri per gli anziani o nei circoli giovanili e a volte mi venivano in mente solo testi osceni. Ma era tutto lì. E oggi? Siamo arrivati chiaramente al di là di qualcosa, e non so bene quale sia il nesso.

E invece sì, disse Kontra. Naturalmente.

In seguito, Kingania.

Escluso, disse Janda. Non può aver imparato a guidare in un pomeriggio su una stradina di campagna.

E io ti dico di sì.

J. fece soltanto segno di no. Parli sempre a vanvera. Ma Andre e Kontra confermarono quanto detto da Kinga. È in grado di portare il pulmino. Dopo aver vagato su e giù per i campi un paio d'ore, a un certo punto scomparvero per una mezz'ora in un paesaggio piatto come un lenzuolo, una depressione o qualcosa del genere, e quando affiorarono lui aveva in qualche modo imparato. Ricondusse il pulmino al villaggio, lo parcheggiò davanti al bar fra un'utilitaria azzurra e la moto del poliziotto che seduto al bar li guardò all'inizio mentre parcheggiavano e poi mentre sedevano con la loro limonata (!) e il ghiacciolo (!) sul bordo del marciapiede. Un marciapiede irregolare in un villaggio dal selciato sconnesso. Le foglie degli alberi pendevano mosce e impolverate. Il sole tramontava.

Una bella immagine, ammise Janda. E nonostante tutto: No. Sarebbe una follia.

Kinga lo abbracciò e gli bisbigliò nell'orecchio: Ha bisogno di qualcuno che si prenda cura di lui!

Non me n'ero ancora accorto.

Lei lo baciò sulla guancia irsuta: Prenditi cura del mio figlioccio!

Ts, disse Janda e si strinse nelle spalle.

Più tardi Janda e Abel erano seduti soli sul tetto, fra loro un'enorme candela che si era fusa in maniera bizzarra, rimasta lì da qualche festa. Due che da anni si guardano senza mai parlarsi. Non adesso. Guardavano avanti, verso il cosiddetto *bosco*: un muro senza finestre e ricoperto di vite del Canada, nel cortile vicino. Gli uccelli si stavano azzuffando per conquistarsi un posto dove trascorrere la notte.

Janda fumava. Era chiaro che non avrebbe mai rivolto la parola a Abel. Ma è mai successo che il bambino abbia iniziato da sé una conversazione? H-hrm, disse Abel. Portatemi fuori città e lasciatemi lì da qualche parte. Così lei sta tranquilla.

Janda fissava imperterrito il bosco o il cielo al di sopra. Da questa prospettiva la città non si vede. La si sente appena. Piuttosto poco, a quest'ora. *Portarti con noi*, disse Janda, possiamo portarti anche più a lungo. Ma come vuoi tu. Per me fa lo stesso.

Anche per me.

Ora invece guarda verso di lui. Occhietti da volpe, ghigno: D'accordo così, allora.

Lunga pausa, fumo.

È vero che hai ammazzato uno? chiese Abel alla fine.

Janda spense con attenzione la sigaretta sul tetto incatramato. La schiacciò e la schiacciò fin quando non fu completamente spenta. Catrame nero, cenere nera. Stridere della cicca. Gli uccelli facevano sempre più fracasso. Ormai non è più possibile stabilire chi l'avesse raccontato, la cosa era *filtrata* proprio come succede in questi casi: Anche Janda, come non stupirsene, era stato insegnante, funzionario dell'organizzazione giovanile, sposato (Solo per far vedere a me, Kinga, che può farcela anche senza di me! Ah!), divorziato e le solite altre cose. E – è stato prima del divorzio o dopo? – ha fatto fuori uno.

No. Non è vero. Gli ha solo spaccato la testa. Non è morto.

E il motivo?

Un litigio fra vicini.

(Non proprio, disse Kinga. Ero io la ragione. Non come penseresti. Lui insiste che è impossibile ingelosirlo. Ma ha abbastanza senso dell'onore per difendere una donna da un belluino idiota.

A dire il vero si trattava dei diari, disse Andre. Nove quaderni che lei aveva scritto nel corso degli anni. Chissà, un giorno. Un romanzo o qualcosa del genere. I diari di una musa. Era stata lei a provocare il tizio, sai com'è fatta, l'aveva preso in giro e lui se n'era andato sbattendo la porta, ma il giorno dopo era tornato quando lei non c'era, aveva una chiave e bruciò tutti i quaderni in cucina, nel lavandino si creò una crepa per via del calore, e poi cenere dappertutto. Kinga strillava come ---)

Con cosa? chiese Abel sul tetto.

Cosa con cosa?!

Con cosa lui, Janda, aveva spaccato la testa al tizio. Le labbra sottili di Janda tremarono leggermente. Peli neri tutt'attorno. Folta ricrescita di barba. Il bambino, invece, latteo come se fosse ancora un adolescente. Bene, bene, ci interessano i dettagli cruenti.

Con una padella, disse Janda. Stava là sui fornelli. Attaccati ai bordi c'erano i resti di una frittata, dentro ancora un po' di strutto tiepido che gli era colato sulla mano mentre assestava il colpo. Una comune padella di ghisa. (Pausa, poi, rapidamente:) Lui aveva dei parenti alla polizia, qualcuno dei miei denti è fasullo e quando cambia il tempo il ponte a destra in alto si infiamma, e sono stato anche in prigione. Dopo non ho potuto più lavorare come insegnante, e non ne avevo nemmeno voglia. Avevo voglia di viaggiare, almeno per l'estate e l'ho detto agli altri, dopodiché hanno iniziato a farsi fuori, il resto è cosa nota.

Gli uccelli si erano placati. Janda prese il tabacco dalla tasca dei pantaloni, gli lanciò un'occhiata ed esitò un istante. Deve fumarsi proprio un'altra sigaretta *con lui*? Rimise via la busta.

Senti un po', disse. Non diventeremo amici. Per dirla una buona volta.

Nessun problema, disse il bambino. Era già buio e la sua faccia non si vedeva quasi più. La voce suonava normale. Normale per lui. Quella risonanza strana, bisessuale. Janda non poté fare a meno di ridere. *Nessun problema* anche qui, davvero?

Si alzò e con la mano si spazzolò via la polvere dai pantaloni:

Dopodomani si parte.

Quella fu la conversazione con Janda. Che a quel punto se ne andò, e Abel rimase là seduto. Più tardi si sdraiò.

Stelle.

Viaggiare

Viaggiare. Vivere per l'istante. Le condizioni del tempo. *Anni di pellegrinaggio*. Cosiddetti. Un'estate. Uno o in tanti sono in viaggio. Qui lo spazio interno in movimento, là il paesaggio. Qualcosa si sviluppa. Amicizia o inimicizia. Piccole cose. Ci si guarda attorno e dentro sé stessi.

Che cosa vedeva Abel quando guardava dentro di sé, cosa non comprovata, quando ripensava alla storia con Danko e con gli altri? In apparenza non si notava nulla. All'inizio era leggermente curvo per il dolore, lo stomaco, lo stinco, ma alla fine passò e rimase solo qualcosa di sordo e poi nemmeno più quello. Prima di lasciare l'ufficio di Carlo lo ripulì, com'è buona educazione fare. Qualunque cosa tu faccia, ricordati che qualcun altro dopo dovrà eliminare la tua sporcizia. Carlo stava sulla porta con la mannaia in mano, la agitò un poco, aiutare oppure no, poi spedì lì Ida. Lei non disse una parola né tanto meno gli rivolse una sola occhiata, lavorarono in silenzio l'uno accanto all'altra spazzando e portando fuori palettate di roba, schegge di vetro frammischiate a latte e marmellata, e rimettendo poi a posto i mobili. Il tavolo aveva una scalfittura e non c'era niente da fare. Grazie, disse alla fine Abel. Neppure a quel punto lei reagì e rientrò in negozio. Lui andò a Kingania e si sdraiò sul tetto. Il mattino dopo era tutto ricoperto di rugiada, i capelli odoravano di catrame, sul collo aveva un graffio ma due giorni più tardi, quando partirono, anche quello era dimenticato.

Non conosceva il percorso e la cosa non sembrava neppure interessarlo, aveva imparato a guidare ma poi guidarono soltanto gli altri. Sedeva all'estremità del sedile posteriore, un po' dalla parte del sole e un po' all'ombra, e guardava le facciate in alto. Seguirono altri paesaggi, una valle arruffata e attraversata da un fiume, boschi, campi e pianura per ore e ore, nuove città. In più musica e ogni ora, suppergiù, le stesse identiche notizie dall'autoradio. Si parlava poco. Non soltanto i musicisti non parlavano con Abel, ma anche fra loro non si raccontavano nulla. A volte i due davanti si scambiavano a bassa voce qualche parola, generalmente di ordine pratico. Dov'è questo o quello, dove si va adesso, avanti a destra. Ogni tanto Abel si addormentava, la testa appoggiata al finestrino, o faceva finta di dormire perché quando si fermavano apriva subito gli occhi. Come si chiama questo posto, e dove ci troviamo?

Anche a parte il guidare, lui era pressoché superfluo. Per i concerti non aiutava a portare né a montare nulla, loro non avevano bisogno del suo aiuto ed erano in grado di fare tutto da soli. Peso morto, ultima ruota del carro, in realtà avrebbe potuto scendere e andarsene già da un pezzo, eppure: no. È ancora là. Bastava dirgli soltanto sparisci e lui se ne sarebbe andato, li avrebbe salutati gentilmente, senza rancore. Ma preferisce restare. Come se gli piacesse fare quello che guarda. Come si comportano gli uomini. I rituali del bere, del fumare, la postura del corpo, il mettersi a pescare durante una sosta in mezzo al bosco. Fascino romantico della natura selvaggia, membra scintillanti. Riprese ravvicinate delle mani che ammazzano il pesce, lo sventrano, lo infilzano sullo spiedo, lo arrostiscono. In quelle faccende lui è indubbiamente inutile, e senza dire una parola prendono un quarto pesce per lui. È come se ti guardasse con attenzione persino mentre mangi.

Come se altrimenti non sapesse come si mangia un pesce. Janda sarebbe stupido se non si accorgesse che è soprattutto lui che il ragazzo continua a osservare, certo, ma da anni la strategia è far finta di non notarlo e non c'è motivo di cambiarla proprio ora. Kontra da parte sua non gli bada affatto, nessuno mi interessa fino a quel punto, e il buon Andre come si sa va d'accordo con tutti. Sono un semplice ragazzo di paese, puoi sentirlo dal mio dialetto, tagliato fuori dalla sua patria, resta solo la lingua così com'era al tempo dell'infanzia. Allora la religione era importante, ma non è per questo che lui non riesce a escludere qualcuno, a odiarlo o altro. Ha la fortuna di essere nato già bravo, aveva detto Kinga una volta, e tutto questo è semplice e toccante. Ma, ma, ma, balbettava Andre, non immaginavo che sarebbe andata così. Un ragazzo di campagna con un talento musicale troppo grande perché fosse possibile non andarsene via. Tutto ha un prezzo, questa è la sua espressione preferita, e non ho nulla contro *questa* vita, ma è soltanto… Nonostante tutto sarebbe ritornato subito, ma gli altri lo convinsero a restare. Facevano appello alla sua ragione e alla sua solidarietà. Abbiamo bisogno di te. Tu ci sostieni e ci tieni uniti. Adesso non esagerate. (Mormora, arrossisce.)

Per i concerti c'erano a seconda degli organizzatori alberghi, case private o il pulmino: l'ex materasso di un pensionato per anziani ricoperto di stoffa a fiorellini azzurra – in seguito apparterrà a Abel – sopra il sedile posteriore ribaltato. (Una volta un magazzino di bevande, un letto matrimoniale lurido fra i carrelli della merce. Come? chiese Janda. Non è vero?! Kontra, che aveva osservato bene il contenuto delle casse, gli diede una gomitata. Alcolici di lusso. Si portarono via tutto quel che riuscirono a prendere.) L'accoppiata nelle stanze matrimoniali era: Kontra e Janda, Abel e Andre. Anche se il quarto letto, la metà del letto per *il nostro autista*, era praticamente inutile. Alcuni concerti li ascoltava, altri no. Al primo pezzo se ne andava, dove?, in giro nel posto dove si trovavano, e cosa faceva?, questo non glielo chiedeva nessuno. In seguito raccontò a Omar qualcuna di quelle storie, incontri bizzarri ma non si sa quanto ci fosse di vero e, se era inventato, *chi* l'avesse inventato.

Alcune città non dormivano mai, in altre era come camminare su un prato. Alcune sono fatte tutte di guadi, in altre sono sorte dopo incendi devastanti o inondazioni ampie strade, alcune chiese assomigliano a fortezze, altre a castelletti di campagna. Quasi dappertutto c'è un locale per motociclisti. Abel, cosa che forse non si immaginerebbe, non esita a metter piede in qualsiasi esercizio pubblico. Impacciato non lo è più, anzi, ovunque sia si fa notare. Lo si nota anche quando non entra ma resta fuori, sulla strada. Che ci sia in giro tanta gente oppure poca, qualcuno gli rivolge quasi ogni notte la parola. E sembra che, a parte i musicisti, quasi tutti si sentano irresistibilmente spinti a farlo.

Una volta, uscendo da un bar, una signora anziana gli si rivolse: Eccoti! Ah no, disse. Chiedo scusa. Lei non è mio figlio. Lo guardò di nuovo per essere sicura. No, non lo è.

Vorrebbe... Vorrebbe forse accompagnarmi lo stesso? Ho una gran paura, non è un quartiere o un orario adatto a un'anziana signora, ma devo cercarlo, è un alcolista, sa, e lei mi sembra un giovanotto così perbene.

Camminarono per un pezzo fianco a fianco, lei un po' curva, lui con le mani in tasca, lei a passettini brevi, lui muovendo un passo ogni tanto. Lei non aveva il coraggio di entrare nei locali e gli chiedeva di andare dentro al posto suo o di spiare attraverso la finestra, lei che è così alto, per vedere se fosse là.

Ma se non sa che aspetto abbia il figlio.

Ma sì, le assomiglia!

Lui non vide nessuno di quell'aspetto. In seguito si scoprì che il figlio non era un figlio ma un amante. Abel guardò con attenzione la donna. Sembrava sulla settantina.

Adesso lei certamente mi disprezza.

No, disse Abel. Devo fermarle questo taxi?

La donna fece un cenno col capo e scomparve.

Un'altra volta, altrove, un omino se ne stava fra i cespugli al margine di un parco con una valigetta in mano. Anche a lui avevano giocato un brutto tiro.

Il principio di tutto era stato quando mia moglie si era messa a fingere di non capire quel che dicevo. Soltanto un garbuglio senza senso, diceva, dovevo provare a esprimerlo nella lingua del paese, ma scusi tanto, io altre lingue non ne conosco, soltanto questa, che cosa ci sarebbe qui di incomprensibile? Lei capisce quel che dico? chiese l'omino preoccupato.

Perfettamente, disse Abel.

L'omino sospirò.

L'ho raccontato al lavoro. Cosa volevo, compassione? All'inizio gli altri facevano segno, comprensivi, sì, sì, il matrimonio, ma poi cominciarono a far finta anche loro di non capire quel che dicevo. Ridacchiavano, so che volevano soltanto scherzare ma una volta attaccato non riuscivano più a smetterla. Per tutto il giorno hanno finto di non capirmi e io non ho detto più nulla ma mentre tornavo a casa, pancia contro pancia dentro l'autobus, all'improvviso sono scoppiato a piangere e sono dovuto scendere, e da allora sono qui che vago. Chissà, disse l'ometto volgendo lo sguardo verso i cespugli bui, forse ognuna delle mie frasi con cui credo di avvicinarmi passo dopo passo alla verità non è altro che questo: passo dopo passo. --- Ora preferisco non chiederle se ha capito quanto ho detto. Dio solo sa cosa deve significare. Mi scusi. È meglio che me ne vada.

Fece qualche passo, si fermò.

Mi scusi. Sarebbe così gentile da accompagnarmi alla fermata dell'autobus? Credo di avere un po' di paura. So che è strano, in definitiva sono un uomo adulto.

Non c'è nessun problema, disse Abel.

E così via. Uno voleva comprarsi in piena notte una macchina rubata e aveva bisogno di un interprete. (E tu ci credi? chiese Alegria a suo nipote. Sì, disse Omar. Perché no.) Uno degli ultimi a venirgli incontro fu suo padre.

Fratello, disse l'uomo. Segaligno, la barba non rasata, mandava un cattivo odore. Forse era anche un po' più giovane di Andor, chi potrebbe dirlo, segnato dalla vita, e faceva buio. A volte è soltanto un'unica ruga, uniforme, la passerella fra il naso e la bocca. Fratello, disse il tizio malmesso. Perché te ne vai piangendo e digrignando i denti per questi vicoli bui?

Abel non piangeva, i denti forse sì li digrignava, ma in sostanza si limitava a passeggiare.

In questo quartiere qui?

Non è proibito, no?

Mh.

Be', allora…

Fratello! Il tipo segaligno lo afferrò per la manica. Dita forti, unghie sporche. Ce l'hai qualche spicciolo da darmi?

Abel infilò la mano in tasca e tirò fuori dei soldi, monetine, due banconote accartocciate. Il tizio malmesso esaminò l'offerta, alla fine prese con le dita aguzze la banconota più piccola e un paio di monete. O sai cosa? Già che c'era spazzò via tutto dalla mano di Abel e lo raccolse nella propria. Delicatamente sul palmo della mano. I tizi lì all'angolo ti avrebbero rapinato comunque. O se non loro, qualcun altro all'angolo dopo. Allora preferisco farlo io. Dio ti benedica, fratello. E si incamminò veloce nella direzione dalla quale era arrivato Abel.

Lì all'angolo non c'era nessuno. Anche in seguito non incontrò nessuno tranne due gatti, uno nero e uno a chiazze marroni, fermi immobili ai due lati dell'uscita di un garage come minuscoli leoni di pietra.

Quando nel pieno della notte arrivò in albergo i musicisti erano ancora lì al bar. Le loro risate echeggiavano fino all'entrata.

Il concerto di quella sera era stato uno dei più bizzarri dell'intera tournée. In realtà si poteva immaginarlo fin dall'inizio che non avrebbe portato nulla di buono – tranne i soldi, naturalmente. Non era stato tanto un concerto quanto piuttosto l'intermezzo musicale per un dibattito sul tema: Cos'è che non va nella vostra regione? Ogni volta che gli intervenuti erano pronti ad accapigliarsi si diceva: E adesso ancora un po' di musica!

Mi chiedete come mai non siamo in grado di contribuire al tema se non con un paio di aneddoti? (Janda al bar, tiene con posa affettata la sigaretta.) Be', forse che la storia non consiste fondamentalmente in questo: di cose marginali fra due estremi?

E noi ce ne stiamo là come degli imbecilli! esclama Kontra con veemenza, forse batte addirittura il pugno sul banco.

Proprio così! dice Andre. È la conferma di tutti i cliché che circolano comunque su di noi! Perché nessuno è in grado di dire la verità? Non è poi così difficile!

Janda, in tono affabile: Ma cos'è la verità?

Ride, Kontra ride con lui, brindano.

Andre, con serietà tragica: E cosa ne pensa del fatto che gli intellettuali del paese hanno inasprito la situazione o quanto meno non hanno contribuito a distenderla, e però poi non hanno esitato a far soldi all'estero con la nostra miseria?

Janda, con un sorriso affettato: Sono desolato, pardon, *deliziato* per il fatto che finalmente anche gli attori sono stati ammessi nel mondo degli intellettuali.

Moderata allegria.

E adesso Kontra solleva l'indice: Ancora un po' di musica. Tuluttuttututu, brmbrmbrm, tshtshtsh. Ridono, suonano chitarre fatte d'aria, tamburreggiano sul banco. Poi smettono, Janda riprende la cicca che ha quasi finito di bruciare, scuote via la cenere che produce un rumore inatteso.

Oh, questa massa di coglioni...

Be'? dice Andre rivolto a Abel che è rimasto un po' discosto, nuovamente insicuro com'è nel suo stile. Qualcos'altro da bere?

Quella notte si ubriacarono più che mai, e specialmente Janda. Dovettero trasportarlo, o meglio: fu Abel, l'unico rimasto sobrio, a doverlo trasportare fin nella stanza. Aveva gli occhi aperti, ma chissà se vedeva qualcosa. Il mattino dopo, per la prima volta, nessuno era in condizione di guidare tranne il bambino.

Ah, merda, disse Janda, si distese sul sedile posteriore e continuò a dormire. Abel guidava con attenzione, evitando movimenti bruschi. E nonostante tutto, dopo un po', Janda: Fermati che devo vomitare.

Rimasero a lungo in sosta vietata sul bordo della superstrada, accanto a loro il traffico fischiava, e Janda vomitò nel fosso. Dalla direzione opposta arrivò una macchina della polizia. Abel e Kontra pensarono alla patente che non si erano passati di mano, ma per fortuna non successe niente.

Falchi

In seguito però scoppiò il putiferio.

Questo anche se la serata era iniziata in tutt'altro modo, e anzi sembrava molto promettente. Un'altra città, un locale al posto di un ex cinema del quale erano rimasti ancora un sipario, un podio, una galleria, tavoli con lampade e un paio di manifesti. Nel complesso un'atmosfera piacevole e un pubblico numeroso come non si era mai visto durante quella tournée. E nonostante le pessime condizioni fisiche del gruppo e benché si sentisse parlare in giro la lingua madre – non dev'essere per forza un male – c'era un'atmosfera di allegra attesa. Abel era seduto come sempre su una piccola isola ariosa ai margini della folla, solo a un tavolino isolato accanto al palcoscenico.

Per un po' non successe nulla. Musica. In principio la gente è molto attenta e a poco a poco, inevitabilmente, comincia a parlare, persino i bicchieri fanno rumore anche se ci si domanda se i baristi non facciano apposta a sbatacchiarli. Oggi sono irritato, constatò Janda. Gli faceva male la testa, i suoi stessi colpi di batteria, e un paio di volte si confuse pure. Sudava. Pausa? chiese il sollecito Andre.

Janda annuì e andò al bar. Devo bere qualcosa. Si ritrovò accanto un tipo alla cowboy, camicia da boscaiolo e jeans, i fianchi più sottili del mondo, attorno al collo portava un sacchetto di pelle con dentro qualcosa: una manciata di suolo natio?

Ehi! La voce, la postura del corpo dimostravano un certo grado di alcolismo, ma lo sguardo era penetrante e limpido. Ehi! disse il cowboy a Janda. Suonate un po' i Falchi!

Grazie, disse Janda al barista e ritornò sul palco.

In seguito, e proprio durante un esperimento di ritmo un po' spericolato, all'improvviso: Ehi! I Falchi!

Non gridava mai nelle pause, ma sempre e solo nel bel mezzo delle canzoni. All'inizio balbettava qualcosa a proposito dei Falchi, in seguito si aggiunsero altre parole. Figli di puttana, briganti, simulatori, traditori.

Janda, rivolto agli altri: Sono io impazzito o lo sentite anche voi? Può darsi che mi dia di volta il cervello, non sono proprio lucidissimo oggi.

Gli altri confermarono che lo sentivano anche loro.

Lascia stare, disse Andre. Smettiamo tre pezzi prima e chiuso lì.

Andarono avanti a suonare, la voce continuava a schiamazzare. Forti gemiti, sbadigli ostentati, e in mezzo: Imboscati, teste di cazzo, truffatori. Janda mise da parte il sax, lasciò che Andre e Kontra continuassero a suonare da soli, andò dall'organizzatore e gli chiese di allontanare l'uomo che adesso non era più al bar, e dov'è? da qualche parte qui attorno. L'organizzatore, un uomo con un viso molle e capelli biondi che gli coprivano le orecchie fino ai lobi, annuì, ma si vedeva bene che non avrebbe fatto niente.

Non si potrebbe magari allontanare quel folle, chiese Janda due pezzi dopo. Già gli tremava la voce.

L'organizzatore chiese di cosa stesse parlando. Questo qui è un locale e naturalmente ci sono dei rumori.

Janda si guardò attorno. I Falchi, fottuti di merda! balbettava la voce. Janda si volse nella direzione da cui proveniva. Ogni volta che lui sembrava smarrirsi la voce riprendeva a gridare attirandolo nel buio, su nella galleria. Lassù erano rimaste diverse cose dell'ex sala cinematografica, file di sedie felpate, isolate coppiette. Janda incespicò nel buio e quelli che erano seduti sotto, compresi il musicista e Abel, guardarono in su. Da qualche parte risuonò una risata maligna. Janda andò in quella direzione e alla fine lo vide. Sogghignava, le ciocche dei capelli umide, incollate sulla faccia ubriaca da cavallo. Janda lo afferrò con le dita lunghe e ossute per il colletto.

Senti un po', faccia di merda, ancora un suono e ti faccio volare laggiù, poi scendo e ti prendo a calci fin quando non te la fai addosso, verme schifoso, non saresti il primo, ci siamo capiti?

Sususususu, disse Andre da sotto.

Senza bisogno di guardare Janda sapeva che le coppiette nelle file dietro adesso stavano osservando. Mollò il colletto e cominciò a indietreggiare.

Lurido zingaro, vile porco fascista, disse la voce dietro di lui.

Al che Janda con identico slancio fece di nuovo dietrofront, sollevò il tizio dalla poltrona e lo trascinò con fracasso fuori dalla fila e poi giù per la scala stretta. Il balordo non si difendeva, non diceva nemmeno più nulla, ma la cosa durò parecchio e si sentì un gran baccano fin quando Janda non l'ebbe spinto giù dalla galleria fino alla porta sul retro. Ora nessuno badava più alla musica, Andre e Kontra continuavano a strimpellare sempre le stesse note, ma smettere adesso non si poteva. E poi, all'improvviso, il cowboy cominciò davvero a cantare.

Piangi! gridava. Non piangere, non rattristarti, chiama soltanto e...

Sentendolo Andre mise da parte lo strumento, ma ancora prima che potesse andarsene Janda aveva sbattuto fuori il tipo dalla porta sul retro in cortile. Tutti i Falchi daranno la loro vita per te! Chiama, chiama soltanto... A quel punto la porta si richiuse.

L'organizzatore si piantò davanti a Janda che stava ritornando. Incazzato – con *lui*! Che cosa diavolo aveva fatto.

Faccio quello che lei non è capace di fare, disse Janda. Ordine. E faccio musica.

Ritornò da Kontra, prese in mano il sax. Susususu.
Fu più o meno a quel punto che Abel uscì.

Sempre quell'atmosfera di offesa e violenza. Ogni volta che ci ritroviamo in più di due in una stanza, disse la ragazzina bionda, mi correggo: la giovane donna fuori, davanti alla porta. Abel si era fermato accanto a lei per caso. Solo fin quando avrà deciso una direzione: destra o sinistra. Lei parlava la sua lingua madre.
Da dove venite? gli chiese senza tanti preamboli.
All'inizio sembrava che lui non volesse rispondere, ma poi rispose: Gli altri dalla B., lui invece dalla S.
No? Dalla S.? Davvero? Lei boccheggiò un istante: Anch'io vengo dalla S.
Allora lui la guardò.

Elsa
Intermezzo

Faccia tonda, bocca larga. Uno dei canini (quello destro) è cresciuto storto. Occhi azzurri sgranati, lo guarda, affamata, ti conosco? No, dice lei quasi disperata, non mi ricordo di te.
Si chiama Elsa. Viene da un villaggio nei dintorni, per l'esattezza. Da P. Lo conosci?
Lui fa segno di sì.
È... Dio mio... Ride. Poi i suoi occhi sembrano riempirsi di lacrime. Grandi occhi. Guarda altrove e si mette una mano sulla pancia. Solo adesso si vede che è incinta. Alle loro spalle, il rumore del locale.
Come ti chiami?
Abel.

Abel. Mi sento un po' male. Manca l'aria, là dentro. Mi accompagni a casa? È troppo vicino per prendere l'autobus, ma ho un po' di paura al buio.

Strada, esterno, notte, Abel e Elsa. Un'atmosfera completamente diversa, adesso. Quanto il locale era pieno, tanto qui fuori invece è un mortorio. Possono sentire i loro stessi passi. Fino al primo semaforo non dicono nulla. Aspettano il verde.

Ho studiato da infermiera, dice Elsa, mentre continuano a camminare. Ha avuto una vita dura. Da scuola tornava direttamente a casa. Avevamo delle mucche. E poi le ragazze per bene non se ne vanno a passeggio per la città. (Ride.) Ogni giorno fra le due e le tre stavamo alla fermata davanti all'albergo sulla circonvallazione e aspettavamo l'autobus che porta fuori. Te la ricordi la fermata? In cima al tetto dell'albergo c'erano le statue di due angeli, una a ogni angolo, una facciata barocca. Un giorno uno degli angeli, quello di sinistra o di destra, a seconda del punto di osservazione, perse la testa. Una testa d'angelo di pietra, o forse era di gesso, cadde giù, semplicemente, in pieno pomeriggio sulla folla in attesa alla fermata. Arriva in volo una testa. E come per miracolo non colpisce nessuno. Cade esattamente nel varco che si è creato appena un secondo prima perché qualcuno ha trascinato un cane al guinzaglio attraverso la folla. Là dove poco prima c'era ancora un cane: platsh, una testa d'angelo. Capelli d'angelo in frantumi fra cicche di sigarette schiacciate e tracce di sputi. Rotola con un rumore sordo fino ad arrestarsi. Te lo ricordi?

Ha fatto segno di sì o di no? Forse né l'uno né l'altro. Per tutto il tempo guarda giù verso i piedi di lei. Elsa porta scarpe bianche da ginnastica.

È arrivata qui da poco, continua a raccontare, quando si è sposata. Dave, ma il suo nome lui lo pronuncia Doiv, fa il cameraman. Hanno girato un film, un documentario, Elsa era stata assoldata sul posto come assistente a basso costo grazie alle sue conoscenze linguistiche. All'inizio non lo capivo. La sua pronuncia. In seguito è andata meglio, ma io continuavo a non capire. Quando gli chiedevano perché lo stesse facendo lui rispondeva: *War is fun*. Che cosa sei tu? gli ho chiesto allora. Un idiota? Lui ha riso: Non hai nessun senso dell'*Ai*. Cioè: *for me*, ho detto io. Non *for I*. Lui ha riso ancora di più. *Ai*, ha detto. Come *Irony*. Bisognava sempre ribaltare il senso di quello che diceva. Non era sempre facile. Mio Dio, ha detto lui, siete forse un popolo suscettibile. Che cosa ti aspettavi?! A volte lo insultavo sul serio. Alla fine delle riprese Elsa era incinta e si sposarono alla presenza della troupe. Festa di nozze sui prati, lei ballava con fiori fra i capelli che le scendevano lunghi fino ai fianchi, l'abito pieno di macchie d'erba, ma ballava e rideva e piangeva, la cinepresa traballava, ne hanno fatto un video. E ogni tanto andavo a vomitare. Una volta lui mi ha anche ripreso. Io che mi ripulisco le ultime bave di bile dalle labbra e vado avanti a ballare. Continuavano a dirci di baciarci. E lui l'ha fatto. Le mie labbra che sapevano di bile.

Nel frattempo Elsa era al quinto mese e non doveva più vomitare, ma continuava ora a piangere ora a ridere, a volte le due cose contemporaneamente, per tutto il giorno. Mi sveglio e non posso fare a meno di piangere. O di ridere. È un pianto o un riso di felicità e di tristezza al tempo stesso. I motivi mi sono in parte noti e in parte ignoti. All'Ufficio stranieri l'hanno trattata come trattano chiunque. Non è un motivo per piangere, lo so. Come uomo sei un mafioso, come donna una puttana, così è. Ci sono donne che lavorano lì. Io sono al quinto mese e sposata e mi danno un permesso di soggiorno per tre mesi. Così arriverei all'ottavo. Mi capisci. E sono donne.

Comunque sono stata io a chiedergli se volevamo sposarci. Il fatto che io pianga ogni giorno deve pesargli. Anche se non dice niente. Ma prova a pensare: Conosci una persona da sei mesi, e quando non vomita piange. Al momento va un po' meglio, lui adesso non c'è. È saltato fuori un lavoro, una nuova catastrofe e lui è partito per un mese o forse anche di più. Uno deve pur guadagnarli i soldi.

Al mattino vado fuori. Sugli autobus mi prende la nausea e allora giro a piedi, dappertutto, al parco, in negozi dove non compro niente. A un certo punto mi si raffreddano i piedi e torno a casa, faccio il bagno e guardo l'acqua che mi scorre giù dalla pancia. Il resto del giorno lo passo sdraiata sul divano davanti alla finestra a guardare la città dall'alto. Abitiamo al settimo piano. Al mattino salgono ondate di vapore dalle lavanderie. Dai camini, il fumo. Diventeranno nuvole. Tutto questo è addirittura bello, e però: Si può vivere così, soltanto di fumo e di vapore? Posso, è giusto, posso...

Un rutto.

Oh! Si porta le dita bianche e sottili alle labbra. Scusa. Sono incinta, mi è concesso. Termina la frase: ... posso trovarlo bello?

Contatti con *donne del posto* non ne ho. So che non è carino da parte mia. Ma mi sembrano così... *ingenue*. Capisci cosa intendo? E comunque abito qui.

Sono fermi davanti a un palazzone.

Hai contatti con altra gente?

Un paio.

Della nostra regione?

No.

Si mette una mano sulla pancia e dà qualche lieve colpetto.
Scusa… Vuoi venire su?
Lui si limita a guardarla.
A volte mi manca perfino la chiesa, dice Elsa. Si diventa così conservatori.
Vorrei che tu rimanessi con me, dice. Non riuscirei comunque a dormire. (Pausa.) Solo parlare.
Mi dispiace, dice Abel. Ma deve tornare dagli altri, non sanno dov'è finito e forse vogliono ripartire la notte stessa.
Lei resta davanti all'edificio, lui se ne va a passi lunghi e veloci, il busto leggermente curvo in avanti.
Quella era la storia di Elsa, che ho conosciuto per un'ora.

In fretta e furia

Che ore erano a quel punto, forse poco dopo mezzanotte, Abel si incamminò verso l'albergo, o suppergiù. Una città assolutamente insignificante, tutto nuovo e identico, gli stessi negozi a ogni angolo, e mentre camminava accanto a Elsa aveva guardato sempre a terra. Finora tutto sembra tornare: il marciapiede, le punte delle scarpe polverose e nere, ma questo adesso non conta. Il cammino si può notevolmente accorciare, lo spazio di un'ora che all'incirca è passato prima di arrivare all'angolo decisivo. Stavolta non incontrò più nessuno.
All'inizio non riconobbe neppure la strada dietro l'albergo, da questo lato non l'aveva mai vista, oppure sì, adesso, quello è il pullman turistico. Dietro si sentiva provenire un gemito, come se due stessero facendo l'amore nell'ingresso di un edificio tutt'altro che esaltante. O come se due stessero picchiando un terzo, soprattutto Janda.

A parte l'*incidente* il concerto si era svolto come previsto. Janda se ne andò senza salutare già durante l'applauso finale, Andre e Kontra smontarono tutto e si fecero pagare il compenso. Il che durò forse tre quarti d'ora. Quando tornarono nella stanza d'albergo trovarono Janda seduto sul letto matrimoniale che digrignando i denti guardava un Gran Premio. Aveva bevuto, ma era così fuori di sé da rimanere sobrio. Andre ritenne opportuno non dire niente. Perché te la prendi, è soltanto un idiota come tanti altri ecc. Si sedettero accanto a lui e guardarono un po' di sport, poi un brutto film dell'orrore, donne strepitanti e lampeggianti coltelli. Più tardi bussarono alla porta. Forse il bambino.

Avanti!

Non viene avanti nessuno.

E allora resta fuori. (Janda, mormorando.)

Apro io.

Andre andò alla porta, la aprì e a quel punto ho avuto l'impressione di sognare, come se non fossi qui alla porta ma ancora davanti alla tivù, un tizio in un corridoio d'albergo con un coltello lampeggiante nella mano che senza dire una parola colpisce e basta.

La punta della lama sfiora la clavicola e rimbalza, un rumore indescrivibile, poi il coltello cade giù con un pling, nonostante la moquette, e un attimo dopo il tizio è già scomparso. Soltanto un coltello sul pavimento, una camicia sanguinolenta.

La voce di Kontra dall'interno della stanza: Che succede?

Ha... Andre era nascosto dietro una sporgenza della parete, non potevano vederlo. Ha... con un coltello...

Cosa?!

Andre fece un paio di passi a ritroso nella stanza barcollando. Dalla clavicola al petto la camicia era lacerata, e sotto era tutto insanguinato. Voleva colpire la carot...

A quel punto dovette sedersi. Scivolò con la schiena lungo il muro e rimase accovacciato sul tappeto, addossato alla parete del bagno. Senza dire una parola Janda passò oltre e corse fuori, seguito da Kontra.

Il portiere di notte stava leggendo gli appunti di una lezione quando i due si precipitarono verso la porta d'ingresso: chiusa. Com'è possibile?

Aprite! gridò Janda e picchiò contro la porta. Il ragazzo dietro il banco premette spaventato un bottone, la porta si aprì silenziosa, i due finirono fuori sulla strada e --- niente.

Kontra restò lì, Janda invece no e corse come un pazzo fino all'angolo, poi attorno all'edificio. Acchiapparono il cowboy proprio mentre stava pisciando contro l'autobus.

Adesso la camicia a scacchi era distesa là, immobile, le braccia aperte. Bene, disse Kontra, e strappò via Janda. Verme schifoso! gridò Janda e voleva calpestare la mano del cowboy.

Basta così! esclamò Kontra. Janda aveva perso l'equilibrio e saltellava su una gamba. Basta così, disse Kontra. Stavolta come se si rivolgesse direttamente a Abel.

Janda lo superò di corsa, quasi non l'avesse visto, tornò all'ingresso e si mise a martellare di nuovo contro la porta vetrata, stavolta dall'esterno. Nel cubo illuminato della hall il giovane portiere guardò fuori terrorizzato e si limitò a scuotere la testa. Janda lanciò un grido e tornò di corsa da Abel e Kontra che non si erano mossi, ai loro piedi il cowboy immobile.

Non mi interessa quel che pensi, disse Janda a Abel. Entra e portalo fuori. È ferito.

Il portiere continuava a tremare quando Abel comparve davanti alla porta e mostrò attraverso il vetro la scheda della stanza. Per fortuna non sa che sono uno di loro.

La ferita di Andre era lunga ma non profonda. Si era tolto la camicia e tamponava il taglio con della carta igienica. Nemmeno in quella situazione sporcherebbe un asciugamano bianco. La carta igienica si incollava al sangue.

Abel uscì per primo con la maggior parte dei bagagli, a Andre rimaneva da portare il contrabbasso e una piccola borsa. Presero l'uscita posteriore. Il momento critico fu quando dovettero passare davanti alla porta aperta della reception. Il portiere di notte stava parlando con voce gracchiante a qualcuno che non si vedeva.

La camicia strappata e sanguinolenta l'hanno dimenticata in bagno. Anche il coltello è rimasto là.

Borse, strumenti, giacche in disordine dietro il sedile posteriore, Kontra – No, tu (Janda) non guidi, adesso guido io! – dà gas. Sssssst, dice Andre. Gli strumenti. Il pulmino schizza attorno alla rotonda, in mezzo c'è una fontana, quando erano arrivati una folata di vento aveva soffiato dell'acqua sul finestrino e la polvere gialla della strada aveva imbrattato tutto, ora la fontana è spenta, Kontra mette in azione il tergicristallo, l'acqua zampilla fischiando. Come se già solo quello fosse troppo, come se facesse tanto rumore da svegliare tutti. Un tizio dall'aria malmessa attraversa lentamente la strada davanti a loro, e se continuano a quella velocità lo beccheranno. E però non lo beccano, Kontra è un bravo autista e sfreccia via sfiorando quasi la schiena del tizio che resta lì furibondo, vuol dire qualcosa ma non ci riesce, se la fa quasi addosso e si concentra per non farla, lì in mezzo alla strada, mentre la macchina è sparita da un pezzo.

Quando ormai sono già quasi fuori città, Abel:

Potresti fermare per favore?

Kontra non è sicuro di aver sentito bene, guarda nello specchietto retrovisore e prosegue. Andre vede che il bambino accanto a lui suda e trema.

Potresti per favore...

Janda, accanto al guidatore: Prosegui!

Andre vorrebbe dire qualcosa, ma non appena apre la bocca il sangue cola dentro la T-shirt. La maglietta è grigia e la macchia di sangue che si allarga sempre più sulla sua spalla sinistra è marrone rossiccio.

In seguito: niente più città ma solo campi, niente luna ma forse nuvole, non si vede niente tranne un pezzetto di asfalto illuminato, davanti. Adesso puoi fermarti.

Kontra abbandona la strada e imbocca un sentiero fra i campi, si ferma, spegne i fari. Adesso, definitivamente: buio. Siedono là. In quattro, respirano.

Merda, dice Kontra.

Andre: Cosa... Cosa avete...

Qualcuno armeggia sull'altro lato della macchina, là dove c'è il bambino, poi lo sportello si apre. Uno scricchiolio: ha messo fuori il piede. Una zaffata del suo sudore profumato raggiunge Andre. Poi il bagagliaio si apre e lui tira fuori qualcosa.

Andre: Cosa fai?

Il bagagliaio si richiude.

Andre: Accendi la luce.

Kontra accende le luci interne. L'interno di un'automobile illuminata nel nero quasi assoluto. Come può essere così buio? Si sentono le foglie delle piante che si muovono sul campo. Cavoli. Abel non si vede.

Andre scende dalla macchina e lo chiama. Abel?!

Nessuna risposta.

Janda a Andre: Sali su!

Andre: Cosa avete fatto?

Adesso sali!

Cosa sta facendo?

È sceso, dice Janda, in questo momento la quiete in persona.

Piccola checca, se ci tradisci ti ammazzo, aveva pensato pochi minuti prima. E poi ebbe l'impressione di *sentire* quello che il bambino gli aveva *risposto* nel pensiero: niente panico. Janda guardò nello specchietto retrovisore ma non lo vide, si era appena piegato in avanti.

Andiamo, dice adesso Janda.

Kontra si limita a guardare.

Janda spegne le luci dentro la macchina.

Adesso anche Kontra scende e va da Andre. Aiutarlo, scrutare nel campo. Non si vede niente. Andre cammina incespicando fra i cavoli con la spalla sanguinante.

Abel?

È difficile conservare l'equilibrio quando bisogna tamponare con una mano una ferita sanguinante alla spalla, Andre inciampa, la caviglia scricchiola, ahi!, e cade sulle ginocchia proprio sopra un cavolo. Per fortuna in quel momento arriva Kontra, lo solleva e lo sostiene. Andre gli sanguina sul braccio. In macchina Janda si è messo al posto di Kontra, accende il motore, la luce. Ora si vede: Andre, Kontra, qualche pezzetto di cavolo. Abel, no.

Se n'è andato.

Merda, dice Andre. Per poco non piange. Cos'hai fatto?

Non riesce quasi a reggersi sulle gambe. Non è la caviglia – all'improvviso si sente male.

Vieni, dice Kontra. Cerchiamo la cassetta del pronto soccorso.

La cassetta è praticamente vuota, Andre lo sa, un paio di cerotti, ma la prende lo stesso. Kontra la porta fino al sedile posteriore. Ehi! Kontra non fa quasi in tempo a salire che Janda ha già messo in moto. Andre piagnucola. Tu sei pazzo. Completamente. Pazzo.

In seguito, quando ormai si era fatto un po' più chiaro, si fermarono e fasciarono finalmente la ferita di Andre. Poi arrivò anche il momento per una sigaretta. Kontra cercò la giacca in mezzo al gran casino del bagagliaio e:

Oh vaffanculo...

Janda: Che c'è?

Kontra scroccò una sigaretta prima di rispondere: Ah, il ragazzo si è preso fra l'altro la mia giacca. Dentro c'è il mio tabacco. E anche i documenti.

Guardò il passaporto che Abel aveva lasciato. Oh, disse, *io sono nato un ventinove di febbraio.*

Congratulazioni, disse Janda.

Non odio l'uomo che mi ha accoltellato, pensò Andre. Odio *te*. Voglio andare a casa, piagnucolò sul sedile posteriore.

Va bene, disse Kontra. Adesso andiamo.

Quanto a Abel: la giacca gli stava a pennello e si accorse dello scambio solo dopo l'alba, quando volle pagare una bevanda calda a una solitaria stazione di servizio. Chiese la chiave della toilette e tenne il passaporto aperto accanto al proprio viso davanti allo specchio. La differenza fra la foto tessera e il viso a grandezza naturale era passabile. Potremmo essere cugini. Dunque il mio nome ufficiale adesso sarebbe Attila V. Non sapevo nemmeno che fosse un compatriota di mio padre... Fa lo stesso.

Kontra era l'unico ad avere un visto buono, ed era valido ancora per anni. Adesso posso andare dove mi pare.

VI
L'impossibile
MATRIMONIO

Scena di strada. Mercedes

A volte le cose si addensano, come il pus. I processi sempre strani, cosiddetti quotidiani e apparentemente lenti con i quali ci avviciniamo, diciamolo: al vivere-fin-quando-non-moriamo accelerano all'improvviso e finiscono fuori ritmo. È qualcosa che non si può spiegare, disse una vecchia amante a uno spazzacamino disoccupato, o forse lui semplicemente non l'ha capito. Come l'amore viene e se ne va. A quanto sembrava lui non voleva affatto che proseguisse, voleva solo una spiegazione al di là del "perché tu o io sei/sono così o così, perché è successo questo e quello". Infatti non è successo nulla e ognuno è così com'è, non si tratta di questo. È qualcosa che non si può spiegare, disse l'amante. Poco dopo sposò uno che aveva conosciuto qualche settimana prima e lo spazzacamino incendiò quattro tetti e un chiosco. Mercedes era per la strada e una pioggia di tegole cadde su di lei.

Non si può nemmeno dire che nella vita di Mercedes fino a quel momento tutto fosse andato così come si dice: *normalmente*. Una bella infanzia, i suoi genitori erano hippy e per un'intera fase di pannolini si godettero la vita a spese dello Stato in un camping ai Caraibi. Il suo addome nudo è il soggetto principale della foto. Vent'anni dopo si innamorò. Lui si chiamava Amir. Era così bello e nero che nella penombra o quando c'era molta luce o il buio era fitto lei non riusciva quasi a distinguere il suo viso e il resto del corpo. Un perfetto uomo d'ebano, un principe misterioso e nobile che amava venire la notte tardi e strisciare su di lei nell'oscurità. Restarono insieme cinque anni durante i quali lui divenne sempre più bello, più misterioso e nobile. Il primo anno lui parlò cinque volte di più che nel secondo. Lei imparò che ci sono alberi che se ne stanno piantati a testa in giù, il cui legno è fatto d'acqua, e quando vai di notte al lago vicino alla diga e credi di vedere l'albero avvolto dalle fiamme, il giorno dopo sarà assolutamente intatto. Questa è magia nera. Verso la fine lui non diceva praticamente più nulla. Almeno non a lei, con gli altri si intratteneva in continuazione. Sapeva parlare bene, era intelligente e affascinante e fu scelto come portavoce del gruppo. Nel gruppo c'erano alcuni i cui nomi sono ormai dimenticati, né tanto meno si sa più come succedeva che all'improvviso dominassero l'intera discussione. All'improvviso la dominavano. Lui era il portavoce e quindi discuteva fino a notte fonda, poi veniva da lei e la svegliava con il suo peso. Come pensava che sarebbe andata con la donna bianca, chiedevano quelli del gruppo. Lui diceva: Non sono cazzi vostri. Tu per lei non sei nulla di più che un animale domestico, dicevano loro. Lui la pregava di non parlare e neppure gemere durante l'amplesso. Lei non è degna di te, dicevano quelli del gruppo. Lo sai bene anche tu. Te ne vai da lei di nascosto, la notte, perché nemmeno tu puoi vederla. Serpi, diceva lui. Loro facevano movimenti osceni con le lingue. Non voglio più vedere i tuoi cosiddetti tolleranti genitori, disse lui. Mi trattano come una scimmia parlante. Alla fine non disse una sola parola e smise semplicemente di venire. Lei divenne pallida per l'insonnia. Si arrampicò sulla recinzione del pensionato e si sbucciò l'interno della coscia. Ogni colpo come fosse dato con della carta smerigliata, ma lei non diceva nulla e non gemeva durante l'amplesso. Tre settimane dopo lui scomparve, senza sospettare nulla, e lei portò avanti la gestazione tre settimane più a lungo del termine. Alla nascita il bimbo aveva un occhietto azzurro e un grande occhio nero. Lei lo chiamò in onore del padre: Omar. Mi chiamo Omar, il che significa soluzione, mezzo, espediente.

In seguito lei iniziò un dottorato. Il suo professore era un anziano ingiallito con un viso che assomigliava a una caverna piena di stalattiti e sacche di pelle che gli pendevano dagli occhi. Era tanto brutto quanto intelligente, e pure vanitoso. Dopo che la sua seconda moglie morì alla sua quieta e discreta maniera, Mercedes si trasferì in casa sua perché così era più facile fare tutto per lui. Poco prima del suo sessantacinquesimo compleanno Tibor venne a sapere che avrebbe seguito presto la cara Anna, e allora disse alla sua giovane compagna: Nelle prossime settimane non vorrei essere disturbato. Presto morirò, ma prima voglio finire di scrivere il libro. Lei annuì. I suoi occhi sembravano sempre gonfi di pianto. Gli appoggiavo il cibo davanti alla porta come a un... Gli rimase appena il tempo per un ultimo capitolo. L'editore dice che è molto bello, ma non ha niente a che fare con il resto del libro, niente con la storia della retorica, riguarda piuttosto la morte, la paura e la rabbia, e in questo senso è molto commovente e sconcertante, per esempio quest'ultima frase qui, chissà come ci è arrivato: Dio è un giocattolo per cani imbrattato di saliva... Diagnosi in maggio, in agosto era morto. Com'è ovvio, dice un'amica della giovane vedova che generalmente è ben informata, se n'è fottuto di lasciarle anche un solo rotolo di carta igienica, e lei ha dovuto lottare per i suoi stessi mobili. Per fortuna è riuscita a portare via di casa il manoscritto e i diari prima che arrivassero i figli del suo primo matrimonio. Nei diari T.B. si dedica sostanzialmente alle stesse questioni di cui tratta nei suoi libri e manoscritti. A volte annota che tempo fa quel giorno, un'osservazione banale o importanti telefonate di lavoro. U.E. ha chiamato. In cinque anni neppure un accenno alla sua compagna o al figlio di lei. Ma a parte questo non ha motivi per lamentarsi, sostiene Mercedes. Anche se di tanto in tanto ci sono ragioni di perplessità e tristezza, nel complesso sono sempre stata e anche adesso lo sono: felice. Penso per esempio a Omar e alla mia assunzione in una scuola privata, mi piace insegnare, e poi la quota di iscrizione per i figli di chi ci lavora è più bassa.

Nel giorno di cui si parla qui, il *lunedì decisivo*, Mercedes si era lasciata alle spalle l'inferno più nero, cioè l'estate. Si erano trasferiti in un altro appartamento, l'anno scolastico era cominciato, e adesso che ha due ore vuote Mercedes sta andando a far visita a un malato con un mazzo di fiori e un libro sotto il braccio. Un amabile e anziano collega si era lanciato in una disputa quasi religiosa, come un *fulmine a ciel sereno*, con il direttore della scuola confessionale – confessionale, ma a parte questo un'ottima scuola! (Mercedes) – sul tema Darwin *versus* i creazionisti. La cosa andò avanti per settimane e alla fine il collega, si chiamava Adam Gdansky, finì in un reparto psichiatrico. Mercedes pensava che non avrebbero dovuto denunciarlo come se fosse stato un vecchio pazzo poco prima del suo pensionamento, d'altro canto non può essere stata l'unica causa del tracollo nervoso, cosa sappiamo noi delle altre?

Cosa passava per esempio per la mente del tassista, il suo nome si può leggere su un cartellino sul cruscotto, forse ha trascorso un brutto weekend – l'accordo all'inizio era che avrebbe potuto avere il ragazzo per tutte e due le giornate e poi, all'improvviso, solo la domenica mattina eccetera eccetera, e alla fine era andato sotto la finestra di lei ma non si era messo a gridare, il nuovo amante di lei è un poliziotto – e nonostante tutto ha ripreso normalmente il lavoro lunedì mattina. La prima corsa l'ha portato nel quartiere della stazione. Ha imboccato una strada che prendeva sempre, la stessa dove quel mattino, poco prima, un edificio era andato in fiamme. Le tegole bruciacchiate schizzavano in alto sibilando, esplodevano sul marciapiede, scivolavano sulla carreggiata ma il taxi, raccontarono in seguito alcuni testimoni, si buttò incontro al tutto come se l'autista, Tom, il suo nome è: Tom, avesse notato proprio all'ultimo istante quel che aveva davanti e si fosse deciso a frenare. La parte posteriore della macchina si è schiantata entrando in collisione con un'auto della polizia che sopraggiungeva proprio in quel momento. Il tassista Tom, che era al suo terzo incidente nel giro di poco tempo, fece marcia indietro e tentò di girare, ma finì invece sul marciapiede con un impeto tale che pur avendo cercato all'istante di frenare ---

Non ne posso più! Non ne posso più, mi sentite? Ne ho pieni i coglioni! Balzò fuori dalla macchina senza spegnere il motore, non degnò di uno sguardo i poliziotti che gli si facevano incontro e si mise a gridare verso il gruppetto dei curiosi: Non ne posso più! Mi sentite?! Non ne posso più! Fra loro e lui, seduta sul marciapiede mentre tutt'attorno continuavano a piovere tegole: la futura moglie di Abel Nema.

In una mano il mazzo di fiori, l'altra mano protesa in aria come ad afferrare qualcosa per sostenersi, ma non c'è nulla, e però in qualche modo riesce a frenare la caduta, il libro finisce sotto di lei, un grande volume illustrato. È seduta sul libro, *faccia a faccia* con il paraurti, in qualche modo *brava*, la schiena diritta, la caviglia rotta sotto la macchina tanto che non la si vede. Sto sognando o sono stata appena investita da un taxi? Con la mano che non regge nulla si aggrappa ancora all'aria e all'improvviso ecco lì qualcosa, un'altra mano, un sostegno, l'ultimo aggancio prima di perdere i sensi. La cicogna l'ha pizzicata sulla caviglia, anzi no, una macchina gliel'ha fracassata, una cosa del genere può essere molto dolorosa ma spesso all'inizio non si sente neppure, è lo shock, l'agitazione. Pensi che abbiano buttato una bomba, raccontò in seguito, e in un certo senso tutto quadra: fiamme, fontane d'acqua, vetri esplosi, luci azzurre, grida – l'autista continuava a gridare, si strappava i capelli, girava in tondo, i poliziotti gli si avvicinarono con le braccia aperte come se volessero catturare una gallina –, tutto come nell'imminenza di una grande catastrofe. Appena un attimo fa me ne andavo a far visita a un malato con un mazzo di fiori e all'improvviso è crollato il mondo, e ti ritrovi seduta fra le macerie su un'isoletta in mezzo ai curiosi e vieni fotografata.

Il flash della piccola macchina automatica di un passante la colpì direttamente nell'occhio. Ritornò in sé, vide cos'era successo, si vide seduta sotto una macchina che continuava a ronzare avvolgendola in un alito puzzolente e caldo. Con la mano sinistra si teneva saldamente aggrappata a qualcuno. Lo guardò.

Ah, è lei, disse, e poi più nulla.

Abel

L'ultima volta si sono visti tre o quattro mesi fa. Era una domenica e lei, gli amici e la famiglia avevano partecipato a una manifestazione in favore di una maggiore tolleranza, Omar con entusiasmo, lei quasi assente. La diagnosi risaliva a quattro settimane prima e lei, per quanto si sforzasse, non riusciva a pensare quasi ad altro. Tibor morirà, Tibor morirà, Tibor…

Dal canto suo Abel aveva appena fatto una gran corsa. Aveva inseguito un certo Danko, oppure il computer che costui portava sotto il braccio, fin quando si era intrappolato in una muta di cani ed era caduto. In seguito, mentre cercava di ritornare a casa, si era ritrovato all'improvviso fra tutte quelle persone e i loro striscioni, all'inizio non aveva capito di cosa si trattasse, solo che gli impedivano di proseguire, quando di colpo:

Abel! esclamò Omar. Anche tu qui?! C'è Abel!

In effetti, disse Mercedes. (Tibor morirà.) Buongiorno.

Omar aveva un palloncino azzurro e Abel disse che purtroppo non poteva restare perché doveva andare... proprio così: alla stazione.

Ma è di là!

In effetti mi ero quasi perso, disse allegramente Abel.

Com'è possibile, chiese più tardi Omar a sua madre. Glielo chiederò alla prossima lezione.

Ma non ci fu modo di farlo.

Il mio insegnante di russo è scomparso, disse Omar qualche giorno dopo. Ho preparato inutilmente una dozzina di domande per lui. Dov'è? Non è cosa da lui!

Mercedes (Tibor morirà, Tibor...) chiamò il numero che lui aveva lasciato. Una macelleria. Mi scusi.

Mi dispiace tesoro (Tibor...), non lo so neppure io.

Non lo sappiamo, dissero anche i musicisti quando tornarono a Kingania dopo aver interrotto la tournée. Erano molto in anticipo e si spaventarono un po' perché quando entrarono lei era già là.

Piangeva. La colonia era *assolutamente umiliante* e alla fine, dopo una deviazione in cucina dove aveva deriso la loro sottosviluppata arte nell'insaporire con le spezie – Questa è una colonia estiva per *bambini*, Madame! Mi chiamava: Madame!

– l'avevano messa a fare le pulizie, ma a quel punto lei non c'era più stata ed era scappata via, letteralmente nel cuore della notte, sei chilometri a piedi fino alla stazione successiva, digrignando i denti camminavo sotto le stelle. Non si è nemmeno fatta pagare quel che le spettava. E adesso questo.

Cos'è successo? Come mai siete già qui? Dov'è il bambino? Cos'è quella ferita che hai sulla spalla? Cosa avete combinato? È stato lui? Perché? Cosa gli avete fatto…?

No, disse Andre. Non era stato lui.

Non gli abbiamo fatto niente, disse Kontra. È semplicemente sceso dalla macchina.

Lo so, disse Kinga a Janda che era particolarmente taciturno, lo so che c'entri tu in qualche modo. Sei tu.

Continuava a ritornarci sopra. Sei tu, lo so, tu, tu, tu! Ma stavolta lui non raccolse la provocazione. L'aveva promesso.

Sii ragionevole, disse Kontra a Andre che all'inizio piagnucolava e in seguito fu preso da una crisi di isteria. Non sei in grado di guidare tanto a lungo, da solo. Aspetta almeno che sia guarita la ferita.

Ancora una cosa, disse Andre tutto tremante, un'altra parola ad alta voce, non mi importa a chi, e me ne vado, diglielo un po'!

Okay, disse Kontra, glielo dico.

Quella cosa lì non aveva niente a che fare con l'altra, disse ora Kontra a Kinga mentendo, all'improvviso era diventato lui il portavoce. Quella gliela aveva fatta un qualche pazzo dopo un concerto. E il bambino invece è semplicemente sceso dalla macchina. Si rifarà vivo. Alla fin fine ha ancora il mio passaporto.

Ts! sfuggì a Janda. Poi sembrò che non potesse fare altro che starnutire, e così anche gli altri.

Fammi vedere! Kinga si impossessò del passaporto di Abel, vide la foto e scoppiò di nuovo in lacrime. Poi si allontanò con passo deciso, il passaporto in mano.

Che cosa hai in mente di fare?

Bumm, la porta si richiude. Poco dopo Kinga ritornò con una fotocopia della foto del passaporto, in bianco e nero e di bassa qualità, e l'appese in cucina.

Così non lo dimenticate!

Janda continuava a non dire nulla, ma andò là e senza la minima traccia di agitazione strappò via il pezzo di carta, lo appallottolò e lo buttò nella spazzatura. Kinga aspettò che uscisse dalla cucina e ripescò il pezzo di carta dalla spazzatura. Resti di caffè lo imbrattavano. Pulì il foglio, ma le macchie non venivano via del tutto. Lo riappese così, chiazzato. Poi uscì e quando ritornò il foglio era scomparso e così la spazzatura, e in casa non c'era nessuno con cui poter litigare. E la cosa finì lì.

In caso di necessità si potrebbe farlo cercare attraverso la Croce rossa, disse in seguito Andre.

Chi vorresti cercare? chiese Kontra e fece un cenno con la mano. Una persona adulta se ne va in giro dove, quando e per tutto il tempo che le pare.

Kinga aveva bevuto e adesso se ne stava raggomitolata su un materasso, emettendo ogni tanto un lieve sospiro. *Madame...*

In seguito, ormai era autunno, si erano in qualche modo ripresi. Kinga aveva superato la faccenda della Madame e anche i musicisti avevano ricominciato a parlarsi, appurato che nelle notizie ascoltate di nascosto non era mai stata fatta menzione di alcun cadavere. Forse si era solo finto morto o aveva perso i sensi, nessuno in fondo se n'era accertato. Kinga sapeva che stavano tacendo qualcosa, ma in primo luogo aveva abbastanza da fare con sé stessa e poi, quando tutto ormai fu sanato, non voleva...

Una mattinata d'autunno, Kinga era uscita in quel momento dal "bagno", la parte inferiore del corpo pulita e infilata in jeans unti e bisunti, un luccichio verdognolo sulle tasche, le dita ancora umide e calde, quando all'improvviso lui le si parò davanti sulla porta.

'giorno.

Lei lanciò un gridolino di gioia, ormai ne era di nuovo capace: Sei tornato! È tornato!

Gli saltò addosso, lui barcollò, poi gli prese tra le mani la faccia: Dove sei stato? Ma come sei conciato?

Difficile dirlo. Come sempre. Un po' sbrindellato. È stato parecchio in giro, ultimamente.

Dove, in giro?

Non ricordo che abbia risposto qualcosa di sensato. In giro e basta.

Purtroppo doveva andarsene via subito un'altra volta, disse. Era venuto solo a riprendersi il resto della roba.

Era in città dalla sera precedente e già prima dell'alba qualcuno gli aveva offerto un nuovo alloggio. La successiva dozzina di domande – Ma chi, dove, come, perché? – le rimase bloccata in gola. Lo guardò solo restituire a Kontra la giacca con il suo contenuto. Aveva speso un po' dei soldi, ma non molto. Li riavrai.

Grazie, disse Kontra e gli diede le sue cose.

Grazie, disse Abel e prese le due borse da viaggio nere. Baciò Kinga sulla guancia. Ai musicisti fece un cenno con il capo.

Loro fecero un cenno in risposta, muti.

Era arrivato con il treno, come la prima volta, adesso però era sera e veniva da un'altra direzione. Al di là del binario la Bastiglia scintillava nel sole al tramonto. Andò a Kingania, ma non c'era nessuno. Ritornò alla stazione, depose il bagaglio in un armadietto e si incamminò verso la città.

Al Mulino dei Matti uno sconosciuto piuttosto tarchiato gli fece roteare davanti alla faccia il suo tanga scintillante, Abel guardava al di là di lui, forse verso l'altalena in alto dove una drag queen angelicamente vestita di bianco si librava sopra le teste della gente che ballava. La musica era assordante, ma a parte quella c'era silenzio. Nessuno diceva una parola in più dello stretto necessario. Di tanto in tanto levava il bicchiere vuoto e il barista lo riempiva.

In seguito fu mattina e se n'erano andati tutti, soltanto Abel continuava a sedere nell'angolo dove si era messo proprio all'inizio, abbottonato fino al colletto. La porta di ferro del cortile era aperta, un quadrato inondato di sole, aria, qui dentro invece olezzo di sudore profumato. Non gli dissero di andarsene, ma ripulivano in silenzio. Thanos, che stava raccogliendo i bicchieri, si avvicinò piano alla sua nicchia. Mentre toglieva i bicchieri dal tavolo lo guardò, ma continuò a non dire nulla. Un bicchiere mezzo pieno di un liquido marrone che Thanos non aveva visto era posato in equilibrio precario sul sedile imbottito accanto a Abel, che glielo diede.

Grazie, disse Thanos. Che ti succede? Non ce l'hai una casa?
In effetti no, disse Abel.
Aha, disse Thanos e portò via i bicchieri.
Ritornò e gli offrì una sigaretta.
Abel scosse la testa.
Vuoi dire che fai attenzione alla salute? Hai in corpo almeno sei Cielo e inferno, forse anche sette. In realtà dovresti essere morto.

Non riesco a ubriacarmi.
E come mai?
Alzata di spalle. Ha lo stesso sapore dell'acqua e più o meno lo stesso effetto.
Sei bello, disse Thanos.
Che vuoi rispondere.
Forse già un po' troppo vecchio.
Pausa.
E poi preferisci stare a guardare, o no?

Dopo (quanti?) anni Thanos chiese al suo cliente abituale: Da dove vieni?
Finalmente lui rispose qualcosa.
Capisco, disse Thanos.
Da qualche parte, in una stanza sul retro, si sentì il rumore di un aspirapolvere.
E quindi stai cercando una casa, disse Thanos e gli affittò un sottotetto illegale per una somma ridicola.
Abel ringraziò e si mise in tasca la chiave. Per tornare da Kingania al quartiere della stazione prese un taxi.

Omar

Ah, è lei, disse Mercedes.
Poi per un po' non riuscì più a parlare. Altri arrivarono e aiutarono a tirarla fuori da sotto il taxi. I fiori spiaccicati sul marciapiede, bianchi e verdi. Adesso sentiva anche il dolore, si aggrappava convulsamente alla mano dell'uomo, i capelli fradici di sudore vicino all'attaccatura.
In seguito si ritrovò un ago infilato nel dorso della mano, e andò meglio. Riconobbe una stanza d'ospedale, domandò

delle sue cose. Le aveva lui. Borsa, telefono, persino il libro e il mazzo di fiori smembrato erano posati su una sedia. I fiori distrutti le ricordarono la sua caviglia, non voleva guardarli ma nemmeno dire a lui o a qualcun altro che buttassero via il mazzo.

Mi farebbe un piacere?

Darle il telefono. Prima che vengano a prenderla per una complicata operazione alla caviglia sbriga un paio di telefonate.

Sei giorni alla settimana, dalle nove alle quindici, Omar non sente il telefono del nonno perché a quest'ora, il suo orario di *lavoro*, nella stanza di lavoro è muto, ma questo non ha una grande importanza perché la nonna del bambino è là, o quando non c'è allora c'è la sua segreteria telefonica. Per motivi mai chiariti quel giorno la linea non trasmetteva altro che il messaggio "Il numero chiamato è inesistente". Da Tatjana tutto funzionava ma lei non era in città, un reportage da qualche parte, voce impaziente: Cosa c'è, sono presissima. Niente di importante, disse Mercedes. Erik o piuttosto Maya sarebbero stati un'altra possibilità, ma per motivi ugualmente non chiari Mercedes decise di chiedere un ulteriore piacere all'ex insegnante di russo di suo figlio, per lei un mezzo sconosciuto che, sia detto per inciso, era sparito per mesi senza una parola e adesso rispuntava in circostanze romanzesche come passeggero del taxi che senza un'evidente ragione l'aveva investita, al margine di un incendio scoppiato per un motivo ancora ignoto. Il piacere di andare a prendere suo figlio a scuola.

Lui non fu sorpreso e non esitò nemmeno. Disse di sì.

E cerchi per favore di raggiungere mia madre.

E sprofondò nel sonno.

Omar era già davanti a scuola che aspettava, in piedi sul terzo gradino, così erano alti uguali, gli occhi alla medesima altezza, quelli del bambino accesi di una luce fredda.

(E allora? L'hai trovata? avrebbe chiesto Omar.
Chi? Pare che avesse risposto Abel.
La stazione.
Po russki, pozhalujsta.
Vokzal.
La frase intera, per favore.
Ty...
Nashjol. Nachadit, najti.
... nashjol vokzal?
Da.
Hai intenzione di partire?
Abel avrebbe scritto la frase in russo e gliela avrebbe letta a voce alta, Omar l'avrebbe ripetuta.
Hai intenzione di partire?
Niet, ja nje hochu ujehat.
No, non ho intenzione di partire.
Volevi andare a prendere qualcuno?
Volevi andare a prendere qualcuno?
No.
E allora cosa volevi fare là?
E allora cosa volevi fare là?
Abito da quelle parti.
Abito da quelle parti.
Come mai allora non sapevi che strada prendere?
Come mai allora non sapevi che strada prendere?
Mi ero perso.
Mi ero perso.

Nel parco?
No, già prima.
No, già prima.
Questo non lo capisco, avrebbe detto Omar. *Ja nje ponimaju.*)

Adesso: Ciao, disse timidamente l'adulto. Sono venuto a prenderti.

Lo so, disse il bambino con tutto il carisma del padre sconosciuto e la voce tranquilla della madre ferita. Portava in spalla lo zaino. Non voglio andare in ospedale, voglio andare a casa. Ho fame. Grazie, posso portarla io la borsa. Perché in taxi? Sono solo due fermate d'autobus. Che succede? Non hai mai viaggiato in autobus?

No, disse Abel. *Ja nikogda nje jehal n'avtobuse.*

Il ragazzo lo guardò. Uno: parlare russo significa allacciarsi a qualcosa che c'era nella speranza che ci sia ancora. In altre parole: una chiara lusinga. Due: adesso però il bambino non poté fare a meno di sorridere e scuotere la testa: Come si può essere un tale... A parte questo rimase serio.

Eccolo che arriva, disse Omar in direzione dell'autobus e salì. A Abel non restò altro da fare che seguirlo. Omar avanzò fino al centro del veicolo. Subito si ritrovarono pigiati nella calca, corpo contro corpo. Abel si concentrò sulla punta del cranio del ragazzo, ma a un certo punto la mano gli divenne scivolosa. Proprio quando non riusciva più a tenerla attaccata alla sbarra, Omar disse: Qui!

Scesero e attraversarono il parco. Al di là delle reti di recinzione stavano giocando a calcio. Omar vide con la coda dell'occhio che l'uomo accanto a lui era tutto sudato. Eppure oggi è la prima giornata fresca. Che ti succede? Non lo domandò. Ma se va avanti così l'avrò perdonato più in fretta di quanto...

Non abitavano più nello stesso posto di prima, adesso avevano un appartamento tutto loro in una strada alberata molto carina, poco lontano dal parco. Sulla facciata dell'edificio, un paranco: *per il pianoforte.* Nell'appartamento Abel riconobbe in una nuova disposizione alcuni oggetti che gli erano stati precedentemente illustrati. La statua africana sul comò rustico. Il bambino andò in cucina e Abel cercò di raggiungere le persone più importanti.

So chi è lei, disse Miriam interrompendo il suo balbettio al telefono. Di nuovo una voce così diretta. Cosa sta facendo in questo momento?

Sta prendendo una pentola dall'armadio in cucina. Vuole cucinare pasta con mais.

Va bene, allora mangi con lui. Io vado in ospedale.

Riappese.

C'è qualcosa di inspiegabilmente piacevole in tutta la faccenda. Ah, lei sarebbe, no, non andiamo per prima cosa in ospedale, non prendiamo nessun taxi, so chi è lei, mangi insieme con il bambino, mi aiuteresti un istante?

Il ragazzo con un barattolo di mais e un apriscatole in mano. Abel aprì il primo barattolo di mais della sua vita. Metallo molle come burro. Qualcosa di inspiegabilmente piacevole.

In seguito l'orologio della cucina entrò nella visuale di Abel, e gli vennero in mente lo zaino e la borsa che aveva lasciato nel bagagliaio del taxi. Con dentro tutto: vestiti neri, un libro sfasciato con illustrazioni di ragazzini nudi che per tutto il tempo si era portato dietro perché sapeva che Kinga avrebbe frugato fra le sue cose, e il passaporto quasi scaduto di una confederazione ormai scomparsa. Bisognerebbe occuparsi anche di questo, d'altro canto si può pure lasciar perdere, le cose sono sparite e definitivamente, non c'è ragione di aver fretta, potrebbe anche restare qui e affidarsi alle direttive di questa famiglia presaga.

Finito?

Abel fece segno di sì, umilmente. Mentre dava il barattolo al ragazzo lo sguardo gli finì sulle cifre impresse sul coperchio: 05.08.2004. Per un istante ebbe l'impressione che fosse la data odierna.

Grazie, disse Miriam quando finalmente arrivò. È stato incantevole da parte sua. Anche se con Omar non bisogna darsi troppa pena. È un ragazzo grande. Avete mangiato? Avete parlato di cose interessanti?

Omar aveva diviso il cibo in due piatti fondi e l'aveva messo sul tavolo della cucina senza dire una parola. Anche il suo ex insegnante di russo aveva preso silenziosamente posto. Come un'anziana coppia. Tacquero per quasi tutto il tempo.

Mi dispiace di essermene andato via all'improvviso senza riuscire nemmeno a salutare, disse finalmente Abel, hai ragione, avrei dovuto farlo, sarebbe stato il minimo, e per punizione ho perso il mio appartamento, il computer e tutti i miei lavori, non lo dico per essere compatito, si ha quel che si merita, ti ho deluso, puoi perdonarmi?

Il ragazzo beveva da un grosso bicchiere di cristallo rosso. La luce della lampada di cucina riflessa sulle sfaccettature e sull'occhio di vetro. Omar depose il bicchiere e riprese in mano cucchiaio e forchetta.

Naturalmente *posso* farlo.

Sì, disse Omar. Abbiamo parlato di cose interessanti.

Alla fine Abel si fece imprestare una cartina della città e cercò a piedi la strada fino al nuovo appartamento. Nemmeno venti minuti di distanza. Crepuscolo, il Mulino dei Matti era chiuso quel giorno, marciapiede vuoto, muro di mattoni, vento e uno strano cigolio che Abel all'inizio non riuscì a identificare. Riconobbe la sua casa, la penultima prima della fine della strada che non aveva uscita, la riconobbe per le due borse posate sul marciapiede davanti alla porta. Qualcuno le aveva portate all'indirizzo che lui aveva dato al tassista, insieme al materasso di gommapiuma preso in prestito da Andre. In seguito, quando si trovò sulla sua piattaforma cinque piani più in alto, vide anche da dove venivano gli echi cigolanti: vagoni che facevano manovra.

Così si aprono prospettive nuove. Abel stava in cima alla sua piattaforma, avvolto fino ai fianchi dalla gabbia di ferro, il vento lo spingeva indietro fin quasi al muro, alle sue spalle una stanza polverosa e tagliata in modo bizzarro dove non c'era nulla all'infuori di un armadio e una radio incrostata di calcare nella cosiddetta cucina, il cosiddetto bagno consistente in realtà soltanto di due bacinelle di smalto con dell'acqua vecchia e rugginosa sul fondo, e disteso *nel mezzo* un vecchio materasso e due borse da viaggio nere che ormai aveva dato per perse. Strizzò gli occhi: i container argentei a forma di proiettili che scivolavano lungo i binari laggiù in basso mandavano gli ultimi riflessi di luce.

Nel frattempo
Crisi

In meno di sei mesi saranno sposati. Non è una cosa tanto inconsueta. Al momento però nulla lo farebbe pensare. Lui è ritornato, riapparso da tempi oscuri e proprio all'istante giusto, un eroe atterrato lì con esattezza estrema: pronto a tenerle dolcemente la mano, apre barattoli di mais (ovvero: uno, *un* barattolo di mais), ha un appartamento con vista e si comporta in modo normale e da adulto come forse non ha mai fatto. A intervalli di tempo opportuni, come si conviene, telefona per informarsi delle sue condizioni. Oh, diceva Mercedes assente. Grazie. Altre cose adesso la preoccupavano.

Il momento in cui potrebbe essere necessario scoppiare in lacrime non sembra più molto lontano, pensò Mercedes con queste precise parole mentre la sollevavano dall'asfalto per adagiarla sulla barella e il dolore la attraversava dalla caviglia fin sotto il cranio. Oppure, svenire. Ma non svenne e non scoppiò nemmeno in lacrime, era troppo perplessa per farlo, e in seguito ci pensarono gli analgesici a farle mantenere un'ottusa padronanza di sé. Osservava in silenzio l'effetto della morfina sul suo corpo. Quando il dolore alla caviglia cominciava a riaffiorare, lo segnalava e riceveva una nuova iniezione. È la stessa famiglia dell'eroina. Come trovarsi all'esterno del proprio corpo. I giorni e le settimane successive sempre un po' fuori di sé, o chissà dove. Quelli che la circondavano registrarono un certo, chiamiamolo così: cambiamento di personalità. A volte tollerava tutto (programmi televisivi, il cantiere proprio davanti alla finestra della sua stanza di ospedale, chiusa da un telone) con una pazienza sconfinante nell'apatia, dopodiché era di nuovo lei, e non lo dissimulava più, scontrosa (direttore in visita, lei annuisce, sissì, presto sarò guarita, ma già sventola le mani, metti là i fiori e smamma), condizione a cui poi si aggiunge la temporanea riduzione del suo vocabolario (Che cos'è quest'incredibile schifezza/spazzatura/merda!), scatti e gesti mai conosciuti (con un libro cerca di colpire il secchio della spazzatura sotto il lavandino) e ordini bruschi, categorici, sì e no, e quando deve ripetere qualcosa la seconda volta lo fa gridando, insomma: una vera e propria depressione postoperatoria.

Che succede? Ma che succede qui? Quando riapparve dietro il telone, la città era come sottosopra. C'è forse un solo angolo dove non si scavano buche con fracasso infernale? I begli alberi nella sua strada avevano perso il fogliame – Dov'è finito l'autunno? Perché ultimamente l'estate qui deve trapassare dritta nell'inverno? –, se ne stavano là, ramazze tremolanti. Senza più foglie, si poteva vedere con quanta violenza erano stati potati in modo che non diventassero troppo alti, troppo larghi, troppo tondi per quella graziosa strada. Ma perché doveva cadermi il velo dagli occhi?

Tornata a casa sedeva quasi soltanto sul divano, il piede appoggiato sul ripiano di marmo del tavolo. Il tavolo era in strada quando si erano trasferiti lì, quasi a far da benvenuto, forse qualcuno l'aveva messo apposta accanto ai suoi mobili sul marciapiede, un'offerta. Anche quello? avevano chiesto i trasportatori. Lei si era guardata attorno – non si vedeva nessuno – e alla fine aveva fatto segno di sì. Il ripiano di marmo era chiaro, a forma di mandorla, e una crepa nera lo attraversava per il lungo. Per diverse settimane Mercedes osservò impassibile la crepa. La sua piccola ma stabile rete di famigliari e amici continuava ad andare e venire. A differenza di molti io non ho mai bisogno di essere sola, perciò dovrei provare amore o almeno gratitudine, ma al momento tutto le dà ai nervi. Erik, quando arriva chiassoso come un treno espresso per annunciare:

Non c'è mai stato meno motivo per perdersi d'animo! Scoppiamo di energia! Alla fine degli anni Novanta siamo prosperi come non mai! Forse non durerà più di tre anni, poi la bolla scoppierà e, citazione, "ci sarà un bagno di sangue", ma fino ad allora! Al massimo si potrà litigare se dobbiamo bombardare B. oppure no. Chiunque tenga a sé stesso è a favore, e tu cosa ne pensi?

Non so, disse Mercedes. Non ne ho la minima idea. La mia vita si sta sfasciando come una caviglia investita per caso.

È vero che ti sei licenziata?

Sì. O meglio: no. Ma lo farò non appena mi avranno dichiarata guarita.

Sempre che succeda. Credo, disse Miriam, che quando ti hanno detto di tenere sollevata la caviglia non intendessero: per il resto della tua vita.

Sul serio, disse Erik, al momento le cose ci vanno tanto bene che sto pensando seriamente di abbandonare il collaudato principio dello sfruttamento di sempre nuovi praticanti in favore invece di un posto di redattore, non hai che da dire una parola.

Sei un tesoro, disse Mercedes (Erik arrossì) e rimase seduta.

Miriam: Dico sul serio, se non inizi a caricare il piede forse non riprenderai mai a camminare normalmente.

Che io resti qui seduta non cambia niente.

A questo punto: il prevedibile discorso materno sul comportamento responsabile degli adulti. Quanti anni hai? Dodici?

Per tutta la mia vita, pur sempre trentatré anni, sono stata una persona coraggiosa, operosa, ottimista. Adesso che la mia vita è in frantumi come...

Questo l'hai già detto.

E allora? Non posso ripetermi? Non posso restare seduta qui fin quando non sarò guarita? Non mi è (Miriam fece un cenno con la mano e prese la borsetta) concesso?

A quel punto squillò il telefono.

Sì! gridò Miriam nella cornetta. Ah, lei è...

Omar uscì dalla sua stanza e le si piazzò di fronte.

Grazie, disse Mercedes al telefono. Va meglio. È stato gentile a chiamare. Avrebbe già voluto ringraziare da tempo per l'aiuto, ma non avevamo un suo numero di telefono. Vorrebbe lasciarlo questa volta? Sarebbe stata felice di ricambiare, prima o poi, quando sarà possibile, magari un invito a cena.

Quando viene? chiese Omar dopo che Mercedes ebbe riappeso.

Posso in qualche modo aiutare? chiese Miriam dal corridoio.

Grazie, niente, disse Mercedes.

Che ne direste di giovedì prossimo, chiese Omar.

Mh, disse Mercedes.

A dire il vero voleva solo essere gentile. Al momento non mi sta, mi correggo: non mi va di vedere nessuno.

Quando? chiese Omar.

Quando cosa?

Quando sarai pronta?

Là ritto in piedi, il bianco dell'occhio di vetro aveva le stesse venature e luccicava come il ripiano di marmo del tavolo. È nato con un tumore all'occhio, allora me n'ero pure vergognata un po'.

Presto, disse lei, presto.

Qualche giorno dopo Omar sentiva già in corridoio i battiti delle sue stampelle sul parquet.

Cos'è successo?

Indovina chi viene oggi a cena.

Chi?

Ci furono di nuovo spaghetti, stavolta preparati da Mercedes, piccanti.

Quali sono meglio?

Tutti e due.

Sì, ma quali sono *meglio*?

Il bambino manteneva sempre un contegno severo, naturalmente *posso* perdonarti. O meglio: *Questo* è già successo da un pezzo. Ciò non significa che non ci siano più domande. Soltanto: Chi deve porle?

Fu una strana cena, molto tranquilla, come se nessuno volesse mettere in piazza, che cosa? qualcosa. Lui non era mai stato molto loquace, toccava a lei reggere la conversazione e a volte, quando ne aveva voglia, al bambino. Stavolta: come se intere truppe di angeli attraversassero la stanza ma, fatto interessante, non era spiacevole. È interessante, pensò Mercedes. Fin dall'inizio misurava Abel con quel che si dice uno sguardo *indagatore*, e poi, quando Omar andò alla toilette e loro due rimasero seduti, la caviglia ferita distesa in mezzo a loro su una terza sedia, disse con tono di voce lievissimo:

A proposito, l'udienza per il mio incidente è fra due settimane. Anche lei ha ricevuto una citazione. O meglio: il mio defunto compagno Tibor B. ha ricevuto una citazione, e sia ringraziata la posta che spedisce la corrispondenza al nuovo indirizzo.

Allora pensava soltanto al dolore, mentre era seduta sull'asfalto e poi sulla barella, e quando la caricarono sull'ambulanza, un gran fracasso, chi avrebbe immaginato che potesse sentirlo: Come alla domanda del poliziotto che gli chiedeva chi fosse lui, il disponibile passeggero del taxi nonché testimone aveva risposto: Tibor B., residente in. Ed era salito anche lui nell'ambulanza come se già appartenesse a lei.

Questo parla a favore o a sfavore di lui? Quando si fece passare per Tibor, Abel non sapeva che era morto. Lo venne a sapere un paio d'ore dopo, da Omar.

Oh...

Sì, disse Omar. Sono andato in vacanza con i nonni e quando sono tornato era morto, e noi ci eravamo trasferiti.

Mi dispiace, disse allora Abel. (Quasi fosse addirittura arrossito un po'. Chi l'avrebbe pensato.)

Non fa nulla, disse Mercedes. Omar tornò indietro:

Cos'è?

Breve pausa e poi, una cosa del genere io, Mercedes, non me la sarei aspettata, Abel lo raccontò al bambino. Cos'era successo. Mi sono spacciato per un altro.

Oh, disse Omar. Pochemu? Perché l'hai fatto?

Si poteva vedere l'oscurità che calava nella stanza. Il tavolo di marmo scintillava color della luna.

E va bene.

La cosa è semplice, disse Abel. Lo Stato in cui era nato e che aveva lasciato quasi dieci anni prima si era diviso nel frattempo in tre o anche cinque nuovi Stati. E nessuno di questi tre o cinque credeva di dover garantire a uno come lui una cittadinanza. Lo stesso valeva per sua madre che adesso faceva parte di una minoranza e nemmeno lei aveva diritto a un passaporto. Lui non poteva andarsene di qui, lei non poteva andarsene di là. Si telefonavano. Un padre ci sarebbe pure, in possesso della cittadinanza di un sesto Stato vicino, e cioè indipendente, ma era scomparso da poco meno di vent'anni e da allora era irreperibile. Ah, è così, e dal momento che lui non aveva risposto alla chiamata militare era considerato fino a nuovo avviso un disertore.

Oh, dissero Mercedes e Omar. È così.

Sì, disse lui e chiese nuovamente scusa.

Direi che è stato quello l'istante cruciale, disse in seguito Tatjana. Una come Mercedes non è in grado di resistere a qualcuno che si trova in pasticci tali da assumere l'identità di un morto. Losco, ridicolo e tragico. Così è.

Fino al momento dei saluti non dissero più nulla. Un uomo nel buio. Mani bianche, morbidamente intrecciate.

Primavera

La primavera scorsa, e a quel tempo ancora: dopo la lezione Mercedes andò in una libreria antiquaria vicino alla scuola. Un negozio davvero minuscolo, fra la porta di entrata e la cassa c'è posto appena perché lei, che non è tanto alta, possa sdraiarsi comodamente, se la cosa si rendesse necessaria. Se per esempio ci si smarrisse e fino alla chiusura del negozio non si trovasse l'uscita in questo locale che sembrerebbe tanto minuscolo. Il che sarebbe del tutto plausibile perché è così pieno zeppo di libri, impilati dappertutto, negli scaffali, sui tavoli, sul pavimento, tanto che difficilmente potrebbe esserci qualcuno in grado di orientarsi qui in mezzo.

Chieda pure, suggerì il proprietario. Autoritratto dell'artista come l'unto del Signore, i capelli alla Cristo color cognac arrivano fin sotto il bordo del tavolo, dietro il quale lui sta seduto perfettamente dritto. Chissà se ha le gambe? Ma cosa stiamo cercando *noi*?

Mercedes pensava a un'edizione bilingue di Rimbaud, o qualcosa del genere.

Fossi in lei andrei da quella parte. L'uomo che assomigliava a Dürer le indicò la direzione. Non è lontano.

Le gazzelle sono solo a due giorni di marcia, pensò Mercedes mentre si teneva in equilibrio sorridendo in mezzo al caos polveroso. I bordi delle torri di libri le sfioravano la coscia: strisce bianche di polvere sul vestito scuro. Negli altri corridoi, fruscii. Altri clienti o topi. Ratti. Colombi. Mercedes, che ha un'avversione per certi animali, si sentì venire la pelle d'oca.

L'ha trovato? La voce del proprietario. *Normalmente* dovrebbe trovarselo davanti.

Guardò nello scaffale e in effetti, proprio all'altezza degli occhi: un volume di Rimbaud con testo a fronte. Rise. Un tipo così, devo raccontarlo agli altri. Può esistere una libreria antiquaria in cui ognuno trova quello che cerca? (Chiamare Alegria.) Proprio allora qualcuno entrò nel negozio, si sentì la porta, poi il libraio che parlava con quella persona. Mercedes ritrovò la strada seguendo a ritroso la voce. Quando fu tornata alla cassa il cliente stava mettendosi in tasca i soldi del resto.

Oh, salve, buongiorno, disse Mercedes all'insegnante di russo di suo figlio. E poiché ebbe l'impressione che lui non l'avesse riconosciuta, aggiunse: Sono Mercedes, la mamma di Omar.

Abel annuì. Naturalmente. Lo sapeva. Buongiorno.

I soldi nella tasca dei pantaloni, il libro acquistato nella tasca del cappotto nero. Non stava dentro tutto e una striscia della copertina chiara telata spuntava fuori, già da lontano si vedeva: Quest'uomo porta con sé un libro. Mercedes da parte sua si comprò *Un'estate all'inferno*, e alla fine fecero un pezzo di strada insieme.

Mercedes è bassa, non gli arriva nemmeno alla spalla e lui le camminava accanto un po' curvo. Questa postura lo fa apparire più vecchio di quanto non sia. O più giovane. Un adolescente che non sa che farsene del suo corpo. Penso a lui come a un vecchio e a un bambino nello stesso tempo. La prima volta che lo incontrò da qualche parte che non fosse a casa sua, la prima conversazione a due. Si diressero verso il parco, un aprile con i cappotti aperti, tutto era un po' bagnato anche se non pioveva. La natura si risvegliava in mezzo alla città.

Hrm, disse Mercedes. Come vanno le lezioni?

Benissimo, disse Abel.

Lei fu contenta di sentirlo. Aveva saputo che dava lezioni anche ad altri bambini.

Sì.

E a quanto pare lo faceva volentieri.

Sì.

Anche a lei piaceva insegnare.

A quel punto lui non disse nulla.

Come va il dottorato?

Di nuovo: pausa. Durante la quale: il rumore manifestamente sincronizzato dei loro passi e, per contrasto, il tintinnio fuori ritmo delle monetine nella tasca dei pantaloni. Uomini che portano i loro soldi nelle tasche dei pantaloni. L'atteggiamento di Mercedes al proposito è ambiguo. Così come *tutto* in questo momento era in qualche modo *da-un-lato-e-dall'altro*. Qui il ritmo elegante dei passi di lui, là il tintinnio stonato, proletario delle monete. E così le sue risposte. (Soprattutto: C'erano *solo* risposte. Non accadde che lui facesse una domanda. Stavolta, e anche in seguito solo quando ormai era assolutamente inevitabile. Come faccio ad arrivare alla stazione?) Da un lato c'era la voce: in pienezza e melodia il meglio di maschile e femminile, mentre dall'altro lato bisognava cavargli di bocca qualunque cosa e poi non si sapeva se fosse ironico o soltanto goffo. Alla domanda su come andasse il lavoro lui rispose dopo una breve ma innegabile pausa: *Va.*

Nemmeno io ho mai finito il mio dottorato, disse Mercedes. Oh mi scusi, *io* non ho mai finito il mio dottorato. E adesso che insegnava aveva definitivamente capito di non avere mai avuto una mente scientifica, o quanto meno un interesse in quel senso.

Al che lui non disse nulla, e cosa avrebbe dovuto dire?

Di' qualcosa in russo! disse più tardi Mercedes, a casa, rivolta a suo figlio.

Così non va, disse Omar. Non si può dire qualcosa semplicemente così.

Allora di': Amo mia madre.

Ja ljublju moju mat.

Suona bene, dice Mercedes. Di cos'altro parlate?

Omar si strinse nelle spalle, gesto che non gli appartiene affatto, e disse: Di cosa si parla. Grammatica. Geografia.

Credo che lui gli piaccia, disse Mercedes ai propri genitori. Non imita nessuno che non riesce a sopportare. E *lui* continua a stringersi nelle spalle come un adolescente.

Questo quindi l'hai osservato. (Alegria)

Mercedes: Purtroppo Tibor non ha tempo di occuparsi del bambino. Vive tutto per il suo lavoro.

Miriam annuì: Come solo un assoluto egoista della sua risma sa fare.

Alegria fece finta di immergersi profondamente nei suoi pensieri e a quel punto si svegliò: Chi?

Abel e Mercedes andarono insieme fino alla clinica psichiatrica, si salutarono cordialmente, poi lui andò a destra e lei a sinistra, il resto è cosa nota.

Allora, a quell'angolo di strada, *tutto era stato in ordine* per l'ultima volta. Un punto non malvagio nelle vite di entrambi, tutto aveva un posto ed era a posto, dopodiché lui perse però l'orientamento, si invischiò in un'avventura violenta e scomparve, e i loro rapporti si svilupparono non proprio nel migliore dei modi. Ora si offriva l'occasione di ricominciare daccapo. Ci siamo mossi un po' in tondo, o meglio no, non è più lo stesso circolo, io sono un'altra persona, non completamente ma in sfumature decisive, e lui? Questo ancora non era ben chiaro.

Mercedes non aveva guardato il passaporto con la data incriminata, ma in base a quelle di cui disponeva calcolò che presto sarebbero stati dieci anni. C'era dunque da un lato il fattore temporale, dall'altro lato bisognava pur procedere con cautela. Fare mente locale: Che cosa sappiamo su di lui? Cosa sa Omar? Cosa possiamo intuire? Cosa c'è da vedere?

Le settimane successive si prestarono a diverse osservazioni. Questa volta, disse Omar, vorrei imparare non solo il russo ma anche il francese. Lunedì russo, giovedì francese. Va bene, disse Mercedes e affidò l'incarico a Abel. Lui lo accettò senza stupirsi né esitare. Mercedes dal canto suo ritornò sulla proposta di Erik, in qualche modo devo pur pagare le ore di lezione. All'inizio, per riguardo alla caviglia, lavorò a casa, il che risultò conveniente perché in quel modo poté rinfrescare un po' il suo francese. Mi metto tranquilla nell'angolo e ascolto, e fra l'altro posso anche osservare.

Che aspetto ha? Come sono il suo contegno, i suoi movimenti? Mentre mangia, mentre fa lezione, mentre va e viene? Conformazione e stato delle parti visibili del corpo? Pochi peli neri sulle ultime falangi delle dita in basso, altrimenti pelle maschile chiara quasi immacolata, tendini. Tracce di lavoro fisico: nessuna. Unghie perfette, forse un po' più lunghe di quanto ci si aspetterebbe. Una piccola irregolarità negli incisivi inferiori. Quando all'improvviso il giudizio ti schiaccia in mezzo dai due lati. Capelli come penne di corvo, stenterei a definirla una pettinatura. Bell'aspetto, nel complesso? A volte direi: sì, a volte invece non si sa. Lo stesso viso, e però. Questione di punti di vista, e quelli sono innumerevoli. Incidenza della luce, ora del giorno, tema della conversazione. Un viso come di luna: a volte crateri, oscurità, poi di nuovo pieno, bianco, raggiante. È lo sguardo a renderlo così, raggiante. Che sguardo.

Quando alla fine della lezione lo invitano a cena e gli rivolgono delle domande lui risponde. Cortese, conciso e a quanto pare in perfetta sincerità.

Da dove viene? Com'è là? O meglio: Com'era? Il clima, l'architettura? C'era un teatro solo per spettacoli itineranti, un albergo, chiese e concessionari d'auto?

Una metropolitana? (Questo fu Omar a chiederlo.)

E così lei non può andare a trovare sua madre?

Anche mio padre è scomparso, dice Omar.

Ultimamente Mercedes ha preso a interessarsi della questione dei profughi, qual è la loro situazione legale, malattie caratteristiche. E comunque a questo proposito lui non è un buon interlocutore, non c'è da stupirsi, come ti sentiresti tu al suo posto, io quasi mi vergogno, dedichiamoci piuttosto a qualcosa di verosimilmente inoffensivo:

Cos'è successo da quando ci siamo visti l'ultima volta? Ha una casa nuova? Dove? Di cosa vive? (Osservazione: Viaggia in taxi più spesso di quanto non si potrebbe supporre per *uno come lui*.) Ha dei soldi? Da dove gli vengono? Niente documenti, e i soldi, invece? Funziona così? (Sei nella mafia, chiese un giorno Mira al telefono.) Spesso non si sa di cosa vive la gente. (Cos'era quella faccenda di droga?)

Che cosa la interessa di più: il lavoro scientifico o l'insegnamento?

Tutte e due le cose. Già, ma cosa è meglio?

Mercedes da parte sua ha nostalgia dei bambini. Forse anche loro hanno nostalgia di me?

Per quale motivo ti piace, Mercedes chiese di punto in bianco a Omar una mattina, e lui capì comunque chi o cosa lei intendesse. Si strinse nelle spalle e disse, saggiamente: È così e basta.

In seguito, quando fu in grado di muoversi un po' meglio, gli chiese anche altre cose. Il weekend prossimo andiamo al mare. Vorrebbe accompagnarci? Ha visto la cattedrale di legno da quando l'hanno sistemata? Puoi dirmi qualcosa sulle icone? Mia madre soffre di vertigini, ci vieni con me sulla ruota panoramica? E poi non è un tale stoccafisso. Si può parlare con lui di arte e di libri. È ben informato sulle esposizioni permanenti, le cose nuove invece non le ha mai viste. Noi andiamo venerdì prossimo, vieni anche tu?

Lui diceva di sì, ogni volta. Si vedevano almeno due, per lo più tre volte alla settimana. E a un certo punto, volente o nolente, cominci a sentire la differenza: fra i giorni che passi con lui e quelli che con lui non li passi. Nei giorni che passi con lui non devi pensare a niente. Negli altri devi pensare a lui. Mercedes non avrebbe saputo dire cosa fosse meglio. Sì, pure la psicologia giocava probabilmente un ruolo. Che io volessi trovarci del buono, in tutta la faccenda e in *lui*, ma perché no? I vertici fondamentali della vita di Mercedes erano tornati al loro posto ma con una nuova tensione fra le parti, un nuovo edificio, e le connessioni si andavano creando. Lei percepì il ritorno di questa condizione a lei tanto nota, vertiginosa: essere l'amata segreta di qualcuno.

Ce jour

E un lunedì apparve a braccetto con questo tizio al *jour fixe*. Ultimamente la consuetudine era ripresa, adesso sotto il patrocinio della coppia Erik-Maya, in un locale vicino alla casa editrice. L'epoca esige vita sociale e nuove discussioni. Se tu (Mercedes) non hai nulla in contrario. Perché dovrei avere qualcosa in contrario? Lei si ascoltò, e in effetti: niente più dolore. A dire il vero ho già quasi dimenticato com'era in *quella casa*.

Il weekend prima di quel lunedì l'aveva passato lavorando. Uno dei suoi autori, il suo nome è Maximilian G., ma per l'occasione noi (Erik) lo chiameremo semplicemente Madmax, le telefonò con voce tremante ancora prima di colazione: Potremmo vederci? So che è il weekend, ma... (Era stata una notte terribile.)

Un ragazzo simpatico, disse Erik, una bella testa, ma folle. Pensa di dover pensare fino a rovinarsi. Abbiamo la stessa età, dodici anni nello stesso banco a scuola, e adesso guarda me e guarda lui. I capelli grigi e radi, e la pelle!, i denti!, l'intero corpo! La schiena curva e così le dita che stringono tremanti la sigaretta, ogni quarto d'ora è scosso da un accesso di tosse da fumatore. Ogni pagina se la strappa letteralmente dalle costole, e di pagina in pagina si fa sempre più sottile. Se un giorno la corrente lo trascina via dalla finestra, veleggerà esitante e lento come una foglia.

Nessun problema, disse Mercedes con voce dolce e tranquillizzante. Chiamo la nonna e le chiedo se può badare lei a te (Omar), anzi no, formulerò diversamente la domanda, se può farti compagnia.

Oppure, come deciso, disse Omar, me ne vado con Abel allo zoo.

Non so...

Comunque è troppo tardi, sarà qui da un momento all'altro.
Il campanello alla porta suonò.
Vedi?
Un attimo dopo erano già fuori, e ho come l'impressione di non avere avuto neppure il tempo di dire "ma", e – Che metamorfosi! – Madmax sedeva al posto di Omar al tavolo da pranzo e guardava con occhi febbrili nella direzione dove si trovava il manoscritto, mentre Mercedes tentava per la terza volta di leggere ad alta voce una lunga frase il cui senso, com'è giusto che sia, si approfondiva e dispiegava sempre più di subordinata in subordinata ma poi, poco prima della fine, si ingarbugliava e all'improvviso non si capiva più...

A volte mi chiedo davvero, disse amaramente MM, se è comunque possibile tenere in piedi anche un solo pensiero.

La mano di lui era posata sul ripiano del tavolo e le dita tremavano, tanto che il movimento si trasmise anche al tè freddo che stava lì accanto in una brocca di vetro. L'eco di un tremito lontano.

Sono sicura, disse dolcemente Mercedes, che è solo un problema linguistico.

Ma certo, disse MM. È sempre solo un problema linguistico. Mercedes si accorse con spavento che il tremore si era esteso all'intero corpo di lui, come se fosse scosso da una scarica elettrica. Si alzò, la sedia scivolò indietro stridendo.

Chiedo scusa ma devo fumare una sigaretta, poi però non si mise accanto alla finestra aperta, come ci si sarebbe aspettato, ma si accovacciò sul davanzale, la schiena appoggiata all'intelaiatura della finestra: scarpe, calze, pantaloni e il resto del corpo ripiegato sopra il sedere aguzzo, una bambola di pezza alla quale da chissà quanti inverni si è dimenticato di togliere il gilè grigio lavorato a maglia, e persino così sembrava tremare dal freddo. Cenere bianca volava dalle sue dita verso la strada. Se alla fine anche lui si buttasse giù non potrei farci nulla.

Credo di capire bene quello che intende, disse Mercedes. Ah sì?! Lui le lanciò un'occhiata penetrante. Occhi tondi, naso aguzzo. Forse persino un po' sprezzante. Qualcosa che ha scoperto in lui solo in questo momento. Possiede il disprezzo. Il che fa un po' male. La sua voce come una frusta, con una sfumatura che assomiglia al fischio di un ratto: E cioè, che cos'è che intendo?

Con voce sommessa Mercedes si avventurò in una frase lunga e corretta superando il groviglio precedente, e in effetti... Lui buttò la cicca dalla finestra – le palpebre di lei tremarono: anche questo non se lo sarebbe aspettato – e riprese posto al tavolo, senza una parola, il fumo che gli usciva dai due lati della bocca.

Vogliamo scriverla così? chiese Mercedes.

Poco prima che scendesse il buio il bambino e il suo accompagnatore ritornarono, e ci si presentò. Omar e Max si conoscevano già, il tizio alto e bello era nuovo. Buongiorno, disse e sorrise gentilmente, la testa un po' china di lato. MM lo fissò sbalordito, e anzi sinceramente rispettoso. La temperatura, la consistenza, la pressione della sua mano non deturpata da macchie di nicotina. Durante il minuto che Mercedes impiegò per accompagnare i nuovi arrivati nella stanza accanto MM rimase pressoché immobile e disse poi a Mercedes che ritornava:

Sa una cosa, penso che per il resto me la caverò da solo.

La adoro, disse lui ancora sulla porta, gli occhi scintillanti nelle orbite come le scaglie di forfora sui suoi capelli. La ringrazio e chiedo scusa. Raccoglierò poi la cicca. Se la trovo. Se non quella, un'altra. Una cicca qualunque.

L'uomo sorrise e così pure lei, e sorridendo e volgendo le spalle alla porta:

Be', e voi due? Avete passato una bella giornata?

In cambio del weekend rovinato Mercedes si prese il lunedì libero, sbrigò un paio di faccende noiose – nessuno stira bene come la donna della lavanderia thailandese – e aspettò la lezione del pomeriggio. Questa andò come sempre, bevvero del tè. Alla fine lei andò al *jour fixe*, lui a casa. Facevano lo stesso tragitto.

Normalmente (sempre) era lei a iniziare una conversazione e a sostenerla, stavolta non disse nulla e quindi tacquero. A metà strada una coppia di turisti chiese informazioni sulla via. Lui le tradusse la domanda, lei rispose, lui tradusse la risposta, gli stranieri ringraziarono. Poi si allontanarono in silenzio. All'ultimo angolo prima del locale lui si congedò. La pressione delle mani di entrambi così delicata, quasi eterea. Lei proseguì ma poi si arrestò dopo un paio di passi, ssssss, su una gamba. Quel giorno era stata in giro a lungo, e adesso: un dolore lancinante alla caviglia.

Cosa poteva fare per lei? Chiamare un taxi?

Non ne vale più la pena. È proprio lì avanti.

In questo caso lui la accompagna. È così piccola e leggera che avrebbe potuto anche trasportarla, ma si limitò a offrirle convenzionalmente il braccio e lei vi si aggrappò.

Guarda! gridò Erik a capotavola. Chi abbiamo qui?! (Abel abbassò pudicamente le palpebre. Tatjana sollevò un sopracciglio.) Naturalmente ci ricordiamo tutti, con grande cordialità e con sincero interesse ti accogliamo in mezzo a noi, l'hai conosciuta, vero, mia moglie Maya, e questi sono Max, ah, vi siete già incontrati, e il mio vecchio amico Juri, lui ancora no e, naturalmente, la mia antica avversaria Tatjana che adesso, com'era da aspettarsi, storce beffardamente le labbra troppo rosse per i miei gusti, che cosa vuoi bere?

Come va l'*opera universale* attesa con tanta impazienza? chiese Erik quando portarono il caffè e il cognac.

Grazie, disse Abel alla cameriera.

Mh? (Erik)

Scusate, disse Abel, non ho...

Erik ripeté la domanda. La storia della linguistica comparata. Abel bevve un sorso di caffè.

Mi hanno rubato il computer.

Oh, disse Maya. Com'è successo?

E allora? disse Erik. Ce l'avrai una copia di salvataggio, o no?

Non ce l'ha.

Oh.

Silenzio.

Come sta Omar? chiese Maya.

Molto bene, grazie, rispose Mercedes.

E fu per lungo tempo l'ultima cosa che disse ad alta voce quella sera.

Dov'eravamo rimasti?

La capisco molto bene, disse Tatjana (che si comportava come se la sua migliore amica e l'uomo accanto a lei non la interessassero affatto) rivolta a Madmax. All'inizio si lotta con la propria idiozia, poi con quella degli altri, non è semplice.

Sì, dice Erik, condividiamo i tuoi sentimenti ma non ti compatiamo. È quello che ti meriti. *Per tuo proprio desiderio e amore ti sei consegnato alla sfera del fatale. Adesso sii arrendevole e paziente.* Clatch, la sua manaccia atterrò sulla schiena curva di Madmax. Un tuono dietro le sue costole. MM tossì. Per il colpo sulla schiena o qualcos'altro. Tossì, annuì, sorrise dolorosamente come in segno di assenso.

Infatti Max ha appena finito di scrivere un libro. (Erik, in tono di spiegazione a Abel.)

Quel che più di tutto vorrei, disse MM, è partire. Possibilmente subito, per un anno o più. C'era voluto così tanto con l'ultimo libro, per superare le ferite. Se non ci fossero tanti elementi imponderabili, la tosse, e prima di tutto i soldi.

A parte il fatto che fuori del tuo solito raggio di vita quotidiana sei assolutamente perso.

Se vuole la accompagno, disse Tatjana.

MM la guardò spaventato.

Perché vuole ammazzarlo? Il pover'uomo in fondo non le ha fatto nulla, le sussurrò all'orecchio Juri. Lei fece finta che le fosse finito nell'orecchio un capello o una mosca. Vi passò sopra la mano, schifata.

E così via. Erik parlava, Tatjana contraddiceva, Madmax si sfiniva in mezzo a loro due, Maya si occupava di Juri e portavano avanti una conversazione di pura cortesia su cose di nessunissima importanza. Seduti nell'angolo fra la finestra e la porta d'entrata, Mercedes e Abel tacevano. Attorno a loro il rumore consueto del locale, Mercedes sedeva stordita, la caviglia sotto il tavolo formicolava e tutto aveva un profumo che *qui* finora non era stato consueto. Era l'odore dell'uomo accanto a lei, nulla di concreto ma un po' come l'*Air della sua presenza*, e all'improvviso lei sussurrò a bassa voce, senza guardarlo:

Che ne direbbe se ci sposassimo?

Qual era la domanda?

Erik stava per controbattere qualcosa, spingersi al nocciolo della questione. Prese un ultimo slancio, respirò a fondo e ci fu una brevissima pausa – e proprio a quel punto qualcuno all'altra estremità del tavolo scoppiò a ridere. L'uomo di nome Abel che per tutto il tempo era rimasto muto come un pesce. All'improvviso scoppiò a ridere come nessuno l'aveva mai visto fare, una risata a tutti denti. Chiunque sedesse al tavolo in quel momento lo guardò. Erik, privato dell'attenzione, aveva comunque perso il filo e aggrottò risentito la fronte. Cosa c'è da ridere?

Niente! Abel agitò il bicchiere di cognac vuoto, come per scusarsi. La cameriera lo fraintese. Ancora uno?

Sarebbe stato già il quarto o il quinto, si rese conto adesso Mercedes. Conta bene i drink prima di fare un'offerta di matrimonio a qualcuno. Lui rise e scosse la testa. Un malinteso! Riappoggiò il bicchiere.

Non era bene aver riso così e d'altra parte che ti aspettavi, chiedere una cosa del genere seduti a un tavolo pieno di gente, non saprei. All'altra estremità del tavolo si continuava a tacere, e quindi lui non poteva dire nulla.

(Molto volentieri.

"Molto volentieri" cosa? (A quanto pare avrebbe chiesto Erik.)

Lui, amabilmente: Ho risposto alla domanda di Mercedes.

E qual era la domanda?

Qualcosa di privato, si sarebbe affrettata a dire lei, al che era subentrato di nuovo il silenzio fin quando la gentile Maya aveva attaccato un nuovo tema.)

Lui fece segno agli altri: Continuate a parlare per favore, non lasciatevi disturbare e soprattutto lasciatemi in pace in modo che io possa far roteare con un leggero rumore raschiante l'ennesimo bicchiere vuoto sul tavolo, e fare come se guardassi fuori dalla finestra.

Allora, per terminare la frase… Disse Erik e terminò la frase e poi ne cominciò un'altra ma l'attenzione, la sua, si era dissolta, qualsiasi cosa ora facesse o dicesse non poteva più fare a meno di guardare i due.

Lei fissò con le guance paonazze la tazza di caffè che aveva davanti, *lui* faceva finta di guardare fuori dalla finestra, ma non si poteva guardare fuori dalla finestra, non c'era niente da vedere, era buio, al massimo si vedeva la propria immagine riflessa ma il suo sguardo, come poté osservare Erik, la oltrepassava. Così, ciecamente, osservato o inosservato che fosse, nemmeno questo poté constatarlo, lui afferrò accanto a sé la mano di lei, se la portò alla bocca e la baciò. Quattro persone al tavolo conversavano –

Recentemente una mia amica era seduta proprio così in un caffè, accanto alla finestra, e all'improvviso un uomo volò giù al di là del vetro. Si è buttato dal tetto del grande magazzino. Proprio in mezzo alla folla.

Ha colpito qualcuno?

Ma che…

Per quanto ne sappia, no.

– e non si accorsero di nulla, la quinta persona era Erik. Ah…!

Un baciamano. Così fuori moda, inatteso, banale che mi sento male per l'invidia. Non è neppure gelosia. Una semplice, onesta invidia per un gesto impossibile.

Prese la mano, la baciò, la rimise accanto a sé, ora la mano di lei posava di nuovo sul proprio ginocchio. Quella di lui, rispettivamente, sul suo. Per il resto della serata non dissero più nulla. Grazie sì, o grazie no? Che situazione, roba da scapparsene via, la caviglia fa stupidamente male, scordarsi di camminare, zoppicare, tutt'al più, ma anche per far questo bisognava rivolger*gli* ancora una volta la parola, lui le sbarra la strada e bloccata nella nicchia della finestra lei non sente più nulla all'infuori del proprio cuore che batte.

In seguito, però, lui fu tanto cortese da esprimersi con più chiarezza. Almeno così ho pensato, allora. (Mercedes, fa un cenno con la mano.) Erik si offrì di accompagnarla a casa, ma a quel punto lui aveva già chiamato un taxi.

Devo dirti una cosa, disse Mercedes a Omar il mattino successivo. Ci sposiamo.

Davvero? chiese Omar. Non particolarmente sorpreso.

Ovviamente se tu sei d'accordo, disse Mercedes.

Lo sono, disse Omar in tono grave e si imburrò una fetta di pane.

Mercedes rise e baciò la mano di lui che teneva il coltello.

Attenzione, disse Omar.

L'appuntamento era fissato per un sabato mattina alle nove e venti. Lui arrivò in ritardo, con le dita tremanti si mise a cercare il proprio documento di identità e aveva un odore strano. Tutto questo era un po' irritante, ma nelle ultime settimane aveva sopportato le umiliazioni della burocrazia come, no, non come al solito: coraggiosamente, ma *elegantemente*, come se fossero un mantello fuori moda, e però raffinato, e non una camicia di forza (Come che sia, disse Tatjana. *Tu* non hai bisogno di sentirti in colpa per questo), tanto che adesso glielo si poteva davvero perdonare. Ha tutto quel che serve, è giovanile e paterno, si può ben stare con lui a braccetto davanti a un pubblico ufficiale. Sì, vogliamo sposarci, sì.

Alla fine andarono nel parco a fare le fotografie, come appunto si fa. Mercedes con scarpe poco adatte sui sentieri scricchiolanti. Il bouquet le oscillava mollemente nella mano. Di tanto in tanto Tatjana diceva: Alt!, e allora si fermavano: accanto ad alberi, panchine, statue, un ponte, un laghetto, quando ce n'era uno. Tatjana girò per un'eternità la regolazione della messa a fuoco della sua macchina fotografica reflex manuale, tutti fermi come si faceva un tempo, bloccati in posa sulla riva di un laghetto artificiale, accerchiati dalle montagnole verdastre dello sterco di anatre e oche che per qualche motivo continuano a vivere qui. Grassi uccelli bianchi camminavano dondolando dentro l'immagine. Coppia di sposi con pennuti. Un'oca depose la sua montagnola proprio accanto alla scarpa di Abel. Omar si mise a ridacchiare. Abel rispose alla stessa stregua o quasi. Il braccio a cui si era appesa Mercedes fremette.

Adesso però sbrigati, per quanto tempo ancora dobbiamo restarcene qui, non ne ho più voglia!

Alle parole di lei anche gli uccelli cominciarono a schiamazzare, Mercedes allora si azzittì all'istante e così pure gli uccelli. Alla fine: clic. Mercedes mollò il braccio di lui e si incamminò posando cautamente i piedi fra i mucchietti di sterco, poi indietro verso il bordo del prato dov'era Tatjana. Le gettò il bouquet.

Prendi!

Lo gettò con rabbia, eccitata, ma con insufficiente forza e cadde sull'erba prima del bersaglio ambito. Tatjana non si era comunque mossa. Seguì con interesse la traiettoria del bouquet fino all'atterraggio. Poi continuò a smontare il cavalletto. Omar sollevò il bouquet.

Prendi!

Lo gettò a Abel, lui lo afferrò e lo ributtò indietro. Le due donne avanti, e dietro a loro i maschi, si lanciavano il bouquet e ridacchiavano. Mercedes guardò le proprie scarpe sciupate, capì che non c'era più niente da fare e decise di non piangere ma di voltarsi, allargare le braccia e gridare: Anche a me! Il bouquet era in quell'istante nelle mani di Omar che glielo gettò ridendo contro il petto. Polline giallo sul vestito nero. Mercedes trattenne il bouquet.

Ancora! disse Tatjana.

Ma il bouquet... Buona parte dei petali era lacerata.

E allora lascialo lì.

Alla fine lei non lo lasciò lì. È così e basta.

Nell'ultima foto del giorno sono all'ombra della siepe davanti alla gabbia degli uccelli, gli abiti neri quasi non si vedono davanti alle foglie verde scuro, solo le loro facce bianche, i colletti e le mani luminose, Mercedes tiene un bouquet strappato, fiori con le corolle pendule, e a capo chino di lato osserva con interesse un pavone racchiuso anch'esso nell'immagine.

Prima che Erik potesse chiedere: Cos'è successo?, era già costretto a commentare: No, non è vero... quello che racconta la strega Tatjana.

E cosa racconta? chiese cordialmente Mercedes.

Hai davvero sposato quel tizio? Non chiedo il motivo, anche se mi domando pure quello, ma soltanto: Perché non sono stato invitato?

Non sono stati invitati nemmeno i miei genitori.

Perché no? chiese Miriam a suo marito.

È un matrimonio fittizio.

E con ciò. La nostra unica figlia. Così sarebbe sembrato più vero.

Il padre della sposa si strinse nelle spalle: A che pro?

Pronunciare il sì, foto. Alla fine separarsi fu difficile e quindi rimasero insieme, passeggiarono per il parco, si sedettero sulle panchine, mangiarono delle cialde, poi degli hot dog e alla fine, un po' chini in avanti: gelato. A quel punto anche Mercedes era nuovamente in grado di ridere. Il nostro banchetto di matrimonio. Da qualche parte – una radiolina portatile – un rock and roll strepitava insieme al vento. Nelle ore appena trascorse il parco si era riempito: picnic, gente che prendeva il sole, cani, frisbee. All'interno delle recinzioni giocavano a calcio. Uomini dell'età di Abel. Guarda, disse Mercedes a Omar. Una donna anziana con una crocchia da ballerina color neve portava con sé una gabbia con dentro un uccello. L'uccello assomigliava a un passero. Due bambini dell'età di Omar facevano correre nel prato le loro tartarughine, l'una incontro all'altra. Una dog sitter indossava un cappello arcobaleno. Dietro il gruppo degli sposi, su un albero: uno scoiattolo. Mercedes gli offrì i resti del suo bouquet. Lui si limitò a guardare. Probabilmente le tartarughine lo apprezzerebbero di più, disse Omar. Gli orologi delle chiese batterono le ore. Tatjana sollevò gli occhiali da sole sulla fronte e guardò l'orario, aprì la bocca per dire qualcosa ma a quel punto le campane ricominciarono a suonare e lei richiuse la bocca. Attese con pazienza fin quando ebbero finito e poi disse: Tutto magnifico, ma adesso doveva andare.

Si incamminarono in tre verso casa di Mercedes. Davanti alla porta anche lo sposo si congedò.

A lunedì.
A lunedì.
A lunedì.

Tre anni, non è vero? Il tempo necessario per ottenere un passaporto proprio. In realtà è tutto molto chiaro. E allora perché io (Miriam) sono irrequieta?
Pausa.
Lui e il bambino si intendono a meraviglia, e anche al di là di questo non c'è niente che non vada in lui. Un uomo gentile, tranquillo, di bell'aspetto. E nello stesso tempo... Non lo so, c'è qualcosa, qualcosa...
Sì, disse Alegria, capisco.

Si separarono e si incontrarono di nuovo due giorni dopo per la lezione. Visto che era l'ultima del mese Miriam diede a Abel alcune banconote ripiegate. Lui ringraziò gentilmente. Alla fine accettò di restare per cena.
Omar si immerse nel racconto di una geografia mai vista. L'oceano, il mare, la costa, le onde, i frangiflutti, l'isola, la penisola, il promontorio, la laguna, la foce, il delta, la corrente, il fiume, il ruscello, il rigagnolo, il lago, lo stagno, la palude, la pianura, la prateria, i boschi, le betulle, i pioppi, le querce, gli abeti, il sottobosco. Si soffermò a lungo sulla foresta siberiana. Gli orsi. Alla fine continuò con i rilievi, le colline, i monti e le catene montuose, le cime.
Per la maggior parte del tempo gli adulti tacquero.
Quando Omar ebbe finito di raccontare, Mercedes chiese se aveva voglia di andare a visitare il paese di cui studiava la lingua e di vederne con i propri occhi la geografia. Si poteva fare un viaggio.

Omar rifletté un istante e poi disse: In realtà non era *necessario*.

Nel complesso le cose restarono immutate. Quel certo vuoto dopo che si è raggiunta una meta. Quando per un po' c'è soltanto il tempo che passa. Due o tre volte alla settimana lezione, cena, tempo libero pedagogicamente prezioso. E comunque il nostro *amico di famiglia* faceva quel che gli si diceva e chiedeva di fare ai fini di una certa copertura. All'inizio fu molto affidabile. Ma naturalmente la maggior parte delle cose devi sbrigartele da te. Io sono il mio proprio marito. Uso i suoi spazzolini, le sue camicie, il suo profumo. Non si sa quanto lui fosse al corrente di tutto questo.
 È importante? chiese Tatjana. È il *tuo* gioco.
 Sei così intelligente, disse Mercedes e storse la bocca.
 Comprò un paio di camicie nere da uomo (Ma che taglia porti?) e le indossò come camicie da notte. In modo che ci sia sempre qualcosa nel cesto della biancheria.
 La delinquente perfetta, disse Alegria. Sono orgoglioso di te. Sembrava che stavolta la pace avrebbe regnato per un po'.

La vita in montagna e in alto mare

«Si chiamava Gavrilo, Gábor o Gabriel e alla sua nascita infilò la testa nel nuovo secolo. Piccola esagerazione, avvenne in realtà un po' prima, altrimenti sarebbe stato troppo giovane per la guerra. Alla fidanzata scriveva dal fronte cartoline rosa in cui non diceva nulla, la sua unica avventura degna di menzione sembra essere stata quando ci trovammo sdraiati sotto gli aranci in mezzo alla calura, sfiniti dalla sete, ed era vietato cogliere i maledetti frutti, pena la morte. Lui tornò a casa, si sposò, un contadino fra i contadini, generò tre figlie e non si ricorda di avere mai detto qualcosa di memorabile. Ma quando la guerra successiva scoppiò e lui fu richiamato, un padre di famiglia quasi quarantenne con tre figli, andò a nascondersi nelle montagne.

«'Non lo so dov'è' disse sua moglie fra colline di suppellettili casalinghe ammucchiate nel cortile. Tranquilla come se non le avessero messo sottosopra ogni cosa. Sostiene di non vederlo da tre mesi.

«'E allora da chi ti viene la pancia, puttana?' chiese l'ufficiale fra una sberla e l'altra. La picchiò e la violentò, per poi lasciarla libera anziché ucciderla. Mentre *lui* era lassù dalla sua Bella, la natura, e si dissetava a limpide fonti. A quel punto mi sono infuriata con lui, disse lei in seguito.

«Quando minacciarono di demolirle la casa lo scemo zoppicante del villaggio, che non era uno scemo ma solo un alcolizzato con il piede varo, risultò essere l'unico uomo del villaggio. Senza che nessuno glielo avesse chiesto si fece avanti e affermò che il bambino nella pancia di mia nonna era suo.

«'Se non è questo un buon motivo per festeggiare' disse l'ufficiale e versò in gola allo scemo un'intera bottiglia di alcol al sessanta per cento. Lui rischiò quasi di schiattare, ma non schiattò. Sopravvisse e rimase alla fattoria con mia nonna e le figlie che ormai erano diventate quattro. Così lo zoppo ci ha salvato la vita e la fattoria, almeno per un paio d'anni. Mia nonna chiamava amorevolmente la figlia più piccola puttanella e la costringeva a mangiarsi il suo stesso vomito, ma è possibile che fossero i sistemi educativi di allora.

«Quando la fine della guerra si avvicinò Gavrilo si nascose in luoghi ancora più remoti. Diverse persone sostengono di averlo visto aggirarsi nelle vicinanze del villaggio, ma a quanto pare non sapeva decidersi a far ritorno definitivamente. Gli erano cresciute le corna, oppure chissà, dopo il primo inverno che era stato molto duro non era crepato ed evidentemente non riusciva più a tornare e basta. Dopo l'*interrogatorio* dell'ufficiale né sua moglie né qualcun altro della famiglia l'aveva più cercato nelle montagne.

«Gli anni passarono e lui è diventato una specie di spirito delle montagne, un vecchio che nelle notti di luna piena si vede vagare sulla cresta dei monti. Documenti non ne aveva da un pezzo, statisticamente non esisteva più. Disperso in guerra. Lo zoppo prese il suo posto in famiglia e la cosa funzionò senza intoppi a parte il fatto, naturalmente, che continuava a essere alcolizzato, e poi una buona azione nella vita basta per un giorno di vacanza dall'inferno. Di più uno zoppo non pretende.

«Gavrilo nelle montagne sembrava pure lui soddisfatto di quel che gli era successo. Soffriva la fame e il freddo e ogni tanto doveva evitare l'incontro con uomini e animali di grossa taglia, ma a parte questo non gli mancava nulla. La notizia della fondazione del nuovo Stato lo raggiunse evidentemente con anni di ritardo, e forse le milizie di confine devono averlo molestato lassù, o forse non ci fu alcun motivo diretto, in ogni caso un bel giorno arrivò all'improvviso una lettera da parte sua. Scritta con il carbone su un pezzo di cartone lurido. Non è possibile ricostruire le parole esatte, ma la vedova di guerra lo utilizzò prontamente per attizzare il fuoco nella stufa, e comunque il punto era in sostanza che mio nonno Gavrilo, e non importa in che modo, era diventato anarchico. Abbasso la polizia, l'esercito, il parlamento, il governo, la burocrazia, l'eucaristia, insomma: abbasso lo Stato, questo giocattolo inutile e pericoloso!, era il senso di quel che stava scritto sul cartone. Viva la natura, l'individuo, la libertà, il pensiero, la bellezza e la gioia! Viva: l'uomo! –»

Dopo la deludente estate, la partenza del bambino e alcuni *tentativi poco seri* con amanti più giovani Kinga giunse alla conclusione che lentamente stava arrivando il momento di iniziare a fare qualcosa di sensato nella vita, e scrisse quindi *la maledetta storia* di suo nonno, l'anarchico. La prima stesura venne fuori troppo corta, quattro pagine appena, la rielaborò e la mandò a una rivista.

A parte gli errori di ortografia, mi rispondono quelle palle di lardo, la storia purtroppo non gli era apparsa convincente. Non ha *presa*. Che significa qui: non ha presa?! Troppo raffinata, o che? L'unica cosa capace di avere presa su di voi è tutt'al più una vigorosa manata: sulle *palle*! *Noi* invece ci lasciamo toccare da tutto! Di recente ero in strada e all'improvviso ho sentito odore di platani e di cibo, come davanti alla mensa della fabbrica, ed ero insieme felice e mortalmente depressa. Ma una cosa del genere non è abbastanza *sexy*! Troppo lontana dal *nostro* mondo e dalla *nostra* vita. Oh, poveri coglioni!

Bevve molto per la nuova delusione. Per giorni e giorni girò barcollante e piangente per le strade finché un pomeriggio si vide riflessa in una pozzanghera che si era raccolta in una buca nel suo cortile. Sul fondo della buca c'era una crepa nell'asfalto che sembrava un occhio divino. Mi sono vista nell'occhio di Dio, una creatura inconsistente, allora sono caduta in ginocchio, uno sconquasso terrificante, e mi sono messa a ululare come un lupo. Quando ebbe finito di ululare e dopo aver riacquistato un po' di sobrietà si fece forza, si lavò, si pettinò e riprese a comportarsi come un essere umano.

Ma non molto tempo dopo, due o al massimo tre settimane più tardi la cosa ricominciò. Oh, quanto mi mancano le montagne! Passò ore alla finestra sospirando. Con le dita unte disegnò creste di montagne sul vetro. Quando il sole arrivò a lambirle scintillarono argentee. Oh, disse Andre, barche a vela. Oppure anche, disse lei.

E però generalmente era troppo irrequieta per starsene ferma in un posto e disegnare montagne o barche a vela. Sono irrequieta! esclamava e vagava per ore e ore lungo il sentiero non particolarmente ampio che ancora serpeggiava fra le colline del disordine. Da quando non si facevano più feste *chez Kinga* sempre più cose andavano alla deriva, dai bordi verso il centro. Con il passare del tempo la consuetudine dei ritrovi era stata *liquidata*, e a quanto pare nessuno ne era dispiaciuto più di tanto. Per un po' era stato bello far finta che fossero ancora gli anni Ottanta e noi le persone più alla moda della nostra cittadina, ma a un certo punto è finita, come diceva Janda, e anche Kinga sembrava non rimpiangere il suo salotto. In generale non piangeva. Andava su e giù. Se qualcosa le intralciava il cammino lo spostava con i piedi nudi, neri come il carbone, e continuava a marciare. Nel frattempo era di nuovo primavera. Il sole splende, la natura sboccia, solo io non divento più allegra. Perché, ma perché? Brontolava. Tutto va in rovina. Tutto va in rovina.

I musicisti, quando c'erano, sedevano sparpagliati nella stanza come ai vecchi tempi. Kontra trafficava paziente attorno a un sacchetto, Andre faceva qualcosa di utile e si prendeva cura degli strumenti, Janda leggeva il giornale.

In C. solo lo 0,9 per cento della popolazione si dichiara ortodossa, lesse Janda.

Andre: Aha?

Kontra leccò il bordo della cartina della sigaretta.

Tutto va in rovina, mormorò Kinga. Tutto va in rovina. Tutto va in rovina.

Hanno nominato ambasciatore il tizio che ha ammazzato il Che.

Andre: Mh.
Sssssst. Kontra accese un fiammifero.
Giù, giù, giù.
Dusko T. –
Andre: Quel porco...
– è stato riconosciuto colpevole in undici capi di imputazione su trentuno.
Tutto va in rovina, tutto va in rovina, tutto va giù in rovina.
Janda: Adesso smettila.
Tutto va in rovina. Tutto va in rovina, tutto va giù...
Kinga, *per favore*...
... giù. Tutto...
Janda chiuse bruscamente il giornale: NON PUOI SMETTERLA?!?
NON DIRMI COSA DEVO FARE!
Ssssst. (Andre, naturalmente.)
Sento questa roba... Non so più da quanto tempo. Giorni, settimane, mesi? Non ce la faccio più a sentirla.
Non posso farci niente! Sono malata!
E allora vai dal medico.
Vai dal medico, vai dal medico. Borbotta, continua a marciare. Vai dal medico, ah! Già, dove viviamo? QUI CI SIAMO PERSI QUALCOSA, *COMPAGNI*! Vai dal medico. Se fossi una... se fossi una di *quelle* potrei andare dal medico e farmi prescrivere due guance piene di pillole per il cervello, e curarmi. Ma io sono io e per me non c'è cura! Devi restare quello che sei o che eri, un pazzo normalmente pericoloso. Si fermò e guardò gli uomini con aria eloquente: Ci sono donne che poco prima delle mestruazioni sono capaci di uccidere.
E allora fallo, disse Janda. Vedrai cosa te ne viene.

Mia nonna – non quella violentata, l'altra – si è impiccata a quarantotto anni.

Bisogna ammettere che fa meno male che tagliarsi le vene dei polsi. (Janda) Testa di cazzo!

Smettetela!

To', disse Kontra e porse a Kinga il sacchetto.

Per un po' lei fumò caparbia, silenziosamente, poi ci bevve sopra e ricominciò a gridare. Non riesco a dormire, non riesco a dormire! Non riesco a ubriacarmi! Non riesco a ubriacarmi! Naturalmente era già fuori di testa da un pezzo. Barcollava in mezzo al caos. Sbatté con il mignolo del piede contro il bordo di un pesante libro buttato a terra e si mise a ululare come un lupo. Auuuuuuu!

Janda si alzò sospirando e le si piantò davanti. Lei continuò ostinatamente a camminare sul posto. Sollevando i piedi neri.

Janda (a voce bassa): Non è che non ci sia nulla per cui indignarsi, ma (a voce alta) tutto quello che riesci a pensare è: Io, io, io!

Lei smise di pestare coi piedi e cominciò a martellargli il pugno sulla spalla: Tu! Tu! Tu! È meglio così?

No, non è meglio! Fa male!

Bene! Devi soffrire, cane! Cane, cane, cane ---

Lui la schiaffeggiò con il giornale, la afferrò e la sollevò per i capelli. Era capace di sollevarla tanto in alto che i suoi piedi non avrebbero più pestato sulle assi?

Basta! (Andre)

Kinga gridò: Aaaaaaaaaaaaaaaa!

Piantala!!!

La tirano di qua e di là, Kontra per sicurezza se ne va insieme a Janda, Andre rimane. Qualcuno deve pur rimanere con lei. Qualsiasi contatto le provoca un sussulto. Quando lui non la tocca è lei stessa a toccarsi, e trema. Uuuuuh. Sospiro: Oh Daniil!

Chi è Daniil?

Il mio amante.

Hai un amante che si chiama Daniil?

Nei miei... nei miei sogni, sai, ho un amante che si chiama Daniil.

Capisco, disse Andre.

Ce l'hai anche tu un amore segreto? Come si chiama?

Ilona.

Le sta andando il cervello in pappa, disse Andre agli altri due.

Pura isteria, mormorò Janda. Ma sapeva che non era vero. Nessuno, nemmeno Kinga, può essere costantemente in sindrome premestruale. La verità è: le sta andando il cervello in pappa. Non sopporta più i bambini. E in generale la gente. Far la spesa. Le pulizie. E soprattutto a casa. Gli uomini devono fare tutto per lei. Per giornate intere non si lava. Puzza. Manca poco che dovrò infilarla nel mastello e raschiarla ben bene. O lasciarla una settimana o due nella sua sporcizia fin quando tutte le conserve non saranno state consumate, e vedere poi che cosa fa allora. A un certo punto uscirà a fare la spesa, o si rotolerà sul pavimento e morirà. Dobbiamo preoccuparci addirittura di fare in modo che si presenti all'unico lavoro che le è rimasto. La notte passa lo straccio sulla sua minuscola immagine riflessa alla fine di un lungo corridoio e parla fra sé e sé. Follia.

Con suo disappunto Janda dovette pensare a Abel. Da quando aveva lasciato l'appartamento, mesi prima, si era fatto sentire solo una o due volte per incontrarsi con lei *fuori*. Sembrava evitare i musicisti. Non che ci sia mancato. Lui comunque le dava dei soldi e aveva lasciato un numero di telefono che lei però non chiamava mai. Come se lo avesse mollato (pure lui). Chi mai l'avrebbe pensato.

Ora Andre lo chiamò.

Ciao, disse Abel, come fosse stato ieri.

Si tratta di Kinga, disse Andre. Presto sarà il suo compleanno.

Lo so, disse Abel. Il quarantesimo. Naturalmente aveva in mente di venire.

Quando infilò la testa nell'abbaino lei stava ritta sul comignolo, polena e sirena, e gridava nella notte: Tutuuuuut! Tutuuuuut! Da oggi qui non si chiama più Kingania, da oggi si chiama... Titanic! Lì per lì non le venne in mente nessun altro nome di nave. Allora è proprio così. Se così dev'essere, allora la nave si chiama: Titanic. Il tetto è il ponte di coperta, il soggiorno la sottocoperta! Attorno a noi le acque scure della città! Alle otto le chiuse si serrano dietro di noi! Tutti gli uomini a bordo! Si fa ritorno solo all'alba!

Jeans appena lavati e camicetta rossa, truccata e pettinata, una camelia di stoffa dietro l'orecchio. La camelia pendeva un po' triste, ma lei rideva. Labbra luccicanti rosso fuoco, quello superiore rasato con lo stesso rasoio che usava anche per le ascelle: un paio di taglietti, non fa nulla, piantata a gambe larghe sul comignolo agitava le braccia ridendo a piena gola.

Vi rendete conto, disse Kontra, che ha veramente chiuso a chiave la porta?

O forse che volete uscire davvero in mare aperto? Ciao, piccolo mio, disse a Abel. Be', anche tu qui? E gli sfarfallò allegramente accanto. Devo occuparmi degli ospiti.

In seguito si scoprì che aveva nascosto anche tutti i piatti e le posate. L'unico cucchiaio, di legno e laccato, lo teneva in mano lei. Girava con la pentola e il cucchiaio e imboccava gli altri con il cibo preparato da Janda, rosso e piccante. Infilata in una custodia, una bottiglia di grappa da cui versava da bere, dopo il cibo. Tsssssh! *Per spegnerlo.* E comunque bisognava bere dalle bottiglie perché anche i bicchieri erano tutti scomparsi. C'è qualcosa che non va, feccia del benessere?!

Abel sedeva addossato al muro spartifuoco e Kinga gli si piantò davanti con il cucchiaio. Lui scosse la testa. Kinga ridacchiò e gli avvicinò il cucchiaio alle labbra. Lui scosse la testa. Lei scoppiò a ridere come se le avessero fatto il solletico e con il cucchiaio gli spalmò il peperoncino sulle labbra chiuse. Colò giù per il mento fin dentro al colletto, poi strisciò lungo la pancia lasciandosi dietro una traccia rossa. Kinga rise. Prese la bottiglia e gli versò della grappa in viso, lavandolo come aveva fatto un tempo, te lo ricordi, il bernoccolo, e corse via con una risata.

In seguito volle che ci fosse musica non soltanto in sottocoperta. Tutti gli uomini sul ponte! Anche la banda!

No, disse Janda, ma alla fine si ritrovarono seduti comunque lassù, ai piedi del comignolo, e suonarono al volume più basso possibile. Lei ballava con una candela accesa sulla testa. La fiamma palpitava, la cera le scorreva nei capelli, lei era esultante e mandava odore di bruciato. In seguito fece finta di prendere la rincorsa verso il bordo del tetto. Juhuuuuuu! La candela si spense e cadde, i musicisti, Janda per primo e poi gli altri due, si interruppero a metà del pezzo.

Suonate! gridò lei. Non lo vedete l'iceberg?

Janda si infilò nell'abbaino e scomparve, gli altri due e la maggior parte degli ospiti lo seguirono. Abel rimase. Hai paura che altrimenti salto giù? disse Kinga ridendo. Balla con me!

Di sotto hanno ripreso a suonare, così sembra almeno di sentire, Andre e Kontra, qualcosa bisognava pur fare mentre Janda cercava la chiave della porta di ferro. Il bambino non ha mai ballato in vita sua. E non comincerà nemmeno stavolta. Rimase seduto. Lei provò per un po' a trascinarlo e alla fine mollò, e si lasciò cadere accanto a lui. Ahi! Era finita sulla candela. Rise.

Nel momento più stanco della notte Kinga e Abel sedevano soli accanto al muro spartifuoco. Attorno a loro i contorni della città. Alberi in diversi cortili. Spazi bui, fatti di ferro. In lontananza, gru contro il cielo che lentamente si tingeva di arancio. Una mandria di giraffe nella savana. Kinga si girò verso di lui e gli si sedette a cavalcioni in grembo. Si stiracchiava come se cercasse soltanto la posizione più comoda, ma senza smettere un istante. Seria, concentrata. Il calore del suo corpo vagava lentamente attraverso i jeans duri. Strinse le ginocchia contro i suoi fianchi, gli cinse con le braccia la testa e premette il viso di lui sui propri seni. Dondolandosi avanti e indietro. Piccolo bastardo. Sollevò il viso di Abel dal proprio petto e afferrò la sua testa fra le mani che sapevano di peperoncino, fumo, sporcizia, caffè bruciato, capelli bruciati, cera e alcol, e le orecchie di lui le finirono fra le dita. Visto che non schiudeva le labbra lei gliele morse, lui levò un gemito, be', finalmente una reazione. Sfruttò l'occasione e gli spinse in bocca la lingua. La bocca di Kinga aveva un sapore corrispondente all'odore della mano, quella di lui invece non sapeva di nulla. Un po' di sangue. Lo succhiò. Lui guardò al di là dei capelli di lei, verso il cielo. Albeggiava.

Rispondimi, Antoninus, disse la voce accanto all'orecchio di Abel. Ti piacciono le ostriche o preferisci le lumache?

Mi guarda come se non capisse.

Gli assestò un colpo con il bacino. Eh?! Il viso di Kinga era tutto un occhio. Mh?

Poi si scostò leggermente, sorrise. Anche lui sorrise e disse piano: La cosa non ti riguarda affatto.

Quando un sorriso prossimo al pianto si dilegua da un viso.

Testa di cazzo, disse Kinga sollevandosi da lui e scomparve giù attraverso l'abbaino. Abel rimase.

In seguito gli altri tornarono e osservarono rabbrividendo il sorgere del sole. Kinga non c'era. Abel scese dabbasso.

Era in cucina, sobria a quanto pareva, e stava armeggiando attorno alla caffettiera. Lui prese posto su una sedia lì accanto. Muti, entrambi.

Dov'è la chiave, chiese Janda. C'è gente che vuole andarsene.

Lei fece finta di non aver sentito. Continuava ad armeggiare canticchiando a bocca chiusa.

Kinga! disse Janda con aria severa. Dov'è la chiave?

Quale chiave, tesoro?

Janda non aveva tempo né voglia, l'esperienza insegna che una discussione non porta assolutamente a nulla, si avvicinò e le infilò una mano nella tasca dei pantaloni.

Come ammazzare un maialino: Kinga strillò, si dimenò, si rotolò sul pavimento della cucina, gli ospiti in semicerchio lì accanto. Merda, disse Kontra. Andre stava là con la faccia impietrita. Quando la camicetta di Kinga si strappò, qualcuno finalmente intervenne. Pochi secondi dopo la baruffa era dilagata in tutta la cucina, qualcuno mollò un calcio contro la sedia di Abel e una delle gambe, smollata, si staccò con uno schianto dal sostegno, ma prima che la carcassa finisse a terra lui si alzò e si allontanò dalla rissa. Kontra stava scuotendo una bottiglia di soda, Andre fu l'unico a vedere Abel che si dirigeva verso la porta. Nel momento in cui l'acqua scossa schizzò sui contendenti il bambino aprì la porta e uscì.

Era il giorno prima che Abel ricevesse la sua offerta di matrimonio. Poi per lungo tempo non si rividero più.

Il gioco dell'aquilone

Il matrimonio fu all'inizio della primavera. A un certo punto in maggio, non appena il tempo lo permise, la famigliola andò al mare.

Una giornata fra insolazione e raffreddore, il sole splendeva limpido ma il vento era ancora fresco, si sudava e contemporaneamente si gelava. I piedi nudi di Mercedes si raffreddarono nella sabbia, ma bisogna resistere, è una questione di onore e dignità, patria e album di famiglia. L'aquilone svolazzava, preso in una raffica di vento, Omar teneva il filo, Abel era dietro di lui come ad aiutarlo ma le sue mani non toccavano quelle del bambino. Sulla foto le mani sinistre saranno tagliate, e sui visi si vedranno impresse intimità e gioia. Mercedes rovinò più della metà delle immagini perché giocava a fare la fotografa impetuosa in modo che gli altri due ridessero, e in effetti risero perché qualcosa di Abel solleticava l'orecchio di Omar. Mi fai il solletico! Sugli occhiali da sub del bambino piovevano crepitando granelli di sabbia sollevata dal vento. Una bella giornata. All'improvviso:

Ehi! Ehi! Sei tu? *Kurva*, Abelardo, che ci fai qui?

Kinga calciò con il piede nudo un po' di sabbia contro i suoi polpacci, gli balzò sulla schiena, si aggrappò a lui con le gambe, lo prese a pugni sui fianchi, l'aquilone incappò crepitando in una turbolenza. Non contenuta nell'album di famiglia: immagine di una donna estranea che butta a terra con violenza il consorte.

Ma che cazzo ci fai qui?

Un'occhiata al bambino che cercava di domare l'aquilone, mentre non notò affatto la donna con la macchina fotografica. Abel aveva sabbia nella bocca.

Stiamo facendo volare gli aquiloni, spiegò il bambino alla donna estranea. O meglio: *Abbiamo* fatto volare gli aquiloni.

Gli occhiali sulla fronte, un occhio è fisso ma a un primo sguardo non si nota.

Kinga lo osservò come se fosse un oggetto.

Ciao, disse Omar. Io sono Omar.

'giorno, disse Mercedes che intanto si era avvicinata a loro.

In disparte, vicino all'acqua, un tipo piuttosto giovane del gruppo di Kinga tese il collo senza però avvicinarsi e con la punta del piede calpestava la schiuma. Per un po' restarono tutti così. Poi, Mercedes:

Possiamo fare qualcosa? (E lei chi è?)

Kinga, rivolta a Abel: Chi è quella?

Mercedes, cordiale: Sono Mercedes. Piacere.

Tese una mano piccola e abbronzata. Kinga la fissò. Una fede. Prese la mano di Abel: la stessa fede. Sottile, d'oro. Mercedes ritrasse la mano per proteggersi gli occhi.

Kinga: Per questo non ti sei più fatto vivo?

Come se alle parole "per questo" avesse mosso di scatto la testa: per via di quelli là. La sua bocca puzzava di tabacco e denti marci. Una verruca pelosa le spuntava sul mento. Nell'insieme assomiglia sempre più a una strega. Guarda con aria furente, soffia, si allontana senza salutare. Andandosene il suo accompagnatore si girò un paio di volte a osservare. Come se lei a quel punto l'avesse tirato per il braccio.

Chi era?

Una vecchia amica.

Perché è così arrabbiata?

Un paio di giorni dopo si incontrarono in un caffè. Lei portava degli orecchini e si era pettinata. Lui aveva un bell'aspetto come non mai. *Il matrimonio gli fa bene.*

Da quanto tempo?

Due mesi.

Perché l'hai tenuto nascosto?

Non l'ho tenuto nascosto.

Pausa.

Mh, disse lei. E allora ce l'abbiamo fatta. Scommetto che ti amano. Chi ha un aspetto così educato è raramente un barbaro. E la piccola donna è perfetta. *Piccola donna*, non saprei cosa potrebbe esserci di meglio. Così gentile, raffinata, educata. Aperta, comprensiva, tollerante. Come i suoi genitori, presumibilmente. La mela non cade mai lontano dall'albero. Non immagina un cazzo di niente. Scopa bene, almeno?

No.

No?

Non è un vero matrimonio. È per via dei documenti.

Imbecille. E tu fai volare gli aquiloni insieme al suo mocciaso.

Si chiama Omar.

Pausa.

È per via dei soldi?

???

Ho fatto i conti. Fino a oggi ti devo quasi seimila.

Lui fa un cenno con la mano. Non importa.

E allora cosa importa? Ma che razza di persona sei? Eh? Niente importa. Non credo che tu sia buono. Credo piuttosto che non ci sia niente che conta per te. Soldi, gente. Cosa significa questo eterno scomparire, cosa sei tu? Una fata morgana? Tu non sei una fata morgana, mio caro, sei un essere umano, e altri esseri umani si preoccupano per te! Non ci si può comportare così! Senza dire una parola! È per via di Janda?

(???) No.

Che cosa ha fatto? Ti ha detto qualcosa? Lo sai che è un idiota oppure no? È un ragazzo simpatico, ma un idiota.

Quello che dice puoi anche dimenticarlo. Non ha niente da dire. Non stare a sentire quello che dice. Gli mollo io una sberla.

Non ha niente a che fare con Janda.

E allora con cosa? Qual è il tuo problema? Eh?

Abel scosse la testa.

Che succede? Cos'è successo?

Nessuna risposta.

Forse piuttosto bisognerebbe mollarla a te una sberla. I ragazzi vogliono farlo da tempo. Io dico che in fondo non fai niente. E invece loro: Lo sappiamo che non fa niente. Ma c'è qualcosa in lui.

A quel punto Abel sorrise.

Ti piacerebbe? Sì che ti piacerebbe. Un fracco di botte, o cosa? È quello che cerchi. Cosa hai combinato?

Abel smise di sorridere. Pausa.

Ti vergogni di me.

No.

Non ti vergogni di noi?

No.

Questa masnada di straccioni e ubriaconi qualunque?

Lui scosse la testa.

E allora cosa? Cosa sono io per te?

Tu sei la mia. Amata. Madrina.

Lei scoppiò in un'aspra risata. La sua faccia aveva il colore delle ossa che ora, in modo più accentuato di un tempo, si disegnavano sotto la sua pelle. Quando rideva le alette del naso si arricciavano. Dalla narice sinistra le spuntava un pelo. Poi ritornò seria:

Brutto stronzo pieno di fascino. Pure questo hai imparato. Gentile lo sei sempre stato. Verrebbe voglia di prenderti a ceffoni, tanto sei gentile. Ti hanno preso molto a ceffoni in passato? Allora sai il perché.

(Che vuol dire, entrare dalla finestra in casa di estranei? La gente perbene usa la porta! Che comportamento è questo, bussare così sul vetro e basta. Cosa avete da nascondere? Che segreti hanno due diciassettenni? Cosa fate quando siete in questa stanza dove c'è posto solo per un tavolo e un letto, la libreria sospesa sotto il tetto e c'è soltanto una sedia? Perché non parli con me, io che mi sacrifico per te ogni giorno?! Perché non dici niente?! Da anni ho la sensazione che nessuno mi abbia più rivolto una parola sensata, ed è così strano se divento vecchia e pazza? Non stringerti nelle spalle! Non provarci! Non provare a scuotere le spalle! Non provare a guardare in modo così tracotante! Cosa pensi di essere? --- Perdonami, non volevo picchiarti ma ero così disperata.)

Kinga: Avrei potuto sposarmi anch'io. Un tipo anziano voleva sposarmi. Ma non ci riesco. Non posso sposare uno di quelli. Capisci? Non posso. Non avrei pensato che nel giro di dieci anni mi sarei rovinata fino a questo punto. E *questa cosa* mi rovina ancora di più. Sono così rovinata che non ho nemmeno più la forza di mollare. Non ho bisogno dei tuoi soldi. Li passo sempre ad altri, ora a questo ora a quello. Non vi sopportate, lo so. Io glielo dico che tu non puoi farci niente. Che non hai un cuore. Non puoi farci niente.

Abel cercò degli spiccioli e li mise sul tavolo.

Scusa. Faccio sempre così. Devo sempre aggredirti. Certo che ce l'hai un cuore. Adesso non puoi nemmeno più guardarmi in faccia. Faccio sempre così. Non devi prenderla sul serio. Sai che sono pazza, no? O forse non lo sai? E adesso vattene. Così posso piangere meglio.

Puzzle

Ma guarda! Allora non è una checca impotente?
 Scusa ma di cosa stai parlando?
 Hai ragione, disse Tatjana. Sarebbe prematuro trarre conclusioni definitive. Anche se l'idea che potrebbe essere *più o meno la sua donna* mi piace. Ci sarebbe posto per una storia a tre.
 Prego, disse Mercedes. Non esitare a scriverla. O meglio: Embè? Cos'è successo? Incontro con sconosciuti buzzurri, inatteso e irritante, ma sono cose che succedono. La gente conosce altra gente.
 E allora perché lo racconti? (Tatjana)
 Non l'avessi fatto.

Faceva un tempo strano, fra una raffica di vento e l'altra era addirittura caldo, e a tratti Abel si rivoltava le maniche della camicia fin sopra il gomito. Appena sotto il bordo si vedeva la cicatrice di una vaccinazione, e Mercedes pensò: Adesso ho visto qualcosa di lui. In effetti la parte più estesa del suo corpo fino a quel momento: quasi un intero braccio. La prossima volta andiamo a nuotare. O gli chiedo di venire a casa mia e di spogliarsi. Come motivazione posso addurre: Se un giorno me lo domandano devo conoscere il suo corpo. Nei, in quali punti? Naturalmente non succederà mai. E anche col nuoto non ci siamo. A Omar l'acqua non piace. Il mare lo guarda soltanto. Può avere a che fare con le orbite degli occhi, anche se gli hanno detto che l'acqua non fa nulla.
 Lo so, dice Omar, non c'entra. Rivolto a Abel: Sai nuotare?
 Sì.
 Io no. E non imparerò mai.
 Lo sai, disse Mercedes sulla via del ritorno dalla spiaggia mentre guidava, Abel era seduto davanti e guardava il mare

che spariva lentamente dietro il paesaggio, lo sai che oggi ho visto per la prima volta qualcuno del tuo giro di amici?

Il fatto è che non c'è nessun giro, disse lui, senza distogliere lo sguardo fisso fuori. C'è solo lei. Si chiama Kinga. Non ci vedevamo da un pezzo.

Nemmeno io ho amici, disse Omar dal sedile posteriore.

Io sono vostra amica, disse Mercedes.

Dopodiché rimasero in silenzio.

Del nuotó non se ne fece nulla, il tempo cambiò idea un'altra volta, l'inverno ritornò e strattonava le chiome degli alberi nella strada graziosa, fischiando fra i container nella stazione di carico. Nuotare non sarebbe stata proprio la cosa giusta. A parte questo, disse Abel, purtroppo il weekend prossimo non avrebbe avuto tempo.

A quel punto sarebbe stato il turno del bambino di chiedere con curiosità infantile: Che programmi hai? Ma Omar non lo chiese e così noi (Mercedes) non veniamo nemmeno a saperlo. Perché la cosa adesso mi rode?

All'improvviso c'è qualcosa. Un *momento*. Qualcuno, una zia danarosa di nome Provvidenza mi ha regalato un gigantesco marito-puzzle, pezzo per pezzo mi avvicino a partire dai bordi, capacità di osservazione e costanza vengono esercitate, insomma: È faticoso ma non si può smettere, non ancora, anche se l'esito è prevedibile e, ammettiamolo, sostanzialmente deludente: un'immagine bidimensionale, solcata da crepe. Oppure – cambiamento di metafora – come se ci si aggirasse in un sogno e il *qualcosa* che si cerca è sempre dietro il prossimo angolo. È così che mi sento, disse Mercedes. Qualsiasi cosa io venga a sapere, una parte della storia è sempre nascosta dietro il prossimo angolo. Bel gioco. Oppure anche brutto. Questo non è ancora chiaro.

Già che ci siamo, disse Erik, ho un altro suggerimento per te. O meglio no, uno come Erik fa le cose diversamente.

Senti un po', disse con voce smorzata e chiuse dietro di sé la porta, benché non ci fosse nessuno oltre a loro. Ho scoperto qualcosa.

Respirò a fondo e buttò fuori l'aria, sospirando: Dunque. C'era stato, ce ne ricordiamo, quel momento poco credibile a proposito di un certo *lavoro* non salvato in un computer portatile rubato. Allora non volevo soffermarmici, ma in una *situazione del genere (???)* è inevitabile porsi alcune domande: Com'è possibile? Cos'è? Sfortuna, inettitudine, fatalismo, menzogna? Cosa dice l'esperienza? L'esperienza dice che sono per lo più le opere inesistenti che non vengono salvate, e si perdono poi per influsso estraneo. Qualcuno ha mai letto una sola riga di *questo* lavoro? Il computer è stato davvero rubato? Aveva mai posseduto davvero un computer? Dove l'ha comprato, e quanto è costato? Conosce davvero tutte queste lingue? Chi è in grado di accertarlo? (Mercedes aprì la bocca.) Lasciami finire di parlare! D'accordo, dico io, forse è solo la mia gelosia, sì, è vero, non posso dimostrare che non abbia scritto una tesi, quale che ne fosse il tema. Un diploma di laurea in ogni caso non l'ha preso.

???

In tono trionfante, semplicemente: Biblioteca universitaria, Lingue straniere, Catalogo delle tesi, niente.

Pausa.

Questo non significa ancora nulla, disse Mercedes. Ma perché lo stai spiando?

Io non lo spio. Mi interessava il suo lavoro. Mi dispiace, disse Erik. Lo consideravo il mio dovere in quanto amico…

Ti ringrazio molto, disse Mercedes.

In quello stesso momento un team di sette esperti, linguisti, neurologi e un radiologo donna, sostenuti da sofisticate attrezzature tecniche ad alta precisione era impegnato a cartografare il cervello del marito di Mercedes.

Ci sono diversi metodi, TAC, risonanza magnetica, mezzi di contrasto ecc. L'elemento comune a tutti è che a un certo punto si sta sdraiati in un tubo stretto come una bara ed è impossibile muovere la testa. Sotto il profilo fisico non è molto attraente e quanto al contenuto, disse Abel quando alla fine lo trovarono (Mio Dio, quanto l'abbiamo cercata! Era in viaggio?), la cosa non gli parve particolarmente interessante.

Lasci che le presenti qualcuno, disse il direttore del team e afferrò paternamente Abel per il braccio, ma con forza. Lo lasciò solo quando si trovarono davanti a un uomo con i capelli grigi, secco e dallo sguardo incazzato.

Signor N., vorrei presentarle il signor L. Signor L., questo è il signor N.

Buongiorno.

Humtemt. Oppure, *Gantetu.*

Il signor L. viene dalla Svizzera, un ex parlante L5, quattro delle quali corrispondono alle lingue da lei parlate.

B-b-b-b, disse il signor L. Gli occhi gli schizzavano fuori per lo sforzo. B-b-b-b. *B-b-b-bazmeg,* fuck you, figlio mio. Annuì e fece roteare gli occhi. Capisci? *Bazzmmm* –

Adesso cerchi di capirmi, l'intento è buono, e poi ci sono anche dei soldi.

Il weekend dopo la gita al mare Abel fu sottoposto a un test. Il lunedì successivo portò una fotografia colorata, per Omar. Questo è l'arcobaleno nel mio cervello. Alcune cose sono illuminate, altre no. I campi illuminati hanno colori diversi fra loro. Da L1 a L10. L come lingua. Omar mise le dita divaricate sul lato inferiore del foglio di carta luccicante e come se in un sogno, nel bel mezzo della battaglia, una mano un po' goffa cercasse di reggere in equilibrio dei bicchieri preziosi su un vassoio, lo portò in camera sua e lo appese sopra il letto con delle puntine.

Mio nipote si addormenta contemplando il cervello del suo patrigno. Non riesco a spiegarmelo, ma ha un che di inquietante, disse Miriam.

Inquietante? Davvero? chiese Alegria.

Mercedes studiò l'immagine con simulata serietà. Mh, disse, mh, continuando a guardare Abel come se volesse confrontare la visuale interna con quella esterna, e tutti risero.

Almeno a questo punto l'insinuazione che non conoscesse bene le sue lingue era smentita.

Ti ringrazio molto, disse Mercedes a Erik, a Tatjana e a tutti gli altri che si espressero al proposito (e la *maggioranza* si sentì chiamata a farlo). Grazie, disse Mercedes. E adesso lasciatemi in pace. Sono una ragazza madre e lui è il mio consorte fittizio. Non ho tempo né motivo per tenerlo sotto osservazione.

Ma in tutta sincerità aspettava da un bel pezzo che *venisse fuori* qualcosa. Persone che per anni si fanno passare per medici, preti, postini. Mariti. Il tarlo era là non solo dalla storia dell'aquilone e dalle domande di Erik. Il tarlo era già in *quella* risata. Da allora tutto è un segno. Un ritardo, un sospiro, un'esitazione davanti a una risposta consueta, da Barbablù. Tutta la sua stranezza, la sua non-presenza. Ultimamente balzano all'occhio in lui anche le tracce di un'oscura origine. Dice che anche il prossimo weekend no, non può. Poi arriva il lunedì ed è come se fosse un altro. L'aspetto e l'odore. Distilleria. Profumo o alcol. Fatto notevole: come se l'odore non promanasse da lui ma l'avessero assunto soltanto i suoi vestiti, i capelli e in misura minore la pelle. Come se lo portasse quasi fosse un cappotto. Due anni prima, allora lei indossava un abitino nero con un colletto bianco e teneva un mazzo di margherite in mano, lui aveva già quell'odore. Odore di illegalità e di sesso.

Omar, che praticamente voleva passare l'intero weekend al parco e *osservare la gente* (= aspettare che lui casualmente passasse di lì) aveva il raffreddore e quindi non poté esprimersi a proposito dell'odore, né sembrò notare il viso pesto, il rosso fosco negli occhi. Bevvero del tè.

I ogurtsi i vodku! esclamò Omar, cosa che Mercedes non capì. Così il desiderio restò inappagato.

Il martedì o mercoledì lei interruppe bruscamente quel che stava facendo e chiamò l'ex facoltà di suo marito, la stessa dove anche lei aveva studiato.

Ma sì, mia cara, disse una segretaria anziana e cordiale, *la Ellie*, certo che mi ricordo. Potrebbe richiamare fra un'ora?

Bene, mia cara, disse Ellie. Ho indagato per lei. Indagato e indagato, mia cara, e mi sono stupita, certo che mi ricordo bene di lui, un uomo così giovane e bello, e allora mi è venuto in mente. Gli *uditori*, mia cara, sono registrati in un altro archivio.

Capisco, disse Mercedes.

Sì, è così, mia cara, disse Ellie. E lei sta bene?

Ricapitoliamo, pensò Mercedes il giovedì, facendo finta di lavorare. Punto primo: Erik aveva ragione. Non c'è nessun diploma per gli uditori. Punto secondo: Tutto questo si sarebbe potuto scoprire già prima del matrimonio. Una telefonata. E, punto terzo, ammettiamolo: Ci aveva addirittura pensato. Prendere informazioni, sarebbe stato saggio. Perché allora non l'ha fatto e adesso succede quel che succede, e cosa ne consegue? Ne consegue che a quanto pare non ha importanza che mio marito non sia mai stato un vero studente, e pure che l'abbia tenuto nascosto, e in sostanza non importa conoscere i suoi vecchi amici. Tutto questo, a dire il vero, non le interessa un accidente. Ma cosa le interessa? Cosa ha importanza?

Il pomeriggio di quello stesso giorno ci fu come sempre la lezione di francese. Se adesso lo guardava, adesso che sapeva un po' più di lui, cosa vedeva? Uno che non sembrava minimamente intaccato da strapazzi e presumibili dissolutezze, come se da quattro anni, quando per la prima volta si era *consapevolmente* accorta di lui, sulla soglia del *sarong* di Tibor, tutte le giornate l'avessero sfiorato senza lasciare traccia. Un viso bianco, liscio, sobrio, innocente, pulito, ventiquattrenne. Incapace di far male a una mosca, di rovesciare un secchio d'acqua o di contare fino a tre. Quel viso era ancora più irritante di quell'altro che aveva ultimamente. In origine lei avrebbe voluto chiedergli di rimanere. Adesso lo lasciò andare.

Era appena uscito dalla porta quando suonò il telefono.

Sì, disse Mercedes. No. Mio marito è appena uscito di casa. Cinque minuti. Naturalmente. No, mi dispiace. Questo weekend mio marito non è in città. Lunedì pomeriggio andrebbe bene. Sì, aspetto. Capisco. Grazie. Naturalmente. Non c'è nessun problema.

Riappese. Pallida.

Cos'è successo? chiese Omar.

La lezione di lunedì dovrà probabilmente saltare, disse.

Cos'è successo?

Aspettiamo una visita.

Di chi?

Mercedes guardò l'orologio, riflettté un istante, compose un numero.

Richiama più in fretta che puoi, disse alla sua segreteria telefonica. È importante.

Riappese. Omar aspettava la risposta.

Da parte dell'Ufficio stranieri. Vogliono controllare se siamo una vera famiglia.

Oh, disse Omar. Aha.

Nel corso dell'ora successiva Mercedes guardò l'orologio una dozzina di volte. A piedi, e tanto più al suo ritmo, sono al massimo quindici minuti. A patto di supporre che sia tornato subito a casa. Si può supporlo? Cosa si può supporre? Forse è andato a fare un po' di spesa. Cosa? Pane, salsicce, una confezione di latte, una bottiglia di whisky appaiono davanti all'occhio mentale di Mercedes. E va bene, altri dieci secondi di diversivo. A mezzanotte chiamò di nuovo. Segreteria telefonica.

Era esagerato star sveglia tutta la notte? In realtà non era passato molto tempo, ancora niente di *acuto*, ma è come se riconoscessi questa sensazione. Era già stato così quasi undici anni prima, quando si era arrampicata su un muro infilandosi dentro a una finestra per distendersi su un letto che sapeva di erba e sudore, il sudore di *lui*, e forse anche di qualcun altro, una terza persona, un ulteriore dolore, ma ormai non contava quasi più. Omar dormiva profondamente.

Abel non chiamò né venerdì né sabato. Come se l'avessi presagito. No, non venite domenica, venite lunedì. A lezione finora si è sempre presentato. A parte naturalmente quella volta che è scomparso per mesi senza dire una parola. Gli lasciò altri messaggi. Torna subito a casa per favore, *attendiamo una visita*!

Chiamare i luoghi fondamentali, gli ospedali, la polizia? O non fare niente. Inventarsi una storia quando fossero venuti a controllare. E da quel momento per sempre. Il marito che in realtà non esiste. Modello per una commedia romantica. Il matrimonio fittizio.

Forse era meglio prendere la macchina e andare innanzitutto da lui. Nella via senza uscita vicino alla ferrovia, presentarsi alla sua porta, suonare. Omar volgeva il capo con interesse: pareti, cielo, sottili frattaglie di nuvole, come si vedevano di rado. Come un albero in fiore. O muffa. E ne aveva anche po' l'odore: di muffa. Accanto ad altri odori sudici. Quello è l'odore del posto dove vive mio marito. E i rumori vacillanti dei dintorni vicini e lontani, intensificati e inghiottiti nella via senza uscita: locali, vagoni, strade, vento. Altrimenti: niente. Il citofono – Ma ha l'aria di funzionare davvero? – muto.

Mercedes premette il pulsante con la scritta FLOER – il vecchio inquilino (presumibilmente), questo almeno l'aveva svelato – e lo squillo uscì sincopato: Mer-ceee-des, come se si fossero accordati così, quasi ci fosse uno squillo di famiglia. Mentre lo pensava, squillo di famiglia, e rifletteva sul fatto che lui aveva la chiave di casa sua, lei invece quella di lui non l'aveva, per la prima volta si infuriò. Per via di *tutto questo*. Non ci si può comportare così con la gente. Non ci si può... Cosa?

Il vicino, ripeté Omar accanto a lei. Prova con il vicino.

L'unico altro nome di persona sulle targhette. Ai piani bassi, a quanto pare, c'erano solo ditte. Ditte *fittizie*. Il vicino si chiama Rose. Rose e Floer. Siamo ancora nell'ambito della normalità? Mercedes si guardò intorno, guardò tutto un'altra volta: normale? Sì? No? Dammi un pizzicotto.

In questo momento sta arrivando qualcuno. Dal terreno che un tempo era stato di una ditta, sul lato chiuso della via, due figure avanzavano barcollanti verso di lei. Un uomo, una donna in abbigliamento futurista quasi inesistente, luccicanti e truccati in maniera sgargiante, procedevano ciecamente a tastoni nel sole sfolgorante del mezzogiorno di domenica. Letteralmente: le mani tese in aria davanti a sé, barcollavano verso la fila di auto. Della donna e del ragazzo sul marciapiede non si accorsero. Inciampando e ridacchiando i due si avvicinarono a una macchina, si infilarono dentro e partirono. Restò indietro un odore noto. Mercedes guardò nella direzione dalla quale erano venuti. È vicinissima, ora.

Andare e bussare alla porta di ferro, trovarsi di fronte Thanos, essere introdotta dentro, a quest'ora il locale è quasi vuoto, stanno spazzando per terra e solo qua e là ci sono figure isolate che per qualche motivo hanno deciso di passare qui l'intero fine settimana, fin quando sarà lunedì e giorno di riposo.

Non lo fa. E non suona nemmeno dal vicino. Dal suo balcone si può vedere il balcone di Abel e da lì, attraverso la porta vetrata, si può sbirciare nell'appartamento. Nel caso che stia disteso là dentro da giorni.

Vieni, disse Mercedes a Omar. Si farà vivo.

Sotto controllo

Per certi dipende dalla stagione, per altri dalle situazioni e per altri ancora non si sa. A volte non sono semplicemente capaci di tornare a casa. Allora rimangono per giornate intere, i nostri pensionanti, come se io (Thanos) non avessi affittato ad alcuni di loro degli appartamenti. In qualche raro caso il Mulino dei Matti è rimasto chiuso dall'una del venerdì alle nove del lunedì successivo. Si dorme, si beve, si lavora, si fa sesso a turni. Quando padrone e personale chiudono gli occhi, quando e dove è possibile, per un'ora o una mezz'ora, in magazzino o in ufficio. La grazia finisce il lunedì mattina alle nove quando gli ultimi vengono sbattuti fuori. Strizzano gli occhi nella luce sempre troppo viva. Anche

Thanos è troppo stanco per andare a casa, si butta sul rosso e umido velluto di un séparé e dorme russando. La porta di ferro del cortile è aperta. Thanos dorme così profondamente che chiunque fosse abbastanza sfacciato potrebbe ritornare dentro e servirsi da sé al bar. Rubare le cose di valore. Ma nessuno arriva, nessuno beve o ruba qualcosa. Thanos si sveglia al pomeriggio presto. Fa la doccia, si veste come una *persona perbene*, abito grigio di buon taglio, fatto su misura per via del sovrappeso, e va a trovare la madre nella casa di cura lì vicino.

Ciao, disse Greta A., mortalmente malata, sparuta e magra, seduta su un letto da ospedale sotto un albero ai margini del parco, rivolgendosi al proprio figlio illegittimo Thanos.
    Che succede? Perché stai seduta qui in strada?
    Qualcuno mi ha spinta fin qui.
    E come mai?
    Alle dieci e cinquanta. Come vedi siamo ancora in parte in camicia da notte.
    Sì, ma come mai?
    Hanno trovato un pacchetto sospetto nella stanza comune. Forse l'ha lasciato ieri qualcuno. M. e E. hanno festeggiato il loro fidanzamento. C'era addirittura la stampa. Trovare finalmente il grande amore a ottantun anni, vuol dire che c'è speranza per noi tutti, per te, e chissà, forse anche per me.
    Un allarme bomba?
    Il fotografo deve aver lasciato qualcosa, o è un pacchetto con delle cibarie o un maglione, domenica c'è sempre un tale viavai, ma ultimamente sono tutti così isterici per via di ogni cosa e quindi adesso ce ne stiamo qui.

Vecchi imbecilli! (Uomo anziano alla finestra della casa di riposo, grida verso la strada di sotto.)

Tutti tranne Uljanov. A lui, cito le sue parole, non gliene frega un cazzo. Sopra di me covano i colombi.

Cosa?

Nell'albero sopra di me. Uccelli. Forse colombi. Tutto quel subbuglio la rende nervosa. Cade sempre giù qualcosa.

Devo spingerti altrove?

No. Fa lo stesso.

Pausa. Gli alberi stormiscono. Più lontano, traffico. Alcuni curiosi, visitatori e vagabondi, si erano avvicinati alla barriera per vedere che cosa succedeva. Greta sbadigliava forte e si mise una mano delicata e piena di nei davanti alla bocca. Una donna al di là della barriera la squadrò. Greta ricambiò lo sguardo. Anche tu finirai qui, tesoro. Poco lontano un uomo vestito di nero litigava con un poliziotto.

Non si può passare, disse il poliziotto. La strada è bloccata. Allarme bomba. Per la vostra sicurezza.

Ma io abito qui, abito laggiù in quella strada con mia moglie, devo passare, un'altra strada non la conosco, se devo fare il giro dell'isolato potrei perdermi, a parte il fatto che arriverei in ritardo e già adesso lo sono...

Abel Nema si era svegliato anche lui più o meno alla stessa ora del suo ospite e padrone di casa. Ascoltò tutti i nove messaggi sulla segreteria telefonica e richiamò.

Scusa, disse. Arrivo subito.

Mezz'ora prima dell'appuntamento annunciato Mercedes non era più in grado di rispondere nulla.

Mi dispiace, disse il poliziotto e si volse. Per quanto mi riguarda, la faccenda è chiusa.

Abel restò un po' là senza far nulla, si guardò attorno, poi si girò di nuovo verso il poliziotto. Gentilmente:

Mi scusi. Ma laggiù, dall'altra parte dello sbarramento ci sono mio padre e mia nonna, sotto un albero in un letto, e l'uomo grasso accanto, dovrei assolutamente...

Adesso all'improvviso è sua nonna?

Il poliziotto esaminò la questione.

Quello sarebbe suo padre?

A chi stai facendo segno? chiese Greta.

Un conoscente, disse Thanos. Laggiù.

A me non sembra che non sappiano cavarsela da soli, disse il poliziotto.

È la prima volta che vedo uno dei tuoi *conoscenti*, disse Greta e fece anche lei segno con la mano.

Mi dispiace, deve fare il giro dell'isolato.

È carino. Un giorno potresti presentarmelo.

È solo un cliente, mamma. Un inquilino.

Presto morirò, disse Greta.

Gli uccelli cinguettavano.

Che sta facendo? Cerca di infilarsi attraverso il blocco. Incomprensibile, lei è sordo o cosa? Stanco della vita? Fare il giro dell'isolato non è poi così difficile! Mi faccia vedere i suoi documenti e non mi guardi come se non avesse capito. Mi capisce molto b---

Che ti resta da fare? Si potrebbe fuggire, *di nuovo*. Abel considerò sul serio quella possibilità. È vero che non si era più esercitato da un pezzo e in compenso il tizio che gli sta di fronte è piuttosto massiccio, forse addirittura lo stesso sbirro di allora, sembra quasi che si conoscano.

Be'? E allora?

Non serve a nulla, solo un altro *deus ex machina*, ed è già qui nelle sembianze di un altro funzionario di polizia che adesso esce dalla casa di riposo e si mette a sventolare le braccia, niente, non è niente, allarme a vuoto.

Una mano infilata ancora nella tasca interna, Abel fece subito un passo di lato, con permesso, e sgusciò rapidamente al di là del collega. Lei pensa che sia tanto facile?

Evidentemente sì. Ed è già lontano. E naturalmente *padre* e *nonna* non gli interessano un accidente. Il poliziotto sfottuto guardava con aria cattiva. Gli anziani signori applaudirono lo specialista che se la stava svignando. Uljanov sputò dalla finestra sulla strada, ma non centrò nessuno.

Finalmente! Mercedes spalancò la porta. Come mai non usi la tua chiave?

Ma a quel punto non lo chiese perché non era la persona che tutti stavamo aspettando bensì: un uomo estraneo, una donna estranea. Possiamo entrare?

Mio marito, mio marito, a quanto pare arriverà purtroppo in ritardo. Ha ancora qualcosa da sbrigare, da lavorare, deve fare un test, il traffico…

Un test…?

Sì, si tratta… (Perché balbetti in questo modo e arrossisci?)

Test psicolinguistici per studiare l'attività del cervello in parlanti plurilingue, disse qualcuno sullo sfondo. Un bambino nero con una benda sull'occhio. Ne ho una foto nella mia stanza, volete vederla?

Occhiata lanciata nel raccoglitore che si sono portati dietro: Omar, giusto?

Sì. Devo prendere la foto o venite voi a vederla?

Mentre tornava a casa dal lavoro o da un test mio marito è stato investito da una macchina (un taxi?!) Aggredito. La polizia l'ha controllato. Si è perso. Ha cambiato idea. È…

… la chiave gratta la serratura della porta di casa. La porta si spalanca dall'interno.

Lei non chiese nulla, non sussurrò nemmeno, gli altri tre erano ancora nella stanza del bambino e si limitò a guardare.

Lo so, lo so, disse lui a voce alta e allegra. Sono di nuovo in ritardo. Scusami, tesoro.

A quel punto mi si è mozzata la lingua, definitivamente. *Tesoro* trotterellò muta dietro di lui in soggiorno dove lui entrò con fare sicuro per poi esclamare, ugualmente garrulo: Omar! Sono qui! Si scusò di nuovo, stavolta con gli impiegati, a causa di un allarme bomba avevano bloccato una strada e lui aveva dovuto fare una deviazione. E li guarda, con quegli incredibili occhi azzurri, soprattutto la donna.

E così andò avanti. Lui era perfetto, Omar non da meno, e fu una rappresentazione impeccabile, seduti l'uno accanto all'altro sul divano, si toccavano in maniera del tutto naturale, facevano battute, discreti e preoccupati che Mercedes non restasse tagliata fuori, cosa niente affatto facile, rigida e silenziosa com'era.

Qui facciamo volare gli aquiloni, dove per la precisione non lo so più, è mia moglie a guidare, io non ho la patente, purtroppo o anche non purtroppo, la testa piena di altre cose, lui la teoria e lei la prassi, ognuno fa quel che può, qui siamo allo zoo, qui al museo, questo è il nostro matrimonio, no, questo non è mio suocero, è il marito morto, mi correggo: il compagno di mia moglie, no, non il padre del piccolo Omar, se ne sta soltanto nell'ombra, cos'è questo, un castagno, un cortile sconosciuto, un uomo meraviglioso, lo conoscevo bene, era il mio professore, linguistica comparata, morto improvvisamente di cancro, la toilette è la seconda porta a destra, e già che c'è può constatare la presenza nell'armadietto del mio dopobarba che ho lasciato qui apposta, non crediate di potermi incastrare perché non so dove sono le zollette di zucchero, mi faccia vedere l'uomo che lo sa, zollette di zucchero noi non ne abbiamo, la nostra vita è già dolce abbastanza, dice mia moglie, ma prego.

Gentile come sempre, amichevole, a tratti addirittura affascinante, sempre un po' distaccato e persino elegante, quasi – e a questo punto tutto comincia a incepparsi. Come se ci fosse qualcosa di non *genuino* in lui. Il massimamente autentico e incredibile. Per esempio, com'è vestito male. Le suole di gomma, le pinces sono ancora un residuo degli anni Ottanta. La giacca l'ha comprata con i primi soldi nel negozio di un'associazione di beneficenza dove tutti allora andavamo a comprare la roba. Una commessa l'aveva guardato e aveva ribassato il prezzo, già basso, di un ulteriore venticinque per cento. Poi aveva sognato di ballare con lui su un essiccatoio. Ha vissuto con questa idea per anni. Ma oggi, qui, stona con il *resto*. La donna, il bambino sono a un altro *livello*.

Mercedes, che vedeva davanti a sé i pensieri dell'impiegata sconosciuta come se fossero scritti in nero su un foglio bianco, si intromise.

Giocava a presentare lui come il genio ammirato e sé stessa come la sua ammiratrice. Lui, sia perché aveva capito il gioco, o forse per caso, le sorrideva con aria bonaria e lusingata. L'impiegata sconosciuta dovette ammettere che il tutto sembrava molto autentico. Cosa passasse per la mente dello sconosciuto impiegato non si sa. A dire il vero pareva stupido. Si vedeva che la sua collega era tormentata. Soccombergli anche lei o mettere in guardia la giovane donna?

Da quanto tempo vi conoscete?

Lei: Sette anni.

Lui: In realtà (pausa, aspetta di avere l'attenzione di tutti e adesso viene la sorpresa) ci siamo visti per la prima volta più di dieci anni fa. È stato il mio primo giorno in questo paese.

Sì, è vero. Ma solo brevemente.

E però lui l'aveva riconosciuta subito.

Lei sorrise.

Chi ha scelto questo dopobarba: Lei o lei?

Lui, sorridendo: Della cura del mio corpo mi occupo io personalmente. E quindi lui non si interessa ai cosmetici di sua moglie. Dell'infanzia di lei, del padre, della madre, degli amici e del suo lavoro invece sa tutto.

Che taglia porta sua moglie?

Con un sorriso affabile: 40. Fra l'altro è la stessa taglia che porta anche il bambino.

Vai d'accordo con il tuo patrigno, eh?

Il bambino, serio, in tono altezzoso: Siamo anime affini.

Come se a quella frase fossero venuti a *lei* i brividi. E rivolgendosi direttamente a Mercedes:

Come descriverebbe la vostra relazione?

Lui (non la lascia parlare): Dall'inizio... (Nuova pausa, tutti guardano attenti, lui ricomincia:) È stato amore a prima vista.

D'un tratto potrei scoppiare dalla rabbia. La tensione degli ultimi giorni. Innanzitutto. E poi lui che dice una cosa del genere. Erano in corridoio, una famigliola, il bambino in mezzo a loro e salutavano cerimoniosamente con le mani gli impiegati come fossero il corteo in uscita con i cari nonni, l'uomo mise un braccio attorno alla spalla della donna, l'altra mano sulla spalla del bambino. Poi la porta si chiuse e lui tolse entrambe le mani, *spense le luci* e senza transizione tornò in funzione risparmio. Oh, questo silenzio così malinconico e noto! Se fosse una vera relazione, se esistesse fra noi la sia pur minima intimità adesso ci sarebbe una bella scena. Che significa? Eh? Che significa questo teatro?! Ma lei, Mercedes, era così stizzita che non riuscì ad articolare parola.

Credi che stiano seduti in macchina là sotto a sorvegliare l'entrata, per vedere se davvero resti qui? chiese Omar.

Osservazione intelligente, piccolo, giochiamo ancora un po' alla coppia sposata, mangiamoci una bella fetta di torta. Dopo un'esperienza del genere la gente resta insieme, accende la luce, apre il rubinetto e apparecchia la tavola. Restiamo insieme un altro paio d'ore almeno, gli adulti per lo più in silenzio fin quando non sarà buio.

Adesso però sono stanco, disse Omar. Rivolto a Abel: Mi porti a letto?

Abel portò a letto il bambino che ormai da tempo non ha più bisogno di essere portato a letto. Mercedes, in soggiorno, li sentì parlare. Gli sta raccontando la storia della buonanotte? A Omar le favole non interessano. Storie vere!

Cos'è vero? chiese scaltramente una volta Alegria.

Non lo so, disse Omar. È una cosa che si sa. *Lui* gli raccontava solo storie vere, affermò Omar.

Me ne racconti una?

Non si può raccontare. Sono cose quotidiane. Lui va a passeggio.

E gli piace?

Se gli piace non lo so. Passeggia. Soprattutto di notte.

Va a passeggio di notte?

Quando non riesce a dormire.

Succede spesso?
Non lo so.
E quindi va a passeggio.
Sì.
E poi?
A volte incontra della gente.
Che tipo di gente?
Per esempio quelli che vogliono comprare delle macchine.
Macchine? Di notte?
Sì.
E tu ci credi?
Sì.

Portò il bambino a letto e tornò in soggiorno. Tutto buio tranne che per una piccola lampada. Resti qui ancora un momento? Girare la lampada in modo che gli illumini il viso, oppure no, continuare semplicemente così l'interrogatorio.

Forse è troppo tardi per chiederlo, disse lei. Ma c'è qualcosa che dovrei ancora sapere?

Lui crede di no.
Pausa.
Hai avuto nel frattempo notizie di tuo padre?
No.
Pausa.
Come sta tua madre?
Sopportabilmente, direi.
Lo dice senza scomporsi affatto. Perché *mi* fa tanto male?
Silenzio.
Credi che ci osservino davvero?
No, disse lui. Non lo credo.

Dopodiché scomparve. Mercedes non riesce a ricordare di averlo accompagnato alla porta. Forse era stata un istante in bagno? Ha sentito di là la porta aprirsi e chiudersi? non che io sappia. Possibile che si sia dissolto semplicemente nell'aria? Forse è ancora qui nascosto.

Quella sera strana, non esiste proprio una parola migliore per definirla, Mercedes riaccese tutte le luci nell'appartamento. Gettò un cauto sguardo nella stanza del bambino e poi, ridicolo ma la paura è paura, pure nello sgabuzzino.

Il letto matrimoniale rimase intatto. Lei dormì sul tappeto davanti al letto di Omar.

Mamma, disse il mattino dopo il bambino. Cosa fai lì?

Piccole cose

Cosa dice l'esperienza? L'esperienza dice: neppure stavolta andrà bene. Perché dovrebbe andare bene proprio stavolta? Osservata alla luce della giornata successiva, la costellazione è chiara. Anche se non nella stessa misura a tutte le persone coinvolte. Non si sa molto su cose che non sono esattamente le stesse per tutti e, per esempio, fatto che succede spesso, si hanno aspettative completamente differenti e inspiegate. Allora anche lo sforzo reciproco più sincero di evitare il dolore non sempre aiuta. Non dico che lui lo faccia apposta, che mi *tormenti* apposta, eppure adesso Mercedes, in verità, era un po' stufa.

In verità sono un po' stufa, disse alla propria immagine riflessa il mattino successivo.

Cos'hai detto? chiese Omar dal corridoio.

Mi sono chiesta se abbiamo superato l'esame.

Ancora non si può dirlo, disse saggiamente il bambino.

Stiamo tranquilli ancora un po' e aspettiamo. Parliamo francese e non accenniamo al weekend. Ascoltiamo il tempo in forma di battiti asincronici dell'orologio del campanile e del martellio nella costruzione di legno di un nuovo tetto, e speriamo e lasciamo riposare anche la speranza, a seconda di quel che riusciamo a fare al momento. Un anno ancora, almeno, dobbiamo restare sposati, e succeda quel che deve succedere. Il che è solo corretto. Il mio orgoglio ferito a confronto della sua espulsione, non c'è da rifletterci neanche un secondo. Ma a questo punto un po' *spenta* Mercedes lo era già. Naturalmente i rapporti fra loro continuavano a essere cordiali e amichevoli. Soltanto le attività comuni nel tempo libero ultimamente languivano. Era sempre stata lei a far proposte, e al momento non ne fece nessuna. E se aspetti lui puoi aspettare a lungo.

Lui che fa?
Lui chi?
Tuo marito.
Grazie dell'interessamento. Di salute sta bene, e questo è l'essenziale.

Qualche settimana più tardi ci fu una cosiddetta festa in grande stile. Mercedes e suo padre festeggiano il compleanno lo stesso giorno. È un po' una truffa, lei è nata un minuto dopo la mezzanotte e cioè già il giorno dopo, ma non vogliamo essere pedanti, disse il medico e diede la sua benedizione per le 23.59. Padre e figlia nello stesso giorno, che cosa carina. Lui compiva sessantacinque anni, lei trentasei, e in giardino non fu possibile mettere nessun ombrellone. L'eterno vento. Da tutte quante le direzioni arrivavano compagni di strada di ogni età e gli inevitabili parenti. Alcuni di questi ultimi – chi con ipocrisia, chi in tutta innocenza – chiesero del marito, ancora mai visto, della più giovane dei festeggiati.

Arriva più tardi. Deve sbrigare ancora qualcosa.

Aveva, *proprio oggi!*, un altro test. Il nostro interesse è rivolto in particolare alle aree linguistiche motorie e uditive nel lobo temporale sinistro e in quello frontale sinistro, noti come aree di Broca e di Wernicke, ma anche gli organi della memoria e del governo delle emozioni, ippocampo ecc., giocano un ruolo tutt'altro che marginale, dichiarò il figliastro dell'esaminando ai suoi attenti ascoltatori.

Come sei diventato grande e intelligente.

Se c'è una cosa che non riesco a sopportare sono i marmocchi saccenti.

Il cervello dell'uomo è una sorprendente carta geografica. A quanto pare c'è segnato sopra tutto. I traumi costituiscono zone delimitate, simili a tumori.

Ma questo giardino è una vera oasi! Deve aver richiesto un sacco di lavoro. Purtroppo le cornacchie si sono moltiplicate parecchio.

Dicono che ci siano villaggi dove le cornacchie sono più numerose degli uomini.

Cavano gli occhi alle pecore.

A quelli che fanno jogging.

Ma è come nei…

Il vecchio grasso porco sciovinista ha rovinato la carriera a T.H.

Portiamo il tragicomico fardello di essere creature con tre cervelli, il rettile in noi, il piccolo mammifero…

La maggior parte delle estasi religiose erano in realtà casi di epilessia.

Sai dov'è l'apribottiglie?

Sì, sì, grazie, grazie, grazie, solo per brindare!

Dalla poesia mi aspetto che mi innalzi nella mia essenza umana, quando ho voglia di divertirmi guardo...

Ah, eccoti qua! È arrivato!

Arrivò per ultimo e senza regalo, si scusò gentilmente per l'omissione. Non aveva avuto il tempo di provvedere.

Uno che è rimasto infilato per sei ore in un tomografo...

Sei ore in un tomografo, com'è possibile, tesoro?

(Alegria, tra sé e sé:) Se queste non sono segrete fantasie assassine! Ma perché dovrebbe voler uccidere il genero? Ancora non ne sappiamo il motivo.

Si può uccidere qualcuno con un tomografo?

Si può ucciderlo con un proiettore di diapositive.

Effettivamente sarebbe una novità.

Mio padre uccide in prevalenza con il veleno.

Buon appetito.

Lui sembrava a pezzi, prese da Miriam il piatto con il cibo che lei gli offrì, Omar si era impadronito dell'altra mano e lo trascinò verso un divano. Abel non toccò cibo, tenne solo per un po' il piatto in grembo e più tardi lo infilò sotto il divano.

Buongiorno fu tutto quello che gli si sentì dire. Rimane a parlare per tutta la sera con un bambino di dieci anni.

Undici, disse Mercedes. E: Be', e allora? A quanto pare hanno delle cose da dirsi.

Di cosa avete parlato, chiese in seguito a Omar.

Degli eschimesi.

Avete parlato degli eschimesi?

Sì.

Tutta la sera?

No. Dopo siamo passati ad altro.
Ad altro? E a cosa?
Abbiamo parlato in russo.
Quel che voglio dire, gridava Erik, è che l'esigenza di credere a *un* Dio astratto sottopone di per sé il nostro pensiero a uno stress eccessivo. Da quando a essere determinanti non sono più questioni pratiche come il tempo, la fecondità o il trionfo su nemici e vicini…
E da quando sarebbe così?
In esperimenti di gruppo si è appurato che… solo per il fatto di appartenere all'altro gruppo… in maniera del tutto arbitraria…
Sì, sì, sì, sì.
Iotidi, sentì dire dal bambino Tatjana, la quale ha antenati russi e si è seduta sul divano accanto a Abel, dall'altro lato.
Il suo insegnante annuì. *Ecois*.
Più tardi Omar era andato a letto e Mercedes accompagnò gli ospiti alla porta. (Grazie per la cena e per le luci smorzate!) Quando ritornò Abel era al centro della stanza, davanti a lui Erik, la cui pancia prominente quasi lo sfiorava. Barcollava. Era molto ubriaco.

Be', che vuol dire? aveva chiesto un po' prima Maya a suo marito. Cosa? chiese Erik. Non la guardò. Sedeva – dopo un'accesa e sfiancante discussione sul tema lingua e politica – su una poltrona isolata vicino al tavolo delle bevande, teneva sott'occhio il divano di fronte a lui e contava i bicchieri che Abel andava vuotando, e cercava di non essere da meno.
Maya: Questo è già il sesto.
Oh, disse Erik, allora devo aver calcolato male a un certo punto. Pensavo fosse solo il quinto.

La discussione precedente l'aveva avuta, come sempre, soprattutto con Madmax e Tatjana, solo che stavolta dopo tre o quattro frasi si rivolse a Abel e chiese:

E qual è la tua opinione, Abel?

E l'uomo dalle dieci lingue ogni volta, come se riemergesse da chissà quali profondità: Scusa, qual era la domanda?

Erik la ripeté, al che Abel – ma davvero ogni maledetta volta! – diceva: Non me ne intendo, Non ne ho idea, oppure Non lo so.

Questa non è una cosa che si sa! esclamava Erik disperato. Non si tratta di un sapere! Quello che ti chiedo è la tua *opinione*!!! Ssht. (Maya.)

Perché gridi così, ragazzo mio, hai male da qualche parte? (Alegria, di passaggio.)

Nel frattempo Abel si era girato nuovamente verso Omar, e la discussione era morta. Come se non ci fossi affatto. Erik prese posto sulla poltrona accanto alle bevande e mormorò fra sé e sé: Che sfacciataggine!... Sfacciataggine!

Mercedes: sguardo interrogativo.

Maya: fa un cenno con la mano.

Mercedes guardò il proprio marito. Niente. Sta ascoltando il bambino. E però la sua faccia, adesso guardiamo la sua faccia, e per la prima volta Mercedes la descriverebbe così: triste. Gli occhi arrossati. Ubriaco o ha pianto? Il computer? Il test? Tatjana siede alla sua sinistra, *senza farsi notare*, e si comporta come se anziché loro due stesse ascoltando con grande attenzione Madmax. Bene, russo non era...

Mercedes si sedette sullo schienale della poltrona di Erik. Quasi dovessero parlare di lavoro. Com'era andata questa o quella telefonata.

Erik taceva. Espressione del viso: cocciuta. O come se cercasse di trattenere il vomito. Guarda fisso Abel e il bambino.

Come se tutto questo non ci fosse affatto...

Prego? chiese gentilmente Mercedes. Non ho capito.

Erik (a voce improvvisamente alta): Quello di cui parlo è questa eterna... questa arrogante, ignorante... (mormora qualcos'altro, di nuovo incomprensibile) Ma si può essere tanto... (lo si sente a malapena) Non di questo mondo. Voglio dire...: *bisogna* pur imparare qualcosa!

Mercedes: Mh...

Portarsi sempre appresso questa estraneità come uno... come uno... scudo. Perché dovete essere tanto complicati? Tanto oscuri? Come se foste eternamente offesi. CHI vi ha offeso? Sono forse stato IO? NON che io sappia! (Come se – con riserbo – esclamasse da una grande distanza:) Io mi sono sforzato. Davvero. Io. Mi. Sono. Sforzato.

Mercedes (voleva dire): Ma sì... Erik non la lasciò parlare:

Ma scommetto che continueranno a essere offesi persino quando si troveranno davanti al loro creatore.

Chi? Chi sta davanti al suo creatore? Chi è offeso?

Erik (gridando): Okay, sono IO. Io sono offeso!

Ssssssh, disse Maya, va tutto bene.

Quando poi vide che Abel voleva andarsene, Erik si alzò di scatto dalla poltrona e gli si piantò davanti.

La pancia prominente arrivava quasi a sfiorarlo. Barcollava, la grande testa di toro che sembrava facesse fatica a reggerla sul collo, il viso umido. Mise una manaccia pesante sulla spalla di Abel. Non tanto in segno di confidenza quanto piuttosto per avere qualcosa a cui aggrapparsi.

Confessami... confessami ancora una cosa, amico. Confessamela. Spinse avanti il viso, vicinissimo, e bisbigliò umido, i piccoli aghi di saliva puntati dritti contro la faccia di Abel. Come? bisbigliò lui. Qual era il titolo... della tua tesi?

Si guardarono, tanto vicini che non ci sarebbe voluto molto per baciarsi. Una scena intima. Gli occhi di Abel svegli, limpidi. Mi scusi, bisbigliò di rimando, potrebbe per favore non toccarmi?

Non appena l'altro lo ebbe lasciato, lui fece immediatamente un passo indietro per ripristinare la necessaria distanza, oppure no, per girarsi subito e andarsene. Erik non si mosse dal posto, come fosse inchiodato lì, e balbettò soltanto:

Ma che razza di... ma cosa...? Eh? Da quale porcile sei scappato? Sei capace di... sei capace... Un balordo... A Mercedes piacciono i balordi. Li colleziona come... come... queste cosette qui (sbracciandosi)... Queste cosette, adesso non mi viene la parola... la fottuta parola... aiutami, tu devi conoscerla, ehi? Uomo delle lingue! Ehilà...

Sarebbe caduto se Maya non gli si fosse messa subito dietro, come in uno stop trick, e non l'avesse sostenuto. Adesso basta, andiamo a casa.

Ma cos'è successo? chiese Mercedes.

Niente, aiutami a portarlo fuori.

Quando ritornò, un paio di minuti dopo, Abel non si vedeva più da nessuna parte.

Dov'è?

Tatjana si strinse nelle spalle con ostentata indifferenza.

Mercedes uscì nel giardino buio, tese l'orecchio. Abel? Niente. I grilli.

In flagrante

Aveva lasciato là il cappotto e Mercedes se ne accorse solo la mattina dopo. Era appeso in corridoio. Documenti, soldi, portachiavi con attaccata la sua chiave e quella della casa di lei. Un po' di sporcizia nelle tasche, peluzzi verdi di un ex tovagliolino utilizzato al posto di un fazzoletto. Sulla carta di identità: cognome, nome, nome alla nascita, luogo, data. L'indirizzo, lo stesso di lei. Ma le chiavi, sia l'una sia l'altra, sono qui. E così i soldi per il taxi. Una lunga passeggiata notturna? O forse è disteso qui, vicinissimo, sotto un cespuglio? Gettò uno sguardo al giardino: fiaccole bruciate, le solite macerie di un mattino successivo, nulla.

Mercedes e Omar rimasero fino al pomeriggio e aiutarono a rimettere in ordine. Miriam trovò il piatto sotto il divano, intatto, il contenuto come di pietra, come se fosse lì da moltissimo tempo. Non disse nulla. Neppure Omar chiese di lui. Ritornarono in città.

Alla fine: la solita vita. Giornate di silenzio. Anche Mercedes non chiamò da nessuna parte. A un certo punto sono cose che si sanno.

Sono pronto a scusarmi, disse Erik, in ufficio. Se mi dai il suo numero.

Non ce n'è bisogno, disse Mercedes.

Come vuoi. Erik si strinse nelle spalle.

A casa Omar stava alla finestra e girava di qua e di là la testa. Cosa stai facendo?

Se chiudi un occhio, disse Omar, vedi, e dipende da quale occhio, un'immagine bidimensionale e sfuocata del tuo naso sul bordo destro oppure sinistro del tuo campo visivo. Quando poi riapri l'occhio il tuo naso scompare dal mondo. Non è nulla di sconvolgente, eppure: Non vedrò mai il mondo senza l'ombra del mio naso. Io m'incuneo nel mondo.

Da allora, quando sto seduta a riflettere o anche quando non rifletto, quando sto semplicemente seduta, dopo aver sollevato lo sguardo dal testo perché di tanto in tanto, spesso, bisogna sollevarlo, mi scopro a chiudere un occhio e a osservare la linea così incredibilmente accidentata del mio naso. Insomma, pensò Mercedes, inutile aggirarlo, è vero ed è reale, così evidente che sarebbe ridicolo continuare a negarlo: Ti amo.

Pensò: Ti amo, prese la borsa, oggi lavoro a casa, e andò in macchina fino alla via senza uscita vicino alla ferrovia. Prese la chiave, aprì la porta. Le scale sono ripide, a metà strada la luce necessaria perfino nelle giornate di sole si spegne. Brancolare per l'edificio sordo e muto. Silenzioso come se non ci vivesse nessuno. La solita sensazione di brividi nel buio, in un luogo estraneo. In alto, finalmente, rumori più familiari. Una radio. Starsene lì col respiro un po' mozzo, ascoltare da dove vengono i rumori. Non è chiaro. Accostare cautamente l'orecchio alla porta. Colore freddo. La musica viene da un'altra parte. Respiro profondo. Aprire la porta. Per la prima volta entrare nell'appartamento del proprio marito.

E subito sentirsi sopraffatti e lottare con non so bene cosa di fronte a: tutto questo. All'odore (acidulo e amaro), alla temperatura (afosa), alla forma della stanza (frastagliata), ai rumori (musica attutita dietro il mobile della cucina), all'arredamento (nessuno, tranne un paio di capi di abbigliamento neri sparsi qua e là e ai dizionari, atterrati lì come meteoriti sul pavimento grigio e sporco) e sopra a tutto questo, barcollanti attraverso quella fosca fortezza di un'insanabile solitudine: i riflessi delle luci di un treno che sta passando là fuori.

Come al rallentatore: fuori la macchina sconosciuta, grande quanto una casa, un carico pesante trascinato con lentezza tormentosa sui binari, e qui dentro: una donna sulla porta, un uomo alla scrivania, seduto sull'unica sedia, e fra loro due un ragazzo nudo che gira attorno al proprio asse intonando con buona sintonia il proprio ritmo a quello del treno. Si mostra all'osservatore – o meglio: ormai sono due – da tutti i lati. Schiena color vaniglia, sedere, gambe, braccia, fianco, petto, pancia, sesso...

Oh, disse il ragazzo quando si fu girato quel tanto che gli consentì di vedere Mercedes. Rimasero lì qualche istante. Poi il ragazzo scoppiò a ridere. Stava lì col suo bel corpo e rideva. Mercedes non sa che faccia avesse fatto suo marito di fronte a quella scena, non riusciva a spingere lo sguardo al di là del corpo e riusciva a vedere soltanto con la coda dell'occhio che il mucchio di vestiti neri sulla poltrona non si muoveva affatto.

Chiedo scusa, disse Mercedes, abbassò la testa e uscì. Dovette fermarsi ancora un istante e deporre da qualche parte la chiave. Ma non c'era nulla, neppure un tavolino, soltanto il pavimento. Gettarla non voleva gettarla e quindi fu costretta a piegarsi, dando la schiena agli altri due, e posarla a terra. La maniglia della porta, poi finalmente fu fuori. Dietro di lei, per tutto il tempo, non si era mosso nulla.

Abel era andato da Thanos a prendere la seconda chiave, ma poi era rimasto un po' più a lungo del necessario, due giorni in totale, e se n'era andato solo il lunedì quando avevano chiuso. Il ragazzo l'aveva trovato lì e se l'era portato dietro.

Bene, disse quando immaginò che sua moglie avesse ormai lasciato le scale. E adesso levati di torno.

Non c'è bisogno di essere tanto duri, disse il ragazzo. Io non c'entro. Per favore, disse Abel. Vestiti e vattene. Oppure non vestirti. L'importante è che te ne vai.

Dopodiché passò un altro giorno prima che si facesse vivo con Mercedes.

Lui si scusò cortesemente del fastidio.

Lei tacque.

Visto dall'esterno sembra un uomo assolutamente normale, mi correggo: una *persona* assolutamente normale, mi correggo: cancelliamo l'intera frase perché a Mercedes venne in mente all'ultimo istante che pure la prima parte, quel "visto dall'esterno" per una *persona* (uomo) non ha assolutamente senso e quindi dell'intero assunto non restava nulla che in qualche modo si potesse dare per certo. Non c'era nulla che in qualche modo fosse certo. *A volte dubito che un solo pensiero…* Mercedes, in piedi, aveva la sensazione di barcollare, voleva guardarlo in faccia ma doveva sempre rimettere a fuoco come all'interno di un treno in movimento, già mi facevano male gli occhi e all'improvviso sembrava che lui non avesse più un sesso definito, era un Nonsobenecosa, uno strano ermafrodito, la *persona* le scivolò via dalla lingua e finì da qualche parte là sotto, dove la lingua affondava nella saliva. Alla fine però qualcosa riuscì a dirlo:

Penso che avresti potuto parlarmene tranquillamente. (Alla fin fine non gli sta scritto in fronte.)

Mi dispiace.

Ah, smettila con questo eterno Mi dispiace!!!

Erano probabilmente anni che Mercedes non diceva qualcosa a voce tanto alta.

Seguì di nuovo qualche istante di silenzio.

Mercedes disse che si sarebbe attenuta al comune accordo. Cioè sarebbe rimasta sposata con lui poco più di un anno ancora. Ma era meglio che in futuro si tenesse lontano da suo figlio minorenne.

Così le lezioni di lingue di Omar si interruppero bruscamente per la seconda volta.

Ognuno ha la sua vocazione. La mia è quella di amare l'impossibile.

Supponiamo che per evidenti motivi, vale a dire esterni o segreti, vale a dire ignoti, qualcuno ti piaccia. Fino a un certo punto tutto fila liscio, anche se o proprio perché lui non fa nulla di speciale. In sostanza non fa nulla, si limita a esistere soltanto, in un modo o nell'altro. E all'improvviso, o a poco a poco, questa persona si trasforma in una catena di motivi di stizza e rabbia. Tutte queste rogne che una persona gentile non imporrebbe alla sua fittizia sposa. Ma non si tratta di questo. Per la maggior parte delle cose ho comprensione, davvero, e come potrei non averne, aver comprensione è la mia maledetta qualità fondamentale. E naturalmente contribuisce anche il fatto che Omar…, ma non voglio usarlo come pretesto. Farsi i fatti propri, questo è il minimo, anche se penoso. Il fatto è: Fin dall'inizio mi sono lasciata trascinare e mi sono innamorata di uno pur intuendo che voleva la solitudine a tutti i costi, una figura a margine che non si lascia coinvolgere veramente in nulla. Anche le sue dieci lingue le ha imparate soltanto per poter essere più solo che con tre, cinque o sette. Io l'ho intuito, colpa mia, e *per questo* non ce l'ho nemmeno con lui. Ma quel che non capiva, disse Mercedes, era che le aveva baciato la mano e l'aveva accompagnata a casa e sorretta e aiutata a salire le scale e qui, davanti alla porta, dove ci si poteva aspettare eventualmente il prossimo baciamano o per conto mio anche una stretta di mano, come a suggellare il contratto, lui invece cosa ha fatto? Mercedes era pronta a dire balbettando, a spiegare, naturalmente, voleva dire che naturalmente non si trattava d'altro che di *quella certa faccenda burocratica riguardante il suo status…* quando lui si chinò e la baciò sulla bocca. Nulla di troppo inaudito, non fece nulla di spettacolare, fu soltanto e semplicemente: bello. Sorprendente, promettente. Un bacio *pieno di talento*. Poi se ne andò e io continuavo a pensare: Che gentleman.

Non voglio spingermi a dire che l'avesse calcolato: mano, accompagnamento, bacio. Ma è escluso che non si rendesse conto che accendeva in me delle speranze, sempre nuove speranze che poi deludeva di continuo. Non era una cosa carina, nient'affatto, al di là di ogni altra cortesia e gentilezza. A un certo punto non mi fece nemmeno più male, era solo molto faticoso, per quattro anni fu soprattutto: faticoso. Adesso non vorrei nient'altro che lasciarmelo alle spalle. Basta con questo matrimonio. Ti chiamo quando c'è qualcosa, ma non c'era niente.

I motivi di divorzio più frequenti sono: uno: infedeltà, due: infecondità, tre: criminalità, quattro: malattia mentale. Solo i migliori riescono ad assommarli in sé tutti e quattro. Tatjana ride.

Oggi non c'è bisogno di nessun motivo, dice Mercedes. Di' sì, di' no, basta.

Per un po' nessuno dice nulla. Poi, Tatjana:

Sai che potresti anche far annullare il matrimonio?

I motivi potrebbero essere: incesto, bigamia, matrimonio contratto da minorenni o malati di mente, matrimonio ottenuto con l'inganno, o anche impotenza sessuale al momento del matrimonio.

Se lo faccio annullare, dice Mercedes, lui perde il passaporto.

Scrollata di spalle.

VII
Legare e sciogliere
TRAPASSO

Cosa pensi di

È andata storta un'altra volta. Minuzie sostanziali che non vogliono combinarsi, o che lo fanno secondo la loro storta logica. Mercedes si limitò a fare un cenno con la mano. Lasciarono insieme l'edificio. Con gran riguardo le donne si adattarono al ritmo di lui. Lui andò nel parco e si sedette su una panchina. Tutt'intorno i soliti gridi, scampanellii a base di jodel, latrati, tutto questo non lo disturbava e presto si addormentò. Adesso si sveglia e *questo pazzo* è seduto accanto a lui. Ci mancavi proprio tu.

Il salto temporale è considerevole, eppure non c'è dubbio che sia lui. Fondamentalmente è identico a prima. Anch'io lo sono. Portiamo addirittura gli stessi vestiti. Più o meno. Forse un filo più sgualciti. Dorme sgualcito su una panchina del parco, lunedì pomeriggio, si sveglia, strizza gli occhi smarrito, dove e quando sono io, e tu chi sei? L'ultima volta si sono visti quasi sette anni prima. Da allora, un risultato notevole, hanno vissuto quasi l'uno accanto all'altro ma non si sono più incontrati. Chi ha disposto le cose perché andassero così? Esagerazione o meno, forse è addirittura il fatto più normale, Konstantin non poté evitare di pensare a lui ancora per anni e a volte gli veniva in mente di cercarlo attivamente, ma: niente. E adesso.

Nessun altro si sarebbe seduto dopo sette anni sulla panchina accanto a un dormiente e nonostante lo stomaco che brontolava – l'elemento imponderabile delle cucine straniere – avrebbe aspettato, per quanto tempo?, che l'altro si risvegliasse per poi comportarsi come se riprendesse in quel momento un filo smarrito appena poche ore prima: E allora anche tu sei ancora qui.

Elencare tutto quel che nel frattempo era successo a Konstantin sarebbe troppo. Tutto era proseguito come sempre: una lunga serie di goffaggini e ingiustizie, alla cui provvisoria fine c'è un pranzo alla mensa dei poveri. Sì, anche la fame ha avuto la sua parte, ma in sostanza si tratta di riempire il tempo fino a sera, quando Konstantin deve incontrare un paio di figuri che nessuno si augurerebbe di incontrare, manco morto, ma che puoi farci. Cominciare la giornata con un'umiliazione, in modo che peggio di così non possa andare. Ma non ho intenzione di venire a spiattellarti niente. Anche le circostanze della loro separazione non le menziona, né l'*episodio* in sé né quel che è venuto dopo, non una parola né un piagnucolio né un lamento. Sta semplicemente seduto là, un po' più vicino di quanto possa far piacere, all'angolo sinistro della bocca ha una chiazza rossa di salsa e chiede:

Che ci fai qui (vecchio mio)?

Per un momento Konstantin sperò che la risposta fosse: Abito qui, adesso. Una vampata calda di gioia maligna pervase il suo corpo. Ma subito dopo seguì un sentimento di empatia, io sono un uomo solidale che però aspetta solo di trovare in una giornata come questa qualcuno che se la passa ancora peggio di me. E poi? Portarmelo a casa? Ricominciare daccapo? Sempre di nuovo? Perché? Perché l'alternativa quale sarebbe?

Ma solo lentamente. Contemplare meglio quella faccia. Cos'hai lì? Sei caduto? Qualcuno ti ha preso a botte? Cosa hai combinato? O non hai combinato niente ed è stato soltanto, cosa tutt'altro che rara, l'arbitrio quotidiano? E questo cos'è? Sembrerebbe trucco. Ci sono momenti di assoluta chiaroveggenza. In uno di questi momenti Konstantin vide con estrema chiarezza, e come poteva essermi sfuggito finora: l'uomo accanto a lui ha un oscuro segreto di natura sessuale. Eppure dicono che sia sposato. Perché tu sei riuscito ad avere un passaporto grazie a un matrimonio fittizio e io no? Nato con la camicia!

Abel non rispose a nessuna delle domande, e cosa ti aspettavi. Domande poste e non poste. Non disse quel che stava facendo. Siedo su una panchina, come ben si vede.

È stata una notte dura?

Abel fece un movimento con la testa, a metà fra affermazione e smentita. Così così.

Quel che segue è confuso. Quel che si dissero, o meglio che disse lui: Konstantin, per via del suo stomaco che si torceva, anzi no, sono le budella, mentre si spostava su e giù sulla panchina, come del resto anche Abel, sebbene per motivi differenti.

Tutto okay? chiese Konstantin quando dopo un paio di respiri rumorosi Abel si piegò in avanti, puntò i gomiti sulle ginocchia e guardò il terreno polveroso cosparso di cicche di sigarette ai suoi piedi. Il sudore gli luccicava sulla nuca.

Mh, disse Konstantin e aspettò per un po' in silenzio. Fin quando il vento non l'avrà asciugato.

Sentimi, disse Konstantin. Non vorrei davvero importunarti più di tanto ma… Il punto era che il suo conto era sotto di ottocento. Si può andare sotto fino a mille, ma quei porci non mi danno più soldi. Se Abel potesse prestargli qualcosa. Almeno un cento e poi non mi vedi mai più. Mh?

All'inizio ci fu solo il vento che smuoveva i suoi riccioli scuri, ma poi Abel staccò i gomiti dalle ginocchia e si raddrizzò, senza guardare Konstantin infilò una mano in tasca e prese un paio di monete e una chiave. La chiave la pescò fuori, le monete le scosse radunandole in un mucchietto, il palmo della mano al sole, e gliele porse.

Vuoi prendermi per il culo? Konstantin divenne tutto rosso in faccia.

Mi dispiace, disse Abel. Questo è tutto.

Sembrava che la testa di K. stesse per esplodere fuori dalle tempie, aaaaaaaaaaaaa, incapace di articolare alcunché sventolava le braccia, uno sguazzare nell'aria senza meta fin quando non trovò il movimento azzeccato: un colpo dal basso contro la mano protesa. Le monete schizzarono e caddero fra le cicche di sigarette. Il che non produsse praticamente nessun suono, e però i vagabondi puntarono lì gli sguardi.

Ti sembra divertente? Eh? Eh? Cosa pensi? Cosa pensi di essere?

Abel infilò la mano vuota in tasca e se ne andò.

Guardatelo, il traditore! Konstantin gridava, la saliva sprizzava nell'aria: Guardatelo, quel porco egoista che si rotola nel suo grasso lerciume e non vuole più riconoscersi, pensa di essere diventato chissà chi, ma non sei proprio niente, sei quello che sei, che eri, come noi tutti, puoi scappare via quanto ti pare ma saranno sempre con te, ti scoveranno fin dentro alle tue quattro pareti ---

Il resto non fu più possibile sentirlo dal taxi.

Tachicardia: ottantatré virgola cinque, vampate di calore: ottantuno virgola cinque, sensazione di affanno: settantotto e quattro, tremiti e tremori: settantacinque e tre, stordimento: settantadue e due, sudorazione: sessantadue e nove, dolori al petto: cinquantacinque e sette, insufficienza respiratoria: cinquantuno e cinque, paura di morire: quarantanove e cinque, angoscia di perdere il controllo: quarantasette, dolori addominali: quarantacinque e quattro, sensazione di deliquio: quarantatré e tre, manifestazioni di paralisi: quarantadue e tre, depersonalizzazione: in trentasette virgola uno per cento dei casi.

Là dove la mano lo tocca, il sedile di pelle diventa scivoloso. Il sudore cola. Il tentativo di reprimere la tosse sfocia in un lungo, strascicato bramito che sgorga da sotto il mento chino, spettrale, bestiale. Gli occhi superstiziosi del tassista nello specchietto retrovisore. Quali metamorfosi si compiono sul sedile posteriore? Un uomo strano ma non brutto, venuto fuori dal parco, si piega nel fondo, digrigna i denti, respira affannosamente con il naso come dopo un colpo di pistola alla pancia, arrivato sui suoi piedi dal teatro del duello e solo dopo si distende e si rannicchia per morire. Preferisce che la porti dritto in ospedale? o, a seconda dell'umore: Se hai intenzione di riempire di vomito la macchina allora te ne scendi subito, amico. Stavolta niente del genere. Solo gli occhi timorosi e scuri nello specchietto retrovisore. Un uomo dall'aria effeminata e un turbante in testa, giovane o apparentemente giovane, con la spaventosa prontezza a soffrire di chi è arrivato da poco. Se morissi qui seduta stante, lui batterebbe le mani e piangerebbe. Il suo primo pianto, qui. Lacrime di bambino che rotolano piano giù per le guance. Qualcun altro dovrebbe chiamare soccorso. Una donna risoluta con i capelli rossi e il cellulare. Ma non deve aver paura, gentile signore, quello che lei vede qui è solo un attacco medio, andrà subito meglio. Il panico non è ---, il panico è ---.

La prima volta pensi ancora che sia un infarto, oppure no, sei troppo giovane per pensare qualcosa del genere, nell'ultima parte della notte dopo la tua festa di maturità, ti amo, io invece no, forse era stato solamente un incubo, uno di cui non ci si ricorda più, ed è rimasta solo la sensazione di essere sul punto di morire. Tutto sudato ti accovacci a terra, la fronte nella sporcizia come per pregare, nessun ricordo di come sei rimasto nudo, spoglio di ogni tormento, mi correggo: indumento, e sempre la sensazione di soffocare, per nulla, per tutto. Premi la fronte contro lo schienale del sedile davanti, adesso andrà subito meglio.

Purtroppo spunta lì, sul sedile, un rigonfiamento bello evidente, il tassista non osa guardare, cos'è che sta crescendo? Pronto a balzare fuori dal suo stesso taxi alla minima cosa, ora in mezzo al traffico impassibile, davanti alle ruote dei colleghi, un birillo inturbantato. Quasi fosse possibile scansarsi dal rigonfiamento e dalla paura, sterza bruscamente a sinistra, la macchina sbanda, un'ondata di nausea sale nello stomaco di Abel, lui però tiene gli occhi ben chiusi e la testa premuta contro il sedile fin quando la pressione crepitante contro i timpani cede. E comunque l'autista deve ripetergli più volte, fin quando lui lo sente: Siamo arrivati. Questo è l'indirizzo.

Solleva la testa, sulla fronte l'impronta dello schienale, ed è come se uscisse da una piscina ma a parte questo una faccia assolutamente normale e tranquilla. Fruga nella tasca interna del cappotto, tira fuori un paio di banconote prese in prestito dall'avvocatessa che segue la causa del suo divorzio – Proprio a te, miserabile scroccone, devo darne! –, paga, un po' di più rispetto a una normale mancia.

Per un po' resta semplicemente sul marciapiede, il vento smuove le falde nere del cappotto come se fossero ali, l'autista lo guarda mentre fa manovra per girare. Oggi ho visto un uomo che dev'essere caduto dal cielo o spuntato dall'inferno e quando è entrato in macchina non era ancora in tutto e per tutto un uomo, lottava sul sedile posteriore per prendere una forma e intanto grugniva e sudava parecchio e dopo, quando si ritrovò in strada, si poteva vedere che era capace di volare, un uomo bianco e nero. La moglie del tassista si chiama Amina, lo guarda con i suoi grandi occhi, guarda il sudore sul collo color miele.

La prima volta pensi ancora. Con il tempo ti impratichisci. Il vento è benefico come un bonbon alla canfora, e starsene lì per un po' all'aria fa bene. Solo un paio di minuti, poi Abel cominciò a salire.

Che cos'è

Quando uscì di casa al mattino la radiosveglia al di là del muro continuava a riecheggiare per le scale, dopo aver attaccato più di un'ora prima. Adesso è pomeriggio, silenzio. Quel che un udito sopraffino chiama silenzio. Mentre se ne sta davanti alla porta di casa e armeggia con la chiave Abel, per esempio, ha la netta sensazione che qualcosa o, presumibilmente: qualcuno si aggiri nell'appartamento accanto. Cosa piuttosto inconsueta. In genere il lunedì a quest'ora Halldor Rose non è in casa. Adesso: rumori come di passi, strascichio di piedi. Abel li registra e non se ne preoccupa più. Apre la porta, la richiude dietro di sé, si toglie i vestiti sudati e indossa quelli lavati due notti prima. Hanno un vago odore di borsa di plastica e lavanderia.

E adesso?

Il computer è spento, lo schermo polveroso. Come se da tempo non ci fosse stato più nessuno e invece sono soltanto ore. L'ultimo incredibile weekend è ancora vicino, come tutto il resto. Tutto qui dentro è come se fosse successo lunedì, martedì, mercoledì, giovedì e come se oggi fosse venerdì. In realtà è ancora sempre lunedì, un pomeriggio non troppo tardo. La ferita al piede pulsa. Sedersi. O meglio ancora: sdraiarsi.

Prima di scompaginarsi le cose si presentano per lo più in maniera tutt'altro che spettacolare. Si vive, in un modo o nell'altro. Dei precedenti tentativi di Abel Nema, degna di nota è la vita in diverse prigioni e invischiata in multiformi relazioni violente. Si va per esempio incontro alla cosiddetta frescura estiva con un paio di maldisposti amici, e poi...

Sì, ricominciamo da questo punto, dalla tournée, vale a dire: dalla sua brusca fine attorno alla quale si è fatto un tal polverone; comprensibile, quando si riflette sulle circostanze. Riguardo alla notte dopo la loro separazione sul campo di cavoli non si sa nulla, in seguito lui si ritrovò nella toilette della stazione di servizio davanti a uno specchio lurido, vide il proprio viso e accanto la foto nel passaporto, uscì, si guardò attorno per vedere cos'altro c'era. Non molto: la strada, alberi e più in lontananza case. Adesso: in ogni direzione.

Ma alla fine fece soltanto quel che aveva già fatto, in misura diversa, per tutto il tempo. Viaggiò in lungo e in largo per il paese, nonché in quelli vicini, fin dove poteva arrivare senza dover esibire il passaporto. Ho una nuova identità, ma non ne faccio uso. Kontra aveva pure dei soldi in tasca e addirittura un bancomat, ma Abel preferì fare l'autostop. Che significa: fare l'autostop. Non aveva dovuto tendere il pollice una sola volta. Camminava per conto suo e la gente si fermava e chiedeva se poteva dargli un passaggio.

Dove vuole andare?

Fa lo stesso.

In macchina teneva la guancia appiccicata al finestrino e guardava esclusivamente fuori: cielo, paesaggio.

È qui per la prima volta?

Mmh.

Com'è il posto da dove viene?

Assolutamente identico. La stessa fascia climatica.

Parlavano di piante e animali. Lui, disse un uomo di colore di mezza età, era nato qui eppure *si sentiva attratto* dalla vegetazione *nella terra dei suoi avi*. Nel giardino davanti a casa sua *allevava* un banano. In seguito, come tanti altri dopo di lui, chiese a Abel se aveva bisogno di un posto dove passare la notte. Gli presentò sua moglie e i suoi due figli, la bambina aveva nove anni e il bambino cinque, e gli preparò da dormire su un divano letto dalla fantasia orribile nella tavernetta dove lui stesso dormiva quando era ubriaco. Faceva il controllore di volo nell'esercito.

Il tipo successivo era uno semplicemente *scialbo*, un uomo della mia età, stufo e smangiucchiato dalla vita, baffetti, girava in quei paraggi solo per poterlo raccattare. Parlava un dialetto quasi incomprensibile, e comunque non avevano molto da dirsi. Mise su una cassetta con un programma di cabaret di cui Abel non capì all'inizio nemmeno una parola. In seguito andò meglio e a un certo punto non poté fare a meno di ridere per una battuta nemmeno tanto divertente. Baffetto si associò grato alla risata. La volta dopo fu una tassista, una donna bionda e pienotta che se lo portò appresso fuori città alla fine del turno, sa, preferisco vivere in un paese piccolo. E lei? Da dove viene lei? No, intendo dire *prima*. Non ha nessun accento. Come mai allora ho notato che è arrivato qui da poco tempo? Ah, così tanto invece? Vuole pernottare da me e raccontarmi tutto di lei?

E così via. Passava di mano in mano come una staffetta, come se *da qualche parte* fosse stato deciso così, tutto ben organizzato, c'era sempre là qualcuno. L'ultimo infine, un uomo anziano e triste, lo portò fino alla costa. Un altro mare, adesso. Sedeva su una panchina lungo la passeggiata di cemento esposta alla corrente, dietro di lui una fila di bandiere di vari Stati sbattevano al vento, funi metalliche picchiavano contro aste di metallo: pling, pling. Gli angoli staccati dei manifesti incollati a una colonna lì vicino sbatacchiavano, schiocchi secchi. Annunciavano manifestazioni nel palazzo dei convegni dietro le bandiere. Un centro come altri già visti, poteva informarsi se c'era lavoro – per sicurezza dici di conoscere solo quattro lingue, al massimo sei, in modo che non ti prendano per un… – ed ecco un'altra possibilità di cominciare una nuova vita. New, nieuw, nouvelle, nuovo --- Ma non voleva trovare un lavoro lì. Per la prima volta, stranamente, sentiva una specie di nostalgia della città dove aveva vissuto negli ultimi anni. Si comprò un biglietto dell'autobus o del treno e fece ritorno per la via più breve e incontrò di nuovo la sua futura moglie.

In quell'incontro casuale videro entrambi un segno – e un fondamento non peggiore di altri. Gli amici di lei sono insopportabili, ma in cambio c'è il bambino e anche *lei* ha tutto quel che serve, un che di androgino e al tempo stesso materno, si può stare a braccetto con lei davanti a pubblici ufficiali. Per un po' tutto andò anche bene, per il primo periodo la cosa/lui funzionò senza pecche. A parte il sesso, naturalmente ci aveva fatto caso, bisognava essere ciechi. A dire il vero l'aveva preso addirittura in considerazione, in tutta buona volontà, e all'inizio evitò persino il Mulino dei Matti – un sacrificio inutile. Ma alla fin fine non è per questo che la cosa è fallita. A un certo punto si erano accumulate troppe stranezze, e allora è meglio tenersi a distanza. Ma per il compleanno di lei sarebbe venuto, certo.

Quel giorno lui aveva un test, uno dei nostri *più spettacolari* finora, una specie di torneo di scacchi in simultanea, solo che qui non ci si trovava davanti a un avversario di partita ma a interlocutori in svariate lingue. Anche per noi è un terreno inesplorato, finora ci era stato possibile produrre solo immagini statiche, mentre il nostro obiettivo dev'essere invece quello di individuare i processi. Il silenzio calò al suo ingresso. Il Papa ha messo piede nella stanza. Tutto stipato di gente, non un briciolo d'aria. Si potrebbe aprire una finestra? La aprirono. Rumori di strada. Come se una colonna di pullman attraversasse il ponte dei tavoli al centro della stanza. Dovremo richiudere la finestra. Qualcuno chiuda per favore la finestra, grazie, prego. In linea di principio l'esercizio è semplice ma tanto più difficile da realizzare, quando è stanco lo dica, anche se il punto è osservare fra l'altro come lei si stanca, come la capacità di passare da una lingua all'altra cambia in relazione alla stanchezza, lei mi capisce. Lui fece segno di sì. Allegria nella stanza. L'uomo delle dieci lingue ha fatto segno di sì. Studenti con registratori ed elettroencefalogramma, il tutto va avanti per ore, povera scimmia, da L1 a L2 a L3 a L1 a L5 a L7. All'interno e da una famiglia linguistica all'altra, da quale a quale è più semplice o difficile, dove si mescolano le parole, quale lingua collassa per prima. Una dopo l'altra collassano tutte. Potremmo. Smettere. Prego. Applauso, congratulazioni, davvero molto, molto straordinario, grazie, grazie, grazie arrivederci, grazie, devo chiamarle un taxi?

Sei ore di test e alla fine ritornare al quartiere della stazione, fare una rapida doccia, magari un sonnellino. Aprì la cassetta delle lettere. Un'abitudine insensata. La posta ufficiale se la faceva spedire da Mercedes, lettere private non gliene scriveva nessuno tranne sua madre, e lei le mandava, via terra e via mare, e quando arrivavano la maggior parte delle cose le aveva già raccontate al telefono. Forse la cassetta stava per scoppiare con tutta la pubblicità degli ultimi giorni. Quando la aprì gli saltò tutto addosso, tutto il guazzabuglio colorato e insieme a quello la busta spiegazzata con la grafia di Mira. La aprì con il mignolo mentre saliva i cinque piani, pianerottolo dopo pianerottolo, una piccola distrazione. Minuti brandelli rimasero a terra dopo il suo passaggio.

Un foglio di carta, un frammento di pagina di un giornale. Scomparso in un giorno di luglio sette anni prima: I. Bor, giovanissimo medico al servizio del prossimo, in circostanze non chiarite, amici e famiglia sono in lutto per le sue introvabili ossa.

Penso di poter smettere davvero di cercarti, *ora*.

Fu trovandosi seduto sulla panchina davanti al centro congressi che Abel pensò di ritornare presto. Si guardò attorno un'altra volta, a cosa rinuncio, qui? A niente: fiume, cemento, bandiere, manifesti. Fin quando, in quel preciso momento!, realizzò cosa c'era sul manifesto che aveva fissato per tutto il tempo: il mattino dopo, una conferenza, disturbi postraumatici, relatore: Dott. Elias B.R.

Passò la notte in bianco sulla panchina. Rumori del fiume nella notte. Il cloc cloc dell'acqua sulle pietre della riva. Navi, forse. Forse qualcosa della città, luci, rumori, tutto piuttosto lontano. L'instancabile pling pling delle bandiere. Poi sorse il sole. Naturalmente. Nebbia. Primi passanti. Alcuni forse lo guardarono. Seduto là, impalato.

Era rimasto sveglio tutto il tempo e poi, un po' in anticipo, si era incamminato per cercare una toilette e rinfrescarsi un po', faccia e mani soprattutto, informarsi su come arrivare a quella tale conferenza: si addormentò. Dormì per tutta la durata della cosa. Quando si svegliò era già pomeriggio. Era scottato dal sole e raffreddato. Fece un (infruttuoso) tentativo di svegliarsi e ritornare lucido, ma ricadde di lato e rimase lì disteso in mezzo alla forte corrente d'aria che sopraggiungeva dall'acqua. La gente andava e veniva, lui era disteso sulla panchina e non riusciva a muoversi e ad andare a vedere se fosse proprio *lui*. La prima volta dalla mia infanzia che mi ammalo. La prima volta che Abel Nema pensò che si può, che lui stesso poteva *davvero* morire. Che fosse possibile *viverlo tanto da vicino*. Eventualmente auspicabile, perché era la cosa più semplice. Restare disteso fin quando mi seccherò come una foglia accartocciata e verrò soffiato giù in mezzo ai sassi.

E invece no. Non è così facile. Questo qui, maledizione, non è neppure il mare. Solo un fiume, una foce. Si rialzò, si sedette per bene. Gli bruciava la faccia, il collo pizzicava, chiuse gli occhi. Decise di guarire e nel giro di mezz'ora guarì. Si sentiva ancora un po' debole, ma niente di più. Bere. Bere va sempre bene. Andò nel primo locale che trovò, era un Internet café. Si comprò una mezz'ora e digitò il nome sulla pagina del motore di ricerca.

Il risultato apparve suddiviso in tre campi. Pubblicazioni, conferenze, informazioni. Era attivo da cinque anni. Potrebbe avere la mia età. Ma non ce l'ha. Dopo un paio di tentativi saltò fuori una biografia con foto: uomo di mezza età, occhiali, barba. Aveva ancora un minuto. Esitò, poi digitò con dita tremanti nel riquadro – la fretta! – "Andor Nema". Dopodiché osservò l'orologio che si muoveva a ritroso un secondo dopo l'altro verso lo zero, e sullo schermo apparve la medesima cifra: 0 risultati.

In una mano la lettera di Mira, nell'altra la chiave. Dall'appartamento vicino filtrava una musica melensa. Aprì la porta e la chiuse dietro di sé.

In seguito si ritrovò di nuovo accovacciato sul pavimento, nessun ricordo di come sia finito lì nudo, al di là delle finestre una luce color vaiolo, venti furiosi, si piegò tutt'intorno al proprio cuore impazzito, un tempo era già stato così, molto tempo fa, allora vivevo ancora in un armadio. Batté con la fronte sul tappeto, bricioline minute di sporcizia si appiccicarono alla sua pelle e piovvero giù. Affanno, tosse, bere acqua del rubinetto nonostante la difficoltà di deglutire, tossire di nuovo oppure no, peggiora ancora di più il tutto. A un certo punto si drizzò tanto da potersi dirigere tastoni fin sul balcone. Si sedette sulla griglia, nel vento che soffiava contrario, respirando con la bocca e attraverso le sbarre che facevano passare l'aria guardò i vagoni che scorrono, scorrono, scorrono, carbone, cereali, rifiuti, gente, adesso va tutto bene, va bene.

Tornò nella stanza, fece una doccia e andò alla festa di sua moglie. Il resto è cosa nota. Ritornò poi a piedi. Quando la situazione peggiorava si fermava, si appoggiava, respirava fin quando non andava meglio. Una volta premette la fronte contro una cabina del telefono. L'impronta aveva la forma di una farfalla.

Da allora vive ritirato. Metà del tempo al Mulino dei Matti, l'altra metà a tradurre storie stravaganti. Il mondo è pieno di pazzi. Ci si tiene a galla. Del vicino sente per la maggior parte del tempo solamente la musica. La disturba? No. Non fa nulla. Non importa.

Ancora domande

Il compito per i giorni successivi era piuttosto chiaro. Uno: procurarsi i nuovi documenti. Piacevole non è, e comunque nemmeno insolubile se ci si impegna un po'. E d'altro canto non è nulla che non possa aspettare fino a domani. O dopodomani. O, diciamo pure, fino a giovedì quando comunque devo uscire di nuovo (due): incontrare Omar al parco. Da un anno l'unico impegno fisso della settimana.

A giovedì, sussurrò Omar all'orecchio di Abel, coperto dal suo profilo, sulle scale davanti al tribunale. Abel non rispose e si limitò a stringergli un po' più forte la mano.

Allora, aveva detto Omar un anno prima alla sua nuova insegnante di francese, questo è l'affare: Lei riceve i soldi e in cambio non mi insegna nulla. Mi dà lezioni il mio patrigno. Stiamo seduti su quella panchina là, nel parco, fin quando il tempo lo permette. Può vederci dalla finestra. Io resto con lui quaranta minuti. Poi torno da lei e le racconto in cinque minuti quello che ho imparato oggi. E se glielo chiede, lei lo racconta a mia madre.

Non so, disse l'insegnante che si chiama Madeleine, non so se cap...

Non ci muoviamo dalla panchina. Parliamo soltanto.

D'inverno a quest'ora è già buio e non si vede niente. Scusate, disse Madeleine avvolta nel cappotto. Ma così non va. Per favore venite in casa. Una volta Mercedes era arrivata troppo presto a prendere il ragazzo. Madeleine nascose l'uomo nel bagno privo di finestre. Cattiva idea, e se adesso lei volesse usarlo? Non vuole. Dopodiché lui si scusò per la seccatura.

Che cosa ha combinato? La donna voleva chiederlo, ma non lo chiese. In seguito tornò la primavera. E ripresero a sedersi sulla panchina.

Posso farti una domanda personale? chiese Omar. O meglio: Mi è *concesso*?

Abel sorrise: Sì e sì.

Chi hai amato di più nella tua vita?

Come un colpo di pistola: Ilia. Non dirlo. Di' la cosa più vicina alla verità dopo quella: Sei tu.

Per me è Mercedes.

Abel annuì comprensivo. Naturalmente. In fondo è tua madre.

Pausa.

Perché? chiese Omar.

Perché cosa?

Perché mi ami?

Non lo so. È così e basta.

Mh, disse il ragazzo. Anch'io ho detto lo stesso.

Per quanto tempo andrà avanti così? aveva chiesto Omar la settimana prima.

Non lo so.

Dici sempre: Non lo so.

Perché non lo so.

All'inizio pensavo che fosse un segno di saggezza.

E oggi?

Oggi non lo so più. Con il tempo si sa sempre di meno. Prima pensavo che la saggezza avrebbe fatto esplodere un giorno la mia testa. Ormai penso che questo pericolo non esista più. Deve dipendere dal fatto che sto per entrare nella pubertà. Probabilmente anche il mio carattere si modificherà. Forse non avrò più voglia di star qui seduto con te. Già adesso è chiaro che tu ti appoggi a me più di quanto io mi appoggi a te.

Pausa.

Scusa, disse Omar. Non voglio farti del male.

Non lo fai.

E invece sì. Ammettilo, una buona volta.

Mi dispiace, disse Abel. Di averti deluso.

Non mi hai deluso.

Sì, invece. Ammettilo.

E va bene. Allora lo ammetto.

Pausa.

Lo sai, sono cose difficili, disse Abel. Complicate.

Sì, lo so, disse il ragazzo. Scusa.

No, disse Abel. Sono io che devo scusarmi.

No, disse Omar. Che vuol dire. Così è la vita.

Girò verso l'alto il palmo della mano, posata in mezzo a loro due sulla panchina, e Abel vi mise sopra la sua.

Già che ci siamo, disse dopo un po' Omar: In fin dei conti le lingue non mi interessano. Posso impararle, ma non ho nessuna propensione al riguardo.

Je sais, disse Abel. Non fa nulla.

Sorriso.

Fino a giovedì c'erano ancora tre giorni. Abel se ne restò a letto.

Ogni volta che un nuovo tentativo finiva in un vicolo cieco c'era quel tempo del nulla. Non è piacevole e tanto meno efficace, e d'altro canto non hai evidentemente a disposizione nient'altro. In genere chiudeva gli occhi, come si fa per poter riflettere meglio. Concepire un pensiero diverso dalla morte, o anche niente, per quanto mi riguarda, e allora quello, qualcosa, almeno una soluzione sopportabile, anche se non definitiva. In seguito smarrì per lo più conoscenza o si addormentò, la differenza è difficile da appurare per uno che non sogna mai. Quando tornava in sé (si svegliava) aveva in genere una nuova idea: per un nuovo lavoro o qualcos'altro, una persona nuova.

Stavolta: nulla di tutto questo. Rimase sveglio. Al di là del mobile di cucina qualcuno continuava ad andare su e giù. Ogni tanto la musica attaccava e poi smetteva. Come se qualcuno cercasse qualcosa e non lo trovasse. Se non riesco a dormire e anche il Mulino dei Matti è chiuso, si potrebbe quanto meno fare un giro là fuori. Un isolato dopo l'altro, fin quando non sai più dove andare. Chiedere indicazioni nella propria città. In poco meno di una dozzina di lingue viventi. Oppure non chiederle. Affidarsi alla mano di Dio (?) fin quando non si sarà raccolta abbastanza quiete o estenuazione, e per oggi la faccenda sarebbe così risolta. Ma stavolta non era possibile per motivi oggettivi, e cioè un piede ferito. I bordi della ferita sotto il piede destro si erano incollati al tessuto del fazzoletto con cui l'aveva fasciato, e attraverso questo al calzino. Bisognerebbe occuparsene e metterci sopra un nuovo fazzoletto, quanto meno. O vedere se non si riesce a farlo guarire. Già una volta è successo, nonostante fosse solo un raffreddore. Forse a questo punto si aprono prospettive del tutto nuove, anche se un po' occulte? Ma alla fine non fece niente. Rimase semplicemente sveglio e aspettò.

In seguito fu di nuovo il tramonto e lui si spostò quanto meno fino al balcone.

Il balcone consiste in realtà di due balconi, due minuscole gabbie separate da un muro pieno di buchi. A volte, quando il vicino esce per fumare, si incontrano.
    Lei cosa fa?
    Traduzioni. E lei?
    Studio il caos.
    Che cosa sta fumando?
    Salvia sacra.

Che effetto fa?

L'ultima volta una gita in canoa sul Rio delle Amazzoni. Sempre che queste cose le piacciano.

Non riesco a provare ebbrezza.

Semplicemente non ha trovato il mezzo giusto.

Può darsi.

Vuole provare?

Non riesco nemmeno a fumare.

Be', se è così. Mi scusi ma credo che stia salendo, è meglio che rientri.

Questo fu in sostanza tutto.

(Mi scusi. Non vorrei... Ma è da un pezzo che se ne sta inginocchiato nudo sul balcone e rantola. Forse non sta bene?

No-nnò, disse A.)

Mi scusi, disse ora qualcuno dall'oscurità al di là della parete divisoria. Una voce di donna. Halldor Rose si è trasformato in una donna? No. Io sono sua sorella Wanda. Potrebbe venire qui un istante? A meno che non sia impegnato in qualcosa.

No, in realtà no.

Il cielo sopra il nostro vicolo cieco

Quando lui arrivò zoppicando alla porta lei era già sulla soglia. Una somiglianza sorprendente. Capelli biondi, guance rosse, naso adunco, sopracciglia marcate e subito sotto due occhietti verdi da uccello. Mi guarda con aria severa.

Mio fratello Halldor, il suo vicino, è scomparso da tre giorni. Non so se ci ha fatto caso. O meglio, disse lei, *era* scomparso. Adesso è tornato. È tornato e sostiene... Sostiene di essere stato in cielo in carne e ossa durante gli ultimi tre giorni. Cielo nel senso di regno dei cieli. Mi capisce?

Per via del piede lui stava praticamente in equilibrio su una gamba, e lei lo squadrò. Gli chiese se lui, il suo vicino, avesse notato qualcosa in H.R.

Abel rifletté coscienziosamente e disse: No.

Pensavo foste amici.

???

Venga, disse Wanda, voglio farle vedere una cosa.

Nessun pensiero da opporre.

La prima volta che vedeva l'appartamento del vicino. Un letto, un tavolo, e sul tavolo un video.

Era acceso quando sono arrivata, disse Wanda. All'inizio ho pensato che fosse il televisore, ma è il salvaschermo. Dietro è pieno di documenti con cose scientifiche che non capisco, e anche foto di donne nude con grandi tette. E va bene, non c'è nulla di incomprensibile in tutto questo, anche se mi sorprende sempre constatare come in questo ambito i gusti del genio e dello zotico si assomiglino, purché siano uomini, e vabbè, non voleva nemmeno saperlo. Aveva cercato qualcosa di personale, mi condanni pure se le pare, ma non appena arrivi in manicomio c'è subito qualcuno che comincia a frugare fra i tuoi effetti personali cercando una spiegazione, una... lettera. Ma là dentro non c'è nulla, non una parola, soltanto formule e carne e questa roba qui. La stava guardando già da diverse ore e in quel frattempo si era ripetuta dozzine di volte, e allo stesso modo circolare si muovevano i suoi pensieri, insomma: Proprio non capisco. Non capisco. Potrebbe forse spiegarmelo?

Una volta, settimane prima, Abel aveva dovuto interrompere il lavoro perché qualcosa era volato contro la sua finestra. Un uccello. Un cadavere di uccello sul balcone. Che farsene. O forse era solo stordito. Che farsene?

E invece no. Era un Qualcosa. Un robot volante con palline da ping-pong arancioni alle estremità di quelle che erano più o meno le gambe. Una piccola telecamera era attaccata davanti con del nastro isolante.

Chiedo scusa, disse Halldor Rose al di là della parete divisoria. Abel si piegò in avanti e gli porse il Qualcosa.

Grazie, disse H.R. I comandi non funzionano tanto bene.

Abel guardò l'oggetto davanti a loro e chiese che cosa volesse riprendere qui.

Il volo traballante in direzione del muro, binari, ma principalmente il cielo. Vuole vederlo?

Ha fatto delle riprese del cielo, disse Abel a Wanda. Nelle sequenze che durano appena pochi secondi e si sbriciolano in pixel quadrangolari il cielo è verde e la terra arancione. Ogni tanto ci finiscono in mezzo i binari. Le immagini sono in parte così traballanti e spezzate che hai l'impressione che i vagoni attraversino il cielo. Saltellano fra le nuvole.

Là! Wanda indicò trionfante lo schermo. La testa e la mano di Abel balenarono per qualche istante sul bordo inferiore dell'immagine.

Sì, disse Abel. Ecco là.

Senta un po', capisco la sua preoccupazione, ma deve anche comprendere me, ho alle spalle moltissime dure notti e giornate e anche un recente attacco di panico, a dire il vero adesso preferirei andarmene e dormire per, diciamo, i prossimi dieci anni...

Naturalmente non era affatto il momento di dire una cosa del genere. Wanda continuò imperterrita e severa l'interrogatorio:

E questo cos'è?

Sacchetti di plastica, li aveva trovati in cucina, e dentro cosa c'era? Spezie? Semi? Lesse quel che c'era scritto sui piccoli adesivi bianchi: acorus calamus, lophophora williamsii, salvia divinorum, psilocybe cyanescens, amanita muscaria, atropa belladonna. Eh?

Suppongo che siano piante psicoattive, disse coraggiosamente l'interrogato.

Questo lo so anch'io, disse lei. Belladonna. Ogni contadino la conosce. Delle altre non so nulla. Il sacchetto con il cactus messicano è vuoto. Solo un po' di sporcizia. Se ha preso tutto questo... Si può morirne?

Abel davvero non lo sa.

Wanda gettò i sacchetti sulla scrivania, incrociò le braccia davanti al petto e si guardò attorno nell'appartamento: Come *potete* vivere così?

Comunque sia, disse alla fine. Non è morto. Invece è vivo e sembra perfettamente normale, a parte il fatto che è convinto di essere stato in cielo. Noi non siamo neppure religiosi.

Guardò fuori dalla finestra. Quel cielo. Nell'appartamento di Abel squillò il telefono. Non si sa se anche lei lo sentì e in ogni modo non fece mostra di averlo sentito. Uno dei sacchetti scivolò giù dal tavolo. Abel lo raccolse.

Siamo sei fratelli, disse Wanda rivolta al vetro della finestra. Io sono la più grande, Halldor il più piccolo. Siamo tutti coltivatori di patate. Parliamo dalla mattina alla sera della coltivazione delle patate o dei nostri figli e, naturalmente, della crisi in cui ci troviamo. Il nostro unico acquirente, un produttore di patatine fritte, non ci compra abbastanza merce. I magazzini sono pieni. Per fortuna c'è la famiglia, da otto mesi facciamo a meno dei soldi e mangiamo patate. Per quanto tempo una famiglia di venti persone può vivere con quattromilacinquecento tonnellate di patate? Fin quando marciscono. Noi non ci lamentiamo, se le cose vanno bene diventiamo milionari, ma non riusciamo a parlare d'altro. E Halldor? Halldor non riesce a parlare d'altro che del suo caos, e nessuno di noi ne capisce una sola, mi scusi il termine, una sola fottuta parola. Così è. Noi gli vogliamo bene. Lui è il nostro… Dio. Lei mi capisce. Eppure non siamo per niente credenti. È lui che non riusciamo a comprendere. Le parole che gli rivolgiamo ci sembrano balbettii. Lui è il nostro idolo, gli vogliamo bene, lo viziamo da quando è venuto al mondo, ma al tempo stesso abbiamo paura e vorremmo soprattutto nasconderci di fronte a lui. Quando veniamo in città andiamo a trovarlo sempre più di rado. Io non ero mai stata in questa casa. E da noi lui non viene. Lei da quanto tempo lo conosce?

Tre anni.

In questo periodo ha mai visto qui qualcuno?

No. Ma non ci aveva nemmeno fatto caso.

Mi si spezza il cuore, disse Wanda e di nuovo guardò fuori, verso la porta del balcone. I pezzetti di cielo luccicavano dietro il suo profilo.

In seguito Abel tornò a casa sua. La segreteria telefonica segnalava una chiamata.

In tutto sette, no: sei persone conoscono questo numero. Ho ricevuto al momento un messaggio da parte almeno di una di loro? Cosa dice l'esperienza? L'esperienza dice che è meglio sapere subito quel che c'è da sapere. Premette il tasto.

Venerdì, disse la voce. Quel certo treno.

Quando Ilia morì *definitivamente*, la cosa lo colpì con una violenza tale da sbalzarlo fuori dalla sua traiettoria e farlo atterrare di schianto sul pavimento duro e grigio, tanto che praticamente non riuscì più a sollevarsi. Quando più di recente lo chiamarono per comunicargli la stessa cosa riguardo a Kinga, non avvertì quasi nulla. Il che mi fa male, ma è la verità.

Si erano persi di vista già da un pezzo. Dopo la storia degli aquiloni Kinga non si era più fatta viva. Lui a volte pensava a lei, ma poi non faceva nulla. Il giorno in cui arrivò la notizia della morte di Ilia, fu la prima persona che gli venne in mente. Passato l'attacco: la prima. Andare lì. Posarle la testa in grembo. Consumare tutte le droghe che c'erano a casa. Baci con la lingua. Ma in quel momento la festa di compleanno sembrò l'alternativa meno dolorosa. In seguito, quando si fu ripreso dalle *reazioni inconsulte* provocate da quella decisione andò a Kingania, ma loro non abitavano più là. Accostò l'orecchio alla porta e sentì che da qualche tempo non ci abitava più nessuno. Solo la montagna degli oggetti lasciati indietro. Su Internet il nome di lei non appariva e anche sui musicisti trovò solo notizie di vecchi concerti. Forse nel frattempo avevano lasciato la città. Doveva essere così. Ormai non aveva in sostanza più nessun contatto. Da quel momento e per un anno intero non scambiò parola praticamente con nessuno, se non di tanto in tanto con il vicino e con Thanos.

In seguito squillò il telefono.

C'è Abel N.?

Lì per lì non avrebbe saputo dire chi fosse dei tre.

Si è buttata giù dalla finestra, disse la voce. Casomai ti interessasse. (Poteva essere Janda. Batticuore.)

E infatti mi interessa.

Quando?

Otto giorni fa.
Pausa.
Quand'è il funerale?
Non c'è nessun funerale.
Silenzio. Che pensate di fare? Buttarla nel fiume?
Spediamo a casa le ceneri. (Adesso sembrerebbe invece Andre.) Voleva che fossero sparse al vento.
Capisco. Quando?
Ancora non lo so. Non abbiamo ancora raccolto i soldi.
Ecco perché l'hanno chiamato.
Quanto?
Non so. Cinquecento?
Pausa.
Ditemi quando. Con quale treno.
Pausa. Solo un sospiro. E comunque: pausa.
Non lo sappiamo ancora. Ti chiamiamo.
Lui non ci credette, ma disse: Va bene.
Condoglianze, disse Thanos. Quanto ti serve?
Gli doveva già due mesi di affitto. Tutte queste storie stravaganti rendono meno di quanto si pensi.

Non esile con una testa di uccello e nemmeno tarchiato con una fronte quadrata, né Janda né Andre, ma fu invece Kontra che venne a prendere i soldi. Si incontrarono per strada, passaggio di soldi su terreno neutrale. Così da solo, strappato dal suo contesto, faceva un'impressione strana. Abel guardò verso l'angolo per vedere se non stessero arrivando anche gli altri, ma non arrivò nessuno.

Kinga aveva buttato fuori dalla finestra il suo sax, raccontò Kontra. Avevano litigato per qualcosa, come al solito, e lei si era messa a gridare: E allora sono pazza, eh? Ti faccio vedere quanto sono pazza! E paff, il sax giù dalla finestra aperta nel cortile della società elettrica. Mentre ancora sbatacchiava sferragliando Janda afferrò Kinga per il colletto e cominciò a schiaffeggiarla: dritto rovescio, dritto rovescio. Dopodiché finirono tutti e quattro aggrovigliati l'uno all'altro e si rotolarono sul pavimento. Alle fine rimasero solo loro tre, Kinga si era svincolata e sedeva singhiozzando con la schiena appoggiata alla parete sotto la finestra, le gengive sanguinanti. Janda si liberò e Andre, sdraiato a terra, cercò ancora di afferrargli il piede ma non riuscì ad acchiapparlo, se ne stava disteso sul pavimento in mezzo al ciarpame e gridava fra i singhiozzi: Siete completamente pazzi! Non siete normali! Casi clinici! Sanguinava da un graffio vicino all'occhio. Ci passò sopra una mano. Un'altra volta e non mi metto più in mezzo, disse ancora a Kinga che inghiottiva il suo stesso sangue. Ammazzatevi pure, per quanto mi riguarda. E adesso me ne vado a casa dalla mia famiglia! Kontra rimase. In seguito scese in cortile, si arrampicò sul muro protetto da schegge di vetro ed entrò nel cortile contiguo per riprendere il sax. Si sedette in cucina, cercò pazientemente di batterlo per fargli riprendere la forma. Non ne verrà mai più fuori uno strumento, e però non smetteva di battere. Rimasero là, seduti, nell'oscurità che si addensava. Cloc, cloc, cloc. Passò lì la notte, ma al mattino anche lui se ne andò.

Un amore burrascoso durato vent'anni, disse Kontra. Non credo che si siano mai più rivisti. Subito dopo lei sposò un raffinato omosessuale, più anziano, da cui andava a fare le pulizie e che già prima glielo aveva proposto. Commesso in un grande magazzino, reparto abbigliamento, collezionista di orrendi mobili di legno con intagli. Lui aveva sistemato una stanza per lei a casa sua, poteva vivere là se voleva, ma non era un obbligo. Non ho proprio nessun obbligo, disse Kinga a Andre che una volta l'aveva incontrata in strada per caso. Fu l'ultima volta che la videro. Adesso aveva pure la mutua, disse, un medico le aveva prescritto dei farmaci e nel giro di poche settimane nel suo corpo si sarà creato un deposito adeguato. Prima che succedesse si buttò giù dalla cucina, sul lato della casa che dava sul cortile.

Pausa.

Abel chiese come stavano gli altri due.

Come potevano sentirsi in quelle circostanze, disse Kontra. Andre ha pur sempre la sua famiglia. La bambina ha già due anni. Abel non sapeva affatto che avesse qualcuno.

E come potevi saperlo, disse Kontra.

Adesso era il momento di consegnare i soldi. Kontra infilò le banconote nella tasca dei pantaloni e tenne dentro la mano. Disse arrivederci e se ne andò.

Come posso spiegarlo, aveva detto una volta Kinga, quest'altra faccia del nostro stoicismo. Bisogna averlo vissuto. A volte è disperante, come per un cieco i colori, e d'altro canto non si può cambiare, o ce l'hai o non ce l'hai, e allora lo capisci o non lo capisci ma in sostanza fa lo stesso, vedi, io l'ho capito e a cosa mi è servito? ---

Abel rimase seduto qualche minuto accanto al telefono e solo allora tirò fuori di tasca il sacchetto che aveva raccolto ma che poi non aveva rimesso sul tavolo di H.R. Amanita muscaria. Un comune ovulo malefico. Al di là dell'armadio di cucina continuavano a sentirsi i rumori di Wanda. Uno: documenti, due: Omar, tre: ceneri. Ma poi decise comunque di non aspettare più tanto a lungo.

Centro
DELIRIO

E io – insomma: Io – non mi inginocchiai fra la tazza del cesso e la vasca sul linoleum freddo e umido, non implorai un dio che venisse ad aiutarmi e perdonarmi o a perdonarmi e aiutarmi ma presi il latte, lo misi in un recipiente, il mio unico piatto fondo, lo mescolai con l'intero contenuto del sacchetto e aspettai. Dopo aver aspettato per un po' presi il latte marroncino marmorizzato, lo bevvi e dissi: --- no, e in seguito a convulsioni, vertigini, malessere e intorpidimento ai piedi caddi come documentato in un mezzo sonno. Quando mi risvegliai ero abbandonato a terra.

Cosa e dove sono? Sotto il cielo, no, questo soffitto non è una volta stellata. È buio come in un sotterraneo, ma si sente il vento come ai piani superiori. Non smette mai qui, la casa è particolarmente esposta ai venti o si trova a un'altezza che comunque non è dovuta a cause naturali. Gli edifici fastosi del passato sono le cave di pietra della successiva, diseredata, mi correggo: incolta, mi correggo: ... società. Chi costruisce su macerie. Ma può anche darsi che questo fischio sia solo nelle mie orecchie, ovunque si trovino ora. Gli sciamani siberiani lo descrivono così: come essere smembrati in pezzi. Dov'è la mia gamba, la mia testa, la mia mano. Questo membro impietrito è mio? Questo torso arcaico? Sono caduti gli eroi del Partenone e gli idoli pagani, non ne è rimasta che qualche briciola, dispersa a tutti i venti, scaffali pieni di piedi, a sinistra, a destra, narici, gomiti. Dio solo conosce l'intero nella sua integrità. Questo non è il mio polpaccio, questi non sono i miei testicoli, questi seni li prendo volentieri. Anche se la maggior parte dei pezzi è stata integrata con il polistirolo. Crepe dappertutto. *I'm puzzled*. Ho sempre dimorato in un magazzino di reperti antichi?

Una volta, almeno, sono già stato qui. Mi stupirebbe se fosse altrimenti. Mia madre era insegnante e ci teneva molto a espungere da me il barbaro. Rocococo, dico io, e mi passo la mano fra i capelli stilizzati. Ammesso che le circostanze lo consentano. Che per esempio ci siano una mano e dei capelli. Riccioli di pietra, e in mezzo si insinua fluida sporcizia di piccione, scorre negli occhi sempre aperti. Eppure non arrivo a vedere i miei stessi piedi. Rigido come dopo un colpo alla nuca. Viene dallo star molto seduto. In sostanza non ho bisogno dei piedi. Distribuisco i miei organi superflui ai bisognosi del mondo. Le mani, invece, se potessi riottenerle. Devo lavorare. Lavoro molto. Il che di per sé non mi rende ancora (di gran lunga), lo so, un uomo probo. Sono semplicemente abituato a menzionarlo. Anche se suppongo che la cosa, qui, probabilmente non ha nessuna importanza. Che cosa ce l'ha?

Ci sono delle finestre, ma è impossibile vedere attraverso. Sono incastrate troppo in alto sotto il soffitto, e poi la metà inferiore è sempre fatta di vetro opalino. Naturalmente mancano le maniglie. Fa parte dei compiti del custode smontarle. Ogni mattina smonta per prima cosa le maniglie delle finestre. Le tasche dei suoi pantaloni sono pesanti, le maniglie sferragliano, gli si infilzano nella coscia e lui quasi non riesce a sollevare le gambe, eppure scompare dietro la porta in un'infinitesima frazione di secondo, prima che si possa fargli una domanda. Restano i tubi di neon sfrigolanti al soffitto, e noi. Il mio diretto vicino è un Hermes che si allaccia i sandali. Be', pur sempre qualcosa.

Qui passa un po' di tempo. Al suo interno non succede e non si muove nulla. Non è escluso che si debba aspettare così per secoli, mentre ci osservano. Graziosi bimbi in gita scolastica succhiano le punte delle matite, fanno disegnini in grossi blocchi e prendono brevissimi appunti che in seguito non decifreranno più. E già scorrono via nei loro vestiti troppo grandi, escono frusciando. Con nostalgia li seguo con lo sguardo. Via, sono già via. Di nuovo, soltanto polistirolo e pietra.

Dopodiché si fa notte e io mi animo come nelle favole, e incedo attraverso due ali di giovinetti apollinei e di fanciulle. Uso la parola "incedere" nel suo senso più ampio. *Qualcosa* incede. Tutto sempre più scuro e freddo. Battere di denti, i miei. Sono sparpagliati ovunque, sassolini giallastri con puntini neri, e sbattono. Vecchie donne stecchite li usano per giocare a dadi. Questa qui è mia madre. Era tanto tempo che non la vedevo. Sei invecchiata. Anche tu.

La sua testa è tonda e porta i capelli cotonati, come andava di moda quando era giovane. Si è fatta fregare dall'astuto magiaro, è stata l'andatura altera di lui a sedurmi, e la voce. Sapeva giocarci come nessun altro, era capace di dire all'uomo del gas, attraverso la porta chiusa, con una voce da bambina: i miei genitori non vogliono che io apra la porta a sconosciuti. Non che non avremmo potuto pagare la bolletta, ma quanto abbiamo riso, capisci, così era in tutte le cose ed era anche il tempo giusto per quello, ma poi, ma poi.

Le altre due si chiamano nonna e Vesna. Hanno tutte la stessa età e portano gli stessi vestiti bianchi, e in testa acconciature bianche rococò. Pettini di plastica gialli le tengono a posto. Sono sedute in un corridoio bianco, a un tavolo bianco, due giocano a dadi e l'altra fa la maglia. La lana è giallastra.

Diventerà un giubbetto per te.

Scaldano le loro anime con simili creazioni. Il che è comprensibile, con il freddo polare che fa qui.

Molte grazie, dico io. Ma è troppo piccolo per me. È largo meno di una spanna.

Non preoccuparti, piccolo.

Tutte ridono: Non preoccuparti.

La lana con cui sta lavorando mia madre è sporca. Piena di patacche nere e oleose. Come se l'avesse pescata fuori dal fiume. Ci scorre dentro di tutto, si impiglia nelle pietre sotto il ponte e puzza. Non vorrei vestirmi di rifiuti. Alla fine, naturalmente, non mi resterà altro da fare. Essere un bambino gentile. Indossare una tunica di ortiche per tutta la notte di Natale. Sotto spuntano le pustole. La notte distendersi su un letto di spine. Non grattarti così, e per di più a tavola, fa schifo.

Non sento altro che lamenti! Mio caro, non mi sembri affatto consapevole della situazione. Dovremmo essere contenti che l'edificio non ci crolli addosso. I procioni entrano ed escono. E così il vento. I buchi nei muri li chiudiamo con le lattine d'olio degli aiuti umanitari. Poi, quando sono vuote, ci coltiviamo dentro i pomodori e ci conserviamo l'acqua che c'è solo dalle sette alle nove del mattino. Così è. Viviamo qui come in un campo di accoglienza.

Perché lo è davvero, un campo. Per vedove come noi.

Non voglio rimproverare nessuno. Sono viva, e alla mia età è già abbastanza.

Ci si può rallegrare anche delle piccole cose.

È così. Ci rallegriamo delle piccole cose.

A volte ci sediamo con la faccia rivolta al mare.

Qui non c'è nessun mare, dico io.

Loro stanno zitte. La mamma lavora a maglia. Le altre due scuotono il bicchierino con i dadi.

Non mi piacciono molto queste donne. Speriamo che non se ne accorgano. Presto moriranno. Speriamo che muoiano presto. Si ha sempre colpa, anche quando non se ne ha.

Anche se un po' rigide sorridono, come a voler perdonare. È perché devono comportarsi come se non avessero sentito questi pensieri. Ma li hanno sentiti. Sanno tutto. Puoi essere bravo quanto vuoi. Rovesciano i tuoi denti sul tavolo.

Anziché baciare tre volte al giorno la mano di quelle che hanno fatto tanto per te.

Ecco la riprova che non è vero. I bambini non sono innocenti.

Io non sono un bambino.

No, sei un uomo abbastanza adulto.

Questo è e rimane inimmaginabile per una madre. Il corpo che è diventato. Ventiquattr'ore di travaglio. O erano forse cinque giorni? Alla fine sono morta di sfinimento? Non mi ricordo. È passato così tanto tempo. E anche mio figlio è già un uomo anziano.

Ho trentatré anni.

Nessuno ribatte nulla. Né sì né no. Forse è vero e io sono invecchiato senza farci caso. Ci vorrebbe adesso uno specchio, anche solo una scheggia. Ma: niente. Possibile che il veleno mi abbia fatto invecchiare. Significa che adesso ho il diritto di restare qui? È quello che dovevo capire? Ehi?! Posso rimanere qui, adesso?

A dire il vero non lo voglio affatto. E poi non si sa cosa c'è fuori. Il vetro opalino. Nere macerie o al contrario: monumenti di maiolica scintillanti al sole? Che significa questo silenzio? Che l'uomo ha lasciato la terra o al contrario si è evoluto al punto che la sua vita nelle città è quieta come un sussurro. Forse ad avvelenarti là fuori è il fumo o l'atomo inodore, o forse c'è un odore come non c'è mai stato o da molto tempo non più: di puro etere. Forse c'è anche il grande oceano, là fuori, come dicono tutti, e noi seduti a riva su un'infinita fila di panchine, come vecchi, il viso rivolto al sole e al fragore dell'acqua. Forse c'è l'eternità e solo qui dentro il tempo segue il suo vecchio, indissolubile corso. Ma forse non c'è nulla del tutto, là fuori. Come accertarsene, è un rischio troppo grande. Che forse un giorno correrò. Aprirò la finestra e dopo aver gettato uno sguardo infinitamente breve sul nulla ne diventerò parte anch'io. Qualcuno richiuderà cauto la finestra alle mie spalle. La bloccherà con un manico di scopa.

Senza dar nell'occhio scivolo accanto alla finestra, per esaminare la situazione. Non mi sorprende che non ci siano maniglie. Non è tanto facile aprire la finestra sul nulla. O sul qualcosa. Non si può mai sapere. Le finestre che danno sull'esterno sono perfette e ben serrate, mentre le porte all'interno sono tutte storte sui cardini. Qui potete vedere la desolazione del secondo mondo. Anziché cercare di ripristinare quel che si è sfasciato, l'hanno sfasciato ancora di più. Il puzzo arriva fino in cielo. Come se l'aria fosse piena di spore velenose. Ho paura di respirare.

Le vegliarde annusano l'aria contente: Fra poco si pranza. Noi non pranziamo mai per mantenere la linea. O perché non c'è niente da mangiare. Insomma, niente pranzo. Ma colazione la facciamo sempre. E la sera biscotti e tè. Tè dolce al limone, piccoli vermicelli gialli nei bicchieri, la cantina ne è piena. Per fortuna i denti non si guastano più. I pomeriggi, quelli sono difficili. La fame si fa sentire soprattutto dalle quattro alle dieci. Io mi addormento con il sorriso perché so che domani mattina sarà piccolissima. Al mattino la morte è un infante.

Tutto questo va bene, dice la nonna, ma la domanda è: Che ce ne facciamo di lui? Adesso che è qui? Arriva senza avvisare, e non è proprio una bella cosa.

E però lo si rivede dopo tanto tempo, il che bilancia il resto.

Non importa. Sarebbe bello sapere quanto tempo intende restare qui. Non so se possiamo permettercelo. Un uomo così mangia parecchio. Io al suo posto mi preoccuperei di sgravare la famiglia. Forse fra le macerie della mensa accanto all'ufficio del telegrafo si trova ancora qualcosa da mangiare. Mele arrostite sotto la cenere, una prelibatezza.

Sarei anche felice di farlo, ma davvero non so come si esce di qui e dove si trova il telegrafo e dov'è la mensa, e allora faccio finta di non aver sentito.

Non possiamo permettercelo, dice la nonna. Un uomo così grande. Finora ce la siamo cavata bene senza uomini. Come fra sorelle. È meglio non avere uomini qui.

Ma se lo rifiutiamo potrebbe essere per lui la morte. (La buona vecchia Vesna.)

Adesso ce ne restiamo tutti zitti per un po'. Io cerco di farmi più piccolo che posso. Siedo con la schiena curva su uno sgabellino di legno. Legno duro, ossa dure. Per tutto il tempo della visita essere una persona solida e piacevole che rispetta gli anziani e mostra un affetto discreto per la propria moglie, e però senza intraprendenze erotiche o ambiguità, sia nei confronti della suddetta sia soprattutto di figliocci non arrivati ancora alla pubertà. Deve dare l'impressione di una persona perfettamente integrata. I nostri valori sono stati accolti non soltanto in superficie, ma si sono trasformati in carne e sangue. Per fortuna non fanno uso di lettori del pensiero.

E comunque non l'hanno sottoposto a nessuna visita.

Bisogna istituire un registro completo dei nuovi arrivati. Senza non si può andare avanti. Le malattie tipiche sono: impotenza, disidratazione, depressione, disturbi al cuore e allo stomaco. Se cammin facendo ti viene un cancro, sai di che si tratta. Guarire è un'altra cosa. Ma per una visita non è mai troppo tardi. Ci si chiede soltanto chi debba farla.

Alla fine tocca sempre a noi.

E come potrebbe non essere, qui ci siamo noi soltanto.

È tuo figlio.

Se mi immagino l'odore latteo del suo ventre sopra i peli del pube, l'odore fra le due scapole, l'odore della nuca e quello dei capezzoli, delle pieghe delle braccia e dei palmi delle mani, mi vengono le vertigini, e mi si riempie la bocca di saliva.

È una reazione normale. Può risultare addirittura piacevole.

E lo è anche: piacevole. Mi preoccupa però il fatto che, comunque ci provi, non riesco a scaldarmi le dita. Mi strofino i polpastrelli fin quasi a lacerarli, ma non serve a niente. Non voglio che lui sussulti a ogni mio tocco come per una scarica elettrica.

Ma è soltanto una debole corrente.

Non importa.

Può darsi anche che gli giovi. Una corrente debole a quanto pare desensibilizza.

Sì, ma solo quando la ricevi per infusione. Gli elettroshock sono superati.

Ma l'elettricità è tornata o no?

In generale non mi fiderei, dice Vesna. Alla fine potranno considerarlo forse guarito, ma sarà diventato tutt'altra persona.

Non è poi questo il peggio. Io sarei stata contenta di avere avuto una possibilità del genere. (Nonna.)

Ho fatto quel che ho potuto. Ho sempre cercato di tenerlo lontano da influenze dannose.

Allora avresti dovuto essere coerente e crescerlo come fosse una bambina, a cominciare dalla biancheria femminile, che è tanto piacevole da portare. Così non è né carne né pesce.

Un motivo in più per risparmiarsi del tutto la visita esterna. Direttamente un encefalogramma e poi l'autopsia. Misurare il cervello e gli organi. È molto interessante. Il peso dei liquidi corporei viene misurato separatamente. Quanti grammi di bile, numero delle cellule. Alla sua nascita non pesava più di 1375 grammi.

Dai che non è vero.

E tu come lo sai? chiede nonna con voce rude. Cos'altro mi resta da fare se non star zitta?

Non raccontate queste cose al bambino, dice Vesna. Gli viene solo paura.

Non è tanto paura, dico io. Un senso di paralisi, piuttosto. Sono perennemente paralizzato come se ormai non fossi che una testa, un cervello, un cervello con una fronte sulla quale scorre il sudore. Così devo andarmene vagando, anche se non vorrei.

Il poverino ha la febbre.

Avvolgerlo in un lenzuolo bagnato e sculacciarlo. Funziona, è garantito. Non dimenticare però di togliere poi il lenzuolo. Altrimenti si raffredda e muore. Cosa dirà la gente.

Forse sarebbe il momento buono per dire a nonna di tenere a bada quella maledetta boccaccia di sadica.

Versargli acqua gelata sulla nuca fin quando gli viene la meningite.

Vuoi fare il piacere di tenere a bada quella maledetta boccaccia di sadicaaaaaaaa!

Il cervello si gonfia e preme contro il cranio.

Noooooooooooooooooooooooooooooooooooooo...!

L'onda del grido mi spinge finalmente via da loro, mi aggiungo un altro dente, urlo come non ho mai urlato, grido più a lungo che posso. Gli occhi li tengo chiusi, così riesco a non vederle.

Sento ancora il crepitio dei dadi nel bicchierino, ma comincia a farsi più debole e a un certo punto smette completamente, anch'io smetto e mi lascio spingere fin dove lo slancio mi porta.

Molto più tardi apro cautamente gli occhi. È di nuovo buio, e questo è un bene. Scivolo lungo un corridoio senza finestre. Continuo a non sapere se ho un corpo e com'è fatto. Alla visita per fortuna siamo sfuggiti. Non so più quando un medico mi ha visitato per l'ultima volta. Ho paura delle iniezioni? Sopporto la vista del sangue? A essere sinceri, in questo momento non va affatto male. Per la prima volta da molto tempo non sento nessun dolore.

Il mio fluttuare non rallenta e il corridoio diventa invece sempre più stretto, e sembra terminare là avanti dove c'è la porta di ferro. Cerco di tendere quelle che potrebbero essere delle braccia per frenarmi puntandomi contro le pareti, ma ecco che sono già precipitato in un'oscurità ancora più grande attraverso la porta aperta.

Come se fosse acqua, ma non è acqua. Oggetti bianchi affiorano l'uno dopo l'altro. Pietre, metalli, ossa. Un pezzo di un erpice. Non so come faccio a saperlo. L'ho mai visto un erpice? Il collare di un cane. Un vaso rosso con lo smalto scheggiato. E di nuovo: statue. Soprattutto piedi e ginocchia. Un ginocchio si aggira per il mondo. Un sesso mutilato.

Adesso so che cos'è: la terra sotto la città. Niente panico, ora, Houdini. Rende solo porosa la materia che ti sta attorno e ti tappa la bocca. E tu muori, come se avessi respirato le particelle di una frana. Procederemo con grande disciplina. Senza precipitare, senza tossire, senza parlare. Ogni rumore diventa un segnale per il nemico. Cerca di scoprire dov'è che si sale in alto. E poi vacci. Prima prendi con te queste monete, sepolte qui fra le briciole, a portata di braccio, e con le unghie le grattò fuori – eccotene un po', se ne avrai bisogno! Si rivelerà saggio averle nascoste. Nemmeno i soldi senza più valore puoi lasciare in giro. Mio padre non era capace di conservarli, i soldi. A me arrivano da soli. Sono in buone mani con me. Completamente a secco non sono mai stato.

Adesso vedo anche dove devo andare. Là davanti brilla la luce della vecchia birreria, giù nel sotterraneo. Ci abbiamo festeggiato la maturità, te lo ricordi? Due angoli più in là hanno rotto delle vetrine di negozi stranieri, ma allora non ne sapevo niente. Vi rivedrò tutti, adesso? Entro con il cuore in subbuglio.

È diverso da come me lo sarei aspettato. Non un rustico soffitto a volta medievale ma un normale club giovanile, le pareti ricoperte di poster e colori a olio. Sotto la sfera della discoteca è seduto mio padre con l'abito bianco del matrimonio, il gilè si tende appetitosamente sul suo busto esile. È l'unico intrattenitore, porta un garofano bianco all'occhiello e suona il sintetizzatore. Questo allora è quel che hai fatto per tutti questi anni.

Tuo padre, ragazzo mio, diceva mia madre, è un personaggio equivoco. Gira nottetempo da un posto all'altro, come se fosse ancora uno scapolo, e conosce gente equivoca con cui verosimilmente condivide segreti che non immagineremo mai. Loro lo amano e sanno tutto di lui, e si rivolgono a lui come dei vecchi compari: Guarda un po', Andor, ma quello non è tuo figlio?

In effetti. Mio figlio è qui. Mio figlio è arrivato. Mia moglie ha buttato via tutte le foto e comunque io non ne avevo con me neppure una, e però lo riconosco. Una somiglianza impressionante, sembra solo un po' più vecchio di me all'epoca in cui avevo quarant'anni, quando ci siamo visti per l'ultima volta. Si veste con foglie nere di insalata, la testa spunta fuori come un ravanello triste. La faccia consumata nella voluttà, incrinata dalla disperazione, nelle rughe sulla fronte si è infiltrata terra color cenere. I suoi occhi sono una sola rete sanguinolenta, e quelle borse sotto! Come la pancia di una lucertola, proprio così. E la mascella tremante, sempre peggio, tra poco gli cade e scivola via come un vecchio pattino. Ciao, figlio mio, prima che tu mi scoppi in lacrime qui davanti, come stai? Vuoi bere qualcosa?

Io non rispondo. Mi sconvolge ancora la facilità con cui l'ho trovato. Ho le vertigini e fra poco vomito latte marcio. Bere qualcosa in effetti non guasterebbe.

Mio padre però non può servirmi, deve suonare il sintetizzatore, bianco e luminoso là sotto il riflettore, e intorno a lui è tutto uno sciabolare di luci. Fa molto caldo là dove sta mio padre.

E allora? chiede in tono frivolo. Come te la sei passata? Sei sposato? Ho dei nipoti? O sei anche tu un lupo solitario come me? Mh?

A dire il vero sono gay, dico a mio padre quando lo rivedo dopo vent'anni. Conosco i ragazzi in un certo locale o per strada. Una volta ho chiesto a uno di restare da me ventiquattr'ore. E lui è rimasto ventiquattr'ore con me. Ha posato la testa sulla mia spalla e siamo rimasti così. Il sole ha fatto tutto il suo giro. Io non sapevo nemmeno se fosse sveglio o dormisse. Al termine delle ventiquattr'ore, al minuto spaccato, si è alzato, ha frugato fra le mie cose e si è preso quel che voleva. Tutti i miei soldi, perfino la moneta. Ha osservato la mia foto e il mio nome sul passaporto e mi ha guardato divertito. Poi se n'è andato. Non l'avevo ancora mai raccontato a nessuno.

Capisco, dice mio padre. Ultimamente l'impotenza è diventata una malattia nazionale. Ti capisco, ragazzo mio, ti capisco molto bene. Io ho fatto come la maggior parte degli uomini, e soprattutto quelli che riflettono sulle cose: Mi sono sposato per avere dei figli. Un figlio. Te.

In questo senso non ti sei esattamente prodigato in sollecitudine.

È solo che non potevo darlo a vedere. E cosa avrei dovuto fare, ragazzo mio? Non si poteva parlare in maniera ragionevole con loro. Tutto il vecchio odio più il nuovo, erano letteralmente pronti a scagliarsi contro chiunque. Ammazzerò ogni uomo sopra i diciotto anni che attraversa questo ponte, erano le loro parole.

Per quanto mi ricordo è stato così solo dopo che te ne sei andato.

Lui non è in grado di rispondere nulla, ora. Sa che ho ragione. Ma non è uno che si giustifica. Spera che il tempo cancelli le differenze. Per questo bastano spesso cinque minuti e non c'è più niente da dimostrare. Se sei venuto da me per rimproverarmi, ragazzo mio, puoi risparmiartelo.

Innanzitutto non sono *venuto da te*, e poi ho sete. Quella dietro di te è la porta di una toilette? Potessi arrivarci. Bere acqua del rubinetto, conoscere qualcuno.

Una cosa, figlio mio, dice adesso mio padre parlando come un padre, una cosa devo concedertela: Ti sei battuto valorosamente in tutti questi anni, e senza il sostegno di un clan. Ti ammiro per questo. Per me non è stata una grande arte. Non essere mai disperati non è una grande arte per chi non ne ha la minima idea. E un'idea ce l'ha solo chi è stato disperato almeno una volta. Lo si è o non lo si è, e allora si sa o appunto non si sa. Chi afferma innanzitutto di saperlo, e poi di non esserlo mai stato: mente. Come ho appena mentito anch'io. Io almeno mi sono trovato una volta nell'anticamera di questo qualcosa, e non lo dimenticherò mai, esattamente il dodici giugno dell'anno Millenovecento e "x".

Sì, dico io. Me lo ricordo bene. Stavano cominciando le vacanze. Ci hai lasciati senza dire una parola. Da allora sei quello di cui non si parla. Suonavi il pianoforte. Canzoni. Oh, baciami bambina. Una volta sei venuto a sostituire qualcuno. Prima di allora non sapevo nemmeno che tu sapessi suonare il pianoforte. E forse fingevi soltanto. In seguito sei passato al sintetizzatore. Come intrattenitore solista hai girato i club dell'Occidente, quando i radnik si riunivano ancora insieme. Portavi un abito bianco, sedevi girando verso l'esterno un ginocchio fra le gambe magre a "x" del sintetizzatore e muovevi a ritmo il piede. Portavi mocassini bianchi e calzini color senape. I calzini si arrotolavano sopra le caviglie. Hai lasciato la macchina fotografica nell'autobus, tutte le foto della gita nella cava di pietra si sono perse, noi due in quei padiglioni grigi e immensi, e dietro di noi l'oscurità. Il resto Mira l'ha buttato via. Io dopo un po' non riuscivo quasi più a ricordarmi la tua faccia, ma la caviglia non la dimenticherò mai. La caviglia di mio padre, grande come quella di una monumentale statua, si muove a ritmo davanti ai miei occhi.

Lui sorride e suona le sue canzonette melense. La buona musica produce buona gente. Mio padre è il prodotto delle sue canzoni. Lui suona e suona e non lo interessa affatto quel che gli racconto. Rivede dopo vent'anni suo figlio che, sia detto per inciso, ha lasciato in una città dove in seguito è scoppiata una guerra, e lui è riuscito a non cercare di scoprire, mai in tutti quegli anni, se fossimo ancora vivi. Se io fossi un bravo figlio adesso ti spaccherei il muso. Niente rimproveri. Semplicemente colpire con il pugno l'attaccatura del naso, il mio naso, fra i miei occhi celesti e violetti. Cacciarti l'osso del naso fin dentro il tuo cervello vigliacco. Potrei farlo anche se, e pure questo va detto, non ti odio. A un certo punto, dopo la quinta o la sesta donna, mi sono accorto che cominciavo a incrociare per te le dita. Dalla stanza nel fondo di un locale risuonava la musica di un sintetizzatore, qualcuno stava provando, continuava a sbagliare e il cuore ha cominciato a battermi forte perché pensavo che ti avessimo trovato. Allora ho capito: Incrociavo per te le dita, perché non ti trovassimo. Così, giusti e ingiusti, si è bambini.

Mio padre sorride, suona *Rosamunda*. È carino da parte tua, figlio mio. A parte il fatto che uno che ha mani di gesso non è in grado di spaccare nessun naso.

???

Sono belle mani, se posso dirlo da uomo, dita da pianista, in questo senso non ti mancava niente, forse nemmeno l'impegno, e vabbè.

Cosa stai borbottando?

Borbottare, figlio mio, anche qui starei un po' attento. Bada a non impicciarti. Con le tue dita di gesso puoi andare solo sul leggero, giochi o scherzi che siano, sennò si sgretolano. Sotto lo sgabello del pianoforte, sulla cattedra, in mezzo alla polvere della strada. Usarle per picchiare il padre, naturalmente non va. I tuoi colpi sarebbero solo come pennellate di trucco sulla mia faccia. Resistenti fino al prossimo lavandino.

Oh, dico io. È così.

Sì, dice lui, è così.

A questo punto restiamo zitti. Musica di pianoforte.

Quindi capisco giusto, dico io. Non c'è nulla da fare per me, qui?

No, figlio mio, nulla. Ma resta, ascolta un po' di musica, bevi qualcosa.

Lui suona un po', io ascolto. Padre e figlio.
Adesso me ne vado.
Sorride e suona. Io distolgo lo sguardo da lui.

Forse è così, o il palco girevole sul quale è seduto ruota via dall'altra parte, ed ecco la visuale si apre su spazi più vasti e io vedo che questa spelonca era solo un piccolo luogo fra molti, una minuscola cella singola. Accanto e tutt'intorno si aprono infinite vie, un'immagine panoramica distorta a trecentosessanta gradi. Puoi scegliere. Andando avanti di qui e attraverso vicoli sempre più bui arriverei nei porcili. Da questa parte qui in un bordello. Sarebbe il caso di rifletterci. L'uomo dotato di intelligenza segue la via che oppone minore resistenza. A questo bivio si sarebbe già trovata una soluzione veloce. E comunque non so se la velocità, ora e qui, significhi qualcosa. Il mio tempo è più limitato del solito, o al contrario: qui sono già nella Pre-Eternità? Certi sentieri a un primo sguardo sono strettissimi, impossibile che possa passarci un uomo intero, tutt'al più una carta magnetica, purtroppo io non ne ho, recentemente mi hanno rubato il portafoglio compresa la tessera della biblioteca, ma questo ora non ha più nessuna importanza. Non appena ci si avvicina le fessure essenziali si aprono comunque da sole, tutto ben organizzato. Al di là si nascondono per lo più zone equivoche, e hanno fama di essere pericolose, gli stessi quartieri fin da Ur e Babilonia, per quanto mi riguarda io mi ci sento perfettamente a mio agio. Mio padre mi ha trasmesso in eredità gli occhi e l'insonnia, di modo che anch'io come lui ho sempre vissuto due vite. Di giorno lavoravo, di notte me ne andavo in giro e frequentavo dei locali. Eppure provengo da tutt'altro ambiente. Borghesia di provincia, essì. Un miracolo che io sappia che esiste gente di due generi. Cercavano di prendere d'assalto il cielo, gli uominidonne eccetera. Per punizione ora siamo divisi come la terra. All'inizio ho avuto fortuna, ho incontrato la mia altra metà già a dodici anni. Purtroppo, come succede spesso ai bambini prodigio, la ricetta del successo non si poteva conservare in età adulta, ma là dove il rivestimento di velluto rosso arriva fino alle caviglie tutto è quasi nuovamente bello come allora, quando la poltiglia di neve salata divorava le nostre scarpe di cattiva qualità, i nostri poveri calzini e le dita dei piedi, ma noi camminavamo e camminavamo. Se da qualche parte dev'essere, allora vorrei morire là, avrei bisogno di un po' di riposo adesso, ma ho l'impressione di dover prima sbrigare ancora qualcosa. Probabilmente devo incontrare mia moglie. Di tanto in tanto, con regolarità o no, bisogna incontrare la propria moglie. Lo esige la legge. Per lo più *a casa* per cena, in modo che il mio odore rimanga, più raramente al caffè. Allora ci raccontiamo, allora il nostro non comune figlio racconta che cosa ci è capitato durante la settimana. Geografia, biologia, matematica, scienze umane. Quanto a me, non dico molto. Per il fatto che non mi capita granché. Io non ho niente in contrario. A volte è la cosa più decorosa che si possa fare. Questa è la mia opinione. Nulla. O meglio, nulla del tutto non lo è, nulla è nulla, vengo nutrito ma mi nutro anch'io e organizzo il ritmo dei miei giorni e delle mie notti.

Adesso non parlare così tanto, dice Bora. A piedi nudi su una soglia, la cerniera lampo del vestito di seta rosa è strappata sotto l'ascella. Le braccia forti e bianche si muovono come a volermi esortare. Vieni, su. Noi tutte ti stiamo aspettando.

Chi sarebbe *noi*?

Indica un'enorme tavola apparecchiata con argenti e damaschi. Eccoci, noi: Anna, Olga, Marica, Katharina, Esther, Tímea, Natalia, Beatrix, Nikolett, Daphne, Aida e io. Dodici don-

ne in diversi stadi di anzianità. La più giovane è naturalmente quella che si è suicidata. Si chiama Esther. Il tredicesimo sei tu.
Va bene? Essere il tredicesimo?
In paradiso va tutto bene, dice Aida. Capelli neri, pelle bianca, labbra rosse e carnose, invitanti a vedersi, buone a mangiarsi.
In questo caso il paradiso assomiglia a una soffocante e umida serra di palme. Ovvio che anche qui i vetri siano appannati. Sono le piante, le persone, i cibi fumanti. Ci sono molte pietanze. Le donne non smettono mai di servirle. Si alternano nello star sedute e servire. Una ciotolina di caviale, un barattolino di zucchero. La donna successiva li porta via e posa invece un cestino di frutta. Fresca di frigo, umida di rugiada, molto pittoresca.
Questa è la notte dell'assoluta abbondanza, dice Bora, che essendo la più anziana in servizio presiede il convito. Tu sei il nostro ospite d'onore e puoi mangiare tutto quel che vuoi.
Grazie, dico io, ma non ho nessuna fame. A dire il vero non sono neppure sicuro di avere un apparato digerente.
Non fare lo stronzo, dice Natalia. Siediti come si deve.
Con mano energica mi spinge sulla sedia vuota accanto a sé. Ci sono altre sedie vuote al tavolo, una ogni due donne.
Alla fine ti sarai seduto almeno una volta in ciascuna delle sedie.
Ah, dico io. È così che funziona in paradiso?
Proprio così.
Se questo è il paradiso, dico io. E dove sono allora, per cortesia, i quattro fiumi Nosip, Nohig, Irgit, Etarfue? Dove sono le mura, le torri, il giardino, il trono, il mare trasparente? Al posto di tutto questo cercano di infilzarmi gli occhi con un paio di palme in vaso! Non voglio essere ingrato, non lo sono, ma almeno in paradiso non potrebbero esserci spazi a cielo

aperto? Altri volano nei loro sogni sopra prati infiniti, persino io adesso vago come un fantasma per gli angoli oscuri della mia stanza. Non si potrebbe quanto meno aprire il soffitto? Con un sistema idraulico raffinato? A differenza di quanto si potrebbe dedurre dal mio aspetto esteriore o dalle dicerie sul mio conto, io non avrei nulla in contrario a un po' di bellezza della creazione, diciamo in forma di natura. La sola cosa che mi manca è un prato verde. Ogni tanto andavo al parco. Ma per varie ragioni ormai non lo faccio più. E poi: Che cos'è un parco? L'assenza di un paesaggio autentico. Come una serra di palme è l'assenza di autentiche palme. È il punto dolente in paradiso. Gli animali domestici di cui si sente tanto parlare stanno su piatti e vassoi. E la frutta, immutata ormai da ore, credo che sia di cera.

Assaggiala, dice Marica, e lo saprai.

Lo saprò? Da molto tempo non ho più il senso del gusto. Duro, morbido, umido, secco: questo è tutto. E poi, lo dico a voce alta poiché a questo proposito mi sento ferrato, nessuno ha bisogno di spiegarmi com'è il paradiso. Da molti anni sono un suo cliente fisso. Eros, terrestre o celeste, può essere devastante, e tanto più la carne. Ma conosco un posto, si chiama: Il Mulino dei Matti, che non lo è. Le persone più sincere e gentili del mondo festeggiano là il demone che fa da mediatore fra Dio e l'uomo. Sono belli e brutti, saggi e ignoranti come noi tutti, si sforzano soltanto un po' di più. Io sono l'eccezione. Cerco sempre di sembrare più degradato di quanto non sia. Dovrei vergognarmi ma, a dire il vero, non lo faccio. Mi scuso cortesemente per eventuali spiacevolezze, ma in sostanza non c'è nulla da perdonare.

Le donne tacciono, mi guardano con aria triste, e alla fine la dolce Nikolett dice sgranando gli occhi: Non ci credo che non abbia dentro di sé nessun genere di amore. Quel che gli manca è semplicemente l'umiltà.

È così, dicono le donne.

Proprio così, dico io.

Per questo gli tocca comunque una bella punizione. (Questa era Anna. La sua voce è profonda e rude. È la più grassa di tutte.)

A dire il vero non credo che qualcuno sarebbe pronto a infliggergliela. (Beatrix. Una sveglia, belle guanciotte piene.)

Purtroppo suo padre è sparito. (Katharina, sottile e segnata dalle sofferenze, donna di poche parole.)

A me comunque non ha niente da dire!

Loro annuiscono in segno di assenso: Dio lo benedica, era un bastardo. Quindi non ti resterà altro da fare che pensarci tu a te stesso. (Olga, così spietatamente intelligente.)

Sforzati e diventa una persona perbene. Mettiti un po' in forma e comportati per un paio d'ore come un gentleman. (La rigida Tímea.)

Ne sei capace. (La mite Esther.)

Sì, in qualche modo ce l'ha, anche se non l'ha potuta copiare da nessuna parte, questa eleganza mista a goffaggine che in generale piace tanto. (La giocherellona Daphne.)

E allora, per piacere, resta, mi correggo: presta il tuo dovere.

Sì, e cosa farei sennò per tutto il tempo? Solo perché adesso me ne andrei volentieri al club?

Ah, a chi può mai interessare il tuo piccolo ampolloso segreto!

Scusa se lo dico, ma questo dimostra quanto in fondo sei provinciale.

Perfino la tua maniera di soffrire del mondo è provinciale. Una di noi è in manicomio e una è morta. Io al posto tuo ci rifletterei.

Lo scopo del dolore è il superamento, e quindi la liberazione. Ma dal tuo dolore non nasce niente se non ulteriore dolore. Va' in convento, Abelardo!

Chi l'ha detto? La guardo più da vicino. Ma non è lei.

Devo ammettere, dico, che ci ho già pensato. Intendo dire: a un convento. Non sarebbe male, uno pregevole anche dal punto di vista turistico in mezzo ai monti. Le persone interessate possono seguire visite guidate in dieci lingue. Negli affreschi della chiesa principale si mescolano stile bizantino e occidentale. I volti, come fossero fratelli, o cento volte lo stesso volto in abiti diversi. Meraviglioso, con tratti femminili, maschili e infantili. In realtà è ogni volta il suo viso. In un contesto simile è piuttosto facile non dimenticarsi mai perché si è venuti. Come se facessi costantemente l'amore con lui, e invece mi limito a osservare centinaia di volte il suo viso. A volte l'uno accanto all'altro, fitti come chicchi d'uva, a volte spinti in un angolo, isolati, lungo il naso corre una piega, una guancia sta su una parete, l'altra guancia sull'altra. Purtroppo non sarò mai capace di pregare. Ma posso trascorrere i miei giorni nell'amore, osservando il suo volto.

A questo punto taccio per un po'. Sono riuscito finalmente a impressionarle?

Tuo padre, dice in conclusione Bora, era un notevolissimo amante. Nessuna di noi aveva molta esperienza, manca insomma il confronto, ma per l'epoca era notevole.

Tutte, mormorando: Oh sì.

Ma tu non sei anche sposato?

Sì che lo è.

Ma non va a letto con sua moglie.

Così non è un matrimonio.

Be', che altro dire. Al giorno d'oggi sono tutti gay. Be', non è interamente vero, dico io, ma loro di nuovo non mi lasciano finire di parlare ed è un solo fiume di parole. Io alzo la voce, come in genere non faccio mai:

Quand'è che la smetterete, pettegole?

A quel punto ammutoliscono. E va bene, va bene. Davanti a me c'è il cestino con la frutta. Tempo che dia un esempio.

E allora, dico cautamente, se questo qui è il paradiso è possibile pure che la cera abbia il sapore della frutta matura. Io non scelgo la mela, ma il fico. Sotto gli sguardi attenti delle guardiane del paradiso me lo porto alle labbra.

All'inizio me lo sento sui denti come fosse di cera, ma prima ancora che io abbia il tempo di spaventarmi e di agitarmi, lo sapevo, ma chi se ne frega, per quanto mi riguarda potete anche picchiarmi, ti leveremo di dosso l'isteria!, il sapore del paradiso mi esplode in bocca. Risuona un applauso. Chiudi gli occhi. Lasciati cadere. Sì, così. Non avere paura. Una rete di braccia femminili ti afferra. Mani accarezzano il tuo cranio. Hanno odore di grembo e di sapone, una dopo l'altra ti accarezzano i capelli lucenti, compatti.

Oh, sarebbe possibile? Ci è dato tornare indietro? Ricominciare diversamente, e quindi diversamente proseguire? Bora? Perché non fare il maledetto bagno, cambiare odore. Ha dimenticato un asciugamano per l'ospite, e allora prendi il suo, è vecchio, beige, un po' umido. Premere i vestiti del viaggio contro la pancia, appallottolati, coprire la nudità per un'ultima volta, a piedi scalzi attraverso la cucina, la porta, sopra il tappeto. Sdraiarsi accanto a lei. Visibili da casa. Quarant'anni di differenza. La felicità è un morbido grembo. Ma che razza di frase è? Non lo so, lasciami avvicinare. Ma lei già mi tira a sé, ha esperienza e leggermente scivolo nella zona più interna del suo calore. La sua pancia mi ricorda mia madre, ma questa qui è più scura, più dura, anzi molto dura, come premere contro una vasca di legno, una guaina come un nocciolo duro, non è giusto, già che ci provo. Guarda sotto, ed ecco: è legno davvero, un corpo intagliato, levigato, la Y di una stilizzata Yoni incisa dentro, al pari dell'ombelico. Batto contro quella che si chiama la parete addominale per vedere se è cava, che cos'è, un sarcofago? La mummia ride, la conosco questa risata, guardo in alto e vedo: il viso di Tatjana. È in posizione di Buddha sdraiato, come fa a non vergognarsi, solo la sua testa è mobile, posata sulla mano, ride. I suoi capelli sono fatti di serpenti? Troia legnosa! Dov'è il mio paradiso?

Scommetto che credi pure a Babbo Natale.

E perché no, brutta t...!

Ride: Mi stringerei nelle spalle, se fosse possibile. Non mi lascio abbindolare da te, perciò mi odi. Un rifugio da me non lo trovi, io non vivo la metà della tua vita per te. Devi procurarti tutto da te, dall'inizio alla fine, e al nostro piccolo questo non piace. Il che non significa che non sarei pronta a scopare con te. Non per farti un piacere, ma perché lo voglio. Anche se naturalmente ti faresti al tempo stesso un piacere. Diventeresti – forse – un essere umano. Nessuno, naturalmente, può garantirlo. D'altro canto sarebbe certo più piacevole, e sia pure al momento, che infilare il proprio cazzo in un legno fessurato e non venirne più fuori. Smettila di contorcere così il bacino, Abelardo, o lo spezzerai.

Per favore non chiamarmi così!

Tua moglie pensa di essere tua moglie, dice impassibile la statua. E poi pensa che tu abbia un segreto. Ma tu non hai nessun segreto. Sei una persona morta, questo è tutto.

Qui non sono io quello fatto di legno!

No. Ma sai dirmi di cosa sei fatto?

Da qualche parte, come se cantassero delle sirene: *In heaven everything is fine. In heaven everything is fine. In heaven...*

Mi vengono i brividi! I brividi! Chi mi libera da questa situazione indecorosa?

Sono davvero delle cantanti orribili, roba da far venire i brividi, dice qualcuno.

Omar?

Oppure solo nuovamente il vento. Di nuovo sveglio. E comunque non c'è più nulla da sentire o da vedere. La vergine di legno se n'è andata, e così le palme. Per la prima volta da ore un po' di quiete. In treno, attraverso le montagne, verso il mare si superavano a volte simili pareti bianche di nebbia. *Frattempo.* Fa bene. Ma nel complesso mi vengono in realtà i primi dubbi, se sarò all'altezza di tutto questo. Cosa mi sono immaginato? Forse nulla. Come milioni d'altri mi sono lasciato fregare dalla leggenda sugli aspetti positivi di un disinibirsi attraverso droghe, ballo, estasi sessuale. E adesso devo azzuffarmi con *tutte queste figure.* Quante saranno ancora? Solo quelle che vorrei o dovrei incontrare non ci sono.

Eppure qui dentro assomiglia un po' al caffè preferito di mia moglie. È andata più semplicemente di quanto pensassi. Così è. Bisogna soltanto starsene per un po' smaniosi, mi correggo: dubbiosi e in qualche modo la cosa si sistema da sé. In genere lei è già là che mi aspetta, seduta in modo che entrando io possa vederla subito. E in più mi saluta cordialmente con la mano. Stavolta no. *In nessun luogo ci sei.*

Questo posto mi sembra comunque strano. Molti dettagli sono ben riusciti, ma in fin dei conti stonano un po' l'uno con l'altro. Come se lo spazio fosse schizzato fuori dal tempo. Risale a un'epoca anteriore rispetto a adesso, o si è temporalmente prima di adesso? Caldo o piuttosto freddo? C'è odore di stufa a carbone o non c'è odore di nulla? Impossibile che così tante persone non sentano odori. Gente infatti ce n'è parecchia, seduta ovunque, sul pavimento, e non sai nemmeno dove mettere il piede. Mi succede più spesso di quanto non vorrei. All'improvviso si è massa.

Puoi tranquillamente calpestarli. Sono come margheritine, loro, si risollevano subito. E poi non si sa neppure quanto ritardo avremo, quanto a lungo dovremo restare per così dire sul binario di servizio. Speriamo che non ci investano da dietro. Durante la notte, a gran velocità. Sarebbe una bella porcata. Nel frattempo tanto vale mettersi comodi.

Cosa? O per meglio dire: Cosa hai perduto qui?

Lui si chiama Erik. Dev'essere proprio lui. Troneggia in testa alla sua ridicola tavolata, fra la porta d'ingresso e la finestra. Anche gli altri sono sicuramente là, sebbene io non riesca a riconoscerli. Dire qualcosa di grossolano e mollarli lì come una scoreggia. O non dire nulla del tutto. Solo mollarli. Come una.

Mi guardo in giro, fin dove le teste delle persone sedute attorno me lo consentono. Di nuovo, come se ci fossero corridoi, sentieri, possibilità. Adesso però sii furbo e fai la scelta giusta. Lontano lontano, dove cresce l'erba che sa di muffa, i barboni si adagiano in un film in bianco e nero. Si adagiano e si adagiano e si adagiano. Qualcosa si è bloccato. Si adagiano e si adagiano. Devo andare là. Dove si adagiano. Peccato solo che non sappia ancora niente sul concetto del procedere fisico nello spazio, nelle attuali circostanze. Ma non si può lasciare nulla di intentato. L'essere umano deve combattere. Il che è solo decoroso. A volte si ha paura, ma non è necessario. Non aver paura del bianco e nero. Là sarà tutto a posto. Più povero del povero, brutto, puzzolente, ma buono. È tranquillizzante sapere che a quanto pare non c'è fretta. Il tempo laggiù mi aspetta. Adagiare e adagiarsi.

Non riesco. Non riesco a spostarmi da qui. Come se mi ci avessero incollato. Uno scherzo da ragazzini idioti. I barboni si adagiano nell'eternità, eppure non posso andare da loro. Non mi è destinato. Cosa mi è destinato? Non si può fare nulla contro questo?

Perché non ti cerchi qui un bel posticino? dice bonaria la moglie di Erik, non ricordo più il suo nome. Guarda, laggiù sulla panchina ricoperta di velluto rosso ci sono ancora venti centimetri di spazio!

Ed eccomi già pigiato fra cosce sconosciute. Venti centimetri è meno di quel che si pensi. Se mi muovo mi si spezza il bacino. E comunque mi trovo in una postura impossibile. Nemmeno la testa posso muovere. Sono qui bloccato – con loro. Come al solito parlano, ma stavolta si capisce ancora meno del solito. Un tappeto mormorante. Preferirei un tribunale in una cantina, a dire il vero.

Chrm, chrm. Si potrebbero escludere le fonti di disturbo? (Schiarirsi di voce, fruscio di carte.) Grazie. Siete tutti comodi? Grazie. E i ragazzi stanno bene? Grazie. Cominciamo? Cominciamo. Grazie.

Storco gli occhi verso i summenzionati ragazzi. Immobili per ore nelle nicchie lungo la parete, fra brocche e volpi impagliate? Con la testa in questa o quella posizione? I bei piedi calzati nei sandali, incrociati con disinvoltura, un flauto nella mano, davanti alla coscia? Oh, se solo potessero amarti!

L'Idolo è pronto? Allora potremmo davvero cominciare. Grazie. E voi chi siete? Tre teste gigantesche, tutte scolpite alla stessa maniera, gli stessi lineamenti, niente lineamenti. Di cosa siete fatti voi? Pietra? Sapone? Sterco di cammello? Del resto: è uguale. Io non riconosco questo tribunale. Mi faccio da interprete io stesso. Non ci si può fidare di nessuno. E comunque non so nulla. Non riuscirò a mettere alle strette i testimoni con domande astute, perché non so assolutamente nulla. Potrei solo difendermi, se fossi colpevole. E invece, così? Potrei nonostante tutto avere una gabbia di vetro a prova di proiettile e un microfono, per favore? Ho diritto a godere di buona salute fino alla fine. Probabilmente la maggior parte della gente se la passa meglio di quanto non meriti. E comunque, era solo uno scherzo, gente, era solo...

Nome?

Celin des Prados.

Chi risponde al posto mio? Questo non è il mio...

Età?

Trentatré.

Chi...?

Colore degli occhi e dei capelli?

Neri, azzurri.

Ehi! Era soltanto uno... Vorrei solo che mia moglie... Un caffè, un cognac, fors...

D'accordo, cominciamo.

Fruscii, lievi colpi di tosse. C'è molta luce qui dentro. Gli occhi lacrimano. E in più il costante torcersi per vedere (qualsiasi) qualcosa. La testa infatti non riesco più a muoverla. Chi è che fa rumore laggiù? Stampa? Pubblico interessato? Persone coinvolte?

Hchrm. Chrm. Fruscio. Chiedo scusa. Grazie. Cominciamo. C'è la persona che muove le accuse?

Sono io.

Erik.

Avrei potuto immaginarlo. Mi oppongo! Quest'uomo è prevenuto! È innamorato di mia moglie, e a parte questo mi odia. L'ho umiliato una volta, ma non posso farci niente. Che ci posso fare se è un tale inconsapevole idiota, perfettamente all'altezza del suo tempo?! Non sa nulla di nulla, e tanto meno di me! Non hanno in mano niente contro di me!

Accusato, tenga a bada la bocca! Attacchi verbali contro il testimone non sono una forma appropriata di difesa! Così da noi non ci si può comportare! Un uomo adulto! Qui non siamo tra gli ottentotti! --- Vada avanti, prego. Grazie.

Grazie, signora presidentessa. Sto citando la deposizione della testimone W. Letteralmente si dice: Accuso A.N. di essere un trafficante di sostanze stupefacenti. Mentre io non guardavo, lui ha infilato dentro casa un sacchetto con funghi velenosi. Voleva confondere le sue tracce. È un trafficante di stupefacenti balcanico. Si vede subito.

È una bugia! Io mi occupo esclusivamente di traffico di artefatti ed efebi. Nelle rovine di città cadute io setaccio la sabbia. I denti li butto via, le monete le pesco fuori. E comunque il mio orientamento sessuale non deve riguardare nessuno.

Be', date le circostanze, la circostanza che il delinquente è uno che si scopa i ragazzini può avere un'importanza pregiudiziale, e sia pure in parola, opera o omissione.

A vederla così ognuno sarebbe colpevole. (Rido.) Ma è ridicolo!

Vuol forse negare di aver partecipato a stupri di massa?

Questo lo nego! Da noi sono tutti volontari! Non solo, io addirittura volontariamente non c'ero! Ero solo spettatore! Solo spettatore!

Non ha nessuna importanza. Chi va con lo zoppo, impara a zoppicare. Spesso la colpa individuale non si chiarisce più a posteriori e allora sono stati tutti, appunto, o se questo non è possibile perché erano troppi, resta appunto del singolo. Il quale singolo può anche essere scelto in maniera casuale, vedi l'esempio del capro espiatorio.

Ti cacceremo nel deserto. Eh, che te ne pare, smidollato?

Quello che ha appena parlato siede a destra del centro. Un corpo magro in uniforme. La prima peluria sul labbro superiore carnoso. Mi fai orrore, e nello stesso tempo son anche contento. Che tu sia ancora vivo e che evidentemente ci sia un posto per te, anche se per questo devi fare la parte del barbaro abbrutito. Quello in mezzo fa invece la parte del vecchio protestante, presumibilmente saggio e cortese per ogni evenienza, esagera anche un po', ringrazia per ogni stronzata, quello a sinistra è il cane sarcastico, presuntuoso. Una disposizione poco originale, ma che ci puoi fare. Il pubblico invisibile, naturalmente, ride.

Congratulazioni, dico io con fare signorile. Puntare agli organi riproduttivi è sempre una risorsa sicura. Peccato che non sia particolarmente elegante.

Singole grida di buh e fischi dal pubblico.

"E allora mi hanno detto che dovevo strappargli i testicoli coi denti, e io glieli ho strappati". Non sono le sue parole?

No.

Com'è sentirsi nuotare in bocca dei testicoli?

Non nuotano. Sono troppo grossi. Per via dei peli è come mordere via un brandello di carne da un cane. Ha mai morso un cane?

No. E neppure il contrario.

Ha paura dei cani?

È importante?

Prego di mettere a verbale che l'interrogato, detto: l'Idolo, non ha risposto alla domanda. Grazie.

La verità è...

Sì? La ascoltiamo. Prosegua. Grazie.

La verità è...

Sì?

La...

Sì?

Deve formularla diversamente, mi sussurra il mio guardiano. È il mio ex professore, mentore e predecessore, in uniforme di postino. Ci sei anche tu, quindi.

Grazie, rispondo io in un sussurro.

Prego?

Ho detto solo grazie.

Possiamo andare avanti? Grazie.

Dunque, quel che volevo dire era: Io non ho torturato, *sono stato* torturato.

Mormorii là davanti. Prosegua. Grazie.

All'inizio hanno soltanto parlato, ma poi sono venuti in tanti e mi hanno picchiato. Mi hanno colpito allo stinco, come l'ultima volta mia madre, quando ormai era troppo bassa per colpirmi in faccia. Ma fa lo stesso. Non zoppico più, sono solo fondamentalmente indignato.

Ha assistito spesso a simili azioni sadomasochistiche?

A volte.

Le procurava piacere? Più di altro?

Era quel che c'era.

Insomma lei ha preso soltanto quel che c'era.

Si potrebbe anche dire così.

Oppure come?

Prego?

Lei ha detto: Si potrebbe *anche* dire così. Oppure come?

Prego di cancellare l'*anche*.

D'accordo. Grazie.

Forse a questo punto potremmo interromperci brevemente e poi fare un salto più grande? Grazie.

Mi scusi... Finché dura la pausa, ma quanto dura la pausa?, potrei magari avere qualcosa da bere? Ho la bocca secca. E poi c'è il fatto che non so dov'è il mio osso sacro, ma fa un male cane. Come se il coccige mi fosse finito nella nuca. Ehi?... Ehi?

Nessuna risposta.

Sigaretta?

No, grazie, amico mio paterno e mio gioviale guardiano. Adesso assomiglia di nuovo al mio suic... mi correggo: suocero. Non voglio nessuna sigaretta. Ci vorrebbe dell'acqua. Grappa. Eroina. Un ragù di funghi.

Strano, dice il mio guardiano, quanto spesso succede.

Non vorrei chiederlo, ma lo faccio: Cosa?

Che i responsabili di reati capitali abbiano così pochi vizietti.

Non sono in grado di dire nulla al proposito.

Escludendo naturalmente il sesso. La maggior parte anzi ci dà dentro parecchio. L'ho notato anch'io. Quanto tutto questo processo sia sessualizzato.

Cosa ti aspettavi? Tutto quanto non è che accoppiamenti e guerra.

Non c'è molto da ribattere. Per un po' tacciamo. Attorno a noi i soliti fruscii e raspamenti di gola. Alla fine dico: Sarebbe una buona cosa se mia moglie potesse essere qui.

Lei non ha nessuna moglie.

E invece sì, sono sposato.

Non conta. *Io* sono sposato. Ormai da quasi quarant'anni. Ideale non lo è. Ma conta.

Io dico: Avrei voglia di baciare a lungo in bocca mia moglie. Sarà qualcosa di diverso rispetto all'energico colpo di lingua dei ragazzini, ma in cambio ho il vantaggio di essere più alto. Posso praticamente prendermela in bocca. Conservarla nella mia borsa mascellare come un dente di coccodrillo rubato.

Adesso per un po' non dice nulla. Mi sono spinto troppo in là? Alla fin fine è sua figlia.

E va bene, dice lui. Qual è il suo nome?

Purtroppo al momento non lo so. Ho dimenticato persino il mio.

Non è vero. Lo conosce molto bene.

No.

E invece sì. Sa anche cosa c'è fuori.

E cosa vuole che ci sia. Mi comporto come se non avessi sentito le ultime parole. Per fortuna il tutto riprende subito.

Qualcuno potrebbe cambiare i portacenere? Grazie.

Mi scusi, potrei dire qualcosa prima di proseguire?

Prego.

Dunque, quel che volevo dire è che io sono un piccolo uomo. Sono un piccolo uomo. Durante gli ultimi dieci anni non ho fatto altro che lavorare. Come i pezzi in una catena di montaggio le parole mi scorrevano davanti. Ho fatto il mio lavoro. Non mi importava altro: lavorare nella maniera più efficace possibile, e non morire. Tutto qui.

Potremmo lasciare da parte "tutto qui" in futuro? Grazie.

Ho fatto il mio lavoro.

Che *cosa* ha fatto?

Ho fatto...

Il mio lavoro...

D'accordo. La frase si riferisce ai dettagli. In cosa consisteva questo lavoro?

Ho insegnato lingue e ho tradotto e lavorato come interprete da e in diverse lingue.

Succedeva regolarmente?

Abbastanza. Sì. Praticamente ogni giorno.

Dunque si potrebbe dire che era il suo mestiere.

Sì.

Era assunto?

No, sono sempre stato freelance.

È giusta la mia supposizione che non ha mai avuto un valido permesso di lavoro? E non ha nemmeno mai pagato un centesimo di tasse, vero?

Le entrate erano troppo basse.

Scommettiamo?

Non avevo nemmeno un'assistenza sanitaria!

Ha problemi di salute?

No. Sì. Non so.

Le hanno mai diagnosticato schizofrenia, paranoia, psicosi maniaco-depressiva o demenza?

Prego?

Le hanno mai diagnosticato schizofrenia, paranoia, psicosi maniaco-depressiva o demenza?

Questa è una mia faccenda privata.

SÌ o NO?

No. Mai.

Occasionale senso di vertigine? Malattie veneree? AIDS?

Non capisco cosa c'entri...

Malattie tropicali?

No, maledizione. In tutta la mia vita non sono stato che in una dozzina di posti. Tutti in zone a clima temperato. Prati, aridi campi.

Ha detto *aridi*?

O floridi. Uno dei due.

Soffre di dislessia? Commette frequentemente errori nello scrivere?

(Ridendo:) Oh sì. Praticamente ogni giorno.

Prego di mettere a verbale che l'Idolo...

Non è il mio...!

… ha mostrato un atteggiamento e una maniera di pensare, finora non attestata, che comunemente viene chiamata sarcasmo.

(Ridacchiando:) Munecomente camsarso?

Ti passerà la voglia di ridere, testa di cazzo.

Questo posso smentirlo in vario modo, se non le dispiace! Un'intera serie di documenti nell'archivio dell'Istituto di ricerca si occupa di me, ed è tanto lunga quanto io sono alto!

Be', questo è impressionante!

Risate in sala.

Adesso non so più dov'ero.

Il suo lavoro.

Sì, grazie. Traduco storie. Strappacuore e comiche, commoventi e stravaganti, ciniche e patetiche. Dall'infantile all'umano al bestiale. Fede, speranza, carità. Più o meno.

Adesso il silenzio è totale. Ho la sensazione di essere molto bravo. Rincaro la dose. La mia voce vibra dolce e sonora, melodiosa e virile:

Ci sono due che si amano, ma spesso passano ore prima che riescano a comprendere una sola parola l'una dell'altro. Lei è sordomuta, lui spastico. Si chiamano Ling e Bo, e vivono insieme in un istituto…

Risolini dai margini della sala. I ragazzi?

Blablablabla, dice il tipo a sinistra. Un destino davvero targico! E descritto con tanto relaismo! Crommovente! Non sopporto più di sentirlo, ma cos'hai da raccontare tanto! Non crederai che possa salvarti?

Grida dal pubblico: Abbasso gli aneddoti! Abbasso le bugie e il kitsch! Abbasso!

La mia faccia dietro il vetro, bianchissima. La voce distorta, sono furente:

Il mondo come vocabolo! Questa è la mia consolazione! Perché non si riesce a capirlo? (Piagnucolante:) Non è giusto.

Il tipo a sinistra, annoiato: Non è un po' esagerato? Cosa pensi di essere?

Fannullone! Piagnone! (Grida dal pubblico.)

Il tipo di sinistra, beffardo: Operosi come formichine, così noi siamo. Inappariscenti, innocenti animaletti. Cosa posso dirle, non ho fatto nient'altro per tutti questi anni che lavorare. Uno incapace di far del male a una mosca. Inutilmente la tela di ragno si tende sul palmo della tua mano. Una misera rete di peli a cui è appesa la tua vita. La cosa migliore è che tu la stringa nel pugno e ne faccia qualcosa di più proficuo. Applauso dal pubblico.

Anch'io mi inchinerei, se mi fosse fisicamente possibile. Innanzitutto devi liberarti dell'invidia, dico a Erik. Smorzo la voce e gli rivolgo direttamente la parola, questa è una faccenda tra me e lui. Innanzitutto devi liberarti dell'invidia. Per uno tanto scemo, erano un paio di buoni paragoni. Ciò non toglie che starti vicino è un vero tormento. Come se tutta la merda ti restasse addosso. E proprio ora. Non me lo sono meritato.

L'applauso si attenua.

D'accordo, dice il tipo di mezzo. Facciamo una breve pausa. Grazie.

Senta un po', dico, non si potrebbe accelerare il tutto? Non voglio parlare del mio corpo, una cosa del genere non sta bene, anche se ammetto di aver paura delle conseguenze di una prolungata mancanza di sonno. E poi potrei morire di sete o farmela addosso. Alla fin fine il tuo corpo ti tradisce. Comprensibile che io voglia evitarlo. Ma a parte tali questioni personali, sento di dover attirare la sua attenzione sul fatto che questo sistema si trascina avanti per forza di inerzia. Senza dubbio potremmo continuare in eterno, e a parte il fatto che sarebbe mortalmente noioso ciò porterebbe a un esito del tutto immutabile e previsto: a nulla. Questa cosa qui, cari signori dalle teste grosse, non porta assolutamente a NULLA, perché voi non siete e non sarete mai in grado di farvi un giudizio. Perché non avete fegato o perché non è possibile.

Si sbaglia. È possibile, e il fegato l'abbiamo. Questa qui è una delle cose che funzionano, che ci si creda o meno. Nonostante tutti i dubbi sulla legittimità e i metodi di questo tribunale non bisognerebbe dimenticare lo scopo più profondo e umano: che forniremo cioè un prezioso precedente. Ma per quanto riguarda la noia, le diamo ragione. Lei ci annoia. Non si muove di una virgola. Gira in tondo, sempre mancando di un pelo l'essenziale – E però, mi sia concesso di osservarlo, non posso sfuggire all'impressione che lei si mostri deliberatamente più stupido di quanto non sia, e già solo per questo meriterebbe un paio di ceffoni, ma forse perché non sono sua nonna, grazieaddio, posso dire soltanto – che i suoi singoli pezzi si attaccano ai bordi come in una centrifuga, mentre il centro resta vuoto. Lei ha ragione, adesso basta, e non venga a dirmi che qualcosa là fuori l'avrebbe spezzettata, questo vale come scusa solo nei primi tre anni, periodo in cui è concessa anche la nostalgia di casa, dopodiché ci si attende un'integrazione rivolta al futuro e non un masochistico restarsene attaccati a un passato dio sa quanto inglorioso. Nel suo caso ogni scusa è dunque caduta in prescrizione da tempo, è ora che arriviamo a una conclusione con lei, che le piaccia o meno. Qualcuno del pubblico ha ancora qualcosa da aggiungere all'accusa?

Una voce maschile, alta e stonata, la testa di Konstantin non è più grande di una mela: Per puro gusto e capriccio ha rifiutato di dare le sue monete!

Questo è un punto importante, grazie!

In primo luogo non è vero, e poi ne ho bisogno io. Signora presidentessa, sarebbe possibile allontanare dalla sala questo signore con tutta la sua retorica demagogica?

Grida di buh dal pubblico.

O meglio, diciamo: prima che gli torca il collo?

Sussurri, applausi, fischi dal pubblico.

Aha! Lentamente ci avviciniamo alla questione!

Non so di cosa stia parlando, dico in tono brusco.

Col fischio!

No, dico io. Nemmeno la più pallida idea. Sono una persona cortese. Dio sa che non sto affatto cercando di attaccare briga con le autorità. Sono obbediente fino al servilismo. In quattro e quatt'otto ho pronti i miei documenti. Quando mi interrogano rispondo: cortese, conciso e all'apparenza con assoluta sincerità.

Blablabla. Tutto questo lo sappiamo. Integerrimo, fin nella sua morale sessuale.

Di nuovo. Rido forzatamente. Ma questo è nonsense! Cercano di confondere la mia mente con assurde catene di causalità, e infrangono invariabilmente gli standard giuridici. Forse so troppo poco sulla maggior parte delle cose, ma di lingue mi intendo e mi accorgo quando vogliono prendermi per il culo. Normalmente a questo punto me ne andrei. Andarsene e basta, con eleganza e discrezione. Purtroppo al momento non è possibile per motivi fisici, anche se pare che nel frattempo io possegga un corpo, solo che il potere su questo corpo ce l'ha qualcun altro. Come se mi trovassi bloccato dentro una cassa, come un animale pericoloso. Purtroppo non posso difendermi in altro modo. Non è giusto. Lo ripeto: non è giusto. Non è quello che ci era stato promesso! Non è quello che ci era stato promesso!!

Chrm. E vabbè. (Fruscio.) Io penso... chrm.

Come mai, esclamo a un certo punto, come mai non dovrebbe esserci anche qualcuno che parla *a mio favore*? Esigo i miei testimoni! Anch'io, per quanto appaia improbabile, ho degli amici! In parte sono veri uomini. Li osservo volentieri quando fanno delle cose. Quando le vene sui loro avambracci si tendono, la bocca mi si secca tutta. Purtroppo mi odiano. O chissà. Amore in ogni caso non è. Conta adesso, o ha mai contato? Ma la donna che è con loro, o con la quale loro sono, la mia madrina, lei di certo parlerebbe a mio favore. Non perché lo meriti, ma perché il suo ruolo è quello di farmi esclusivamente del bene. La stessa cosa vale per mia moglie e il mio figlioccio. Purtroppo mi sento in colpa nei confronti di tutte le persone menzionate. In parte ho dimenticato come mai. Ma esiste anche una cosa che si chiama perdono, o no?

Silenzio. Noi aspettiamo.

Oppure no? dico.

Niente.

Già, dice Erik.

E allora, dice la persona di mezzo, è forse mia suocera?, io penso che con ciò si sia detto tutto. Ci avviciniamo alla pronuncia del verdetto. Era stato depositato in busta chiusa prima dell'inizio del processo. Potrei avere la busta? Grazie.

Piccoli movimenti irrequieti nello spazio invisibile. Una cerimonia attesa con impazienza sta per cominciare. Strano. Ora che si avvicina la conclusione mi batte forte il cuore, e vorrei tanto supplicare che mi siano concesse altre due ore. Appena un altro paio d'ore di questo tormento!

Chiedo scusa, ma io... Ehi?... Vorrei dire qualcosa! Lo dirò. All'occorrenza potete togliermi il microfono, ma non è possibile, tutto è una finzione, la gabbia di vetro, il microfono, in realtà non c'è affatto modo di escludere la mia voce, una volta che parlo. Voglio, voglio...

Be'?

Tutte le imputazioni contro di me sono false! Non ho fatto niente!

Lo sappiamo.

Cosa volete allora da me?

E va bene. Dimentichiamo tutto il resto. Rispondi solo a queste quattro domande: Sei stato intelligente? Sei stato giusto? Sei stato coraggioso? Ti sei attenuto alla giusta misura?

No.

No.

No.

No.

Chi risponde al posto mio?

E allora, cosa vuoi?

Grande silenzio.

Con tono pieno di dignità: *Poiché non sei freddo né caldo ma tiepido, ti sputeremo fuori dalla nostra bocca.* Prima che pronunciamo il verdetto, soltanto una cosa: Il crimine comincia con la forza di immaginazione e in quanto tale è intrecciato profondamente con il nostro essere uomini. Il che però non giustifica... Non tollero il sogghigno diabolico dell'accusato! Cosa c'è là da ridere?

Non mi si può giustiziare.

Ah no? E perché no?

Sono ancora incorrotto! (Gridando:) Mi sono *preservato* per il solo e unico *sposo*!

Gli alti papaveri si consultano. Io rido. Alla fine, quello di mezzo:

Per quanto riguarda l'importanza di questa faccenda, che non possiamo verificare, le opinioni sono discordi. Ammesso che ci fu un tempo in cui si supponeva che il diavolo non potesse entrare nelle vergini, punto dolente dell'intera storia di Giovanna d'Arco, proprio per questo motivo e per andare sul sicuro il verdetto è: Stupro di massa.

Rumori, smuoversi di sedie, applausi isolati, schioccare di lingue. La voce di un addetto al servizio d'ordine, all'altoparlante: Per favore mettersi in fila. I ragazzini per primi!

Ho un po' di paura, ma sento anche dentro di me una certa gioiosa attesa. Cosa mi faranno i ragazzini? Sentirò qualcosa, o come tutto il resto in me il mio sedere è fatto di creta e di gesso?

Chiudi il becco! dice un tizio grasso con i capelli rossi. Quello lì l'ho già visto. Innanzitutto leggiamo i sistemi di tortura. Li abbiamo ordinati per paesi ovverosia per ambienti culturali, ma naturalmente ci sono molte sovrapposizioni. I cinesi tranciano via il naso, i mongoli tendono a scorticare. In Spagna gli esercizi si chiamano vasca da bagno, sacchetto, ruota, sala operatoria. In tutto il mondo si conosce inoltre la graticola, il telefono-B e il pungolo. Elettricità, acqua, sacchetto di plastica, manganelli, escrementi e olio per motore hanno un ruolo di rilievo, come gli effetti prodotti da posture forzate del corpo e da ceppi e catene. Stare appesi a testa in giù porta, secondo la credenza della maggior parte dei popoli, all'illuminazione. In casi singoli si può praticare anche il distacco di parti del corpo. Non vitali: un dito, un orecchio, una lingua, tu ladro medievale, tu falso predicatore, tu reo di lesa maestà. Cucire le labbra con del fil di ferro è un'altra possibilità tramandata. Non risolverebbe una parte consistente dei tuoi problemi? Sii sincero. In caso di mancata assunzione di cibo si riduce anche il pericolo di insudiciarsi con i prodotti della digestione. Anche se non devi preoccuparti per i vestiti, infatti sarai nudo per la maggior parte del tempo. Guarda questo piccolo cazzo tutto raggrinzito!

E va bene, dico io. Scelgo i ragazzini.

Chiudi il becco! Non siamo ancora pronti! A mano a mano che leggiamo verranno scoperti nuovi metodi, in pratica rincorriamo sempre ansimanti il nostro tempo. Non si può tornare indietro rispetto al punto che si è oltrepassato una volta, questo dovresti saperlo, e allora togliti dalla testa i bei ragazzini. Ma è sempre possibile fare un altro passo avanti. Quando, se non ora. Tu in ogni caso non eri mai stato previsto come vittima. Tu sarai quello che compie tutto questo. Il dieci per cento dell'umanità, come scientificamente dimostrato, prova gioia nel tormentare gli altri. Guarda, sono tutti qui, noti e ignoti, ti appartengono secondo il tuo capriccio e il tuo piacere.

Il viso di Janda è come un puntaspilli, se ne sta rannicchiato nell'angolo, le gengive sanguinanti.

Puoi scoparlo se vuoi. Ma non avvicinarti alla sua bocca. I suoi denti sono come i dentelli di una sega arrugginita e le sue ossa sporgono, ma l'intestino è morbido ed è l'ultimo a seccarsi, può restare in vita ancora dieci giorni.

Sapete cosa, dico io (anche se non lo voglio, la mia voce trema), scopatevi da voi!

Tu insomma vuoi e non vuoi mettere le carte in tavola, sbarazzarti della tua impotenza e percepire la grandiosa potenza di chi si spinge oltre i propri confini?

No!

A cos'altro serviresti allora, miserabile carogna? Disertore? Verginella! Traditore!

Signorsì, dico io. Signorsì! E ancora una volta, gridando, adesso, devo gridar fuori di me i secoli: SignOOOOOOOOO-

OOOOOOOOOOOOOOOOOOOOOOOOOOOOOOOOOOOOOOOOOOOOOOOOOOOOOOOOOOOOOOOOOOO---

Ma che ridicolo e stupido fantoccio sei! Qui gridare fa parte del programma!

Non mi importa, io continuo a gridare, OOOOOOOOOOOOOOOOOOOOOOOOOOOOOOOOOOOOOOOOOOOOO, venite allora e fatemi tacere, tappatemi la bocca, uccidetemi!

Ho appena pensato queste ultime cose che loro sono già scomparsi, e io sono disteso sulla terra. O meglio: credo di essere disteso, ed è la terra. Nessuno – dal momento che non lo faccio io – dice più nulla. Sono di nuovo solo sulla sabbia vuota di Agiroro Put. Il silenzio fa bene. Ho più che mai bisogno di solitudine. Mi velo il viso. A questo punto passa moltissimo tempo.

In seguito apro gli occhi, o forse li avevo tenuti aperti per tutto il tempo. A quanto pare continuo a vivere. Che diritto mi sono guadagnato in questo modo? Mi sono guadagnato il diritto di starmene da solo fra grigie rovine. Sembra che abbiano il vaiolo. Nidi di rondine. Potrei sbriciolarli con una mano. Il tutto non ha l'aspetto che dovrebbe avere, eppure so cos'è. C'è ancora il monumento equestre, ci sono ancora i piccioni, il teatro, i sentieri per le escursioni? Sì, no, non lo so. A parte il rudere lebbroso non c'è nulla da vedere e neppure da sentire. Oltre a me qui non c'è nessuno.

E invece sì. Ci sei tu. Sei tu, allora.

Hai idea di tutto quel che ho fatto per trovarti? In quanti posti, e quanto a lungo ti ho cercato! Sotto quanti nomi! Ho tentato di tutto. Tutto quel che saresti potuto diventare. Prete, medico che riconcilia ciò che è nemico, o al contrario: condottiero. Non eri da nessuna parte. E adesso. Eccolo là seduto su un sasso, una vecchia pietra miliare, una pattumiera di cemento. Sei giovane com'eri allora o come saresti oggi, o vecchio come non sei ancora potuto essere? Non so dirlo. Tutto in te è perfetto. I tuoi vestiti di una sobria eleganza. Il tuo corpo. Fai attenzione a non appoggiarti alla parete, il tuo bel cappotto si ricoprirà di cenere.

Come stai? Date le circostanze, bene, non mi lamento.

Siedi là e non dici niente. Mio padre è venuto a trovarmi in sogno, ha raccontato la nonna, ma non ha detto nulla. I morti nei sogni non parlano. Prima hai sempre parlato. Adesso è come se le tue labbra fossero solo disegnate. Forse non sei affatto tu ma solo un manichino che ti assomiglia molto, messo in strada per scherzo. Uno di quei manichini che hanno buttato fuori dai negozi a schiere, allora. In seguito li si è visti dappertutto, nei bidoni della spazzatura, sui balconi, in ogni possibile posizione. Alcuni erano senza braccia o gambe, e vivevano già la loro vita. Mani che si sporgono da buchi di cantine. Teste infilzate al posto di segnali stradali. I busti galleggiavano nel fiume a pancia in giù.

Adesso finalmente ammicchi. Cauto e senza vanità, come un animale. Ti alzi, vai. Io ti seguo.

È quasi come un tempo, ora. Solo che non posso raggiungerti adesso, ma non lo voglio nemmeno. Meglio così. Vedo di te più che non mai. L'intera figura, dalla testa ai piedi, anche se da dietro. Ma così è anche più facile. Come un sogno classico, ora. Percorriamo i vicoli, lo so, è la nostra città natale anche se non le assomiglia. Ci sono altre persone oltre a noi? Non vedo nessuno. Solo attraverso una patria vuota. Amarla è il nostro dovere. All'inferno!, dico io. Ho un po' di paura a dirlo, ma non mi sente nessuno oltre a te. Una bella sensazione di brivido, quando all'improvviso sono scomparsi tutti. Solo tu e io.

È un ruolo curioso. Normalmente non sono io quello che parla. E però sono cambiato molto da allora, anche se al primo sguardo non si vede. Ho letto un po' nel mio tempo libero, quando fuori faceva freddo. Potrei istruirti su molte cose che si definiscono cultura generale, hai solo da chiedermelo. Naturalmente non lo chiedi. Cammini, e ti lasci a destra e a sinistra gli incroci. Hai ragione, non c'è possibilità di scelta. Bisogna percorrere fino in fondo la strada. Spero che ne esista davvero una. Infatti, a dire il vero, non amo particolarmente queste lunghe marce. Perché invece non mi porti a casa? Infiliamoci nel letto caldo, all'ombra della stufa a gasolio, e leggiamo romanzi di fantascienza! Sto raccontando delle sciocchezze? Sono un bambino? Sì e sì. Prendimi con te!

So che non sei uno con cui si può trattare. Cammini e cammini. Questo è già il vecchio ponte sopra il fiume. A volte porta sabbia rossa dalle montagne. Ho dimenticato completamente di menzionarlo. La nostra città ha molti ponti. Ci abbiamo fatto la spola un sacco di volte. Ormai resta solo questo. Nel letto del fiume c'è la vecchia spazzatura. Utensili domestici. Un sintetizzatore. E anche qualche manichino. Taniche di gasolio, autobus. Un porco. Non capisco come si possa continuare a lamentarsi e a sostenere di non stare abbastanza bene, e al tempo stesso essere così inclini allo spreco. Capisci? ---

Visti da vicino i tuoi movimenti sono un po' rigidi. Dipende dal tuo passato di manichino da vetrina o sei sempre stato così? Avevi il cuore debole ed eri esonerato dalle lezioni di ginnastica. Nel mio caso gli apparecchi segnano ancora valori normali, persino in punto di morte. Mi imbarazza un po' parlare di me, d'altro canto desidererei che finalmente tu ti accorgessi di me. Non che non avrei altre possibilità. Ci sono addirittura persone che mi trovano attraente. Be', con i ragazzini purtroppo è più difficile capirlo. Ho troppo potere su di loro. L'età, e comunque in generale. Anche se in realtà il potere ce l'ha chi si sottomette. Con ciò io mi sottometto.

Così lontano e fuori non siamo mai stati. Lo vedi l'albero carbonizzato laggiù? Non è bello? Anche la capanna accanto è carina, fatta di lattine d'olio e sacchi di farina, o è una barricata? Non è stato particolarmente ingegnoso? Mi dispiace. Vorrei proprio impressionarti, e questo mi espone di continuo al pericolo di non centrare il bersaglio. Anche se non ho mai tenuto in mano un'arma. A scuola hanno sostituito le bombe a mano con pezzi di metallo muniti di maniglie di legno, e i bagni puzzavano come adesso queste latrine da lager ai due lati della strada. Bello non lo definirei più. Per fortuna non ho mangiato nulla da un pezzo. A un certo punto del tragitto mi è passata la fame. Anche se i primi a cui si perdona sono in genere i cibi di casa.

Ora capisco. Tu sei quello che vaga nei paesaggi di macerie tra i quattro fiumi, là dove le strade sono disseminate di buche. Sotto l'asfalto sbrecciato spunta fuori la sabbia rossastra del deserto. Come vorrei sollevare lo sguardo verso il cielo stellato! Ma tu mi costringi a guardare solo davanti ai miei piedi. Mi fanno male le caviglie. Le scarpe si sono ormai consumate. Dappertutto ti avvertono del pericolo di mine. Non possiamo lasciare la strada e andare fino all'invitante frutteto, vieni, sdraiamoci sotto un albero. Dobbiamo restare qui, dove al bordo della strada bambini cenciosi – sono neri o solo molto abbronzati? – riempiono di polvere le buche con le mani: Guardate come le ripariamo! Il vento la risolleva subito. La ventata alzata da una jeep che sfreccia lì accanto. Il veicolo più pratico quando le strade non sono sicure, come spesso succede dopo conflitti armati e prolungato malgoverno. I finestrini laterali si possono abbassare quel tanto da creare una fessura attraverso la quale spingere all'esterno banconote stropicciate. L'aria le strappa via e questo è un vantaggio, fin quando le inseguono sui campi il pericolo che finiscano sotto le ruote è minore. Cosa che fanno sempre, e non smettono di gridare pao, pao. Un'altra parola non la conoscono. Chiamano tutto pao: il pane, l'albero, il sasso, il padre, le madri e le sorelle. E naturalmente anche noi. È quello il mio vero nome? Pao? Se ne stanno al bordo della strada, pao, pao, le loro braccia così lunghe che arrivano fino a noi che siamo a metà della carreggiata.

Ecco, qui, ho trovato un paio di vecchie monete. Forse non sono ancora fuori corso. Altro in ogni caso non ho. Tu mi precedi, non ti volti, non vedi la mia buona azione. Distribuisco la mia eredità antica ai poveri del mondo. Temo un po' che non basti, ma quante monete mi ritrovo, e non pesano nulla nelle mie tasche. Do e do, spargo monetine arrugginite in piccole mani, come semi nella terra. I miei occhi sono velati di lacrime. Non sono commosso. Ho paura.

Dopodiché è finita, i bambini sono scomparsi e così la strada, siamo di nuovo in mezzo alla città. Il sole tramonta. Il muezzin grida. Da allora non l'ho più sentito. Tu mi stai davanti, ti sei girato, sollevi la mano vuota. So cosa vuoi. Non l'otterrai se prima non avrai parlato con me. --- Una parola. Di' soltanto una parola. --- Ti amo. Ti odio. Io però ti amo. Non potresti dire almeno una volta, piano, qui non ci sente nessuno, non esattamente con queste parole: Anch'io?

Te ne stai lì e basta, trattieni così la mano. Se adesso io rimango qui con te, per l'eternità, tu che fai?

Lo so, mi senti?, lo so che anche tu mi hai amato. Soltanto me hai amato. Anziché Dio – me. Tanto che hai dovuto bandirmi completamente dal tuo cuore. Eccola lì la verità, bastardo incredulo!

Tu aspetti con pazienza. Non ti si può più offendere, e non è nemmeno necessario scusarsi. Tu sai tutto di me. Hai ragione, non piangerò. Prendo le ultime due monete dalla mia tasca. Una è tua.

À chacun sa part, dico e te la metto in mano.

Tu apri la bocca. C'è una caverna nera, là dietro? Guardo dentro, come se non mi venissero i brividi. Non piango, anche se da adesso non parlerai mai più con me o con qualcun altro. Prendi l'ostia di ferro e per un breve istante di beatitudine vedo la tua lingua. Il gaudio più grande che io abbia mai provato inonda il mio corpo. Eli! Eli! Eli! Gli ho donato il mio fiore, e poco dopo il mio amato è morto. Non so com'è successo, non c'ero, non sono stato io, lui si è addormentato in pace perché quando il cuore si arresta si è morti, ma prima è riuscito a sverginarmi. Non posso pretendere di più.

E va bene, dico alla fine dopo essere rimasto solo a lungo. E va bene. Mi farò riconoscere e parlerò. A lungo, con cognizione di causa, elevando un inno, parlerò della lingua che è l'ordine del mondo, ne parlerò in termini musicali, matematici, cosmici, etici, sociali, l'inganno più grandioso, questo è il mio campo. Un uomo può produrre duecento espressioni del viso diverse per dare espressione ai suoi stati d'animo. Più o meno lo stesso numero di suoni può emettere un neonato. In seguito apprende la sua lingua madre e dimentica tutto l'inutile resto. È quel che si chiama economia. Apprende attraverso esempi corretti ed errori, dai quali deriva poi la giusta regola. Questo si chiama: istinto linguistico universale. *Siamo caduti dalla padella nella brace.* Con ciò definiamo la traslazione come un aspetto della comunicazione, comunicazione di interazione, interazione di azione. Dunque il tradurre, a patto che abbia alla base un intento, è: azione. Tutto questo l'ho esposto in un lungo lavoro, più o meno quaranta volumi, ma purtroppo l'ho smarrito prima ancora di aver terminato o iniziato il primo. A volte va così. A rigore non è stato un peccato. Volendo si può leggere il tutto in numerose altre opere. D'inverno, per esempio, quando viene a mancare il riscaldamento o qualcosa di estraneo e chiassoso invade l'appartamento. Nelle biblioteche c'è in genere silenzio e a volte fa addirittura caldo. In teoria non ho nulla da aggiungere, all'atto pratico pare che io conosca ufficialmente dieci lingue, in realtà sono un numero infinito. Già solo la mia lingua madre mi consente di distinguere una buona ventina di dialetti diversi, alcuni si definiscono lingue indipendenti perché spesso una sola sfumatura in una sola espressione produce un mondo completamente diverso. Per me è indifferente, non ne faccio un affare di Stato. Parlo tanto kajkavo quanto chakavo, shtokavo o jekavo, e una lingua per me vale l'altra. Potrei imparare il dialetto di ogni villaggio del mondo. Quelli che ancora esistono e gli ormai inesistenti. (Di cos'hanno parlato fra loro gli ultimi tre livoni? Di cosa devono parlare gli ultimi tre rimasti? Fra l'altro erano donne. Le donne resistono sempre fino alla fine. C'è da invidiarle per questo oppure no? A volte dico sì, a volte no.) Chiunque al mondo potrebbe venire da me e parlarmi, e lo capirei. Anche se fosse assoluto nonsense. Un pasticcio linguistico inventato lì per lì. *Kerekökökökex*. Questo talento mi è stato concesso un giorno senza ulteriori spiegazioni, pensavo di morire ma poi non sono morto, tutt'al contrario. Purtroppo – Guardati dai doni degli dèi! – la cosa ha avuto effetti secondari. Il problema uditivo, per esempio. Ovunque io sia, in un luogo pubblico, sento parlare tutti a voce ugualmente alta. Sento gli altri interpreti nelle loro cabine, tutta la gente nei caffè, al parco. Per questo tante volte mi risulta difficile rispondere alle loro domande. È semplicemente troppo. Non è sempre così ma spesso, e purtroppo la cosa ti coglie senza annunciarsi. Non lo dico per difendermi. Tacerne ancora più a lungo non avrebbe comunque nessun senso. Ho anche pensato di andare da un otorinolaringoiatra, ma in primo luogo non ho un'assicurazione sanitaria e poi so che non porterebbe a nulla. Fisicamente sono a posto, ho una solida gabbia toracica con cui produco una solida nota di petto: un uomo sano e in grado di procreare. Non lo dico per vantarmi. Solo perché tante dicerie su di me creano tanti dubbi intorno alla mia persona. Se sono davvero quel che sono, se so fare quel che sostengo di saper fare. Sono io ad affermarlo o è stato qualcun altro, e io semplicemente non l'ho contraddetto? Ma come potrei convincere, chiunque? Quando sei il più competente in una questione, sei lasciato a te stesso. Naturalmente potrei chiamare il buon Dio, del quale si dice che capisce tutte le lingue, e cos'altro gli resterebbe sennò. In Lui è tutto, passato, presente, futuro, ed è questo il motivo per cui sta zitto, mentre qui io vengo spinto avanti dalla mia ignoranza. O come che sia. Costrizioni biologiche nonché ecumeniche, mi correggo: economiche. Diciamo che sono semplicemente ed eccezionalmente inseguito dalla fortuna e/o dalla iella. Può capitare così tanto a un singolo essere umano? Diciamo nel corso di dieci anni? Ad alcuni non capita nulla del tutto. Alcuni puntano proprio a questo. Io non sono andato a caccia di balene in preda all'euforia. Soffocare a un'altezza di otto chilometri e mezzo non mi attira. In me non c'è nulla dello spirito di avventura di mio padre, io non sono un'anima errabonda e irrequieta come il mio amico e idolo. Non tutti siamo fatti per questo. Avrei potuto passare l'intera vita nella stessa strada fiancheggiata dai castagni, un insegnante di provincia, frocio dissimulato, non volevo nient'altro. Per più di dieci anni non ho fiatato. Io non mi lamento e non pretendo niente, come fa in genere la gente nella mia situazione. Mi sono buttato nello studio. Dalla limitata immutabilità di un'infanzia nelle province della dittatura alla provvisorietà universale della libertà assoluta di una vita senza documenti validi, e con ciò rimesso a me stesso e a quel che ne consegue, mi sembrava l'unica via percorribile: non concentrarsi su niente che non fosse coltivare e sviluppare il mio talento, e non essere responsabile dell'oscuro resto. Oggi so quasi tutto sui campi in cui le lingue entrano in contatto, e anche su quelli in cui non lo fanno. Qualcosa resta sempre nell'oscurità. Saperne di più significa anche sapere di più sull'esistenza dei campi oscuri. Da qui la cautela nell'esprimersi. Cinquemila parole di uso comune per ogni lingua, in una direzione o nell'altra. In seguito, grazie a esami effettuati, ho avuto la possibilità di apprendere sul mio cervello molte cose, per quanto possa apprendere un profano. Avevo a disposizione fonti in tutte le lingue, e inoltre sono diligente e fare i compiti mi diverte, e quindi è stato facile per me diventare l'esperto di me stesso. Lo sapevate che i lobi temporali, sede del linguaggio e fra l'altro anche delle esperienze mistiche, sono costruiti esattamente come le regioni del cervello collegate con i comportamenti aggressivi? O che la cosiddetta furia dei Berserkir è uno stato di follia indotto da funghi allucinogeni? Proprio così. Fantasie estatiche e violente procedono a braccetto. Per fortuna abbiamo qui, nella parte anteriore del cervello, anche una bella porzione civilizzata. Una barriera linguistica, moltiplicata per dieci o a piacere. Mi tengo sotto controllo, una cosa così non esiste. Purtroppo tutto questo fa sì che il cervello risulti fortemente sbilanciato a sinistra, con la sinistra io non posso reggere una tazza o una fetta di pane per più di qualche secondo, e d'altro canto sono comunque destrimano. Da bambino pensavo molto a grandi cose come l'universo e l'amore, oggi non rifletto praticamente su nulla. Vivo come l'ameba, una forma di vita resistente, economica, il posto che occupo sulla terra non è più grande delle piante dei miei piedi, l'impronta del mio corpo su un materasso, disteso, seduto, una gabbia di metallo ampia quanto i miei fianchi al quinto piano, e tutti i giorni pratico la pace. Mi guadagno da vivere con un lavoro mal pagato, ma dignitoso. Quel che mi è stato detto in una lingua lo ripeto in una qualunque altra lingua. E per la maggior parte del tempo la mia testa se ne sta in mezzo ad altre due teste, la figura è nota come la posizione dello struzzo, molti però dicono anche stereo. I segni dell'epoca sono comunicazione. Chiunque si esprime è benvenuto, noi parliamo e dunque siamo, formiamo suoni che si compongono in gruppi, in ghirlande che qui sono una parola e là niente, ma non importa, per questo ci sono io. Per la forma di un tavolo è preferibile il tondo o eventualmente l'ovale, consente infatti una maggiore economia di spazio, fatto di un certo rilievo perché alla compresenza universale sono posti limiti, in definitiva, fisici. La materia ha bisogno di spazio, e questo può portare a conflitti non da poco. L'interprete deve tradurre anche il menu, la minestra si chiama Royal, prima ci sono i discorsi e poi tutti parlano insieme, come in genere fanno. Qualsiasi cosa dicano, e sia pure omicidio, io devo ripeterlo, e la dilazione estrema prima del patibolo dura esattamente fin tanto che io parlo. Non ho forse pensato a volte che, prediligendo l'una o l'altra sfumatura, io potrei esercitare un influsso duraturo o breve sul corso del mondo? Per esempio, non terminando mai la frase. Pronunciare una FRASE INFINITA sarebbe buona cosa, ma non è troppo per un singolo uomo?

Nel complesso, però: non mi lamento. Anche se non me ne sono reso conto, per la maggior parte del tempo sono stato: felice. A parte le lacerazioni – non so se si possa dire così: nel tempo? – quando all'improvviso diventava insopportabile, né vita né morte ma una terza cosa per cui l'uomo non è fatto, quando la marea del disgusto e del timore ti sommerge e ti travolge, non ti porta neppure nel dolore, neppure quello, ma nel nulla, nulla, nulla finché a un certo punto, come acqua, rallenta e trapassa in un fluire *idilliaco* e io, relitto, resto sulla riva.

Breve pausa in modo che io possa pronunciare con uno spazio ad hoc le parole successive che non singolarmente ma nella loro successione, per particolari motivi personali, mi sono *sacre*:

A volte, dico, mi sento tutto pieno di amore e di fervore. Al punto che smetto quasi di essere io. Il mio struggimento di vederli e capirli è così grande che vorrei essere l'aria in mezzo a loro, perché possano aspirarmi e io possa diventare tutt'uno con loro, fino all'ultima cellula. Un'altra volta sono di nuovo così invaso di disgusto, quando me le vedo davanti, queste bocche di carogne, come mangiano e bevono e parlano e tutto in loro diventa melma e menzogna e sento che se devo guardare e sentire tutto questo anche solo un istante di più prenderò a pugni la prossima faccia che mi capita davanti fin quando non ne rimarrà più nulla.

Così. Adesso è venuto fuori. Sì, maledizione, so cosa c'è là fuori. Là fuori c'è il fatto che non vado avanti ma prendo invece il treno che ritorna indietro e già per strada ammazzo chiunque abbia la sfortuna di incrociare la mia via. Saccheggiare e violentare non sono cose per me. Anche la tortura non mi appaga. Ma uccidere, questo potrei farlo senza una parola e senza esitazione degna di menzione, con precisione e distacco. Amico, nemico, fa lo stesso. Sarei assolutamente imparziale. Razzismo e altri pregiudizi non contano affatto per me. Uomo, donna, bambino, vecchio, per me sono tutti uguali. Sono una macchina equa. Non c'è misericordia in me.

Siedo fra mura grigie, annuisco come un vecchio:

Così, così, è così. Ho nostalgia. Ventiquattr'ore al giorno. Al tempo stesso so esattamente che se tornassi mai nella mia città e li vedessi: le strade, le case, i castagni, e vedessi le tracce della distruzione, o anche se non si vedesse più nessuna traccia e tutto fosse di nuovo così bello e favoloso come un tempo, sotto l'incomparabile cielo blu della patria, se vedessi quel che c'è o non c'è da vedere, tutte le barriere cadrebbero istantaneamente in me, come se avessi mangiato dei funghi velenosi, e levando maledizioni al cielo farei a pezzi ogni cosa. In un simile stato sono in grado di affrontare fatiche fisiche molto più grandi che in qualsiasi altro momento! Posso spappolare con il pugno la città, nebulizzare questo labirinto, non trovo altra via d'uscita e sono troppo debole per questo, ma abbastanza forte per abbatterlo fino alle fondamenta. Potrebbe durare secoli, ma forse è anche solo l'opera di un giorno. E allora grido:

Sangue e zolla! Odore di cane, odore di fiume! L'odore pestilenziale dei cadaveri gonfiati dall'acqua, pigiati gli uni contro gli altri come dorsi di maiale durante il trasporto, maledizione, maledizione! Io colpisco, maledizione, maledizione!, ma dopo ogni colpo la pelle si rinnova sulle nocche delle dita per potersi escoriare poi di nuovo. Devo colpire più in fretta, così che la pelle non possa più rinnovarsi, forse la perdita di sangue mi aiuterà a smettere. O forse la pietra arenaria mi assorbirà, fin quando la città intera non sarà assorbita e se ne starà là tremante come un budino di sangue, una pietanza per gli dèi.

Non so nemmeno io perché adesso singhiozzo. Ci vorrebbe un rotolo di carta igienica. I costi, innanzitutto, e poi un rotolo del genere mi farebbe pensare all'infinito. ALL'INFINITO DI MERDA! Un uomo adulto senza fazzoletto. Senza mani! Senza naso, maledizione! È solo il profumo del ricordo. Il profumo di merda del merdoso ricordo!

Nel tempo che ci ho messo ad arrivare qui, sono diventato triste. Oppure no. Nostalgico non lo sono mai stato, e non mi sono neppure fatto illusioni. Anzi sì, una volta. Amore infantile. Adesso fa lo stesso. Non ha più importanza da un pezzo. Quello di cui parlo... Quello di cui parlo, lo dico ora a voce non troppo bassa, chiaro, è la mia nuova patria: la vergogna. Adesso e qui ho praticato la pace, tutti i giorni, sì. Perché era possibile. E anche se il prezzo da pagare era rinnegare la mia storia e dunque la mia origine, e dunque rinnegare me stesso, ero più che pronto a pagarlo. Ma in verità ero fin troppo spesso un barbaro. Nei confronti dei buoni e dei meno buoni. L'amore era presente in me soltanto come struggimento. Ho avuto fortuna, capacità e possibilità, non si può nemmeno dire che le ho completamente sprecate, eppure oggi sono perduto.

Semplicemente, mi sono vergognato troppo. Di non essere al posto giusto, o di essere al posto giusto ma non l'uomo giusto. Tutta la mia forza se n'è andata per la vergogna, dalla mattina alla sera e anche durante la notte. Una vergogna umiliante, disperata. Per il fatto di venire da dove vengo. E perché è successo quel che è successo.

Pausa, poi, in modo da poter essere appena sentito:

Un giorno l'uomo pieno di talento che io sono è semplicemente caduto nella disperazione. Nel momento, ore o anni dopo, in cui ho capito che l'istante della mia vita in cui sono stato massimamente presente a me stesso, il momento più puro e appagante è stato quello in cui ho sfondato la finestra dietro il teatro. Così è, e non altrimenti.

Lunghissima pausa. Poi, a voce bassa:

Metto qui la moneta. Se la vuoi ancora e passi di qui, puoi prenderla. Ti prometto di non farti niente. Altro per discolparmi non posso dire.

Ho appena fatto scivolare la moneta dalla mano che già si leva un suono di campane, oh, mio Dio, dev'esserci proprio, un simile frastuono, doloroso e imbarazzante. Introitus, Kyrie, Graduale, Tractatus, Sequenza, Offertorium, Sanctus, Sanctus, Sanctus, Sanctus, Dio è con noi, con noi, con noi, con noi. Sospinti verso di me, tutti vengono adesso, le mie succube mi ballano attorno. Portano oggetti caratteristici in modo che io li riconosca, una sega a catena, un bastone da passeggio. Wanda, che per metà è suo fratello, Konstantin dalla testa a mela, Eka con il bambino. La bionda Elsa porta sotto il vestito una testa d'angelo di gesso, abbraccia forte la pancia a sfera così che non cada fuori tra la gente schiacciando mezza città e costandole il soglio pontificio. Ed ecco qui mia moglie, il suo nome è Miseri-

cordia, e balla – come sono contento! – guancia a guancia con la mia madrina dall'elmo d'oro. E cantano:
Min bánat engele for
Ki häret sillalla tur
On vér quio vivír
Mu kor arga kun tier

E sopra ogni cosa, senza sosta, lo scampanio. Ci sospinge fuori da questo universo dalla forma bizzarra, e noi voliamo leggeri come i semi del tarassaco. È questa la morte estrema? Quanto ci può sospingere lontano? Ricadremo nel vuoto? Sarebbe possibile? No, non lo è. Non è... Non morirò. Maledizione. Maledizione o no. Un po' alla volta mi sorpassano. A un certo punto sono di nuovo solo. Mi libro senza peso. Qui potrei anche restare. Non aprendo gli occhi, per esempio. Per i prossimi tremila anni, diciamo. Poi si vedrà. Essere un visitatore venuto dal passato, ho letto qualcosa del genere quando ero bambino. Ma al pensiero mi spuntano le lacrime da sotto le palpebre serrate. Tredici anni fa mi è rimasto dentro un pianto. Ora è come se volesse risorgarmi fuori tutto. Pace, pace, pace, pace.

Adesso: soltanto aspettare. In un timore embrionale. Devo raccontarti una storia, un'ultima storia in modo che tu possa dormire o svegliarti?

Conosco questa voce. Appartiene a mio figlio. Il desiderio di vederlo è più forte della vergogna e dell'angoscia. Ma continuo a tenere gli occhi serrati. Non voglio spaventarlo.

Sì, dico a voce molto bassa, sì.

La storia si chiama: Le tre tentazioni di Ilia B.

Ilia B. era un ragazzo devoto, fin dalla nascita non pensava ad altro che a Dio. Vedeva la propria vita solo in relazione a

Dio, contemplava solo e unicamente Lui, le sue creature invece non le vedeva. Non amava né i corpi celesti né la terra né gli esseri viventi che la popolavano, e gli altri esseri umani non esistevano per lui. Insomma: Ilia B. era un egoista freddo e bastardo, incapace di amare. La catastrofe naturale e storica che si abbatté sulla sua patria lo toccò in generale, non però in particolare. Il cercatore di Dio non ha patria. Soltanto dimorare nella casa divina ha importanza per lui.

In seguito divenne medico. Quale membro di un'organizzazione umanitaria religiosa lo videro in regioni di catastrofi naturali e storiche, dove bucava dita purulente, faceva parti cesarei senza anestesia e cercava di curare polmoniti con l'aspirina. Un giorno la cellula della sua organizzazione venne arrestata, con l'accusa di compiere opera di evangelizzazione. Una suora venne violentata a morte e gettata ai piedi di Ilia B., ma nemmeno lui poté richiamarla in vita. A un prete venne tagliata la lingua. Lui dovette imbavagliarlo per mantenerlo vivo. Aveva cercato di difendersi dal coltello, e aveva tagli sul mento e sul collo. Il dottor B. tamponò l'emorragia con tela di ragno e calce. Dopo settimane di prigionia durante le quali i membri dell'organizzazione ancora in vita pregavano ogni giorno, senza tuttavia dar esteriormente mostra di farlo, o avrebbero rischiato la vita, furono liberati e fecero ritorno in patria. Furono sottoposti ad accurate visite e trovati sani sia fisicamente sia in generale.

Qualche tempo dopo Ilia B. fu invitato a una festa da amici della sua fidanzata. Dozzine di persone, donne, uomini, gli espressero la loro partecipazione per le sofferenze patite e ammirazione per il suo coraggio. Lui rispose, cortese e conciso. Che cosa aveva pensato. Se aveva avuto paura di morire. Cosa aveva sentito ritrovandosi ai piedi il corpo della suora e la testa del prete in grembo. Niente. No. Niente, niente. Per tutto il tempo non aveva sentito né pensato niente. Non aveva avuto paura per la sua vita. Pregava. Signore che sei in cielo. Non sono degno che tu entri sotto il mio tetto, ma di' soltanto una parola. La cosa successiva che voleva fare era ottenere un posto di assistente, sposarsi, e mettere al più presto al mondo dei figli.

Uscito che fu dalla festa, lungo la strada di casa, nell'ultima notte della sua vita, non si trovavano taxi. Ilia B. e la sua fidanzata vagavano a braccetto per le strade, sperando di acchiappare un taxi per un colpo di fortuna. Lo acchiapparono. In seguito però scoppiò un litigio con il conducente. La fidanzata di I.B. affermò a ragione che il conducente avesse fatto intenzionalmente una deviazione lasciandoli poi in una strada buia e isolata. La fidanzata si buttò, comportamento inconsueto per lei ma quella sera aveva bevuto un po', contro la macchina che stava ripartendo. La macchina si fermò, il conducente uscì, si avvicinò alla giovane donna e la colpì con un coltello nella pancia, risalì sul taxi e partì. Ilia B. tappava con una mano la vena ferita nella pancia della sua fidanzata, con l'altra mano chiamava soccorso. Andò con lei in ospedale, dove venne operata d'urgenza. Gli offrirono di dormire un po' in ospedale, ma lui disse che preferiva andare a casa e sarebbe tornato più tardi. Quando due giorni dopo non si era ancora fatto vivo, la fidanzata incaricò la propria madre di cercarlo. Lo trovarono disteso sul letto. Era morto nel sonno, quella stessa notte. Poche ore dopo la morte le mosche avevano deposto le uova ai bordi dei suoi occhi.

Sì, dico io, succede così, silenziosamente. È stato così.

Guardami, dice mio figlio.

Apro gli occhi. Lui fluttua sotto il soffitto con le gambe incrociate, il suo nome è Espediente.

Il tuo nome, dice mentre già si dissolve come una vecchia immagine di un film, è: Jitoi.

Abel Nema alias El-Kantarah alias Varga alias Alegre alias Floer alias des Prados alias io: fa cenno di sì con la testa.

Sissignore, dico io. Amen leba.

Eccomi arrivato all'assoluta bonaccia. Sospiro per sentirla: la leggerezza nella gabbia toracica. Tutto adesso è leggero. Non più colato in gesso e nemmeno in cemento, nessun grumo di cervello frulla più negli angoli, io lo sento e dico: Tra poco la mia sofferenza finirà. Il mio decennio all'inferno è finito. A chi l'ho dovuto? Forse a nessuno.

E si allontanò barcollando, un corpo dolorante e ondeggiante, camminava o strisciava, qualcosa del genere, in direzione dei binari.

0. Uscita
METAMORFOSI

Risveglio

Dopo aver vaneggiato di chissà quali luci, una passeggiata in piena ebbrezza dal balcone, cinque piani, pamf, fino al marciapiede, un talento così ricco di promesse. Tutti gli altri erano già completamente al di là o impegnati in altro, o come mai nessuno ha pensato di impedirgli di starsene in equilibrio sulla ringhiera del balcone, cosa l'ha spinto a farlo, qualcuno ha creduto persino a un'allucinazione, ma come, uno se ne sta sulla ringhiera del balcone e pamfete non c'è più. Non c'erano luci e lui non ha detto nulla di nulla, e a chi poi, non c'era nessuno ed era solo, e non se n'è nemmeno andato, era felice di poter strisciare anche se non provava nessun dolore, era una questione di equilibrio. Poiché gli erano venute le vertigini si sedette nella piccola gabbia che lui chiama il suo balcone e restò lì seduto senza far nulla, si poteva vederlo da sotto, conciato dal sole, seccato dal vento, una statua, per anni e anni, l'appartamento non apparteneva a nessuno, al massimo ci si poteva stupire di una tale mancanza di gusto, qualcuno copre di vestiti il proprio scheletro e lo mette sul balcone, ma non passa molta gente in una via senza uscita con vista sulla ferrovia e quindi furono in pochi a stupirsi. Stava seduto lassù e guardava i treni che venivano sospinti su e giù. All'inizio le distanze tremolavano ancora, per arrivare alla maniglia doveva protendersi, come essere tre volte lungo o in mezzo ai giganti, la ringhiera del balcone invece era a misura di Pollicino e non ci voleva molto ad arrivarci. Sfruttò il favore del momento, quando la distanza fino al muro era breve e la sua gamba lunga, e passò così dall'*altra parte*. Era piacevole, come nell'infanzia o anche adesso, a volte, quella sensazione che fosse soltanto un passo fino alla costa laggiù. Posando con cautela il piede fra i binari per non slogarsi le caviglie e trascinarsi via la casa dove stava ancora l'altro piede, quello più piccolo. Da qualunque parte fosse venuto, arrampicandosi sul muro o strisciando attraverso il filo spinato, forse era semplicemente sceso da un treno dalla parte sbagliata, e comunque ora stava fra i binari, a sinistra e a destra poco distanti da lui si muovevano i vagoni così che in seguito ebbe la sensazione di andare indietro, anche se avanzava. A volte smetteva persino di muovere dei passi e però procedeva, a volte indietro e a volte avanti. Come in un grande branco, fra strilli e grugniti, e quando non camminava lo trascinavano. All'inizio la cosa gli piaceva, ti dà una sensazione di comunità e dinamismo, io non cammino e però qualcosa mi porta, e fra i corpi degli altri c'è lassù il cielo con le nuvole. In seguito si accorse che erano sempre le stesse nuvole, e allora capì: il cielo è un circuito infinito, il che non significa altro se non che presumibilmente non sarebbe mai più uscito di lì. È il momento in cui ti senti montare la disperazione, come se la colonna vertebrale e l'esofago fossero un ascensore fatto apposta per questo, ma poi si disse ormai ci siamo, e si tranquillizzò di nuovo. Si rassegnò, a volte camminava ma poi di nuovo si lasciava trasportare, e da allora non lo vide più nessuno ---

L'effetto tossico di una dose poco meno che mortale di amanita muscaria persiste per circa trentasei ore. Alla fine si cade in un sonno che non di rado dura altrettanto. All'inizio fece molti sogni, poi uno soltanto in cui cercava di arrivare al balcone e da lì ai binari. I tentativi fallivano l'uno dopo l'altro, la storia prendeva una svolta imprevista e ogni volta lui moriva, ma perseverava ostinato. A un certo punto riusciva finalmente a saltare oltre il muro e per ore e ore c'erano solo i treni, i treni, i treni, e poi più nulla.

Un venerdì mattina Abel Nema si svegliò perché sentì il suono delle campane. Circa trenta campane suonarono per circa trent'anni. Tenne gli occhi chiusi. Il sole splendeva su di lui. Ecco quest'uomo. Gli facevano un po' male gli occhi, per aver strabuzzato a tratti i globi in maniera così estrema, ma era tutto. A parte questo era come se non fosse mai successo nulla. Come se non fosse mai successo qualcosa. Seduto sul balcone, attraversò mentalmente a occhi chiusi il proprio corpo: niente. A un certo punto le campane smisero di suonare e i treni erano di nuovo là. Il loro stridere e rombare. Il loro odore nel sottilissimo vento che gli sfiorava il viso. Aprì gli occhi.

E sotto la pressione dell'inatteso chiarore e della vastità del cielo davanti a lui perse quasi l'equilibrio, benché fosse seduto e la visuale nella sua metà inferiore fosse coperta dall'inferriata. L'asta trasversale in alto correva all'altezza della sua fronte. Fra le sbarre il muro di mattoni. Gli parve tanto più vecchio. Riconobbe, al di là, tredici coppie di binari. Vagoni vecchissimi e nuovissimi scorrevano su e giù. Palline su un abaco. Ebbe questo pensiero e gli venne in mente il suo vicino, il fisico che non era riuscito a immaginarsi cosa venisse calcolato di là. O che al contrario ci era riuscito.

Buongiorno, disse in quel momento Halldor Rose dietro il muro che separava i balconi. Sono tornato.

Qual è qui il punto essenziale? aveva detto qualche giorno prima Halldor Rose a sua sorella Wanda. Il punto è che ho conosciuto Dio.

Mio Dio, disse Wanda.

Lasciami finire di parlare! Conoscere Dio, capisco che per una cosa simile si possa finire in ogni momento in manicomio, è stato molto gentile da parte tua tirarmici fuori. Ma quel che non capisco è come mai da allora, con brevi interruzioni per assunzione di cibo e sonno, devo essere condotto quasi ininterrottamente per campi di patate e silos. Che significano queste montagne di patate che mi vengono mostrate con aria cospiratoria, patate novelle, in germoglio e tutte rugose, una metafora della vita o cosa? C'è anche un'approssimativa bilancia, anche questa ci sta bene, con un paio di sacchi vuoti accanto, dev'essere un segno? Devo trarre conclusioni dalla disposizione delle macchie sulle bucce o dal volo della polvere sui campi? Devo evincere qualcosa dalla curvatura o dalle linee diritte delle file, o dagli avanzi sul desco familiare, dove siedo a capotavola proprio di fronte a Wanda, in modo che possa vederla bene e lei possa vedere bene me. Devo leggere i fondi di caffè sulla spugna dentro al lavandino e riconoscere qualcosa, che cosa? In sostanza, il punto fondamentale è che mi hanno inchiodato in questo idillio desolato e condannato a una noia mortale, soltanto perché mi rifiuto di rinnegare che ho conosciuto Dio. Se Wanda ritiene che tutto questo non sia altro che uno stato di follia indotto dalle droghe...

Per un po', solo per un po', disse un cognato baffuto e gli offrì della grappa.

No, grazie, non bevo. Se allora è così, come mai non si accontenta, come mai insiste perché io rinunci a questa storia, cito le sue parole, adesso: a questa *storia di Ascensione*?

Io non ne capisco granché, disse il cognato, ma non sei stato tu a dire che in realtà non vuoi averci più niente a che fare?

No, disse con aria tetra Halldor Rose. Non è quello che ho detto.

E a quel punto gli venne in mente com'era cominciato il tutto, com'era stato l'inizio, e il giorno dopo organizzò con una prontezza e un'efficienza di cui nessuno l'avrebbe creduto capace la sua fuga dal deserto delle patate. L'autista delle patatine fritte lo lasciò sullo stesso ponte dove si era trovato già una settimana prima. Non andò innanzitutto a casa, ma direttamente al suo posto di lavoro, un istituto di ricerca di fisica teorica dove nessuno si stupì né si rallegrò particolarmente, gli dissero che non c'era motivo di affrettarsi, comunque era già quasi il weekend, e perché non si concedeva ancora un po' di tempo e non si riprendeva dagli strapazzi, lunedì poi si sarebbe visto. D'accordo, disse Halldor Rose e se ne andò. E adesso quindi se ne stava seduto sul balcone. Salve.

Abel guardò in quella direzione, attraverso una fessura scorse un paio di labbra circondate da una barba di sette giorni, una ciocca di capelli lunghi e ispidi vi svolazzava sopra di traverso quando si dissero: Non è una magnifica giornata?

Uno stormo di uccelli volò da sinistra a destra.

Abel cercò di muovere la lingua, ma la sentì troppo secca e si limitò ad annuire: Sì, una magnifica giornata.

Grazie a Dio, disse H.R. attraverso la fessura. Sono ritornato. È stata forse una settimana.

A chi lo dici.

Sedeva sul balcone e non trovando nulla che potesse smentirlo si alzò, senza troppa fatica, e dopo aver scambiato qualche parola con il suo vicino al di là della delimitazione ritornò in casa.

Ritornò in casa e quasi non la riconobbe. Ricordava vagamente: le temporanee fatiche degli ultimi anni per portare ordine e pulizia nel caos, senza nessun successo, come si poteva ora vedere. Benché la forma della stanza si rivelasse meno frastagliata di quanto non gli dicesse la memoria – contò gli angoli: solo cinque, uno più del normale – quel che vide era il vasto campo di una desolazione quasi assoluta. Non aiutava neppure il fatto che c'erano soltanto pochi oggetti, logori e visibilmente sporchi. E c'era pure un cattivo odore. Passò in mezzo ai mucchi neri, in prevalenza capi di vestiario, e sapeva già che non erano arrivati là dove si trovavano in conseguenza del delirio, ma dovevano esserci già stati prima, probabilmente da moltissimo tempo. Era a piedi nudi – uno poggiato per intero, l'altro, quello ferito, solo con dita e tallone – ed era come se camminasse su schegge, mentre erano soltanto briciole. Sopra, dentro, sotto il tappeto un'infinita sporcizia. Anche la radio dell'inquilino precedente, là in cucina, mai usata, era tutta incrostata di grasso e polvere. La accese. Il suono uscì gracchiante da sotto la crosta. Notizie. Poiché l'accusato S.M. si è ammalato di influenza, l'udienza al processo dell'A. doveva essere nuovamente rimandata. In base alla recente, più tollerante legge sul genocidio i capi di Stato in carica godono di immunità. Spense la radio e si sedette nella vasca da bagno con lo strato di grasso nero e dorato. Si lavò con grande attenzione il corpo e intanto continuò ad ascoltare dentro di sé, ma l'esito rimaneva lo stesso, chiamiamolo pure un miracolo: in nessuna cellula del suo corpo c'era più una sola goccia di veleno, la droga si era volatilizzata e con quella anche il resto. Tutte le sue percezioni, i sensi, la coscienza erano assolutamente limpidi, per la prima volta da tredici anni o più a questa parte. Io vedo, annuso, tasto adesso come le altre persone. E come ogni altra persona in una situazione del genere, sentì salire in sé un tremito di fronte a questa scoperta, come una piccola gioia e un grande timore, ma quel timore ormai non aveva più nulla a che fare con quell'altro. Se n'era andato. Andato.

Solo cautamente. Muoversi con prudenza attraverso il campo minato. Troppo fragile ancora è questa pace, un movimento avventato, un falso rumore e tutto potrebbe essere di nuovo passato o tornare. L'unico senso che a quanto pare aveva sofferto era l'udito. Non riusciva a sentire i movimenti di Halldor Rose nell'appartamento accanto, e anche il canto di balena dei vagoni era lontanissimo benché la porta del balcone, come succedeva di rado, fosse aperta. Aveva invece un ronzio nelle orecchie, come il ronzio di un computer in una stanza vuota o il rumore del vento in lontananza, uniforme, che fa sssssssssh. Sssssssssssssh. In ogni caso non poteva essere il computer, non l'aveva più acceso da giorni.

In cambio Mercedes poteva sentire benissimo i vagoni, facevano rumore quasi quanto la voce di lui, accordati fra loro come in un pezzo di musica atonale, ma il fatto cruciale non era quello. Il fatto cruciale era che sentiva qualcosa che all'inizio non riuscì a focalizzare ma solo dopo un bel po', dopo aver riagganciato il telefono e dalla cucina, dal bagno, dalla stanza da letto dov'era andata nella sua agitazione – Il telefono squilla, io rispondo senza presagire niente, e chi è? –, dopo essere ritornata nel soggiorno dove era rimasta fra il tavolo di marmo sbrecciato e il vecchio comò, di modo che il suo sguardo potesse cadere sulla foto del matrimonio che era sempre lì, solo dopo aver guardato quella faccia capì. Lui aveva un accento: quasi inesistente, quasi non si sentiva, appena percettibile.

L'aveva già notato anche lui. Scosse la testa, fece un paio di smorfie per rilassare gli organi fonatori. Mh-chrm, disse, ed emise un suono come se la sua voce sperimentasse con grande ritardo il proprio mutamento. Può darsi che fosse solo disidratazione, non beveva nulla da giorni, ognuna delle mie cellule è un piccolo deserto. Bevve dell'acqua tiepida dal lavandino che sapeva di ruggine, ma anche questo non servì a molto. Era qualcosa che *stava sotto*. Qualcosa che non si può lavar via. In fondo sapeva che tutto era indifferente, bere, esercizi linguistici, il cambiamento si compiva senza che lui facesse nulla, ed era appena avvertibile: un leggero formicolio nella regione delle corde vocali, tutto qui. Non osò guardarsi nello specchio. Se è così, se adesso mi trasformo, allora non voglio vedermi mentre succede. Due cose non osava fare: parlare e guardarsi nello specchio. In seguito superò il primo ostacolo chiamando Mercedes. E non solo lei credette di sentire in lui qualcosa di nuovo, ma anche lui in lei: anche lui credette di percepire in lei un accento, ma era impossibile perché parlava la propria lingua madre, era solo l'udito di lui che era cambiato: Abel percepì per la prima volta quanto fosse roca la voce di Mercedes, il timbro della sua voce.

Che c'è? chiese lei. Ce li hai i documenti?

Mh-chrm, disse lui. No, non ancora...

Lei restò in attesa.

Potrei parlare con Omar?

Non c'è. Posso dirgli qualcosa?

Pausa.

Digli che mi dispiace per gio... No, digli che richiamo.

Va bene, disse lei e riappese.

Le mie mani sono tutte umidicce.

Ultima svolta

Il giorno prima Mercedes aveva incontrato Tatjana. Sono successe diverse cose e devo raccontartene almeno qualcuna.

Bene, disse l'amica.

Innanzitutto la faccenda con Erik.

Aha, disse Tatjana battendo sonoramente il cucchiaino contro la tazza. Schiuma cocciuta. E allora, che gli è successo?

Com'era stata la sua giornata, probabilmente come sempre. Quando la famiglia si svegliò lui era già in giardino, le imponenti gambe dei pantaloni rimboccate, a piedi nudi sul prato irregolare, e studiava il tracciato delle montagnole delle talpe. Alla fine, seduto su una vecchia sedia di vimini sulla terrazza di legno, si asciugò la rugiada dai piedi con un asciugamano piccolo e ruvido che usava solo a quello scopo, e intanto chiacchierava con le figlie. In cucina baciò la moglie sui capelli, lei si lasciò cadere contro la pancia molle di lui, sfregò il naso sulla sua spalla, aspirò e indagò il suo odore: Al di là del sapone e del nuovo sudore un vago sentore di sesso risalente ad alcune ore prima, e sopra ogni altra cosa il profumo dei panini congelati e messi in forno che aveva preparato per tutti.

(Ah! sospiro di Tatjana.)

Lungo la strada per andare in città Erik investì un riccio. Le interiora dell'animale spiaccicate sulla strada, un piccolo rene azzurro. Bello non è, ma non ebbe forse nessun influsso sul successivo svolgersi della giornata. Decisivo, come dice sempre, è innanzitutto riconoscere il momento e poi, in secondo luogo, osservarlo alla luce dell'eternità. Io sono l'animale che (in linea di principio) sa costruire macchine, mentre l'animale che porta sulla schiena gli aculei è disteso morente sul bordo della strada.

(Mh, dice Tatjana.)

Alle dieci e mezzo incontrò un autore nello stesso caffè dove ci troviamo adesso. Il manoscritto di cui parlarono era intitolato: *Il re pazzo. Sovrani minorati mentali e i loro governi.* Ovvero, fece Erik, per dirla con le mie parole: È meglio o peggio per noi se chi detiene il massimo potere è un cretino?

Mh, disse l'autore.

Un minuto dopo che si erano seduti al tavolo apparve chiaro che l'incontro non avrebbe portato a nulla: a una reciproca antipatia personale seguì subito un'indifferenza professionale. Uno sproloquio abborracciato in tutta fretta, tronfio, linguisticamente sciatto e pseudoscientifico, una cosa del genere potrei farla anch'io. Laconica attesa di una colazione purtroppo già ordinata. A quel punto, *deus ex machina*, Tatjana apparve nel caffè. Si comportò come se non l'avesse visto e si sedette al bar. I suoi capelli, la sua schiena, il suo sedere, le sue gambe, squadrati dall'autore sconosciuto. Squadrati anche da Erik. Obiettivo piacere fisico mescolato a un'antipatia soggettiva risultante dall'esperienza.

Chiedo scusa, disse Erik al suo vicino che guardava con gli occhi sgranati. C'è là qualcuno con cui devo parlare un istante.

A Tatjana: Sono qui con un idiota arrogante e noioso. Conversa con me almeno qualche minuto.

Tatjana si girò sullo sgabello del bar e fece cordialmente cenno all'autore. Lui ricambiò.

E va bene, disse Tatjana. Di cosa vogliamo parlare.

Cosa si offre in simili casi? Conoscenti comuni. Si potrebbe chiedere (Erik) per esempio come sta Mercedes, se davvero sta bene come lei afferma, ultimamente faceva una strana impressione.

Al che Tatjana, proprio come in questo momento, si leccò la schiuma del latte dal labbro superiore, rossissimo, e disse: Be', c'è davvero da chiedersi come mai non si senta piuttosto sollevata per essersi liberata del tizio, io insomma lo sarei.

Così Erik venne a sapere che Mercedes si era separata dall'Uomo Nero.

Oh, disse Tatjana e infilò il dito nella tazza per afferrare con la punta un residuo di zucchero. Non sapevo che tu non lo sapessi.

(Sì, dice Tatjana, proprio così.)

Dopo un po' Erik fece finta di doversene purtroppo andare in tutta fretta. Arrivato in ufficio fissò a lungo la schiena di Mercedes attraverso una porta aperta, fin quando lei se ne accorse. Gli fece un cenno con la mano, lui ricambiò ed entrò nella sua stanza. Dopo aver trascorso buona parte della giornata a passeggiare su e giù, ritornò da Mercedes.

Ho due cose da dirti, disse brevemente Erik prima della fine del lavoro.

È importante? chiese Mercedes. Devo scappare subito. Omar.

Innanzitutto. Erik non si mosse dalla porta, i pugni infilati nelle tasche disegnavano pieghe nella stoffa dei calzoni. Innanzitutto, in quanto tuo amico, sono offeso e deluso perché non mi hai detto nulla del tuo divorzio. E in secondo luogo ho appena vissuto le sei ore più brutte della mia vita, e il risultato è: Ti amo. Sposami.

(Tatjana ride di cuore.

Aspetta! esclama Mercedes.)

Lei osservò l'uomo sudato davanti alla sua porta. Poi disse di nuovo che doveva andarsene.

Non hai sentito cosa ho detto?

Sì.

E allora?!?

Erik per poco non si era messo a gridare.

Sono pronto ad abbandonare tutto per te, il mio salvagente di oro bianco all'anulare, l'intera salda e solida vita che finora mi ha preservato dalla disperazione, due incantevoli bambine che mi adorano, una donna intelligente e solidale, una sana casa con giardino, sono pronto ad abbandonare tutto per vivere con te in un appartamento angusto, pieno zeppo di cianfrusaglie kitsch, con la tua inappuntabile cucina vegetariana e il tuo stravagante bambino che mi disprezza, più le cene con quel mediocre clown che è il tuo vanesio e strampalato padre e la tua madre inaridita e snob, priva di un qualsiasi proprio talento, e costantemente tenuto sotto osservazione da quella strega che è la tua migliore amica. Sono pronto a darmi interamente a te, ormai anche per te sarebbe tempo di trovarti un uomo normale, sano, e a quel punto tu dici, turbata e un po' disgustata...

Scusa, disse Mercedes a bassa voce e gli scivolò accanto per infilare la porta.

(Tatjana ride.

Aspetta, dice Mercedes.)

Omar era già a casa. Che succede? chiese.

Niente. Erik mi ha fatto una proposta di matrimonio. Probabilmente era ubriaco.

Mercedes rise. Il bambino la guardò serio.

Erik è un idiota, disse Omar. Non sposarlo. Ne soffrirei. Mercedes rise.

Perché piangi? chiese Omar.

Sì, disse *ora* Tatjana. Perché?

Mercedes, pensosa: Non sto affatto piangendo. Ma verosimilmente dovrò cercarmi un altro lavoro.

Così è la vita, disse Tatjana. Un viavai continuo.

Mh, disse Mercedes. Guardò fuori in direzione della strada. Forse sarebbe il momento giusto per fare un altro figlio.

Forse, disse Tatjana.

Una figlia.

Aha.

Farebbe bene anche a Omar. Avere qualcuno. Anche se per fortuna non sostiene più di essere la persona più intelligente della terra.

Pausa.

Nella mia vita non ho amato più di tre uomini, disse Mercedes. E anche se può sembrare che io non abbia avuto niente da queste relazioni, in realtà ne ho sempre avuto la cosa più preziosa. Prima un bambino, poi un manoscritto.

Mi dispiace, disse Tatjana. Temo di non capire dove vuoi andare a parare. O meglio: lo capisco fin troppo bene, e se vuoi che ti dica una cosa, ecco, *questo* è veramente il colmo!

Aspetta, disse Mercedes. Ma a quel punto Tatjana non ci stette più. Con te ho chiuso, stupida donnetta, non hai fatto che darmi ai nervi per tutto il tempo, in realtà non ti ho mai veramente sopportato! disse Tatjana, non proprio con queste esatte parole, e uscì come una furia dal caffè.

Tutto a posto? chiese il cameriere.

Tutto a posto, disse Mercedes e pagò per due.

Non successe poi granché. Un operaio di G. sotto le assi di un ufficio ritrovò il portafoglio con la foto della sua amante, che aveva perso ventidue anni prima, e cioè quando venne demolita una fabbrica dove lui stesso all'epoca aveva lavorato. Un uomo e una donna che per anni si erano spacciati per controllori dei funzionari addetti all'immigrazione, o alternativamente per assistenti sociali, vennero arrestati. Durante una partita di calcio in un piccolo villaggio in V. due uomini rubarono nel bel mezzo del gioco la palla. Portandosela via attraversarono di corsa le strade prive d'ombra del villaggio, se la lanciavano ridendo e lanciando e ridendo corsero fino a casa dove vennero raggiunti dalla folla furibonda e picchiati a morte. Il dj di una radio in S. venne ucciso da un colpo di pistola perché si rifiutava di esaudire la richiesta di un certo pezzo musicale, un diciottenne si tagliò pene e lingua in preda a un'estasi da brugmansia e Konstantin T. fu scoperto mentre tentava di comprarsi un documento falso. L'ultima notte prima della sua espulsione la trascorse in manette, seduto su una sedia di cucina: gli avevano incollato la bocca perché non la smetteva più di lamentarsi, un mugolio soffocato, e il moccio gli riempiva lentamente il naso.

La mattina dopo, un venerdì, Abel prese il cappotto e uscì. La porta del Mulino dei Matti era aperta, ma c'era sempre attaccato il foglietto: Chiuso fino a nuovo avviso.

Per quanto tempo ancora?

Thanos si strinse nelle spalle. Vuoi bere qualcosa? Trasparente come l'acqua, disse mentre versava.

Abel prese un sorso, si accorse che si stava ubriacando all'istante, e lasciò il resto.

Benebene, disse Thanos. Benebene. Posso fare qualcos'altro per te?

Abel era andato da Thanos, il mio fraterno amico e benefattore, per chiedergli dei soldi per l'ultima volta. La settimana scorsa non ho curato la ferita al piede e adesso anche questa qualità, insieme alle altre di cui non mi dispiaccio troppo, se n'è andata, ma tu non dirlo, di' soltanto che dovresti andare dal medico e purtroppo non hai un'assistenza sanitaria. In caso di necessità, anche se la cosa è un po' meschina, potresti accennare che la ferita te la sei procurata qui dentro e hai perso qui i soldi, ma alla fine non fu necessario dirlo.

Bastano? Buona guarigione.

Nessun altro lo avrebbe fatto ma dopo un trattamento del genere, pur sempre nove punti, lui se n'è venuto a piedi. Da un lato c'era l'effetto dell'anestesia, come se non avesse un piede destro ma al suo posto una nuvola. E dall'altro lato voleva semplicemente vedere se ce la faceva. Se, come supponeva, ce l'avrebbe fatta ad arrivare senza perdersi fino all'Ufficio anagrafe che si trovava solo poche strade più in là, se ce l'avrebbe fatta a procurarsi i documenti sostitutivi e ad andare poi alla banca. Non riuscì a fare né una cosa né l'altra.

Erano loro gli unici sul campetto da gioco, non un parco ma soltanto un minuscolo, desolato triangolo di cosiddetta area verde, là dove era avanzato qualcosa nell'affilato incontrarsi di due vie. Uno era seduto sul bordo sgretolato della buca di sabbia dove giocavano i bambini e faceva disegni sul terreno, tre se ne stavano accovacciati sul disco di legno che girava cigolando, e altri due erano appesi alla struttura per arrampicarsi, bimm, bamm, come due battagli di campana. Giocavano muti e seri, ruotavano, disegnavano, penzolavano e tenevano sott'occhio *lui*. In sostanza si poteva già prevedere, e un tempo lui l'avrebbe previsto, che non sarebbe andata a finire bene. Lui non faceva nulla, loro non facevano nulla, e però era chiaro. Da ladruncoli di autoradio erano cresciuti trasformandosi in ragazzi difficili, l'inverno prima avevano appiccato il fuoco a un barbone. L'uomo in nero passò accanto ai due che si dondolavano, tagliando di traverso il prato in direzione del disco. I tre seduti sopra puntellarono le suole sul cemento, il disco si arrestò cigolando. Abel fece un passo di lato, forse ancora per svicolare, e così facendo caricò il peso sul piede ferito, quello che non sentiva per via della nuvola, e si piegò per il dolore. La ferita appena ricucita si aprì e qualcosa di bagnato cominciò a filtrargli nella scarpa.

Ohilà, disse uno di quelli che gli stavano davanti. Quelli dietro di lui erano balzati giù silenziosamente dalla struttura per arrampicarsi e adesso lo afferrarono per le ascelle, come se volessero sorreggerlo.

Ohilà, disse Kosma. Batté le mani per scuotere via la sabbia. Era diventato ancora più grosso e grasso, occhi, naso, bocca minuscoli nella faccia grande e paonazza. Ohilà, disse la minuscola bocca.

Abel segnalò con il corpo che poteva starsene sulle proprie gambe, grazie per l'aiuto, ma loro non lo mollarono, lo tenevano dai due lati, le dita conficcate nelle sue ascelle.

Mi dispiace ma ho appena speso la maggior parte dei soldi che avevo preso in prestito, un piccolo resto è nella tasca interna di sinistra, altro non ho. Poi aggiunse ancora che aveva fretta.

Loro non si mossero e si limitarono a fissarlo.

Merda, maledizione, disse Kosma. Ma io a te ti conosco.

Ormai li aveva riconosciuti anche lui. Erano i Terribili Sette, solo che da un po' erano rimasti in sei.

Poco prima che il tutto si scatenasse Abel fu attraversato ancora dal pensiero se davvero fosse pronto *per quello*. Si chiese se fosse pronto a morire senza un lamento, perché era chiaro come il sole che sarebbe morto. Pronto o meno, adesso ti fanno fuori.

Kosma avanzò di un passo e gli colpì i genitali. Sarebbe caduto, ma le due guardie del corpo lo sorressero. In seguito chiesero di essere rimpiazzate, e di non dover essere sempre loro a reggere. Fa lo stesso, disse Kosma, mollatelo. Lo mollarono. Crollò lentamente, come una grande statua. Dal momento in cui toccò terra non si sa più nulla.

In seguito, quel giorno, Mercedes ricevette una telefonata dall'ospedale.

Uscita

Non fu facile tagliarlo via e staccarlo, il nastro adesivo opponeva resistenza. La ragazza con l'aria da maschiaccio aveva con sé un coltellino troppo piccolo, una tizia alta e magra lo afferrava per lo stinco e una terza grassa gli reggeva la testa con le mani. Lo adagiarono sull'asfalto e lo risollevarono subito, lo trasportarono per qualche passo e lo distesero sull'erba. Far rotolare con cautela la nuca dai palmi morbidi delle mani. Per un istante i suoi occhi si aprirono: cielo azzurro, poi un'oscurità all'inizio rossa, poi nera. Va bene così? Sì, va bene. Va bene.

Avrebbe potuto essere anche morto. Un'improbabile fortuna. La lama penetrò fra la quarta e la quinta costola, a due centimetri di profondità, e poi si spezzò senza aver ferito organi vitali. Il vero danno l'ha procurato, come si è detto, il fatto di essere rimasto appeso.

Va bene!

La stanza è piena: medici, logopedisti, almeno dieci, uno per ogni lingua. Non appena ebbero capito chi era, qualcuno l'aveva riconosciuto, l'ex assistente della risonanza magnetica, lo portarono in quella stanza singola. Nel frattempo anche la famiglia è informata e presente. Gli occhi di Mercedes.

Va bene!

Sembra l'unica cosa che riesce ancora a dire. Una piccola emorragia nel prosencefalo e un'altra più grande nel lobo temporale destro. Non si sa quanto sia in grado di capire. A seguito delle emorragie cerebrali suo marito soffre di afasia.

Cos'è un'…?

Va bbbbb…

Afasia, dice Omar. Dal greco: *phanai*, parlare. Perdita della capacità di parlare ma anche, in senso traslato, della capacità di giudizio.

Insomma: Ha perso la lingua. E comunque lei ha un bambino molto intelligente. Nell'incredibile bianco di porcellana del suo occhio destro è racchiusa l'intera stanza di ospedale.

Cosa intende dire: Ha perso la lingua? Tutte quante?

Va bene!

Spesso l'evento si collega purtroppo anche a un'amnesia. Difficile da appurare al momento. Signor N., come sta?! C'è qui la sua famiglia!

Mercedes non osa muoversi. Omar posa una mano sul braccio destro di Abel. Quello paralizzato, purtroppo. Anche la faccia si muove con difficoltà. Come se fossi ancora tutto spezzettato. Suoni soffocati da una bocca mobile solo per metà: Bene, bene, bene!

Una parte della facoltà linguistica si ripristina generalmente con il tempo. E comunque una cosa del genere, un'afasia di dieci lingue, non l'avevamo mai avuta. È una grande sfida per noi.

(Fuck you!) Va bene!

Tredicesima spedizione partita alla ricerca dell'arca di noè a ogni iniquità si tappa la bocca salmo centosette quattordici dicitura x.y. direttore dell'istituto della scienza creazionista e iniziatore della spedizione la teoria evoluzionista offre un quadro desolato della nostra vita e mina la società se io sono solo un prodotto casuale del brodo primordiale allora il tutto ma che razza di ---

Sì, lasci pure accesa la televisione. Parlargli. Va bene. Abbiamo anche canali stranieri. Lei non immagina cosa significhi per noi. L'interesse scientifico per questo caso non è forse esattamente comprensibile ai profani. Senza dubbio è uno dei casi neurolinguistici più interessanti.

Va bene!

Considerando i dati già raccolti sul suo cervello. È qualcosa di unico. Perdoni il mio entusiasmo. Per lei, naturalmente, è in primo luogo una tragedia.

Va bene!

Ma nutriamo grandi speranze. Vede, potrebbe valere un programma intero. Il programma Abel Nema, in breve: PAN.

Beeeeene!

Sempre che ci siano i soldi, naturalmente, ma in un caso del genere...

Beeeeeeeeeeeeee!

È una buona iniezione, fa subito effetto. A volte non si sa cosa succede nei pazienti con danni cerebrali, di punto in bianco hanno attacchi furiosi,

Bene!

si agitano in preda al panico, all'improvviso le circostanze più innocenti possono influire minacciosamente su di loro, non deve farsi spaventare. Pensieri suicidi non sono purtroppo una rarità, le prometto che lo terremo lontano da scale e finestre. Lei avrà forse notato che comunque qui dentro mancano dappertutto le maniglie, è uno standard di sicurezza. Abbiamo davanti a noi una lunga e faticosa strada di apprendimento, ma è anche una delle strade più belle,

Bbbb,

una strada di speranza,

Bb,

ogni giorno, ogni piccolo passo è una vittoria.

Bbbbbbbbbb....

Sì, posa la tua mano sulla sua fronte, piccolo mio.

Omar stacca la mano dalla fronte fredda e sudata di quello che è ancora il suo patrigno e prende la mano calda e appiccicosa di sua sorella. Si adegua ai passi di lei. Insieme avanzano con andatura dondolante attraverso il prato umido del parco. Lui le parla come a un'adulta. Lei non dice ancora niente, si limita a far cenno e a scuotere il capo o a reclinarlo e a sollevare un sopracciglio, a seconda dei casi. E comunque, sempre: sorride. Ha ereditato gli occhi lucenti e le membra lunghe del padre e le guance gentili e la bocca ingenua della madre. Suo fratello è diventato più alto e magro, la bellezza che si irradia dal suo viso perfetto e da tutto il suo corpo, persino dalle parti invisibili, coperte dai vestiti, è così sconvolgente che locali chiusi, vagoni di metropolitana, piccoli negozi sono capaci di ammutolire completamente quando dentro c'è lui, ma anche all'aperto uomini sensibili e donne storcono dolorosamente gli occhi per contemplarlo di nascosto. Lui sembra non accorgersi di nulla, perché il suo campo visivo sinistro è assente e alla sua destra trotterella la bambina, alla quale lui rivolge tutta la sua attenzione. Tranne quando getta uno sguardo indietro, verso una certa panchina per vedere se lui è ancora là, con la testa un po' di sbieco, sorridendo dolcemente come faceva talvolta un tempo, Abel Nema, e li guarda. L'amnesia si è confermata, non ricorda più nulla e quando gli dicono quel che si sa di lui, che il suo nome è Abel Nema, che viene da quel certo paese e un tempo parlava una dozzina di lingue, le traduceva, faceva l'interprete, lui scuote la testa e sorride, cortesemente incredulo e indulgente. Capisce tutto quel che gli dicono, sa muoversi in maniera normale anche se un po' più lento della maggior parte della gente, e sa anche parlare un po'. Contrariamente alle attese una lingua soltanto si è rigenerata, quella del paese, tanto da consentirgli di pronunciare semplici frasi. È capace di dire se desidera qualcosa da mangiare dal chiosco vicino, ed è anche capace di chiedere ai bambini se vorrebbero qualcosa. È capace di dire anche altre cose, ma si vede che per lui è molto faticoso. Preferisce continuare a ripetere: Va bene. Il sollievo e anzi la felicità di poter pronunciare questa frase è così evidente che quelli che lo amano gliene danno ogni possibile occasione. Lui dice, riconoscente: Va bene. Un'ultima parola. Tutto bene.

Stampa e Legatura per conto di KELLER EDITORE
effettuata da PRINT ON WEB